SPREESIDE

Susann Rosemann

Das Geheimnis der Alchemistin

Ein historischer Roman

Eyfalia Publishing GmbH
www.spreeside.de
53902 Bad Münstereifel

Erste Auflage

Lektorat: Julia Abrahams, Heidelberg
Satz: Ralf Berszuck, Erkrath
Umschlagsgestaltung: Ralf Berszuck, Erkrath
Umschlagillustration: Arndt Drechsler, Rohr in Nb.
Druck: Legoprint, Italien

Printed in Italy

ISBN: 978-3-939994-20-6

Sie finden uns im Internet unter
www.spreeside.de

Weitere Informationen zu
Das Geheimnis der Alchemistin
finden Sie unter
www.spreeside.de

Für meine Eltern

Prolog

Josefa blickte auf, als die Rufe eines Mannes das Knarren im Gebälk übertönten. Der Regen trommelte gegen die geschlossenen Holzläden ihres Burgzimmers. Der Wind hatte aufgefrischt und pfiff wieder kräftiger durch die Ritzen. Über all die Geräusche hinweg durchschnitt ein Peitschenknall die Nacht.

Wer kann das sein, um diese Uhrzeit?, dachte sie, *und bei diesem Wetter?* Das Flämmchen der Öllampe flackerte im Lufthauch, den ihre Kleider erzeugten, als sie sich zum Fenster drehte. Sie schob den Riegel nach oben und öffnete die Läden, die mit einem Knall gegen den steinernen Rand der Fensteröffnung schlugen. Der Sturm fuhr ihr ins Gesicht, die kalten Tropfen stachen auf der Haut. In der nächtlichen Dunkelheit konnte sie erkennen, wie ein geschlossener Reisewagen in die Vorburg einfuhr.

Ein heruntergekommenes Gefährt, dachte sie, als ein Blitz kurzzeitig stumpfes Holz, eine löchrige Plane und die Silhouette von zwei Pferden sichtbar machte. *Das ist kein gutes Zeichen.*

Erneut zuckte ein Blitz über den Himmel, spiegelte sich auf der nass glänzenden Wehrmauer der Burg. Josefa bekreuzigte sich flüchtig. Die Tropfen wurden dichter, fanden sich in stetigem Prasseln auf dem Boden zu immer größer werdenden Pfützen zusammen. Mit vorgebeugtem Oberkörper, die Hände auf dem Fenstersims aufgestützt, beobachtete sie, wie ein Mann einer Frau an der hinteren Schmalseite aus dem Gefährt half. Er stützte seine Begleiterin, als sie über den Hof zur Zugbrücke liefen, die in das innere Burgareal führte.

Es ist eine Kundin, dachte sie, als sie den gewölbten Leib der Frau erkannte. Jetzt blieb die Schwangere stehen, den Körper vor Schmerz verkrümmt.

»Höchste Zeit, meine Gute«, murmelte Josefa vor sich hin, zog die Holzläden zu und verriegelte sie wieder. »Es hätte nicht geschadet, früher herzukommen.« Sie schüttelte den Kopf. »Die Kindlein kommen gerne zu solch unwirtlichen Gelegenheiten, von keinem Unwetter lassen sie sich aufhalten.« Sie machte sich auf den Weg über die knarrende Stiege nach unten. »Wir werden sehen, wie ich dir helfen kann.«

Im Untergeschoss angekommen, rief sie dem Wachmann zu, er solle die Tür öffnen. Der Ritter erhob sich, um den Riegel emporzuheben und den Besuch wie befohlen einzulassen. Die zwei Gestalten, die sich an ihm vorbei ins dämmrige Innere schoben, sahen erbärmlich aus in ihren völlig durchnässten Kleidern. Die Frau trug einen Umhang aus teurem Stoff, auch wenn er in diesem Zustand nichts hermachte. Sie stöhnte. Ihr Begleiter nickte mit einem hilflosen Blick, froh, die Verantwortung bald abgeben zu können.

»Ihr seid die Hebamme, von deren Fähigkeiten in Heidelberg jeder, der es wissen muss, spricht?«

»Mag sein. Könnt Ihr zahlen?«

Die junge Frau krümmte sich erneut im Schmerz einer Wehe. »Helft mir«, presste sie hervor, »es soll Euer Schaden nicht sein.«

Josefa verschränkte die Arme vor der Brust. »Sagt mir Euren Namen. Ich garantiere Verschwiegenheit. Ich behandle keine, von der ich nicht weiß, wer sie ist.«

Sie kannte die Namen aller reichen Bürgerhäuser in Heidelberg. Als ihr verarmter Vater sie einst zu seinem Bruder in die Stadt geschickt hatte, war ihr zu ihrem Verdruss nichts anderes übrig geblieben, als sich den Unterhalt dort selbst zu verdienen.

Die angesehenen Frauen hatten ihre Dienste als Hebamme gerne angenommen, sodass sie sich einen guten Ruf hatte erarbeiten können. Dabei war ihr der glückliche Verlauf einer schwierigen Geburt von Hilfe gewesen, das hatte sich herumgesprochen.

Eines Tages war sie mit ihrem entfernten Verwandten Hoimar zusammengetroffen. Gemeinsam hatten sie einen Plan ausgeheckt, der es ihr leichter machen sollte, zu Geld zu kommen. Sie war zu ihm auf die Burg gezogen, und seither betreute sie hier jene Frauen, die aus welchem Grund auch immer in Schwierigkeiten geraten waren und die es bezahlen konnten, über Monate bis zu ihrer Niederkunft auf der Burg zu logieren. Offiziell weilten sie bei ›Verwandten‹. Was mit den unerwünschten Kindern geschah, danach fragte Josefa nicht, das war nicht mehr ihre Sorge. Den Burgbewohnern gegenüber hatte sie die ungewöhnlichen Besucherinnen als Bekannte bezeichnet, die von ihrem guten Ruf gehört hatten und sich ihr nun anvertrauen wollten. Nicht einmal Hoimars Frau kannte die ganze Wahrheit.

»Du entbindest nur die Reichsten, damit es sich lohnt«, hatte Hoimar bestimmt. »Heidelberg ist mit der Kutsche gut zu erreichen. Die, welche es sich leisten können, werden den Weg zu dir schon auf sich nehmen.«

Josefa betrachtete die Schwangere, die sich gerade von einer erneuten Schmerzwelle erholte. »Euren Namen will ich wissen.«

Die junge Frau keuchte, ihre Finger klammerten sich an den Arm ihres Begleiters, ein paar feuchte, aschblonde Strähnen klebten an ihrer blassen Wange.

»Ich kann nicht.« Sie zog einen Ring von ihrem Finger, der sogar in der spärlichen Fackelbeleuchtung des Ganges tiefrot funkelte. »Als Pfand«, brachte sie hervor. »Das Kind. Ihr müsst es behalten. Ich gebe Euch Geld dafür.« Abermals stöhnte sie und krümmte sich. »Aber nur bei Stillschweigen. Keine Namen.«

»Wir werden es nach der Geburt erst mitnehmen und später dann am Burgtor ablegen«, mischte sich der Mann ein. »Dann könnt Ihr behaupten, es sei ein Findelkind, und niemand wird Fragen stellen.«

Josefa musterte das Schmuckstück, drehte es hin und her. Hatte sie das recht verstanden, die beiden wollten das Kind hier auf der Burg lassen? Sie hätte fast laut gelacht bei der Vorstellung. Glaubten die denn, dies sei ein Haus für Waisenkinder? Noch dazu für solche, die gar keine Waisen waren. Was mochte dieser Schwangeren widerfahren sein?

Nach kurzem Zögern trat sie beiseite, gab den Weg frei und nickte dem Mann zu. *Keinen Namen?*, dachte sie, als sie den Zweien folgte. *Das wollen wir doch mal sehen.*

Kapitel 1

Burg Weisenstein, 1399

Das Licht der Fackel zuckte über die Holzmaserung der Tür, erweckte sie zum Leben, dort, wo sich die Spuren des Alters zeigten oder Rillen zwischen den einzelnen Brettern Schatten warfen. Es wirkte, als liefen Käfer über die Oberfläche. Am Rand, wo man mit der Hand gegen das Holz drückte, um die Tür aufzuschieben, hatte sie sich im Laufe der Jahre dunkel verfärbt.

Es zischte, als Matti die Fackel in einem Eimer mit Wasser löschte. Dunkelheit umgab sie. Die Tür gab dank der geölten Scharniere ohne ein Quietschen nach, um sich kurz darauf hinter ihr leise zu schließen.

Matti hob den Riegel hoch und schob ihn in seine Verankerung. Öllampen, die in Wandnischen standen, verbreiteten Dämmerlicht. Eine Treppe führte hinab, mündete in einen Durchgang, der nur teilweise den Blick auf ein hell erleuchtetes Gewölbe freigab. Matti ging die Stufen hinunter, darauf bedacht, nicht in den ausgetretenen Kuhlen auszurutschen. Als sie unten angekommen war, hatte Albert sie noch nicht bemerkt. Er stand mit dem Rücken zu ihr vor einem Regal, vollgestellt mit Gefäßen aus Ton oder Glas, allesamt beschriftet. So als suche er etwas, legte er den Kopf in den Nacken, vor sich hinmurmelnd.

Matti musste lächeln, als sie ihn so sah. Mit raschen Blicken untersuchte sie seinen ausladenden Mantel. Da! Am Ärmel fanden sich neue Löcher eingebrannt. Sie hatte es sich unlängst zum Spaß gemacht, schadhafte Stellen an seiner Kleidung zu entdecken. Seit sie Josefa hatte klagen hören, der Alchemist ginge nicht sorgsam genug mit dieser um. So galt ihr erster Blick seinem Umhang, wenn sie in das Labor kam, nachts, damit niemand davon erfuhr, was sie hier tat.

Sie räusperte sich, um ihn auf sich aufmerksam zu machen, konnte aber nicht verhindern, dass er zusammenschrak und sich mit einem Ruck umdrehte.

»Du! Ich werde mich nie an deine Lautlosigkeit gewöhnen.« Lachfältchen breiteten sich in seinen Augenwinkeln aus, auf Kinn und Brust bewegten sich die weißen Löckchen seines Bartes, als er den Mund zu einem Lächeln verzog.

»Du solltest die Haare vom Kinn nehmen und auf deinen Kopf setzen«, neckte sie ihn immer wieder gerne. Aber heute stand ihr danach nicht der Sinn, zu neugierig war sie auf das, was er ihr zeigen wollte.

»Ich bin eben ein sittsames Burgfäulein, das sich leise fortbewegt.«

»Firlefanz.« Er winkte ab. »Du bist mein Gehilfe. Diesen Einfaltspinsel von Frederik kann ich wahrhaftig nicht so nennen.«

»Er ist der Neffe unseres Burgherrn.«

»Er ist eine Plage, sonst nichts. Genauso wie unser Herr Hoimar selbst, der mich immer wieder anhält, ich solle ihm sein Gold zubereiten. Als wenn das so einfach wäre und als wenn es nicht interessantere Dinge zu erforschen gäbe. Aber ich darf nicht klagen. Der Himmel hat mir ebenso dich gesandt, und dafür kann ich nicht dankbar genug sein. Warte einen Moment.« Er drehte sich erneut zu dem Regal hin und suchte weiter.

Matti blickte sich im Raum um. Für sie war es ein Geschenk, dass sie Albert hier zur Hand gehen durfte. Die Salben und Tinkturen, die sie hinten an ihrem Tisch anrührte, wurden als seine Erzeugnisse an den Heidelberger Apotheker verkauft. Keiner erfuhr je, dass ihr Kopf sich die Mixtur erdacht und ihre Hände sie gemischt hatten. Und wenn sie diese Tatsache manchmal als ungerecht empfand, so rief sie sich gleich wieder zur Ordnung. Nicht jeder hatte so viele Möglichkeiten wie sie, auch wenn sie die ein' oder andere Freiheit nur heimlich auskosten konnte.

Ihr Blick fiel auf den Athanor, den Ofen in der Mitte des Raumes. Unten glomm etwas Glut, oben lag in einer Vertiefung der bauchige Körper des Destillationsapparates. Dessen tönerne Kugel ging über in ein dünnes Rohr, das einen engen Bogen schlug und dann noch gut eine Armlänge weiter in Richtung Boden führte. Dort, wo es in einer schmalen Öffnung endete, stand eine Schale auf einem Schemel.

»Du willst eine Flüssigkeit reinigen?«, fragte Matti.

Albert zog sich einen Hocker heran, stellte sich darauf und griff nach einem Topf im obersten Regal, den er mit beiden Händen herunter hob. Mit zufriedener Miene nickte er.

»Wir haben den ganzen Nachmittag daran verschwendet. Frederik hat mir den letzten Funken Geduld geraubt.«

Frederik oder das missglückte Experiment?, fragte sich Matti. Albert hatte nach dem Essen am Abend etwas angedeutet, als er sie bat, diese Nacht ins Labor zu kommen.

»Uns ist sogar ein Alambic zu Bruch gegangen.« Albert deutete auf einen Korb voller Tonscherben. »Gottlob war es der mit dem Sprung«.

Matti ging in die Hocke, hob eine Scherbe heraus und drehte sie, um die Wölbung zu betrachten. »Das teure Gefäß.«

Nur wenige Töpfer stellten diese Apparaturen her. Albert hatte in Köln einen fähigen Mann aufgetan, der ihm die Gefäße so zu formen vermochte, wie der Alchemist es ihm vorgab. Nur, Köln war weit, und der Töpfer ließ sich die Sonderanfertigungen teuer bezahlen.

»Ich werde bald sowieso wieder eine Reise machen müssen. Es ist ein Glück, dass mein unbrauchbarer Gehilfe den Alambic auf dem Gewissen hat. So wird unser geiziger Hoimar mir das Geld für einen neuen nicht verwehren können. Frederik meinte, während der Destillatio die vordere Rohröffnung mit einem Pfropfen verschließen zu müssen, weil Dampf entwich. Es kam keine Flüssigkeit.«

»Dann ist das Gefäß geplatzt?«

»Der Druck im Inneren wurde zu hoch.«

»Du hast mir immer noch nicht gesagt, um was es dir eigentlich geht.« Matti ließ die Scherbe zurück in den Korb fallen.

»Ich will Aqua vitae gewinnen.« Albert gab ihr einen Trichter und nickte in Richtung des noch intakten Destillationsapparates. Matti verstand, setzte das Hilfsmittel oben an der Öffnung des bauchigen Gefäßes an und wartete, bis Albert mit dem vergorenen Saft kam.

»Das haben wir doch schon häufig gemacht.«

»Ich möchte es reiner haben. In stärkerer Konzentration als üblich.«

Ein süßlicher Geruch strömte aus dem Trichter, als Albert den Alambic füllte. Aus einer Glasflasche goss er eine trübe Flüssigkeit in die Tonkugel hinein, die an Mattis Fingern klebte, als der Trichter überlief. »Ich habe das Feuer stärker angefacht und somit die Temperatur erhöht, denn ich bin überzeugt, dass es auf diese Weise gelingen kann. Wir werden den ableitenden Hals kühlen müssen.«

»Mit einer höheren Reinheit könnte man es vielleicht noch besser zum Lösen von Pflanzenwirkstoffen verwenden. Aber bist du sicher, dass das notwendig ist?«

»Vielleicht übertrifft die Mühe der Herstellung auch den Nutzen des Ganzen, aber das erfahre ich nur, wenn ich es ausprobiere.«

Albert ließ den Rest des flüssigen Gemisches in das Gefäß laufen, dann schickte er Matti Holz holen. Sie ging mit einem Korb nach draußen. Die Fackel in ihrer Hand leuchtete die dunkle Ecke aus, in der das gestapelte Brennholz lagerte. Den Tragekorb vor sich auf dem Boden, balancierte sie auf den Zehenspitzen, um an die oberen Scheite zu gelangen. Einen nach dem anderen holte sie herab, reckte sich immer wieder nach oben, bemüht, die Flamme der Fackel vom Stapel fernzuhalten.

Mit einem schlecht gezielten Schwung warf sie ein Stück Holz in Richtung des Korbes. Es fiel mit einem dumpfen Geräusch einen Schritt daneben zu Boden. Matti zuckte zusammen. Doch auf dem Hof und in den angrenzenden Gebäuden rührte sich nichts, ebenso wenig auf dem Wehrgang. Vermutlich verschlief die Wache im Turm ohnehin wieder einmal ihren regelmäßigen nächtlichen Rundgang. Er wurde so langsam alt, der gute Henk, der ihr immer schon so einiges hatte durchgehen lassen.

Unwillkürlich musste sie daran denken, wie sie bereits als Kind zu Albert ins Labor geschlichen war, sich von ihm die Geräte hatte erklären lassen und fleißig mit ihm das Lateinische geübt hatte. Sie half ihm, begann bald auf eigene Faust zu forschen, trotz aller Schwierigkeiten, die das mit sich brachte.

»Für Frauen ziemt es sich nicht zu denken.« Sie ahmte die Stimme ihrer Ziehmutter Josefa nach, sah sich noch einmal um. Es herrschte immer noch Ruhe. Schließlich hob sie den vollen Korb auf und schleppte ihn zum Wohnbau der Burg, quer über den vom Mond erleuchteten Hof.

Die Flamme der Fackel knisterte, bewegte sich im stetigen Lufthauch. Die Kälte der Nacht stach auf Mattis Haut. Sie hielt inne, ließ den Korb auf den Boden sinken und sah hoch in den klaren Himmel, an dem die Sterne ihre Formationen eingenommen hatten, so als wachten sie über das, was unter ihnen geschah.

»Das ›W‹ der Cassiopeia«, sagte Matti leise vor sich hin und blinzelte, um die anderen Sternbilder, die Albert ihr beigebracht hatte, besser zu erkennen. »Dort sind Aries und Aquarius.« Sie blieb eine ganze Weile so stehen, den Kopf nach oben gereckt, im Versuch, die Sterne zuzuordnen. Schließlich besann sie sich. »Albert. Er wartet auf mich und auf das Holz«.

Unten angekommen, ließ sie den Korb auf den Steinboden fallen und schob ihn mit dem Fuß in Richtung Ofen. Es brannte bereits ein Feuer. Matti legte ein Holzscheit in die Flammen, die langsam Nahrung fanden.

»Du musst es stärker anfeuern.«

Matti nickte und schob weiteres Holz nach, während Albert erklärte: »Die Hitze muss dieses Mal größer sein. Es kann nur so gehen, davon bin ich überzeugt.«

Matti betätigte den Blasebalg, während Albert wie eine aufgescheuchte Krähe hin und her lief. Der Geruch nach verbranntem Holz setzte sich in ihrem Kleid fest, überlagerte den Duft der Kräuter, die in einer Ecke an der Wand zum Trocknen hingen.

Das Gefäß wurde heißer. Ein Zischen und Brodeln kündigte an, dass die Flüssigkeit sich weiter erhitzte. Matti biss sich auf die Lippe, während sie gespannt beobachtete, wie das Experiment seinen Fortgang nahm. Albert rieb sich nervös die Hände und murmelte etwas vor sich hin, das sie nicht verstand. Er legte Holz nach, obwohl der Ofen bereits eine Hitze ausstrahlte, die Matti auf der Haut brannte. Es knackte und knisterte, und endlich entwich aus der Öffnung am Ende des Rohres heller Dampf.

»Es tropft nicht!«, rief Albert aufgebracht. »Schnell, wir müssen das Rohr kühlen.« Er lief zu seinem Arbeitstisch und ergriff zwei Lappen.

Neben dem Eingang entdeckte Matti einen Eimer mit Wasser. Sie hastete hin und trug ihn zum Ofen.

»Nicht zu dicht ans Feuer, sonst wird das Wasser zu warm.« Albert drückte ihr die Lappen in die Hand, den sie eintunkte. »Um das Rohr wickeln, schnell!«

Sie tat wie geheißen. Es zischte, Wasserdampf stieg empor. Sie arbeitete schnell und mit geübten Griffen. Immer wieder tauschten sie die Tücher aus, um sie erneut ins Wasser zu tunken, und endlich tat die Maßnahme ihre Wirkung. Der Dampf aus dem Rohrende ließ nach, heraus kamen Tropfen des entstandenen Aqua vitae.

»Wir brauchen frisches Wasser, dieses hier ist zu warm«, mit diesen Worten sprang Matti auf und hastete mit zwei leeren Eimern die steile Treppe hoch. Sie rannte über den Burghof zur Zisterne und tauchte die Eimer in das Wasser. Ihr Atem ging keuchend, als sie mit ihrer Last wieder den Keller erreichte. Von der Kälte in die Hitze, Matti lief der Schweiß den Rücken hinunter, während sie sich gemeinsam mit Albert dem Kühlen des Rohres widmete.

Endlich war es soweit, der vergorene Saft vollständig eingekocht. Sie hatten eine Schale voll Aqua vitae gewonnen. Mit Hilfe der nassen Lappen hob Albert den Destillierapparat vom Feuer. Matti ließ sich auf einen Schemel sinken und atmete tief durch, strich sich die feuchten Haarsträhnen aus dem Gesicht und band ihren Zopf neu. Ihre Finger schmerzten vom Ausdrücken der Tücher. Sie beobachtete Albert, wie er die Schale mit der Flüssigkeit aufnahm, einen Finger hineintunkte und in den Mund steckte. Mit geschlossenen Augen, die Schale immer noch in der Hand, konzentrierte er sich auf den Geschmack. Matti erwartete, dass die üblichen Fältchen in seinen Augenwinkeln erschienen, stattdessen bildeten sich steile Falten auf seiner Stirn.

»Es ist wässrig.« Anklagend blickte er sie an, so als sei es ihre Schuld. »Das Destillat ist wässriger als je zuvor.«

Matti biss sich enttäuscht auf ihre Unterlippe und starrte auf den Boden. Während Albert seinen Unmut bezähmte, indem er das Labor aufräumte und die Gefäße säuberte, dachte sie angestrengt nach. Wie konnte das sein? Indem sie die Temperatur kontrollierten, reinigte sich der vergorenen Saft zu Lebenswasser, dem Aqua vitae. Erhöhten sie die Temperatur, so wurde das Ergebnis wässrig, also unreiner. Hielten sie die Temperatur zu gering, dann geschah nichts. Wollte man nun eine konzentriertere Flüssigkeit herausbekommen, so musste man ...

»Albert. Hast du das Destillat schon einmal mehrfach in den Destillationsapparat getan? Bei normaler Temperatur? Wenn sich die Flüssigkeit beim ersten Mal dadurch reinigen lässt, so wird sie bei einem erneuten Durchgang vielleicht weiter gereinigt, also höherwertiger, oder?«

Albert drehte sich um, runzelte die Stirn. Es dauerte einen Augenblick, dann nickte er. »Ja, das könnte gehen.«

Er machte sich sofort daran, den gesäuberten Alambic wieder zum Ofen zu tragen, und Matti sprang auf, um ihm zu helfen. Gemeinsam füllten sie das Destillat oben ein, dann bückte sich Matti, um das Feuer zu kontrollieren. Sie schob die immer noch lodernden Hölzer auseinander, um die Hitze zu verringern. Das Warten kam ihr endlos vor. Die Flüssigkeit im Gefäß begann zu zischen, mit einem Tuch senkten sie die Temperatur, und schließlich tropfte es in eine neue Schale unten am Ende des Rohres. Der Vorgang dauerte länger, weil die Temperatur niedriger war. Doch als Albert endlich das Ergebnis testen konnte, lächelte er so voller Triumph, dass Matti erleichtert aufseufzte.

»Mathilda, ich wusste es, du bist zu Höherem bestimmt.«

Matti zog in gespieltem Erstaunen die Augenbrauen hoch und erwiderte: »Ich als Frau? Du machst einen Scherz, und das ist nicht nett von dir«, doch sie konnte nicht verbergen, wie stolz sie sein Lob machte.

»Warte es ab.« Er hielt ihr die Schale zum Prüfen hin. »Ich forsche mein Leben lang nach dem Allheilmittel gegen alle Krankheiten, und du wirst es finden, da wette ich drauf. Und das ist wichtiger als deine übermütige Fechterei.«

»Ach Albert, das sagst du doch nur, weil du nicht weißt, wie herum man ein Schwert halten muss.«

♃ ♄ ☿

Matti überprüfte zum wiederholten Mal den Sitz ihres Kleides und zupfte sich die Haarlocken an den Wangen zurecht, die sie aus dem geflochtenen Zopf gezogen hatte. Sie drehte eine Strähne auf den Finger und betrachtete das helle Blond, von dem sie sich im Winter nie vorstellen konnte, dass es unter der Sommersonne noch mehr ausbleichte. Doch das tat es. Immer wieder wunderte sie sich, wenn Frauen ihr über die Haare strichen und dessen ungewöhnliche Helligkeit bewunderten. Matti hingegen fand, das auf ihrem Kopf sei keine Haarfarbe, und hätte einiges darum gegeben, ein sattes Braun ihr Eigen zu nennen.

Sie schaute aus dem Giebelfenster ihrer Dachkammer, die sie seit einigen Jahren bewohnte. Früher hatte sie ein Zimmer mit Josefa teilen müssen. Wärmer war es dort gewesen, zwei Stockwerke tiefer und direkt am Kamin, der vom Feuer im Rittersaal erhitzt wurde. Hier oben hingegen musste sie im Winter angewärmte Steine mit ins Bett nehmen. Ihr Atem formte Wölkchen, wenn sie sich im Schein der Öllampe entkleidete und rasch ins Bett schlüpfte, um dann das Licht mit diesem sichtbaren Hauch zu löschen.

Auch jetzt herrschten draußen noch kühle Temperaturen, der Frühling hatte erst begonnen, Einzug zu halten. Zwischen den geöffneten Läden kam ein kalter Lufthauch in den Raum hinein. Matti ließ sie fast immer offen. Sie wollte hinaus schauen können auf die Strohdächer des Dorfes in der Ebene und hinten, fast schon am Horizont, auf das glitzernde Band des Flusses. Ihre Ziehmutter hingegen hasste die Kälte.

Matti musste daran denken, wie sie sich immer an Josefa vorbeigestohlen hatte, mitten in der Nacht, um zu Albert ins Labor zu kommen. Sie kannte die leisen Schlaflaute ihrer Ziehmutter so gut, dass sie diese jederzeit nachahmen konnte. Unregelmäßiges Schnarchen mit Schmatzen dazwischen bedeutete, dass Josefa beim kleinsten Geräusch aufwachen konnte. Ein gleichmäßiges Knurren tief aus der Kehle hingegen verhieß Gutes und einen tiefen Schlaf.

Sie nahm eine Kette aus einem Kästchen und legte sie um. Als Ziehtochter einer Verwandten des Burgherrn hatte sie eine Stellung zwischen allen Stühlen, was manches Mal von Vorteil sein konnte, weil kaum jemand etwas von ihr erwartete. Und seit die Burgherrin gestorben war, traute sich auch niemand mehr, sie herumzuscheuchen. Mit Ausnahme von Josefa natürlich. Doch der wusste sie zu entkommen.

Sie öffnete einen Glasflakon, den Albert ihr samt Inhalt geschenkt hatte, und tupfte sich zwei Tropfen Lavendelessenz an den Hals. Sie liebte diese Duftwässerchen, manchmal versuchte sie selbst in Alberts Labor die Düfte der Blüten aufzufangen, was ihr nicht mit jeder Pflanze gelang. Vor allem Lavendel hatte es ihr angetan. Deshalb griff sie auch heute danach, um ihre Aufmachung zu vervollständigen.

Philipp wollte mit ihr musizieren. Das war eines ihrer kleinen Geheimnisse; nur sie, Matti, wusste von seiner Leidenschaft. Seit dem Tod seines älteren Bruders hatte sein Vater, der Burgherr, ihn zur Nachfolge auserkoren. Hatte Hoimar seinen zweitgeborenen Sohn vorher kaum beachtet, sollte der Sprössling nun zu einem harten Ritter erzogen werden. Es war, als wolle man ein Stück Seide in grobes Tuch verwandeln. Matti schüttelte den Kopf. Ausgerechnet Philipp, der sie mit seinen selbst gedichteten Versen zum Träumen bringen konnte, sodass sie alles um sich herum vergaß. Er fand den Ausdruck von Gefühlen keineswegs unmännlich, und das war es, was sie so an ihm mochte. Das und seine Begabung, sie zum Lachen zu bringen.

Sie hatte ihm vorhin freudig zugenickt und ihm versprochen, am Burgtor zu warten, sobald sie ihren Pflichten nachgekommen sei. Auch wenn sie derzeit nichts zu erledigen hatte, er sollte nicht wissen, dass sie sich extra für ihn herausputzte. Am Ende dachte er noch, sie wolle damit etwas bei ihm erreichen. Nein, das musste nicht sein.

Matti verließ ihr Zimmer und betrat einen Flur, der so schmal war, dass sie sich kaum um die eigene Achse drehen konnte. Sie zog die Tür zu ihrer Kammer zu. Hier oben gab es Dienstbotenräume und einen großen Dachboden für Helmtrud, die Köchin, die dort ihre Kräuter zum Trocknen aufhängte und Vorräte wie geräuchertes Fleisch lagerte, um es vor den Ratten zu schützen. Mattis Kammer lag weit ab vom übrigen Wohnbereich und sie war froh darum. Es gab ihr die Möglichkeit, unbeobachtet ihrer eigenen Wege zu gehen.

Sie nahm die schmale Stiege nach unten, stieß sich den Arm am Geländer und hielt sich fest, als sie die Stufe übertreten musste, von der sie wusste, dass diese locker saß. Die nächste Stiege in das tiefere Stockwerk konnte sie zügiger nehmen, denn sie war breiter und besser zu begehen. Schließlich trat Matti durch das Eingangstor auf den Burghof hinaus.

Vor dem Burgtor lehnte Philipp bereits an der Mauer, blickte in die Landschaft und trommelte mit den Fingern lautlos einen Takt gegen die Steine. Seine Laute hatte er in dem üblichen Beutel versteckt und neben sich gelegt.

»Seid gegrüßt, edler Herr.« Matti baute sich vor ihm auf, machte einen übertriebenen Schwenk mit der Hüfte und winkte ihm mit einem kleinen Tüchlein. »Wie steht's mit der Arbeit? Ihr seid müßig, wie ich sehe.«

Er blinzelte ihr entgegen mit seinen blauen Augen, die so strahlen konnten, dass er von innen heraus zu leuchten schien. Der Gegensatz zu seinem dunklen Haar verstärkte diesen Eindruck noch. Ein schelmisches Grinsen zuckte in seinen Mundwinkeln.

»Edle Frau, wie schön Euch zu sehen. Ich darf vermuten, dass ihr mich begleiten wollt. Ich möchte der hochedlen Dame die ein oder andere meiner neuen Melodeien vorspielen.«

Matti führte das Spielchen weiter und verdeckte verschämt ihren Mund, während sie sich leicht zur Seite drehte. »Mein Herr, was denkt Ihr Euch?«

Philipp schulterte seinen Beutel, dann verbeugte er sich tief vor ihr, sodass die Feder seines Hutes die Schnabelspitzen seiner Stiefel berührte. »Es sei mir eine Ehre, meine Gute. Ihr braucht nicht zu befürchten, dass ich mich Euch unziemlich nähere.«

Matti lachte. »Hör auf damit.« Sie trat ihm auf den Fuß, was er mit einem theatralischen Heulen beantwortete.

»Wie grausam schwer Gnädigste sind!«, rief er.

»Sei froh, mein Lieber, dass ich mein Schwert nicht bei mir trage.«

»Das bin ich. Dem seid gewiss. Auch wenn man Euch die Kraft nicht ansieht, Ihr macht es mit Zähigkeit wett.«

»Na, dann komm endlich.«

Sie ging voraus. Ihr Rock bauschte sich bei jedem Schritt, und als sie den Waldweg betrat, atmete sie tief den würzigen Geruch von frischem Grün und vermodertem Laub ein. Philipp holte sie rasch ein und passte sich ihrem Schritt an. Beide schwiegen. Matti spürte, wie er sie von der Seite musterte. Hitze stieg in ihre Wangen, die sie mit ihren kalten Händen wegzuwischen versuchte.

Sie liefen über den Weg zu ihrem Lieblingsplatz. Auf einer Lichtung befand sich ein frei liegender Felsen, dessen mit Moos bewachsene Oberfläche die Frühlingssonne erwärmt hatte. Schaute man in die Richtung, aus der sie gekommen waren, lag ein Stück vor ihnen die Burg auf einem Felsrücken, umgeben von Wald, der weiter unten in der Ebene von Feldern und den Häusern des Dorfes unterbrochen wurde.

Philipp holte seine Laute aus dem Beutel und zupfte probeweise ein, zwei Saiten. Dann setzte er sich aufrecht hin, legte den bauchigen Klangkörper auf seine Oberschenkel und begann in der neuen Manier mit den Fingern zu spielen. Ein vorbeiziehender Sänger aus Frankreich hatte ihm im vergangenen Herbst die ungewohnte Spielweise beigebracht. Matti war die Einzige gewesen, die wusste, warum Philipp immer wieder mit dem Fremden im Wald verschwunden war. Mittlerweile hatte er das Plektrum ganz beiseite gelegt und spielte schnelle Tonfolgen, griff die Akkorde mit der anderen Hand und erzeugte wunderbare Weisen.

»Ich habe ein neues Lied, magst du es hören?«

Matti nickte und gab sich ganz dem Klang hin.

Als er fertig war, hielt er ihr ein Papier entgegen. »Singst du mit? Ich habe den Text notiert.«

»Wenn das dein Vater wüsste.«

»Dann spränge er im Kreis und würde meiner armen toten Mutter wie zu ihren Lebzeiten vorwerfen, ihren Jüngsten mit zu viel Bildung verdorben zu haben.«

»Deine Mutter hat sich immer wunderbar wehren können.«

»Ich habe ihr viel zu verdanken, das weißt du.«

Matti schluckte eine Erwiderung hinunter und sagte stattdessen: »Spiel das Lied noch einmal alleine, ich möchte lieber zuhören, es ist wunderschön.«

Ein Adler kreiste über dem Wohnbau und dem angrenzenden Bergfried der Burg, so als würde er getragen von der Musik, immer höher, immer leichter. Matti verfolgte seinen Flug, stellte sich vor, so wie er zu fliegen. Im Grunde war sie doch fast wie dieser Vogel, frei aber nirgendwo zugehörig. Einmal in Gang gesetzt, ließen sich diese Gedanken nicht mehr bändigen, Matti kannte sie nur allzu gut. Es waren immer dieselben Fragen, die sie plagten: Was wäre geschehen, wenn ihre Mutter sie nach der Geburt nicht vor dieses Burgtor gelegt hätte, sondern vor ein anderes? Wenn sie stattdessen in irgendeiner Stadt vor der Haustür eines Bürgers ausgesetzt worden wäre? Sie sah sich als Magd den Nachttopf der Herrschaft aus dem oberen Fenster auf die Gasse leeren, glaubte, den stechenden Uringeruch in der Nase zu spüren. Sie ließ sich in ihrer Vorstellung die Stiege hinabklettern und unten im Ofen der Küche das Feuer schüren. Sie trug ein grobes Kleid, dessen Wollstoff auf der Haut kratzte.

»Gefällt es dir nicht? Du schaust so verdrossen.«

Matti sah in Philipps Gesicht. Die Brauen hochgezogen, schaute er fragend. Sie lächelte. »Es ist wunderschön.« Die Erleichterung, die sich in seinen Zügen zeigte, freute sie. Ihre Meinung war ihm wichtig, das wusste sie, doch sie fand dies immer wieder gerne bestätigt.

»Du könntest das häufiger haben.« Philipp betrachtete die Holzmaserung auf dem Instrument.

»Ich hab es doch häufig.« Sie knuffte ihn in die Seite, doch er reagierte nicht auf ihren Versuch, lustig zu sein.

»Ich meinte täglich, weißt du?« Er räusperte sich und beobachtete einen Käfer, der einen Weg auf seinen Arm gefunden hatte. Den Blick zum Himmel richtend, auf den Adler, der immer noch dort oben seine Kreise zog, sagte er: »Venedig ist eine reiche Stadt. Sie haben das Monopol für den Gewürzhandel, es gibt wohlhabende Familien, die alle Künste zu genießen verstehen. Ich möchte dort mein Glück als Lautenspieler suchen und, wer weiß, vielleicht schaffe ich es eines Tages als Musiker bis an den Hof. Willst du nicht mit mir gehen?«

Matti zögerte. Trieb er wieder einen seiner Scherze mit ihr? Er wusste, dass sie ihm alles glaubte, was er sagte. Mehr als einmal hatte er sie damit aufgezogen, dass sie immer nur mit Verzögerung seine Witze durchschaute. Mit ihm nach Venedig? Als fahrende Sänger? Das konnte er nicht ernst meinen. Oder doch?

»Als dein Weib oder als deine Geliebte?«, neckte sie ihn.

Endlich sah er sie an. »Wie meinst du das?«

»Du willst doch nur deinem Vater entkommen, gib's zu.« Weiter kam sie nicht, ein Rascheln hinter ihr lenkte sie ab. Als Josefa die Lichtung betrat, zog Philipp rasch den Beutel über die Laute.

»Eure Stimmen haben mir also den richtigen Weg gewiesen.« Josefas Kühle im Blick stand im Gegensatz zu ihren vom Gehen geröteten Wangen. Eine Strähne schwarzen Haares hatte sich aus ihrem Kopftuch hervorgestohlen. Mit ihren schmalen Händen hob sie den Saum ihres Kleides, damit er nicht auf dem Waldboden verdreckte. »Meine Ziehtochter mit dem Sohn des Burgherren.« Missbilligend rümpfte sie die Nase, sodass sich die Falten um ihren Mund vertieften, und schnalzte mit der Zunge, als sie Matti anblickte. »Es ziemt sich nicht für euch, hier ohne Aufsicht zu sitzen.«

Matti wechselte einen raschen Blick mit Philipp. Was war in Josefa gefahren? Sie hatte sich sonst nie darum geschert, ob sie beide etwas zusammen unternahmen.

»Was ist, Mutter?« Matti erhob sich.

»Es ziemt sich nicht, das sage ich doch«, beharrte Josefa. »Ich bestehe darauf, dass du mich zurück zur Burg begleitest.«

Ohne ein weiteres Wort zu verlieren, drehte sie sich um, als sei sie sicher, dass Matti ihrem Befehl Folge leisten würde. Matti beschloss, ihre Ziehmutter nicht zu reizen. Sie nickte Philipp zu. Der schenkte ihr als Antwort ein schiefes Lächeln, machte jedoch keine Anstalten, sich ebenfalls zu erheben. *Es ist ihm zu gefährlich wegen der Laute. Josefa könnte sie entdecken*, dachte Matti.

Josefa schwieg auf dem gesamten Rückweg. Ihre knochigen Schultern zeichneten sich unter dem fein gewebten Stoff des Kleides ab, so angespannt war ihre Haltung. Vielleicht wurde sie langsam wunderlich, die Glücklichste war sie schließlich nicht, nie gewesen. Matti beruhigte sich mit diesem Gedanken und dachte an das, was Philipp sie gefragt hatte, bevor Josefa erschienen war. Würde er zu seinem Vater gehen und um ihre Hand anhalten, würde er das wirklich tun? Und wollte sie das überhaupt?

Ein warmes Gefühl in ihrem Bauch ließ sie die Arme verschränken. Eine Weile grübelte sie nach, dann schüttelte sie den Kopf. Nein, das mit Venedig, das konnte er nicht ernst meinen, und an eine Heirat dachte er zweimal nicht. Trotz all seiner Vorzüge, dass er sich gegen seinen Vater wehrte, das traute sie ihm nicht zu. Sicher war das mal wieder eine seiner unmöglichen Ideen gewesen, und im nächsten Moment hätte er sich krumm gelacht über ihr verdutztes Gesicht. Sie kannte ihn doch.

Kapitel 2

Holz schlug auf Holz. Matti spürte den Widerstand in ihren angespannten Armen.

Zuviel Kraft, dachte sie mit zusammengebissenen Zähnen. Die Erschütterung fuhr ihr durch den gesamten Körper. Langsam ließ sie das Übungsschwert sinken, tat einen Schritt zurück und atmete tief durch. Sie fixierte ihren Gegner mit einem Blick, von dem sie wusste, dass er intensiv genug war, um ihr Gegenüber abzulenken. Doch Eberhard kannte sie zu gut, er ließ sich nicht täuschen. Er lächelte, wobei sich die Narbe an seinem Kinn verzog. Dann nickte er. Die nächste Runde, der nächste Angriff.

Schweiß lief Matti über die Stirn, sie wischte ihn mit dem Handrücken ab. Aus den hochgebundenen Haaren hatten sich Strähnen gelöst. Mit einem Schrei, der ihr selbst in den Ohren dröhnte, warf sie ihren Körper erneut vor. Sie wollte ihn loswerden, den Ärger, der in ihr steckte. Er musste raus aus ihrem Kopf und hinein in dieses Schwert.

»Es ziemt sich nicht«, hallten Josefas Worte in ihrem Kopf nach. »Es ziemt sich nicht, es ziemt sich nicht.« Matti biss die Zähne zusammen, sodass ihr Kiefer schmerzte. Wie blind hieb sie auf das Holz ihres Gegners ein, doch Eberhard war ein erfahrener Ritter und parierte jeden Schlag, der mit Wucht auf sein Schwert traf. Einen Schritt zur Seite, ein Ausholen mit aller Kraft, vorstoßen. Erneut schrie Matti ihre Anspannung aus dem Leib. Verdammt, warum musste Eberhard da stehen wie ein Felsbrocken? Sie musste ihre Wut zügeln, den Ärger kontrolliert in das Schwert lenken.

»Ruhig bleiben. Du bist zu energisch, junge Frau«, mahnte Eberhard. Er wich aus und musterte sie. Schwer atmend hielt sie inne. Die Waffe mit der Spitze auf dem Boden, stützte er sich mit einer Hand auf den Knauf. Sein verschwitztes Hemd und seine verstaubten Beinkleider straften seiner Lockerheit Lügen.

Auch für ihn ist es anstrengend, dachte Matti, darum bemüht, ihren stoßweisen Atem wieder zu beruhigen. *Er tut nur so überlegen. Na warte.*

Wieder brachte sie ihren Körper in Spannung und griff ihren Gegner an. Seine Reaktion war schnell, aber nicht schnell genug. Ein Hieb von rechts, dann einer von links. Matti biss die Zähne zusammen, beide Hände um den Holzknauf geklammert, schlug sie ein drittes Mal zu, zwang mit ihrer Waffe die seine zum Boden hin. Mit aller ihr verbliebenen Kraft drückte sie, sodass er sein Übungsschwert nicht mehr bewegen konnte.

»Na, immer noch der Meinung, ich sei zu hastig?«, keuchte sie und sah mit Genugtuung die Schweißperlen auf der Stirn ihres Lehrmeisters.

»Ja, immer noch.« Eberhard zog sein Schwert zu sich und richtete sich auf. »Du schnaufst wie eine Kuh auf dem Acker, die von Lausbuben gejagt wurde. Du weißt genau, dass rohe Gewalt nicht weiterhilft. Genauso wenig wie Heimtücke.«

Matti starrte auf den Boden des Burghofs, in dessen Staub sich ihre Kampfschritte gezeichnet hatten. Sie wischte sich noch einmal mit dem Handrücken über die Stirn und spürte ihren trockenen Mund. Dann drehte sie sich um, ging zu einer niedrigen Mauer, die den Burggarten abgrenzte und auf der ein Krug mit zwei Bechern stand. Sorgfältig, so als dürfe kein Tropfen danebengehen, goss sie sich Wasser in den einen und konnte nur mit Mühe das Zittern in Armen und Händen beherrschen. Sie trank ein paar Schlucke.

»Tu nicht so«, sagte sie und musterte ihn durchdringend. Als Eberhard nicht auf ihre Worte reagierte, wandte sie sich von ihm ab.

Hühner liefen auf dem Hof umher, pickten am Boden. Ein Hund lag angekettet neben der heruntergelassenen Zugbrücke, die in den inneren Teil der Anlage führte. Er döste, die Augen geschlossen, den Kopf auf den Vorderpfoten, so als ginge ihn der Kampflärm nichts an. Niemand sonst ließ sich sehen, und auch Eberhard würde jetzt sicher lieber einen Mittagsschlaf halten, anstatt mit ihr auf dem Burghof zu kämpfen. Doch sie hatte noch etwas gut bei ihm. Und sie wollte üben, jetzt, auf der Stelle. Der Ärger wegen Josefas Einmischung am vorigen Tag hatte über Nacht Nahrung gefunden und eine Wut entfacht, die in ihrem Innern loderte und brannte und hinaus wollte.

»Ich hab's dir so oft schon gesagt«, begann Eberhard schließlich. »Konzentration ist das, was dich überlegen sein lässt. Du bist schwach, du bist eine Frau, das musst du mit deinem Wissen über die Kampfkunst ausgleichen und ...«

»... mit Konzentration, ich weiß.«

Matti trank erneut einen Schluck aus dem Becher. Das Zittern hatte mittlerweile nachgelassen. Eberhard trat neben sie und tätschelte ihr die Schulter.

»Was ist los mit dir? Du bittest mich um eine Übungsstunde und bist dann unaufmerksam. Wenn du dich austoben willst, reite in den Wald und jage.«

»Würde ich da denn eher treffen?« Matti zog die Brauen hoch. »So ganz ohne Konzentration?«

Eberhard seufzte und ließ sich auf das Mäuerchen sinken. »Mit dir mache ich etwas mit.«

Matti zuckte mit einer Schulter. Ein Schmerz zog ihr bis in den Nacken. Sie fröstelte in ihrem nass geschwitzten Hemd, bewegte die Arme, um es vom Rücken zu lösen. Die Frühlingssonne stand hoch, doch sie bot noch nicht ausreichend Wärme, um irgendetwas zu trocknen. Matti legte ihr Schwert beiseite und zog sich einen Umhang um die Schultern.

»Es hat gut getan, und immerhin habe ich dich bezwungen.«

»Mit unlauteren Mitteln.« Eberhard zwinkerte ihr zu. Kleine Fältchen umspielten seine Augenwinkel, als er sie anlächelte. Er rieb sich mit einem Finger über die Narbe am Kinn.

»Eine Frau in Männerkleidern, die mit dem Schwert kämpft, wo gibt es denn so etwas«, hatte er gesagt, als sie ihn vor Jahren darum gebeten hatte, ihr den Umgang mit den Waffen zu zeigen. Sie hatte ihn mit Naschzeug aus der Küche bestochen. Mit Helmtrud, der Köchin, verstand sie sich gut, denn die sah in ihr noch immer das Kind, welches sie als Amme gestillt und genährt hatte.

»Du spottest seit Beginn an über mich, und doch musst du zugeben, dass ich mich beim letzten Schaukampf recht gut geschlagen habe.«

»Hast du. Aber das war Zufall.«

»Natürlich. Bei dir ist es immer Zufall, wenn ich treffe, und treffe ich nicht, ist es Unvermögen.«

»Meine güte, hast du heute eine Laune. Welche Laus ist dir denn über die Leber gelaufen?«

Matti sah ihn flüchtig an, griff dann in ihren Beutel, wickelte den Kuchen aus einem Stück Tuch, um ihm das süße Gebäck zu geben. Genüsslich biss er hinein. Sie wollte ihm ihre üble Stimmung nicht erklären, es ging ihn nichts an. Niemanden ging es etwas an, was sie fühlte und weswegen sie sich ärgerte. Niemanden!

Sie setzte sich neben Eberhard auf die Mauer, leckte den Honig von ihren Fingern und starrte auf die Kübel an der Rückwand der Stallgebäude. Helmtrud hatte dort blaue, violette und gelbe Frühlingsblumen in Holzfässer gepflanzt. Boten des nahenden

Sommers, die jeder als Erstes sehen sollte, der vom Innenhof aus die Vorburg betrat. Auch Matti gefielen die Farbtupfer am Fachwerk. Es war ihr, als könne man auf diese Art das warme Wetter herbeirufen, das sie längst herbeisehnte. Sie hatte die ausgekühlten Mauern im Winter und den täglichen Eintopf mit sauer Eingelegtem, hier und da angereichert mit geräuchertem Fleisch, gründlich satt. Der Sommer bescherte einen vielfältigeren Speiseplan, und Matti freute sich ganz besonders auf die frischen Äpfel, die im Herbst an den Bäumen die Äste nach unten bogen.

»Wie lange willst du das noch tun?« Eberhard wischte sich mit dem Ärmel die Krümel vom Mund. »Das Kämpfen mit dem Schwert?«

»Was ist denn das für eine Frage?« Matti strich sich mit dem Finger eine Strähne aus dem Gesicht. Wurden denn plötzlich alle merkwürdig? Lag es am Frühling, der erwachenden Natur und den längeren und wärmeren Tagen, dass sie auf dumme Gedanken kamen?

»Mach dir nichts vor, du bist eine junge Frau geworden und müsstest dich schon lange auf dem Heiratsmarkt behaupten. Gib Acht, dass du nicht zur alten Jungfer wirst, die keiner mehr will.«

»Sollen sie mich doch in ein Kloster schicken. Ich heirate nicht!«

»Und du glaubst«, Eberhard lachte laut, so als habe sie einen guten Scherz gemacht, »du glaubst, im Kloster nehmen sie eine Schwertkämpferin?«

»Warum nicht?« Sie wollte provozieren, denn sie wusste genau, dass die eigentliche Frage lauten musste, wer ihr denn die Mitgift für einen Klosterbeitritt zahlen sollte.

»Schau, dass du auf dich acht gibst«, der Ritter war ernst geworden, »sonst endest du als Magd in der Küche, dann hilft dir die Fürsprache deiner Ziehmutter auch nicht mehr. Kannst froh sein, dass sie sich deiner so annimmt.« Er erhob sich und nickte ihr zu. »Ich habe noch ein paar Dinge zu erledigen.«

Matti hob den Kopf, um ihm nachzuschauen, wie er mit energischen Schritten auf die Zugbrücke zulief und dabei ein paar Hühner aufscheuchte. Plötzlich hielt er inne und drehte sich noch einmal zu ihr um. »Denk über meine Worte nach, junge Frau.« Dann verschwand er durch das Burgtor in den inneren Hof.

Matti befühlte ihre Oberarme, massierte die Stellen, an denen es schmerzte. Der Duft der Kräuter aus dem Garten wehte zu ihr hoch, als ein Windhauch zwischen den Mauern hindurchfuhr. »Als Magd in der Küche«, diese Worte Eberhards taten auf merkwürdige Weise weh, obwohl sie sicher war, dass der Ritter sie nicht hatte kränken wollen. Er meinte es gut mit ihr. Aber hatte er nicht letztlich recht mit dem, was er sagte?

Das Einzige, was andeutete, dass ihre leibliche Mutter nicht von niedrigster Herkunft gewesen sein konnte, war das teure Tuch mit den Initialen, in welches sie als Neugeborenes gewickelt und mit dem sie aufgefunden worden war. Dieses Tuch war ihr geblieben, Josefa hatte es für sie aufgehoben. Doch was besagte das schon? Solange sie nicht wusste, wer ihre Mutter sein mochte, war sie abhängig von den Verantwortlichen hier auf der Burg. Wenn die wollten, konnten sie Matti jederzeit wegschicken, ganz gleich wohin, und auch Albert würde ihr dann nicht helfen können.

Aus der Schmiede drang ein Hämmern zu ihr herüber, ein heller Ton von Metall auf Metall. Sie stellte sich ihr eigenes Schwert vor, das sie sich heimlich hatte schmieden lassen. Machte es sie nicht stark, unangreifbar? Im Würfelspiel gewonnene Münzen, hier und da ein kleiner Auftrag oder ein an die Frauen der Burg verkauftes Duftwässerchen, Eberhards gutes Wort, das er für sie eingelegt hatte, und das Entgegenkommen des Burgschmieds, all das hatte ihr zu einer wunderbaren Waffe verholfen, die sie in ihrer Kammer hegte und pflegte.

»Es muss ja nicht so groß werden«, hatte der Schmied gesagt. »Ein langes Messer wäre genau das Richtige für Euch, mein Fräulein, und da brauche ich nicht so viel Material wie für ein Schwert.«

Ihr war es Recht gewesen. Hauptsache, sie konnte im Kampf mit den Männern mithalten. Und das gelang ihr zur Verblüffung ihrer Kampfgegner immer häufiger. Mittlerweile kannte sie die meisten Eigenarten und Kniffe der Ritter, die auf der Burg lebten. Sie wusste, worauf sie beim Einen wie beim Anderen achten musste, und übernahm von ihnen die Schritte oder Ausweichbewegungen, die ihr gut erschienen. Sie hatte sich das alles mit harter Disziplin angeeignet, und nun kam Josefa in letzter Zeit immer öfter und wollte, dass sie die Tugenden einer jungen Frau von Adel pflegte, anstatt sich – wider der weiblichen Natur – im Staub zu wälzen und zu kämpfen. Nur wozu sollte sie die Hofdame spielen, die sie gar nicht war? Matti schüttelte den Kopf und erhob sich. Ein Ziehen fuhr ihr über den Rücken, sie blinzelte.

»Du kannst froh sein, dass sie sich deiner so annimmt«, die Worte des Ritters hatten sich in ihrem Kopf festgesetzt. Nein, sie hatte noch nicht genug Bewegung, der Kampf hatte sie nicht genug angestrengt. Die Unruhe war immer noch da, auch wenn der Ärger nachgelassen hatte. Sie würde sich nach einer weiteren Tätigkeit umsehen müssen, um sie zu besiegen.

♃ ♄ ☿

»Wie du nur wieder aussiehst!« Josefa kam Matti auf dem Burghof entgegen. Bevor sie ausweichen konnte, stand die Ziehmutter vor ihr und musterte sie mit gerunzelter Stirn, ein Zucken in den Mundwinkeln. Mit einem Ton, der nichts Gutes verhieß, ergänzte sie: »Hol Wasser, ich feure den Ofen im Badehaus an.« Damit drehte sie sich um und ging.

Matti, immer noch ausgelaugt vom Kampf, beschloss, ihren Unwillen hinunterzuschlucken und zu gehorchen. *Das wird noch zur Gewohnheit,* dachte sie. *Sie scheucht mich herum, so als habe sie sonst keine Sorgen.* Vielleicht würde sich die allgemeine Aufmerksamkeit wieder legen, wenn sie sich so gefügig wie möglich benahm. Erst am Brunnen, als sie den Eimer hochzog, kamen die Zweifel. Fast schien es ihr, als stelle Josefa ihr nach und beobachte sie. Nur warum auf einmal?

Matti ließ einen zweiten Eimer am Seil in die Tiefe herab. Mit einem Klappern schlug er gegen die Brunnenwand. Das Geräusch wurde dumpfer, je tiefer er fiel. Eine Weile wartete sie, bis er sich mit Wasser gefüllt hatte, dann zog sie ihn über die Winde, die sich quietschend gegen die Last wehrte, wieder hoch. Ein Blick zu ihren staubigen Stiefeln und Beinkleidern genügte. Ja, Josefa hatte Recht, sie sah dreckig aus. Aber das war kein Wunder nach einem Schwertkampf, und es hatte ihre Ziehmutter nicht zu kümmern.

Matti hob die beiden Eimer hoch und trug sie zum Badehaus neben der Küchenhütte. Wasser schwappte über, verursachte einen Fleck auf der Erde, in die es versickerte. Das Gewicht zog an ihren Armen und verstärkte die Gewissheit, sich beim Kampf zu sehr angestrengt zu haben.

Im Badehaus schlug ihr warme Luft und der Geruch nach verbranntem Holz entgegen. Der Ofen war angefeuert und der Kessel zum Erhitzen des Wassers obenauf gestellt. Einen Eimerinhalt in den Badezuber, einen in den Kessel, das gab ein gutes Gemisch – nicht zu heiß und nicht zu kalt. Josefa sagte kein Wort, also beschloss Matti, ebenfalls zu schweigen.

Etliche Male lief sie so hin und her, brachte leere Eimer zum Brunnen, füllte sie und schleppte sie zum Badehaus zurück, bis sich ihre Arme gänzlich taub anfühlten. Endlich bestimmte Josefa: »So, das reicht, zieh dich jetzt aus.«

Ihre Stimme hörte sich weicher an als vorhin, der schneidende Unterton war verschwunden. Trotz ihres unguten Gefühls freute sich Matti auf die Entspannung im Wasser. Als kleines Mädchen hatte sie es wunderbar gefunden, wenn ihre Ziehmutter ihr den Rücken geschrubbt hatte. Im Gegensatz zu anderen Kindern hatte sie gerne im Waschbottich gesessen.

Noch heute liebte sie den frischen Badgeruch, vielleicht auch weil Albert sie recht früh schon auf den Zusammenhang zwischen Reinlichkeit und Gesundheit hingewiesen hatte. Als Kind hatte sie alles getan, um Albert zu gefallen. Der hatte es mit seinem gutmütigen Lachen und einem väterlichen Streicheln über ihr Haar honoriert.

Matti zog an ihren Stiefeln, dann an den Beinkleidern. Beides ließ sie am Boden liegen. Der Duft nach Lavendel stieg aus dem warmen Wasser empor, ein Seifenstück lag daneben bereit, und Josefa beobachtete sie. Erstaunt erkannte Matti Sorge im Blick ihrer Ziehmutter. Was hatte das nun wieder zu bedeuten?

Sie stieg auf den Schemel und kletterte über den Rand des hölzernen Bottichs. Mit dem Zeh berührte sie die Wasseroberfläche, hielt sich mit den Händen an dem abgenutzten Holz fest.

»Uh, das ist viel zu heiß.« Sie zog den Fuß zurück, erwartete Widerspruch, doch Josefa hob lediglich einen der vollen Eimer und goss kaltes Wasser nach. Matti stieg in den Bottich. Ihre Ziehmutter wandte ihr den schmalen Rücken zu und füllte den Kessel über dem Herd erneut.

»Jetzt ist es zu kalt.« Matti ließ ihr Gegenüber nicht aus den Augen. Verwundert stellte sie fest, dass schon wieder keine energische Zurückweisung kam, wie es sonst Josefas Gewohnheit war. Stattdessen nahm sie den Kessel vom Herd und goss vorsichtig heißes Wasser nach.

»Besser so?«

Matti nickte, ohne dem Blick standhalten zu können. Sie rieb sich mit der Seife über die Schultern, wollte nicht nutzlos dasitzen und darauf warten, dass die Situation sich entspannte und Josefa sich benahm wie immer.

Die nahm eine weiche Bürste, schäumte sie mit Seife ein und begann, in kreisenden Bewegungen Mattis Rücken zu waschen. Matti schloss die Augen. Es tat gut, die schmerzenden Schultern zu entspannen. Das warme Wasser umschmeichelte sie, und bald fühlte sie, wie die Unruhe aus ihr wich.

»Du bist eine junge Frau geworden, schau deine Brüste sind schon lange erblüht.«

Josefas Worte kamen so unvermittelt, dass Matti den Kopf wandte und sie ansah. Ihr Gesicht zeigte keine Regung.

»Du bist längst in dem Alter, in dem andere ihrem Ehemann Kinder gebären«, fuhr sie fort. »Es wird Zeit, dass wir etwas unternehmen.«

Matti ließ sich tiefer in den Bottich sinken. Das Wasser umspülte sie, der Lavendelduft setzte sich in ihren Haaren fest, als sie den Kopf untertauchte, um sich vor den Worten zu verstecken. Alles in ihr sträubte sich dagegen. Aber auch unter Wasser konnte sie den unangenehmen Wahrheiten nicht entkommen: *Heiratsfähiges Alter, zur Frau geworden, Kloster, als Magd in die Küche.*

Sie kam wieder hoch. Atemlos, bevor Josefa sprechen konnte, fragte sie: »Warum habt Ihr mich damals aufgenommen, als meine Mutter mich vor das Burgtor legte?«

Mit dieser Frage hatte ihre Ziehmutter nicht gerechnet. Matti spürte das Zögern, obwohl sie hinter ihr stand, um ihr die Haare mit Seife zu waschen. Ihre Finger griffen kräftig zu, massierten Mattis Kopfhaut, so als würde Bewegung die Antwort erleichtern. Schließlich sagte Josefa: »Warum hätte ich dich liegen lassen sollen? Das wäre gegen jede Christenpflicht gewesen.«

»Die Burgherrin hat es Euch nie verziehen.«

»Die hat mir ganz andere Dinge nicht verziehen. Doch das tut jetzt nichts zur Sache, schließlich ist sie nicht mehr unter uns.«

Matti tauchte ins Wasser, um die Seife aus den Haaren zu spülen. Als sie wieder hochkam, fragte sie: »Wolltet Ihr sie verärgern? Sie hat Euch nie als ebenbürtig anerkannt, sich über Euch lustig gemacht.«

Josefa antwortete mit einer unwirschen Handbewegung, so als wolle sie das unerfreuliche Thema beiseite wischen.

»Warum habt Ihr mich nicht der Köchin überlassen? Eurer Christenpflicht wäre damit Genüge getan gewesen, und ich wäre in der Küche als Magd sicher nützlicher gewesen.«

»Rede nicht dumm daher.« Etwas blitzte in Josefas Augen, doch sie hatte sich gleich wieder im Griff.

Dieses Gespräch muss ihr sehr wichtig sein, dachte Matti. Sie sagte: »Ihr hättet Euch viel Ärger erspart.«

»Du bist keine Magd, und das weißt du ebenso gut wie ich.«

»Nur weil ich in teures Tuch gewickelt war, als Ihr mich gefunden habt?«

»Das ist Beweis genug, meinst du nicht? Nun komm heraus.«

Matti stieg aus dem Bottich. Eine Gänsehaut bildete sich auf ihren Armen, rasch nahm sie das grobe Wolltuch, das Josefa ihr hinhielt, um sich abzutrocknen.

»Wenn ich von so hoher Geburt bin, warum habt Ihr nicht nachgeforscht, wer meine Eltern sind?« Sie stellte diese Frage nicht zum ersten Mal und hätte sich die Antwort selbst geben können, so genau wusste sie, was Josefa erwidern würde.

»Wer ein Kind aussetzt, will keine Fragen gestellt bekommen. Außerdem gab es nicht genug Anhaltspunkte, wo hätten wir suchen sollen?«

»Vielleicht wurde ich gestohlen und meine Mutter weint sich noch heute die Augen nach mir aus.«

»Das glaube ich kaum.« Damit schien das Thema für Josefa beendet. Nach einer Weile fuhr sie fort: »Es gibt einen Mann, der Gefallen an dir findet. Es wird Zeit, dass du dich mit dem Gedanken anfreundest, zu heiraten.«

Matti rubbelte verbissen ihre Haare trocken. Nun war es geschehen, die Worte waren heraus und ließen sich nicht wieder rückgängig machen. Jemand warb um sie? Einen unvernünftigen Moment lang dachte sie, dass Philipp den Mut gefunden hatte, bei seinem Vater um ihre Hand anzuhalten. Die Hand eines Findelkinds für den Sohn des Burgherrn. Sie schüttelte den Kopf. Das war unmöglich.

»Warum schickt Ihr mich nicht in ein Kloster?«

Ihre Ziehmutter sah sie durchdringend an, so als könne sie allein durch ihren Blick Gehorsam erzwingen. »Du verhältst dich nicht wie eine Nonne. Wie eine junge Frau im Übrigen auch nicht, und das sollte sich ändern.«

»Wer ist es?«

»Eine gute Partie von Adel, sei ohne Sorge.«

»Wie soll das möglich sein, ich habe nicht einmal eine Mitgift zu bieten. Oder rückt mein Vormund Hoimar etwas von seinem kostbaren Hab und Gut für ein Findelkind heraus? Ein Findelkind, das in teures Tuch gewickelt wurde und deshalb von hoher Geburt sein soll?« Es war die pure Lust am Widerspruch, die Matti reizte, so zu reden. Sie wusste selbst am besten, dass sie sich noch nie wie eine Magd gefühlt hatte.

Josefa half ihr beim Ankleiden. Ihre kalten Finger an den Schultern, als sie ihr das Kleid überzog, fühlten sich unangenehm an.

»Wer ist es?«

»Du wirst es erfahren, und bis dahin gewöhne dich daran, dich als Frau von höherem Stand zu benehmen.«

Sie wollte keinen Mann, egal ob von hoher Geburt oder nicht! Wozu auch? Sie würde ihn sowieso nicht zufrieden stellen können. Sollte er tatsächlich von edler Herkunft sein, schon dreimal nicht. Sie als feine Dame mit einer Stickerei auf dem Schoß, das war lächerlich.

»Ich habe es dir bislang verschwiegen, aber deine Mutter hat dir nicht nur das Tuch, sondern auch ein Schmuckstück überlassen, einen Ring mit einem wertvollen Stein. Ich vermute, sie dachte an deine Mitgift, ich habe ihn für dich verwahrt. Was mir zu tun bleibt, ist, dich auf die Hochzeit vorzubereiten.«

»Einen Ring? Was soll das bedeuten? Warum habt Ihr mir nicht gesagt, dass es außer dem Tuch noch etwas gibt, obwohl ich Euch immer wieder gefragt habe, ob Ihr noch mehr von meiner Herkunft wisst.«

»Die Zeit war nicht reif dafür.«

»Und nun ist sie es? Was verschweigt Ihr mir noch?«

»Nichts weiter. Und jetzt übe dich in den Tugenden einer guten Ehefrau. Du wirst sehen, dir bleibt ohnehin keine Wahl.«

»Wer ist es?«, wiederholte Matti.

Ohne eine Antwort zu geben, verließ Josefa das Badehaus.

Matti blieb zurück. Als sie merkte, wie sich ihre Finger um das nasse Tuch krampften, warf sie es auf den Boden. Sie trat gegen einen Eimer, der polternd ein paar Schritte rollte. *So einfach mache ich es euch nicht.*

Kurze Zeit später kniete sie in ihrer Kammer vor der Holztruhe und strich über das blütenförmige Schnitzmuster auf dessen Oberfläche. Mit dem Finger fuhr sie die Linien nach, hielt an einem abgebrochenen Stück inne, versuchte es glatt zu streichen. Schließlich schob sie die Truhe ein Stück beiseite, zog an einer lockeren Bohle am Boden und holte das zusammengelegte Tuch aus der entstandenen Öffnung.

Sie strich über den dicken Brokatstoff, der sie wohl vom Auskühlen hatte bewahren sollen und der von ausreichender Größe war, um ihn doppelt um einen Säugling zu wickeln. Die rot eingestickten Initialen fühlte sie als leichte Erhebung. Sie schlangen sich wie zu einem Wappen umeinander, gehörten zu einem Namen, den Matti nicht kannte und, so wie es aussah, auch nie erfahren würde.

Wenn ich nur wüsste, wie du heißt, Mutter, dachte sie und empfand die Buchstaben einmal mehr als Hohn. Die verschnörkelten Linien, ineinander verflochten, miteinander verbunden – sollten sie ihr nicht etwas sagen? In verrückten Momenten dachte Matti, dass ihre Mutter sie mit diesem Rätsel auf die Probe stellen wollte. So als wäre sie erst dann wert, ihre Herkunft zu erfahren, wenn sie das Geheimnis lüften konnte.

Sie dachte wieder an Josefas Worte, es gebe einen, der sich für sie interessiere. Was sollte das bedeuten? Hatte er bereits um ihre Hand angehalten? Matti legte das Tuch zurück. Unvermittelt musste sie lächeln, als sie an Philipps verrückte Idee mit der gemeinsamen Flucht dachte. Sollte sie es wagen? Sie schüttelte den Kopf. Das fühlte sich nicht richtig an. Genauso wenig wie die Tatsache, dass Josefa es sich auf die Fahnen geschrieben hatte, sie zu einer ehrbaren Ehefrau zu machen.

Ihr werdet schon sehen, ich werde mich wehren dachte Matti.

Kapitel 3

Matti sah von ihrer Näharbeit, mit der sie es sich unter dem Kirschbaum auf einer Bank bequem gemacht hatte, auf und fluchte. Der Korb mit der Kleidung zum Ausbessern stand neben ihren Füßen. Grobe Alltagskleider und Beinlinge, die Löcher oder Risse davongetragen hatten, befanden sich darin. Feinere Gewebe überließ ihr Josefa nicht, und wenn es nach Matti gegangen wäre, dann hätte sie auch diese Arbeiten lieber beiseitegelegt.

»Da schau sich doch einer dieses vermaledeite Loch an. Wie soll man das flicken?«, fragte sie eine Katze, die ratlos zu ihr hochsah und dann zu gähnen begann. »Ja, dir ist mein Elend gleichgültig.«

Matti hatte noch nie besondere Geschicklichkeit bewiesen, was Näharbeiten oder Stickereien betraf. Der Eifer, mit dem die ehemalige Burgherrin die Handarbeiten im Kreis der Frauen beaufsichtigt hatte, ließ sie noch heute vor Unwillen schnauben, wenn sie nur daran dachte. Die Stiche zu grob gesetzt, der Faden nicht sauber verknotet, das Motiv auf der Stickerei zu eckig, wie oft hatte sie zähneknirschend die Arbeit eines ganzen Vormittags vernichten und von Neuem beginnen müssen. Seit die Herrin nicht mehr war, blieben ihr diese Zusammenkünfte erspart, und die teureren Kleider flickte Josefa.

»Der Bote des Apothekers ist angekommen!«, erklang der Ruf des Küchenjungen über die Hecke, die den Burggarten zum äußeren Hof hin abgrenzte. Vermutlich hatte er sich wieder einmal als Späher am Burgtor betätigt und den Besuch als Erster entdeckt.

Der Bote! Sehen konnte Matti ihn nicht, die niedrige Steinmauer, die den Garten umgrenzte, und das Gebüsch versperrten ihr den Blick. Ein Pochen folgte den Worten des Jungen. Er hämmerte mit seiner Faust gegen die Tür, die zu Alberts Labor führte.

Matti stopfte das Kleid in den Korb, verstaute Nadel und Faden in einem Lederbeutel und erhob sich. Als sie ein paar Schritte gelaufen war, sah sie, wie Albert sich mit wehendem Umhang durch das Tor bewegte. Neben ihm trottete Frederik, wie immer in bunte Beinkleider nach neuester Art gekleidet, was seine Eitelkeit wie seine adlige Abstammung unterstrich.

Eitler Fatzke, dachte Matti, als sie die beiden im äußeren Burghof einholte. Der Bote saß gerade von seinem Pferd ab, das nun von dem Küchenjungen festgehalten wurde. Matti musste lächeln, als sie die vor Aufregung roten Wangen des Kleinen sah, bis sie bemerkte, dass ihre eigenen ebenfalls glühten. Mit kalten Händen wischte sie darüber.

Heute würde Albert zum ersten Mal ein von Matti neu erfundenes Schmerzmittel verkaufen, und da musste sie unbedingt dabei sein. Auch wenn sie wusste, dass sie frühestens in ein paar Wochen, wenn der Bote erneut kam, von dem Verkaufsergebnis erfahren würde, wäre es für sie unerträglich gewesen, ihre Erfindung nicht selbst mit auf den Weg zu schicken. So als müsse sie sich vergewissern, dass die Fläschchen sicher die Burg verließen.

»Seid gegrüßt«, sagte Albert zu dem Mann.

Matti befahl dem Jungen, er solle in der Küche etwas zu essen und zu trinken besorgen. Sie nahm ihm die Zügel des Pferdes ab, tätschelte über dessen weiche Nüstern, während sie nach dem Stallburschen rief, um es ihm zu übergeben. Dann raffte sie den Saum ihres Kleids, zögerte kurz, als sie den vergessenen

Korb vor der Hecke zum Garten sah, und entschied, ihn erst einmal stehen zu lassen.

Der Bote kannte sie zwar, weil sie sich meist in der Nähe befand, wenn er und Albert Geschäfte machten. Aber sie wollte keine Dinge mit sich herumtragen, die davon zeugten, dass sie eigentlich andere Arbeiten zu verrichten hatte. Wie eine einfache Magd sah sie schließlich nicht aus, und der Mann sollte sich nicht mehr über sie wundern als nötig.

Nicht zum ersten Mal verfluchte sie den Umstand, dass niemand wissen durfte, dass sie es war, die Alberts Medikamente erfunden und angerührt hatte. Zu Beginn war es ihr sicherer so erschienen. Dass sie sich im Schwertkampf übte, verursachte schon genug Aufsehen auf der Burg. Ihre enge Verbindung zu Albert wollte Matti lieber im Geheimen halten, aus Angst, jemand könnte sie ihr verbieten.

Sie folgte den Männern zu den Räumen des Alchemisten. Frederik musterte sie argwöhnisch, als sie sich ihnen anschloss. Doch sie nahm dem Küchenjungen einfach das Essen ab und schob sich damit hinter den anderen ins Zimmer.

Der Raum, in dem Albert seine Gäste empfing, besaß keinen Kamin. Er war im Winter empfindlich kalt, nur durch ein Kohlebecken beheizbar, das heute wegen der frühlingshaften Temperaturen sauber geputzt in der Ecke stand. Ein Wandbehang verdeckte die kahlen Steine. Auf dem Tisch in der Mitte hatte Albert bereits ein Holzkästchen mit den bestellten Arzneien gefüllt.

Matti stellte einen Krug mit Met, kaltes Fleisch und Brot auf den Tisch vor den Reiter, der sich mit einem Seufzen auf einem Schemel niederließ. Flüchtig nickte er ihr zum Dank zu und streckte dann beide Beine weit von sich, so als müsse er die Verkrampfung, die durch den Ritt entstanden war, erst wieder lösen.

»So weit ist Heidelberg doch gar nicht entfernt«, neckte sie ihn.

»Oh, was wisst Ihr schon, gnädiges Fräulein. Ich komme von weiter her, bin auf dem Rückweg und habe nur noch die Bestellung vom Herrn Apotheker zu erledigen.«

»Trinkt und ruht Euch ein wenig aus«, Albert ließ sich neben ihm auf einem Sessel nieder.

»Ihr habt es Euch verdient«, Matti schob ihm den Becher hin, den er ansetzte, ein paar Schlucke trank und sich dann mit dem Ärmel über den Mund wischte.

»Als Bote ist man immer viel unterwegs, aber ich sag's Euch, die letzten Wochen waren ein Graus. Zweimal musste ich zwischendurch das Pferd wechseln, um es zu schonen. Mein Bruder päppelt die Kläpper auf seinem Hof immer wieder auf.« Der Bote griff nach Fleisch und Brot und biss herzhaft hinein, während er Albert von seinen erfolgten Missionen erzählte. Familien, die ihren studierenden Söhnen Geld zusandten, Kaufleute, die mit Händlern aus anderen Städten in Kontakt standen, er könne sich nicht über einen Mangel an Aufträgen beklagen, meinte er.

Mit verschränkten Armen zog Matti sich zurück. Sie lehnte sich an die Wand, Frederiks kritischen Blick meidend und die Aufmerksamkeit auf die beiden Männer gerichtet, die sich am Tisch weiter unterhielten. *Schau nicht so giftig, du hast hier weniger zu suchen als ich, mein lieber Alchemistengehilfe*, dachte sie und biss sich auf die Unterlippe.

»Ich habe ein Mittel entwickelt, das dem Herrn Apotheker eine wahre Freude sein wird. Lasst es mich erklären, damit Ihr es ihm weiterleiten könnt«, kam Albert schließlich zur Sache. Der Bote nickte und lauschte den Ausführungen, um sie wortgetreu wiedergeben zu können. Matti rieb sich die heißen Wangen und haderte mit der Untätigkeit, zu der sie verdammt war. Am liebsten hätte sie ihr Heilmittel selbst erläutert, so stolz war sie darauf.

Es war nicht leicht gewesen, die richtige Zusammensetzung zu finden.

Albert mischte in sein universelles Wundermittel Theriak, das er zum Allheilmittel formen wollte, immer einen guten Teil des getrockneten Suds unreifer Mohnkapseln hinzu. Matti hatte ihn dabei beobachtet und mehrfach mit ihm über die Wirkung einen Disput geführt.

Sie hatte ein hochwirksames Schmerzmittel herstellen wollen. Bilsenkraut wollte sie als Grundsubstanz verwenden, doch in den Schriften wurde neben der schmerzstillenden Wirkung auch vor der hohen Giftigkeit gewarnt. Die Dosis war das Entscheidende. Das hatte sie bei der Lektüre der alten Bücher gelernt. In Verbindung mit ein paar harmloseren Kräutern und dem Mohnsaft hatte sie eine Tinktur hergestellt, die sie einiges an Experimentierzeit gekostet hatte. Bei einem solch gefährlichen Mittel musste genau gearbeitet werden.

Die erste Dosis hatte sie einer Ratte am Fluss verabreicht, die daran verendet war. Der Hofhund bekam die zweite Probe zu kosten und vertrug sie, sodass Matti den dritten Versuch an sich selbst vornehmen konnte. Sie hatte sich mit rohem Gemüse und frischem Saft den Magen verdorben. Die erste Mixtur war zu schwach gewesen, um Linderung zu bewirken, und sie hatte einen ganzen Tag lang mit Krämpfen und Erbrechen zu tun gehabt.

Der zweite Versuch hingegen war gelungen, die Symptome klangen kurz nach der Einnahme des Mittels ab. Zwischenzeitlich hatte die Köchin drei Tropfen der Tinktur in Wasser eingenommen, bevor sie sich vom Bader einen Zahn hatte ziehen lassen. Seither schwor sie auf die Heilmittel, die Matti ihr verabreichte, und die hoffte nun auf Erfolg beim Apotheker. Aufgrund der teuren Bestandteile und der aufwändigen Herstellung würde Albert ein hübsches Sümmchen dafür verlangen.

»Sagt dem Herrn Apotheker, er soll bei diesem Schmerzmittel genau auf die beiliegende Dosierungsanleitung achten. Eine zu hohe Dosis wird mehr schaden als nutzen. Richtig angewandt aber, ist es ein Wundermittel, das seinesgleichen sucht.« Ein kurzer Blick zu Matti hin, ein Lächeln, und er wandte sich wieder seinem Gast zu, ging mit ihm die weiteren Tinkturen und Salben durch und stellte die Rechnung aus, die der Bote mit dem Geld des Apothekers beglich.

Als der Mann sich schließlich erhob, um den Heimweg anzutreten, konnte Matti nicht mehr an sich halten: »Sagt, das Hustenmittel, das Ihr letztes Mal mitnahmt. War der Herr Apotheker zufrieden damit?«

Der Bote nickte freundlich. »Sehr! Besonders im Winter hat sich das Mittel rasch verkauft, Ihr seht es ja an der Neubestellung.« Er deutete auf den Holzkasten, den er sich unter den Arm geklemmt hatte. Dann wandte er sich an Albert: »Gewiss seid Ihr nicht willens, ihm das Rezept zu verkaufen? Er selbst mischt auch einen Hustensaft, doch die Kunden verlangen nur nach dem Eurigen. So lässt er höflich anfragen, ob Ihr ...«

Albert klopfte ihm auf die Schulter, und der Bote nickte, so als habe er mit der Ablehnung gerechtet.

»Er kann es jederzeit bei uns nachbestellen, wir fertigen es gerne für ihn an.«

Frederik beeilte sich, die Tür aufzuhalten, und begleitete die beiden Männer nach draußen auf den Hof. Matti ließ sich auf einen Schemel sinken, zeichnete mit dem Finger die Linien der Holzmaserung nach, bis ihre Hand an den Beutel mit Münzen stieß. Unter dem groben Stoff konnte sie das Metall erfühlen. Sie versuchte, die Summe, die Albert in sein Buch notiert hatte, über Kopf zu entziffern, denn es lag verkehrt herum.

Umdrehen wollte sie es nicht, um den Tisch herumgehen auch nicht. Für sie tat es eh nichts zur Sache, wie viel die Männer an diesen Mitteln verdienten. Allen voran Hoimar, der sicher einen guten Teil in sein eigenes Säckel steckte, schließlich war er es gewesen, der den Kontakt hergestellt hatte, zu dieser neuen Einrichtung in Heidelberg, in der ein Cremer Salben und Mittelchen herstellte und feilbot. »Eine gute Entwicklung«, hatte er das genannt und sie zu nutzen gewusst.

♃ ♄ ☿

Sie ist meinem Vorschlag ausgewichen, dachte Philipp und starrte auf die Bretterwand, die das Nebengebäude vom Stall abgrenzte. Er konnte nicht sagen, wie oft ihm diese Schlussfolgerung durch den Kopf gegangen war, seit er gestern mit Matti beisammen gesessen hatte. Die Hoffnung, ihr durch ein Lied deutlich zu machen, was er sich von ihr wünschte, hatte sich zerschlagen. Sie hatte nicht darauf reagiert, nur die Melodie und den Text gelobt, so als verstünde sie die Bedeutung dahinter nicht. Doch auf die kam es ihm an. Sie wich ihm aus, und er verstand es sogar.

»Als dein Weib oder als deine Geliebte?«, hatte sie ihn mit einem Augenzwinkern gefragt. Er schüttelte den Kopf, dachte an ihre Neckereien, das Leuchten in ihren Augen, wenn er ihr ein Lied vorsang. Hatte er ihre Blicke missdeutet?

Er fuhr fort, mit Lappen und Wachs den Sattel seines Pferdes zu polieren, den er zu diesem Zweck auf einen Holzbock gelegt hatte. Weiteres Zaumzeug und Sättel reihten sich auf den Regalen und Aufhängungen an der Wand, es roch nach Leder und den Pferden, die im angrenzenden Stallraum schnaubten. Eines trat mit dem Huf gegen die Holzwand, sodass es krachte. Ein Schimpfen des Stallknechts folgte. Philipp rieb mit kreisenden Bewegungen, bis das Leder glänzte. Dann hielt er inne, um zum unzähligsten Mal zu denken: *Sie ist mir ausgewichen. Und ich verstehe es sogar.*

Hatte er ernsthaft angenommen, dass Matti ihm in die Arme fallen würde, um sich freudig auf das Abenteuer einzulassen, das er ihr vorschlug? Welche vernünftige Frau würde das tun, Zuneigung hin oder her. Obwohl ein kleiner Funken Hoffnung in ihm gewesen war, dass genau das geschehen würde. Denn Matti war alles andere als vernünftig.

»Als dein Weib oder als deine Geliebte?« Auch wenn sie neckisch dabei gegrinst hatte, diese Worte waren eindeutig, oder? Philipp schloss die Augen und ballte die Hand zur Faust. *Ich war mir sicher, dass sie mich mag. Ich spüre es doch, wenn sie neben mir sitzt und ganz dicht an mich heranrückt.*

Mit einem wütenden Schwung warf er den Lappen auf den Boden. »Verdammt! Ich habe lange genug gezögert.«

Er verbat sich jeden weiteren Zweifel.

Ohne sich um den Sattel zu kümmern, durchquerte er die Stallungen, ließ den Geruch der Tiere hinter sich und zwang sich, an die Komposition zu denken, an der er gerade arbeitete, nur um nicht in seinem Elan ausgebremst zu werden durch ein neues Dementi in seinem Kopf.

Er überquerte den Hof und machte sich auf die Suche nach seinem Vater. Im Hauptgebäude traf er auf einen Diener.

»Er ist in der Kammer Eurer Mutter, Gott hab sie selig.«

Philipp fragte sich, was sein Vater dort zu suchen hatte, während er die Stufen der Stiege erklomm. Seit dem Tod der Mutter war das Zimmer verschlossen geblieben. Niemand durfte hinein, ihr Andenken sollte gewahrt bleiben. Zu Beginn hatte Philipp vergeblich darum gebeten, den Raum betreten zu dürfen.

In dieser Zeit war ihm zum ersten Mal deutlich geworden, wie sehr sein Vater seine Frau vermisste, obwohl er sich nach außen hin weiter hart und unerbittlich gab. In den Jahren war dies in Vergessenheit geraten.

Philipp hastete noch schneller die Treppen hinauf, dann einen Gang entlang. Er konnte die Stimme seines Vaters hören, wie er in befehlsgewohntem Ton seine Anweisungen gab.

»Pack das sorgfältiger ein! Es soll keinen Schaden nehmen, habe ich mich nicht deutlich genug ausgedrückt?«

Philipp erreichte das Zimmer und blieb in der offenen Tür stehen. Hoimar stand breitbeinig in der Mitte des Raumes, mit dem Rücken zur Tür. Seine imposante Gestalt schien den ganzen Platz einzunehmen. Er war schon immer ein Mensch gewesen, der einen Raum mit seiner Gegenwart ausfüllen konnte.

Einer der Ritter wuchtete eine Holztruhe von der Wand weg. Eine Magd hielt eines der Kleider von Philipps Mutter hoch, um es auszuschütteln. Es war das Blaue, das sie so gerne getragen hatte.

Philipp musste schlucken, sah seine Mutter vor sich stehen mit kunstvoll hochgestecktem Haar unter einer Haube und dem engen Kleid, das am Schluss viel zu locker um den von Krankheit gezeichneten Körper gefallen war.

Die Zeit schien stillgestanden zu sein, seit er das Zimmer vor Jahren das letzte Mal betreten hatte. Das Bett, die Truhe und der reich verzierte Schrank, alles stand noch so da, wie er es in Erinnerung hatte. Nur die fingerdicke Staubschicht, die durch die Schritte der drei Personen auf dem Boden verwischt worden war, und die Spinnweben, welche die Möbel überzogen, störten die trügerische Täuschung. Philipp rief sich zur Ordnung. Er durfte sich nicht ablenken lassen von den Gefühlen, die ihn beim Anblick all der Sachen überkamen.

»Was macht Ihr da, Vater?«

Hoimar fuhr herum. Seine buschigen Augenbrauen zogen sich zusammen, als er seinen Sohn erkannte. »Was willst du?« fragte er barsch, so als fühle er sich ertappt. »Du siehst doch, dass ich beschäftigt bin.«

»Das sind Mutters Sachen.« Philipp starrte seinen Vater an und suchte in seinem Blick eine Antwort.

»Und sie lagen lange genug hier herum. Es wird Zeit, dass sich ein paar Dinge ändern, und dazu gehört, dass dieser Raum gesäubert wird. Ist das alles, was du von mir willst, mir neugierige Fragen stellen?« Er drehte sich wieder zu der Magd, die das Kleid sorgsam zusammenfaltete, um es dem Ritter für die Truhe zu übergeben.

Philipp zwang sich, stehen zu bleiben. Wenn er jetzt unverrichteter Dinge den Rückzug antrat, würde er Matti heute Abend an der Tafel nicht mehr unter die Augen treten können.

»Vater, ich habe Euch etwas mitzuteilen.«

»Nur zu.« Hoimar drehte sich halb um.

Philipp starrte auf den Bauch seines Vaters, der sich unter dem Gewand wölbte. Er hätte es einfacher gefunden, mit seinem Rücken zu sprechen.

»Ich ... ich habe beschlossen, nach Venedig zu gehen.« Laut und deutlich brachte er die Worte heraus. Er hatte den Eindruck, der Körper seines Vaters versteife sich, doch er konnte sich auch täuschen. Er ballte die Hände zu Fäusten.

Einen endlosen Augenblick geschah nichts. Dann begannen die Schultern Hoimars zu zucken. Er lachte, leise, aber unüberhörbar. Philipp biss die Zähne zusammen vor Ärger. Er blieb stehen, die Füße fest am Boden, so als könne ihn nichts von der Stelle bewegen.

»Mein Sohn.« Hoimar drehte sich nun ganz zu ihm herum, nahm ihn hart am Arm und zog ihn aus dem Zimmer in den Gang. Sein Griff ließ nicht locker, der Schmerz zog Philipp bis hoch in die Schulter und trieb ihm Tränen in die Augen.

»Ich höre«, fuhr Hoimar fort, »du spielst weiterhin die Laute.«

»Es war eine Ausnahme«, antwortete Philipp und verfluchte insgeheim die mangelnde Verschwiegenheit von Josefa.

»Ich habe es verboten, du erinnerst dich daran? Stattdessen solltest du dich im Kampf üben. Schau dir an, wie du dich windest unter meinem Griff.« Er ließ Philipps Arm so plötzlich los, dass dieser taumelte und sich an der Wand abfing.

»Ich übe ja, fragt Eberhard«.

»Du bist deinem Bruder nicht ebenbürtig, Junge. Was auch immer Gott mit mir plant, er hat mich gestraft, als er mir meinen Ältesten nahm. Er wäre ein Nachfolger gewesen, für den ich mich nicht hätte schämen müssen. Aber du? Deine Mutter hat dich mit Bildung verweichlicht. Ein Mann, der auf der Laute spielt, ist kein Mann, sondern eine Memme.«

Hoimar zog ihn erneut zu sich heran. Philipp konnte dessen fauligen Atem riechen und spürte die Spucketröpfchen in seinem Gesicht, als sein Vater weitersprach.

»Bevor du in der Gegend herumreist, werde erst einmal ein richtiger Ritter.«

Hoimar stieß ihn erneut von sich, drehte sich um und verschwand in der Kammer. Er schloss die Tür, doch seine harschen Befehle drangen durch das Holz zu ihm durch, und Philipp spürte das unbändige Bedürfnis, diese grobe Gestalt aus dem Zimmer seiner Mutter zu ziehen. Er schüttelte sich. Sein Bruder war aus anderem Holz geschnitzt gewesen, ohne Zweifel, hatte noch nicht einmal lesen und schreiben gelernt, im Gegensatz zu ihm. Seine Mutter hatte ihm, in dem Glauben, dass er als Zweitgeborener irgendwann der Kirche dienen würde, jenes Maß an Bildung beigebracht, über welches sie selbst verfügt hatte. Albert hatte das Übrige beigesteuert. Und dann war der Bruder im Kampf gegen Raubritter gefallen. Eine Tragödie, nicht nur für Hoimar.

Hatte sein Vater Recht mit dem, was er sagte? So wenig wie er Hoimar als Nachfolger Genüge tat, so wenig fühlte er sich zu überhaupt etwas fähig. Nein! Das stimmte nicht. Er hatte sein

Lautenspiel perfektioniert und konnte Lieder dichten, die so manchen zu Tränen rührten. Ob mit oder ohne den Segen des Vaters, er würde nach Venedig gehen, in eine Stadt, in der sie seine Kunst zu würdigen wussten. Wenn er Matti nur beweisen könnte, dass er ihrer wert war, denn ohne sie war sein Plan hinfällig.

Philipp machte sich auf den Weg zurück ins Freie, überquerte den Hof und lief durch den Stall zu seinem Sattel, der unverändert auf dem Holzbock lag. Er hob den Lappen vom Boden auf, schüttelte ihn aus, gab Fett darauf und begann, in regelmäßigen Kreisen das Leder blankzureiben.

Nur nicht mehr nachdenken, den Kopf leeren und darauf warten, dass die Dinge sich schon wenden würden. Im Moment konnte er kaum etwas anderes tun.

Kapitel 4

Der Junge hustete Blut, als sie ihn brachten. Sie kamen zu zweit, Matti vermutete, dass es die Eltern waren. Ein Mann trug das Kind auf dem Arm, und eine junge Frau lief nebenher, hin und wieder den Mund ihres Sohnes abtupfend. Das Tuch hatte sich an mehreren Stellen rot gefärbt.

Matti nahm die drei in Empfang und brachte sie zu Alberts Stube, in der er üblicherweise seinen Besuch empfing. Sie fing den Küchenjungen ab und wies ihn an, Albert aus seinem Labor zu holen. »Und bring einen Eimer frisches Wasser mit!«, rief sie ihm nach.

»Was wird der Herr Magister dazu sagen? Steht es schlimm um meinen Kleinen?« Die Frau sah Matti mit flehendem Blick an.

»Ihr hättet eher kommen sollen.« Matti strich dem Kind über das verschwitzte Haar und bedeutete dem Mann, dass er ihn auf eine Pritsche legen sollte.

»Wir wussten nicht, dass es so heftig werden würde.« Die Stimme des Vaters klang ruhig, trotz der Sorgenfalten, die sich auf seiner Stirn bildeten, als er sich zu Matti umwandte. »Wir haben kein Geld, um eine Behandlung zu bezahlen.«

»Ihr wisst, dass der Herr in dringenden Fällen dafür aufkommt. Und euer Fall ist dringend.« Matti fühlte die Temperatur des Kranken an dessen Stirn. Ein Zittern durchlief seinen Körper und ebbte nur langsam ab. »Wie lange ist er schon krank?«

»Seit zwei Tagen.« Die Stimme der Frau erstarb zu einem Flüstern, als das Kind leise zu jammern begann. Die Augen geschlossen, lag er mit glühenden Wangen auf der Pritsche. *Armer Kleiner*, dachte Matti.

Albert betrat mit wehendem Umhang den Raum, gefolgt von Frederik, dessen sauertöpfischer Gesichtsausdruck verriet, was er von der Eile, mit der sie gerufen worden waren, hielt. Matti nahm dem Küchenjungen den Eimer ab und zog sich in eine Ecke des Zimmers zurück, um Frederiks Aufmerksamkeit zu entgehen. Sie presste die Lippen aufeinander, sagte nichts mehr, damit er nicht misstrauisch wurde und sich womöglich fragte, warum sie so gelehrt mit den Besuchern sprach.

Der kranke Junge begann zu husten. Mit drei Schritten war seine Mutter bei ihm, stützte ihn und wischte ihm den Mund ab, nachdem der Anfall vorüber war.

»Das klingt nicht gut«, sagte Albert und wechselte einen Blick mit Matti. Er nickte, dann drehte er sich zu Frederik um. »Begleite die beiden zurück zu ihrem Heim und lass dir zeigen, wo sie wohnen, damit wir wissen, wo wir das Kind nach der Behandlung abliefern müssen.«

»Kann ich nicht bleiben?«, fragte die Mutter und richtete sich auf.

»Seid unbesorgt, euer Sohn ist in guten Händen. Seine Genesung wird ihre Zeit dauern, wir geben euch Bescheid. Frederik, besorge mir noch eine fett gemästete Gans.« Er nestelte an seinem Beutel und drückte seinem Gehilfen eine Münze in die Hand. »Der Junge wird etwas Kräftigendes brauchen.«

Matti war sich sicher, dass der Kranke nicht viel mehr als Brühe würde zu sich nehmen können. *Albert will Frederik loswerden*, ging es ihr durch den Kopf.

Als die drei den Raum verlassen hatten, betrachtete Matti den Kleinen. Bleiche, eingefallene Wangen und ein glasiger Blick verrieten, dass es nicht gut um ihn stand. Sein Körper krümmte sich erneut in einem Hustenanfall. Dieses Mal war es Matti, die ihn stützte und beruhigend auf ihn einredete. Sie strich besorgt über seine heiße Stirn, nahm einen feuchten Lappen und kühlte sie.

»Wir müssen den Husten lindern, den Schleim in seinem Rachen lösen und seine Temperatur senken.«

Albert antwortete nicht. Er stand in der Mitte des Raumes, knetete nachdenklich seinen Bart und kniff die Augen zu Schlitzen zusammen, so als könne er sich auf diese Art besser konzentrieren. Er antwortete nicht.

»Wir sollten ihm ein paar Tropfen von meinem neuen Mittel geben. Du erinnerst dich doch, der Apotheker hat es sogar nachbestellt, so zufrieden haben sich seine Kunden geäußert.« Matti blickte zu Albert, der sich umdrehte und ein auf dem Tisch liegendes Buch aufschlug, eine Seite nach der nächsten umblätterte, so als suche er etwas, ohne genau zu wissen, was. Sie biss die Zähne zusammen, sie wollte handeln, dem Kind helfen, Albert reagierte ihr viel zu zögerlich. Wenn er erst nach weiteren Informationen suchen wollte, so konnte sie doch zumindest vorerst das tun, was in ihrer Möglichkeit stand. Warum also antwortete er ihr nicht?

Sie ging zu einem Regal und nahm ein Tongefäß herunter, in dem sich eine Salbe von Albert befand, die er den Burgbewohnern im Winter gegen Erkältungen gab. Sie hob das Hemd des Jungen an und rieb ihm die Brust ein. Apathisch und mit geschlossenen Augen ließ er es geschehen. Ein Geruch nach Minze und Kamille stieg ihr in die Nase.

Der Körper des Jungen erzitterte, dann atmete er ruhiger. Matti wischte ihm mit dem Lappen über die Stirn. *Armer Kleiner,* dachte sie erneut. *Wärst du doch eher zu uns gebracht worden.*

Die Bauern wussten, dass Albert hin und wieder Kranke behandelte und dass der Burgherr dies billigte, auch ohne Entgelt zu verlangen. Das Dorf stand unter Hoimars Schutz, und wenn sich etwas dafür tun ließ, die Arbeitskraft der Bewohner zu erhalten, so war dies nur in seinem Sinne.

Matti legte den Lappen über den Rand des Eimers und wandte sich zur Tür. »Ich hole die Tinktur aus dem Labor«, sagte sie bestimmt.

»Deine Kräuter dir dieses Mal nichts nützen«, antwortete Albert. »Die Krankheit steckt zu tief in seinem Körper.«

»Weil sie so schnell und heftig ausbrach?«

Matti erhielt lediglich ein Brummen zur Antwort. Albert stand immer noch über das Buch gebeugt, die Brauen zusammengezogen, abwesend.

Sie wandte sich ab, zu ungeduldig, um, wie sie meinte, schier endlos lange auf seine Antwort zu harren. Sollte er doch weiter über seinen Schriften brüten. Sie verließ den Raum, rannte ein paar Schritte, bis sie zur Labortür gelangte, die sie aufschob. Alberts Gründlichkeit in Ehren, aber manchmal fiel es ihr schwer, ihren Lehrmeister zu verstehen. Natürlich war die Krankheit bereits weit fortgeschritten. Die Schnelligkeit und Heftigkeit, mit der sie sich im Körper des Jungen ausgebreitet hatte, ließ nichts Gutes erahnen. Nur, was auch immer er suchte, warum redete Albert nicht mit ihr über die Möglichkeiten, wenn er sie doch offensichtlich bei der Behandlung dabei haben wollte? Sonst hätte er kaum Frederik unter einem Vorwand fortgeschickt.

Sie nahm eilig die Stufen nach unten und hastete zu ihrem Experimentiertisch. Dort in einem Kästchen bewahrte sie die fertigen Mittel auf, die nicht zum Verkauf bestimmt waren. Das Tonfläschchen lag kühl in ihrer Hand. Sie überlegte. Es würde besser wirken, wenn sie eine höhere Dosis als üblich verabreichte. Eine stärker fortgeschrittene Krankheit mit einer größeren Dosis zu bekämpfen schien ihr sinnvoller, als eine häufigere Gabe über einen längeren Zeitraum hinweg, um die stofflichen Elemente des Körpers wieder ins Gleichgewicht zu bringen.

Mit dem Heilmittel in der Hand lief sie zurück in Alberts Kammer. Albert sah nicht einmal hoch, als sie eintrat, so als habe er ihre Abwesenheit gar nicht zur Kenntnis genommen. Von einem Regal an der Wand nahm sie einen Becher und füllte ihn mit frischem Wasser aus dem Eimer. Als sie das Medikament hineintropfen wollte, hielt Albert sie so unvermittelt am Arm zurück, dass sie zusammenzuckte.

»Es nutzt nichts, Mädchen, glaube mir. Seine Krankheit ist zu schwer für deine Mittel.« Er stand neben ihr, die Stirn gerunzelt, in einer Hand eine Glasflasche mit grünlicher Flüssigkeit. Wo er die so plötzlich herhatte, war ihr entgangen, aber der Schrank im Raum, der in die Wand eingelassen war, barg Dinge, die Matti immer wieder in Erstaunen versetzten.

»Dies werde ich einkochen, dann wird der Knabe damit am gesamten Körper eingerieben.«

»Was ist das?« Sie zog zweifelnd eine Braue hoch und ließ ihr Fläschchen in eine Tasche ihres Rockes gleiten.

»Es kommt dem Allheilmittel sehr nahe. Es wird die schlechten Säfte aus dem Körper ziehen, deshalb müssen wir ihn von oben bis unten damit einreiben und ihn dann gut einen Tag lang in warme Tücher einwickeln.«

»Lass es uns erst mit meinem Mittel versuchen. Wenn der Husten davon gelindert wird, so kann sich der Körper erholen und wir können in ein paar Tagen deine Schwitzkur mit ihm machen. So schwach, wie er im Moment ist, wird er sie heute nicht überstehen.«

»Deine Tinktur hilft bei leichten Gebrechen. Dies ist etwas Ernstes. Hier braucht es eine umfassende Körperreinigung.«

»Wir brauchen ein Mittel gegen seine Krankheit, und die äußert sich in Husten und nichts sonst!« Voller Ungeduld über Alberts Uneinsichtigkeit trommelte Matti auf den Tisch, sodass ihr die Finger schmerzten.

»Deine Unbeherrschtheit nützt dir nichts, Mathilda. Hier muss man mit Bedacht vorgehen.«

»Mit Bedacht? Der Junge glüht, und du willst ihn einwickeln. Er wird seinen letzten Atemzug tun, wenn wir ihn so behandeln. Kühlung ist es was er braucht, damit seine Säfte sich beruhigen. Kühlung, so wie der Destillationsapparat.«

Albert schüttelte den Kopf. »Die Säfte kommen nicht durch Kühlung ins Gleichgewicht, sondern indem man die schlechten entzieht und die guten stärkt.«

Matti stemmte die Hände in die Hüften und beugte sich vor. »Diese Lehre ist überholt. Das sagen die neuesten Schriften ganz eindeutig. Ich habe sie dir hingelegt, aber du liest sie nicht! Philipp hat sie mir besorgt, direkt von der Universität in Wien, und sie erklären die neuen Theorien ganz hervorragend. Warum sträubst du dich so sehr dagegen? Sie besagen, dass wir nicht den Körper im Gesamten heilen können, wenn es einzelne Dinge sind, die aus dem Gleichgewicht geraten. Dieser Junge hat Fieber, und er hustet zu stark, das gilt es zu bekämpfen. Alles andere kommt danach.«

»Unsinn! Wer auch immer das schreibt, behauptet Unsinn.«

Der Junge begann zu husten und unterbrach damit ihren Disput. Matti wandte sich zu dem Kranken, kühlte seine Stirn mit einem feuchten Tuch und stützte ihn, als sich sein Körper verkrampfte. Mit Blut vermischter Speichel lief seine Mundwinkel hinunter. Matti wischte ihn ab. Warum nur hörte Albert nicht auf sie? Sie biss sich auf die Lippe, tupfte dem Fiebernden erneut die Stirn. Der Junge schien die Besinnung verloren zu haben, so reglos lag er nun da, doch als sie ihn an der Schulter berührte, öffnete er die Augen und blickte sie an. Sie lächelte und nickte ihm zu, während sie ihm den Becher mit Wasser an die Lippen hielt, in das sie eigentlich die Tropfen hatte geben wollen. Er trank in kleinen Schlucken, beide Hände um das Gefäß geschlungen, so als wäre es seine einzige Rettung. Dann sank er zurück aufs Lager.

Von draußen ertönte ein Ruf. Frederik kündigte seine Rückkehr an. Matti tauschte einen Blick mit Albert.

»Warum ist der Kerl schon zurück?« Albert schnaubte und trat zur Tür, um den Blick von außen auf das Innere der Kammer zu versperren. Matti sah sich hastig um, erspähte einen Umhang in einer Ecke. Ohne sich lange zu besinnen, nahm sie ihn auf und hüllte sich darin ein. Sie zog ihn über ihre Haare und kauerte sich an die Pritsche des Kranken, das Gesicht abgewandt. Sollte Frederik doch glauben, sie sei eine Magd oder eine weitere Angehörige, die den Weg hergefunden hatte und sich nicht abweisen ließ.

»Was tust du schon hier?«, hörte sie Alberts Stimme. »Sag, hast du die Gans gekauft?«

»Das Geld reicht nicht aus, Magister. Der Bauer sagt, für eine Gans müsse ich mehr bezahlen auf dem Markt. Er hat mir den Weg zu seinem Hof beschrieben, sodass ich umkehren konnte, um zuerst mehr Geld zu holen, bevor ich weiter in das Dorf hinunterlaufe.«

Albert fluchte. Matti hörte ein Klimpern.

»Hier, nimm dies, das sollte reichen.«

»Ich sollte hier bleiben. Warum schickt Ihr nicht jemand anderen, die Gans kaufen, ich sollte Euch zur Hand gehen.«

»Tu, was ich dir sage. Das ist mir Hilfe genug.«

Kurze Zeit geschah nichts, und Matti erkannte, dass sie handeln musste, um unverdächtig zu bleiben. Sie begann, den Oberkörper vor- und zurückzuwiegen und leise zu jammern, so als trauere sie um den Kranken. Endlich hörte sie das Klacken, mit dem die Tür sich schloss. Erleichtert atmete sie auf und ließ den Umhang nach einem vorsichtigen Blick über die Schulter fallen. Sie sah das Lächeln auf Alberts Gesicht und erwiderte es.

»Du bist klug, und du reagierst schnell.« Er zwinkerte ihr zu. »Dennoch, vergib einem alten Sturkopf wie mir, der sich nicht jeder neuen Lehrmeinung anschließen möchte. Wir werden den Jungen mit meiner Kur behandeln, ich bin mir sicher, dass ich richtig liege.«

»Und ich bin sicher, dass wir ihn damit töten.« Verärgert drehte Matti sich um und ging aus dem Raum.

♃ ♄ ☿

»Jetzt sträub dich nicht so, du wirst das Kleid schon zu tragen verstehen.« Josefa half ihr in den kostbaren Stoff, der sich eng um ihren Oberkörper schmiegte und sich weich anfühlte, als Matti mit dem Finger darüberstrich.

»Wozu? Meine anderen Kleider sind bequemer«, antwortete sie, mehr um sich bockig zu geben als aus Überzeugung.

Hoimar hatte ihr noch nie Geschenke gemacht, erst recht nicht ein so teures. Dass er es mit diesem Kleid nun so unvermittelt tat, machte sie misstrauisch.

»Der Herr hat es dir aus der Stadt mitgebracht, und du ziehst es ihm zu Ehren an.« Josefas bestimmter Unterton ließ Matti keine Wahl.

»Erklärt mir wenigstens, warum!« Nicht das erste Mal stellte sie diese Frage, doch Josefa war die ganze Zeit ausgewichen.

»Er will dich sprechen. Es ist nicht richtig von dir, immerzu Fragen zu stellen. Übe dich einmal in Demut, ein einziges Mal, hörst du?«

Matti entzog sich ihr und zupfte selbst die Falten des Gewandes zurecht. Josefa war vorhin in die Kammer getreten, hatte ihr das Kleid überbracht und sie seither nicht mehr aus den Augen gelassen. Matti hatte sich an einer Schüssel waschen müssen, Josefa hatte ihr das Haar gekämmt, bis es glänzte, und es hochgesteckt. Und nun dieses teure Kleid. Mit dem Zeigefinger strich Matti erneut über den Stoff, schaute eine ganze Weile an sich hinunter, weil sie wusste, dass sie ihre Ziehmutter mit dieser Verzögerung ärgern konnte. Wenn sie schon gehorchen sollte, dann wenigstens nicht ohne Widerstand.

Als sie Josefa seufzen hörte, sah Matti hoch, direkt in die graublauen Augen ihrer Ziehmutter. Besorgnis spiegelte sich in ihnen. Matti hielt ihrem Blick stand, biss die Zähne zusammen und verfluchte den Umstand, dass sie nicht wusste, was das alles zu bedeuten hatte. Auch wenn eine ungute Vorahnung ihr den Magen zusammenzog.

Schließlich folgte sie Josefa die Stiege hinunter, hob mit einer Hand den Saum des Kleides, um nicht zu stolpern. Der Stoff knisterte bei jedem Schritt. Sie musterte Josefas Rücken, die knochigen Schultern waren angespannt. Ihr Haar hatte sie unter der Haube versteckt, sodass der schmale Nacken freilag und verletzlich wirkte.

Ihr Weg endete im Rittersaal, den bunte Wandteppiche auf der einen und Fenster mit Glas auf der anderen Seite zierten. Im Kamin loderte ein Feuer, das den Raum übermäßig stark erwärmt hatte. Schräg daneben saß Hoimar auf seinem Sessel. Er wandte den Kopf, als er sie eintreten hörte, und nickte, um sie zu begrüßen.

»Sehr schön«, sagte er, als er Matti in dem neuen Kleid erblickte. »Das Gewand kleidet dich wunderbar. Eine gute Wahl, wie ich meine.«

Matti knickste und enthielt sich einer Antwort. Sie hatte sich vorgenommen, vorerst abzuwarten. Hoimar bedeutete ihnen, sich zu ihm zu setzen, und begann, von seinem Besuch in Heidelberg zu erzählen. Er betonte die Kontakte, die sich ergeben hatten und die ihn direkt in den Einflussbereich des Kurfürsten bringen sollten. Josefa, ganz die aufmerksame Zuhörerin, spornte ihn mit Nachfragen an, so wie sie es immer schon getan hatte. Doch an den angespannten Wangen sah Matti, dass sie zwischendurch die Zähne zusammenbiss. Sie konnte Josefas Ungeduld nicht teilen, Misstrauen war das Einzige, das sie spürte, sowie ein kleines Gefühl der Ohnmacht, das sich unter der Oberfläche sammelte und sie wütend machte. Matti spürte die Hitze des Feuers im Gesicht. Warum nur musste es so lodern, es war viel zu heiß hier!

»Ist sie eingeweiht?«

Diese Frage von Hoimar ließ Matti aufhorchen.

»Nein«, lautete Josefas Antwort. Matti sah von einem zum anderen, bemerkte erst jetzt den Hocker neben dem Sessel des Burgherrn, auf dem eine geöffnete Schatulle lag. Ein Ring mit einem Stein lag darin, der rot funkelte, so als wolle er ihre schlimmsten Befürchtungen bestätigen. *Das ist das Schmuckstück, von dem Josefa sprach*, dachte Matti. *Die Mitgift von meiner Mutter*. Hoimar sagte nichts, musterte sie nur. Matti wich seinem Blick aus.

Das alles konnte nur eins bedeuten: Der Unbekannte, der sich für sie interessierte, hatte ein Angebot gemacht. Natürlich hatten Josefa und Hoimar ihre Heiratspläne weiter verfolgt, ganz gleich, was sie, Matti, dazu zu sagen hatte. Sie war abhängig vom Wohlwollen dieser beiden Menschen, was sie beschlossen, musste sie tun. Ob sie wollte oder nicht. Sie starrte ins Feuer.

»Mathilda, da deine Eltern nicht bekannt sind und du als Ziehtochter Josefas auf dieser Burg lebst, bin ich dem Gesetz nach dein Vormund. Ich bin für dich verantwortlich, und du bist nun alt genug, den Bund der Ehe einzugehen.« Hoimar machte eine Pause und gewann damit vollends Mattis Aufmerksamkeit. Sie sah hoch, beobachtete, wie er mit den Fingern durch seinen Bart fuhr, in dem die Soße des Essens vom vorigen Abend einzelne Strähnen zusammenklebte. Ein durchdringender Blick traf sie, bevor Hoimar fortfuhr: »Ich habe beschlossen, dass es an der Zeit ist, mich neu zu vermählen.«

Matti zog die Schultern ein wenig hoch, fühlte sich unwohl in dem engen Kleid und dem überhitzten Raum. Ein Schweißtropfen lief ihr den Nacken hinab, kitzelte ihre Haut und hinterließ ein unangenehmes Kribbeln. Sie rührte sich nicht.

»Mein Sohn Philipp wird nie ein Ritter werden«, fuhr Hoimar fort. »Ich brauche einen würdigeren Erben für diese Burg, die Ländereien, die Lehnsleute. Ein willensstarker Mann soll es sein, der einsteht für seine Verantwortlichkeiten und der kämpft, wenn der König es befiehlt.« Er lehnte sich zurück und lächelte. »Kurzum, ich werde erneut heiraten. Und meine Wahl ist auf dich gefallen. Du kannst dich, dank dem Betreiben deiner Ziehmutter, glücklich schätzen. Sie hat mir deine Vorzüge deutlich gemacht, und nun wirst du die Herrin dieser Burg.«

Sein Lächeln hatte etwas Triumphierendes. Es entblößte die braun gefleckten Zähne eines Mannes, der sich nicht um die Reinigung seines Mundes scherte. Die Worte Alberts kamen Matti in den Sinn: »Du sollst dich säubern, so oft es geht. Damit vertreibst du die bösen Säfte.«

Sie schüttelte den Kopf und hielt dem Blick Hoimars stand. »Das könnt Ihr nicht tun, Herr. Ich bin von unbekannter Herkunft, wie soll ich Euch einen würdigen Erben schenken?«

»Das lasst meine Sorge sein.« Er lachte, so als gefiele ihm ihr Widerspruch. *Wie ein Jäger, dessen Jagdtrieb durch die Flucht des Wildes nur noch stärker entfacht wird,* dachte Matti.

»Aber ich habe keine Mitgift.«

Er nickte stumm in Richtung des Ringes, und Matti wurde kalt. Das konnte er nicht ernst meinen. Wenn doch nur Philipp um sie angehalten hätte, aber dies? Sie verspürte einen Stich in der Brust bei diesem Gedanken und zwang sich zur Konzentration. Hoimar tat nichts ohne strategischen Nutzen, und sie war ein

Niemand für ihn. Oder nicht? Ein Blick auf das verschlossene Gesicht ihrer Ziehmutter ließ für kurze Zeit alles möglich werden, doch dann schüttelte Matti den Kopf.

»Niemals«, sagte sie entschieden, um im nächsten Atemzug die Anmaßung zu erkennen. Doch es kam von Herzen. Nur das zählte.

»Sie ist verwirrt«, fuhr Josefa ihr hastig ins Wort. »Hoimar, hört nicht auf sie, sie wird tun, was von ihr erwartet wird, sie ist ein fügsames Mädchen.«

Matti bezweifelte, dass Hoimar das glaubte. Zwar hatte sie bislang nie sehr viel mit ihm zu tun gehabt, aber dass sie mit Eberhard den Schwertkampf probte, das konnte ihm nicht entgangen sein. Genauso wenig, wie ihr fehlendes Geschick bei häuslichen Arbeiten. Die ehemalige Herrin hatte sich oft genug deswegen beklagt.

»Ich werde nichts dergleichen tun«, sagte Matti mit energischem Unterton. Hoimar starrte sie an.

»Mathilda, zeige Demut.« Josefas Stimme hatte eine Eindringlichkeit, die Matti noch nie zuvor an ihr gehört hatte. Nicht nur der gewohnte Befehlston schwang mit, sondern etwas anderes. »Es ist ein so eine glückliche Fügung für dich, etwas, das sich jemand wie du nie erträumen dürfte. Du wirst dich schnell an dem Gedanken erfreuen.«

Matti holte tief Luft und antwortete: »Nein, Josefa! Mein Herr, ich werde Euch nicht heiraten. Ich nehme entweder den Mann meines Herzens oder niemanden.« Obwohl sie die Folgen ihres Handelns nicht abschätzen konnte, meinte sie jedes Wort genauso wie sie es sagte.

Ein, zwei Augenblicke herrschte entsetztes Schweigen. Dann erhob sich Hoimar, packte Matti schmerzhaft am Arm. »Das werden wir ja sehen«, sagte er mit unterdrückter Wut in der Stimme und zog sie in Richtung Tür. Dort brüllte er nach Eberhard. Matti fühlte sich mit einem Mal wie betäubt, konnte nicht glauben, was ihr gerade passierte.

»Sperre sie in ihre Kammer.« Hoimar nickte Eberhard zu. »Setz dich davor und bewache sie, Mathilda hat sich ruhig zu verhalten, bis ich sie rufen lasse.«

»Bis sie zu Sinnen gekommen ist, oder die Hochzeitsvorbereitungen vollendet sind«, fügte Josefa mit schriller Stimme an.

»Ich denke, das wird sie zur Vernunft bringen.« Hoimars Lächeln zeigte Matti, dass er sich für überlegen hielt. Vielleicht sah er ihre Willensstärke schon in ihren gemeinsamen Nachkommen übergehen und freute sich darauf. Matti musste an Philipp denken, der so gar nichts von der Rohheit seines Vaters hatte. Sie schluckte die Hilflosigkeit hinunter, während sie sich Eberhard fügte, der sie nach oben in ihre Kammer brachte.

Kapitel 5

Das Abendlicht, welches durch die bunt verglasten Fenster des Rittersaals fiel, reichte nicht mehr aus, um das Essen auf der Tafel zu beleuchten. So hatten der Küchenjunge und die beiden Knappen die Lampen in den Wandnischen entzündet wie an jedem Tag um diese Jahreszeit. Nun saßen alle versammelt an dem von fettigen Händen dunkel verfärbten Tisch, vor sich Gebratenes und Brot, Kalbsleberpastete und gefüllten Gemüsekuchen. Die Ritter erhoben die Becher und prosteten sich zu. Einer kniff der Küchenmagd in die feisten Schenkel, als sie das Erbsengemüse auftrug. Ihr Schimpfen und das Gelächter der Männer erfüllten den Raum.

Philipp saß vor seinem Becher und einem Kanten Brot, auf dem ein von Soße triefendes Stück Fleisch lag. Er beachtete das Essen nicht. Stattdessen starrte er auf den leeren Platz gegenüber, dessen Anblick ihm den Appetit verdarb. Er spürte, dass etwas nicht stimmte, und er machte sich Sorgen. Matti war nicht zum Essen an der Tafel erschienen. Dass sie einfach so fernblieb, war nicht ihre Art. Ginge es ihr schlecht, dann hätte Philipp sicher davon erfahren, weil sie sich ihm oder Albert stets als Erstes anvertraute. Manchmal auch als Einziges. Heute hatte sie nichts zu ihm gesagt und war trotzdem nicht hier.

Philipp sah sich um. Das ungute Gefühl im Bauch verstärkte sich. War es das merkwürdig laute Verhalten seines Vaters, das ihn misstrauisch machte? Hoimar tat so fröhlich, als habe er bei der Jagd gute Beute errungen. Nur seine Augen blickten starr, sobald er sich unbeobachtet fühlte, und zeugten davon, dass die Fröhlichkeit nicht von innen kam. *Alles aufgesetzt*, dachte Philipp. Auch Josefa verhielt sich anders als sonst. Fahrig ergriff sie mal diese, mal jene Schüssel, nur um sie im nächsten Moment wieder abzusetzen und nichts daraus zu nehmen. Sie zerbröselte ihr Brot zwischen den Fingern, ohne etwas davon zu essen.

Wo war Matti? War sie ganz plötzlich krank geworden? Hatte sie eine ihrer vermaledeiten Arzneien genommen, um deren Wirksamkeit zu testen, und hatte sich dabei vergiftet? Wie oft schon hatte er ihr zugeredet, sie dürfe das nicht tun, es sei zu gefährlich, doch Matti hatte stets nur gelacht und geantwortet: »Hast du so wenig Vertrauen in meine Fähigkeiten?« Nein, daran mangelte es ihm nicht, ganz im Gegenteil. Aber die Vorstellung, ihr könne etwas zustoßen, wog schwerer als sein Vertrauen in sie.

Missmutig biss Philipp ein Stück Fleisch ab und nahm sich mit dem Brot vom Bohnenmus aus der Schale vor sich. Er trank einen Schluck verdünnten Wein, dessen Säure ihm den Mund zusammenzog. Hatte der werte Herr wie so oft am Honig gespart? Oder überstiegen die Ausgaben seines Vaters seine Einnahmen, obwohl er die auf vielfältige Art zu mehren wusste? Manchmal war sparen nicht das Schlechteste, und Philipp wäre Wasser sowieso lieber gewesen als dieser billige Wein, ob mit oder ohne Honig. Er winkte den Küchenjungen, der neue Kalbsleberpastete auftrug und leeres Geschirr zusammenräumte, zu sich heran.

»Bring mir einen Krug Wasser.«

Der Junge nickte, verschwand und kam kurze Zeit später mit dem Geforderten wieder.

»Herr, ich muss Euch etwas sagen«, flüsterte er, als er das Wasser in den Becher einschenkte und so unauffällig wie möglich näher kam. Philipp neigte den Kopf zu ihm hin, und der Junge nutzte den Gesprächslärm im Raum, um seine Nachricht loszuwerden, ohne dass ein anderer es bemerkte. »Das Fräulein Mathilda schickt mich. Sie ist in ihrer Kammer eingesperrt und darf nicht mehr herunterkommen. Der Herr, Euer Vater, will sie heiraten, doch sie verweigert sich.«

Philipp verschluckte sich und musste husten.

»Ich sollt's Euch sagen.« Damit verschwand der Junge, um erneut seiner Pflicht nachzukommen. Philipp starrte ihm nach, dann auf die Runde am Tisch. Das Schmatzen und Rülpsen der Ritter widerte ihn an. Sie machten einen solchen Lärm, dass ihm schier der Kopf platzen wollte. Er sah hinüber zu seinem Vater, der an der Stirn der Tafel thronte, und konnte nicht glauben, was er da eben gehört hatte. Als der Küchenjunge in seine Nähe kam, hielt Phillip ihn am Arm fest und zog ihn zu sich.

»Sag', dass das nicht wahr ist. Mein Vater will nicht Mathilda heiraten«, raunte er ihm zu. »Du lügst!«

Erschrocken starrte der Junge zurück. »Herr, das würde ich nie wagen. Das Fräulein Mathilda hat mir die Worte für euch aufgetragen, als ich ihr das Essen gebracht habe. Heimlich hat sie mich beiseite genommen. Ihr müsst mir glauben!«

Philip stieß ihn von sich weg und starrte erneut auf seinen Vater. Bilder, wie dieser im Zimmer seiner Mutter aufräumen ließ, kamen ihm in den Sinn. Natürlich, er hatte Platz schaffen wollen für eine neue Burgherrin. Für Matti. Philipp schluckte mithilfe des Weins das Gefühl des Entsetzens herunter, das sich in ihm ausbreitete. Das Brennen im Hals, das die Säure verursachte, ließ ihn spüren, dass er nicht einem Albtraum erlag.

Es war alles so absurd. Er wünschte, der Junge hätte ihn tatsächlich foppen wollen. Er selbst hatte es nicht gewagt, dem Vater zu offenbaren, dass er Matti die Ehe anzutragen gedachte. Matti war nicht von hohem Stand, ein Findelkind, nie hätte er gedacht, dass sein Vater einer solchen Heirat zustimmen würde.

Und nun wollte dieser sie selbst zur Frau nehmen, er, der immer bedacht war auf profitreichen Handel. Philipp spuckte auf den Boden und stand auf. Hastig verließ er den Rittersaal, ohne darauf zu achten, ob jemand seinen plötzlichen Aufbruch zur Kenntnis nahm.

Er stieg die Stufen zu Mattis Kammer hoch. Noch bevor er den obersten Stock erreichte, sah er die Stiefel Eberhards, die der Ritter von sich gestreckt hatte, und erstarrte. Mit jedem weiteren Schritt kam mehr und mehr von der Gestalt des Kerls in Philipps Blickfeld, was ihm Gewissheit verschaffte, dass das Gehörte der Wahrheit entsprach. Der Ritter saß auf einem Schemel vor Mattis Tür, neben sich am Boden die Reste von Brot und Fleisch sowie eine Kanne mit Wein.

»Ach, der Herr Sohn. Wollt Ihr mich ablösen? Ich glaub's kaum und werde die ganze Nacht hier hocken. Sicher ist sicher, und Befehl ist Befehl.« Er grinste.

»Was tust du hier?«

»Das widerspenstige Fräulein bewachen. Warum, das weiß bereits die ganze Burg, und Ihr inzwischen sicher auch.«

Phillip bemühte sich um Gelassenheit. Es war wichtig, dass es mit Matti sprach, sich ihrer Abneigung gegen Hoimar vergewisserte. Er wollte ihr die Flucht vorschlagen, herausfinden, ob sie ihm folgen würde, ob ...

Er durfte das Wohlwollen des Ritters nicht verspielen, er war darauf angewiesen, dass Eberhard ein Auge zudrückte und ihn mit Matti sprechen ließ. Philipp nickte in Richtung des Kruges. »Ist das dasselbe furchtbare Gesöff, das wir zum Essen bekommen haben? Oder gewährt er Euch ob Eures Dienstes die Süße eines Löffels Honig?«

Eberhard brummte und musterte ihn mürrisch. »Sie darf nicht mehr heraus. Weigert sich, Euren Vater zu ehelichen. Wie lange denkt Ihr, werde ich hier sitzen und darauf achten müssen, dass sie uns nicht entwischt, was glaubt Ihr?« Er spuckte auf den Boden. »Das dumme Ding. Was Besseres als dieses Angebot kann ihr doch gar nicht passieren.«

»Sicher«, Philipp presste die Lippen zusammen, um dem Ritter nicht zu widersprechen. Was auch immer Hoimar mit seinem Entschluss bezwecken mochte, es würde Matti unglücklich machen. Sie gehörte zu ihm, Philipp, zu niemandem sonst. Wer das nicht einsah war blind. »Ich muss mit ihr sprechen.«

»Versucht nicht, mich zu überreden, meinen Befehlen zuwiderzuhandeln. Es ist ärgerlich genug, dass ich hier sitzen muss.«

Philipp biss sich auf die Zunge und schmeckte Blut. Der Schmerz zog bis hoch in die Wange, aber er ließ sich nichts anmerken, nickte nur, musterte Eberhard und warf einen flüchtigen Blick auf die geschlossene Tür. Ob Matti ihr Gespräch von drinnen mitverfolgen konnte? Sicher tat sie das, ihrer Freiheit beraubt, eingesperrt in dem winzigen Raum. Er an ihrer Stelle würde lauschen.

»Lass gut sein, Eberhard«, sagte Phillip so laut, dass sie es hören musste. »Wir finden eine Lösung.« Deutlicher konnte er nicht werden, weil er Eberhard nicht aufmerksam machen wollte. Er hoffte, Matti würde die Botschaft hinter seinen Worten verstehen.

»Wenn Ihr eine Ablösung meint, die sei mir willkommen. Legt ein gutes Wort bei Eurem Vater ein, ja? Der glaubt, ich sei als einziger geeignet, das Mädchen zu bewachen.«

»Und er hat dir befohlen, deinen Platz erst zu verlassen, wenn er persönlich es dir gestattet?« Philipp kannte seinen Vater gut, er wusste um dessen Strategien. Bevor der Ritter antworten konnte, drehte Philipp sich um und stieg die Stufen hinab. Als er ein Stockwerk tiefer angelangte, stieß er gegen eine vor Zorn aufgelöste Josefa. Sie warf ihm einen bösen Blick zu und schob ihn beiseite, um weiter die Treppen hochzuhasten.

»Mach dir keine Hoffnungen«, raunte sie ihm zu, als sie noch einmal innehielt und sich umdrehte. »Mathilda ist vergeben!«

Das werden wir ja sehen, du alte Hexe, dachte Philipp.

♃ ♄ ☿

Matti drehte sich von der Tür weg, als die Stimmen im Flur verstummten. Sie fluchte und trat gegen die Truhe mit ihren Kleidern, verschob sie damit ein Stück. »Herr im Himmel vergib mir meinen Hochmut, aber ich kann nicht anders«, murmelte sie. Der Schmerz zog von ihrem Fuß hoch und trieb ihr die Tränen in die Augen, dennoch war sie versucht, ein zweites Mal zuzutreten.

Seit man sie in diese Kammer eingesperrt hatte, spürte sie die Enge so als drücke etwas gegen ihren Körper. Nie zuvor war ihr der so vertraute Raum derart klein vorgekommen. Was ehemals Geborgenheit bedeutet hatte, Abgeschiedenheit und Eigenständigkeit, das wurde nun zu einem Gefängnis, in dem sie ihrer Wut nicht Herr wurde. Eine schier endlose Zeit hatte sie sich gezwungen, ruhig auszuharren. Sie hatte beobachtet, wie sich die Nacht über die bewaldeten Hügel und die Ebene legte. Der Blick aus dem Fenster versprach Freiheit und tat mindestens ebenso weh, wie er Hoffnung gab.

»Ich muss nur hier heraus und dort hinter die Wälder kommen.« Doch wie sie dann weiter überleben wollte, war ihr ein Rätsel, ebenso wie sie nicht verstehen konnte, wie ihre Welt von heute auf morgen derart aus den Fugen hatte geraten können. Wie ein Eimer, der verkehrt herum auf dem Boden stand und den niemand umdrehte, der sich selbst aber aus eigener Kraft niemals aus seiner sinnlosen Lage würde befreien können.

Ein Lächeln huschte über ihr Gesicht, als sie an diesen unsinnigen Vergleich dachte. Sie fühlte sich nicht leer wie ein umgedrehter Eimer, im Gegenteil, sie fühlte sich übervoll mit einem

Sehnen, das ihre Forschungen mit den Heilmitteln ebenso einschloss wie Albert und seine Experimente im Labor. Ihre Welt, die Welt der Wissenschaft. Konnte sie die aufgeben? Erst einmal musste sie hier heraus. Koste es, was es wolle. Und was danach kam, war ihr gleich, das würde sich zeigen, wenn es soweit war; nur hier heraus!

Erneut erklangen Stimmen vom Gang her. Die Tür wurde entriegelt und aufgestoßen. Josefa trat in den Raum und füllte den letzten kleinen Platz mit ihrer Gegenwart.

»Entzünde eine Lampe«, befahl sie in gewohnt herrischem Ton. »Man sieht ja seine Hand vor Augen nicht.«

Das war eine Übertreibung, denn die Flurlampen erhellten das Zimmer ausreichend. Dennoch gehorchte Matti ohne Widerspruch, weil sie wusste, dass ihre Lage zu unsicher war, um wegen einer solchen Unwichtigkeit aufzubegehren. Als das Licht brannte, schob Josefa die Tür zu. Der Impuls, die Stiefmutter einfach beiseite zu stoßen und ins Freie zu flüchten, verging mit der Vernunft, zu der Matti sich zwang. *Erst einmal anhören, was sie mir zu sagen hat*, dachte sie. *An Eberhard komme ich sowieso nicht so leicht vorbei. Das muss gut geplant werden.*

»Nun, Kind. Du hattest ausreichend Zeit, um wieder zu dir zu kommen. Ich hoffe, du hast mittlerweile erkannt, welch günstige Heirat ich dir da vermittelt habe.« Josefa starrte sie an, Ärger zeichnete sich in ihren Zügen, auch wenn sie ihn mit beherrschter Stimme zu verbergen trachtete. »Es ist an der Zeit, Dankbarkeit zu zeigen.«

Matti antwortete nicht. Es war so wenig überraschend, dass Josefa sich keinen Deut um ihre Gefühle scherte, dass Matti keine Hoffnung darauf verschwendet hatte. Sie wusste, wie sie ihrer Ziehmutter begegnen musste. Ein »Nein« hätte Josefa nur noch mehr Wind in die Segel getrieben, also schwieg sie lieber erst einmal.

Josefa fuhr fort: »Herrin dieser Burg zu werden, das hättest du dir ohne mich nie erträumen können.«

Matti wich dem Blick ihrer Ziehmutter aus und starrte stattdessen auf ihre Füße. Ein Gedanke brach sich Bahn in ihrem Kopf, formte sich zu einer Frage.

»Du willst nicht reden?«, bohrte Josefa weiter.

»Was ist Euer Lohn bei diesem Handel?« Matti beobachtete Josefas Gesicht, bemerkte das Zucken am Augenlid, das sich verstärkte. »Was gewinnst du dabei? Du tust doch nichts ohne eigenen Nutzen. Sag's mir, was erhoffst du dir von dieser Heirat?«

»Du bist ein undankbares Gör, an Mutter statt habe ich dich aufgenommen.«

»Und was verspricht sich Hoimar von der Heirat mit einem Findelkind?«, fragte Matti, ohne die Vorwürfe zu beachten. Es waren sowieso immer dieselben.

»Dir werden die frechen Fragen schon noch vergehen. Du zerstörst nicht mein Werk, das sage ich dir.«

»Ihr wisst mehr über mich und meine Herkunft, als Ihr bisher zugegeben habt. Nur so habt Ihr Hoimar soweit bringen können, mir einen Antrag zu machen.« Matti spürte Josefas Zögern und wusste, dass sie mit ihrer Vermutung richtig lag. Sie traute Josefa einiges zu, doch dass sie ihr Dinge über ihre Herkunft verschwiegen hatte, obwohl Matti sie mehrmals danach gefragt hatte, das würde sie der Ziehmutter nie verzeihen. »Ihr habt mir den Ring verheimlicht, Ihr verschweigt mir noch mehr.« Sie machte eine Pause. »Wenn Ihr wisst, wer meine Mutter ist, sagt es mir!«

Josefa starrte sie an. Ihr Gesicht wirkte im Schein der Kerze mit einem Mal müde, sie fuhr sich mit dem Handrücken über die Augen, bevor sie sprach. »Du warst nie ein einfaches Kind. Mach es mir jetzt nicht so schwer, hörst du? Ein einziges Mal in deinem Leben tu einfach das, was von dir verlangt wird.«

Ehe Matti etwas erwidern konnte, hatte Josefa die Kammer verlassen.

»Wartet! Antwortet mir!«, schrie sie gegen die wieder verschlossene Tür, doch draußen hörte sie nur das Brummen Eberhards. »Gib endlich Ruhe, Mädchen.«

Matti trat gegen die Truhe, einmal, ein zweites Mal. Sie wischte die Tränen von den Wangen, wollte verhindern, dass sie liefen, und konnte sie doch nicht zurückhalten. Sie trat ans Fenster und sah hinunter auf den Hof. Gerade überquerte Albert ihn mit einer Fackel, langsam schlurfend, ohne Eile. Ob er die Neuigkeiten schon kannte? Ob Philipp ihn eingeweiht hatte? Wenn ja, würden die beiden ihr beistehen können? Würde sie den Burgherrn heiraten, könnte sie heimlich weiterforschen, mit Albert zusammen.

»Wenn ich nicht ja sage, komme ich hier nie wieder heraus«, flüsterte sie. Nein, das stimmte nicht. Wenn sie Philipps Worte vorhin auf dem Gang richtig gedeutet hatte, würde er ihr helfen. Ein warmes Gefühl verdrängte den Ekel, den sie spürte, als sie sich vorstellte, mit dem Burgherrn das Lager zu teilen. »Und Philipp wird dann mit einer anderen vermählt.« Der letzte Gedanke verursachte einen Stich in der Brust, nein, das wollte sie nicht, alles, aber das auf gar keinen Fall!

»Albert«, zischte Matti so laut, dass ihr Lehrer sich irritiert umsah. Er bemerkte nicht, dass der Ruf von oben kam und verschwand aus ihrem Blickfeld.

Sie dachte an Hoimars faulige Zähne und den Geruch, den sein Körper ausdünstete. Sie dachte daran, wie grob und wie berechnend er sein konnte. Einzig sein bislang mangelndes Interesse an ihr hatte ihr ein unbeobachtetes Leben mit zahlreichen Freiheiten ermöglicht. Würde sie nun in seinen Bannkreis geraten, musste sie tun, was er verlangte. Was das alles sein würde, daran mochte sie gar nicht denken.

Sie schloss die Augen, spürte Philipps Fingerspitzen auf ihrer Wange, dachte an die gemeinsamen Stunden, in denen sie musiziert hatten, gelacht hatten. Sie dachte an das Blitzen in seinen Augen, sein Lächeln.

»Ich kann nicht ohne die Wissenschaft sein, Albert«, flüsterte sie. »Doch Hoimar zu erdulden ist als Preis zu hoch.«

Kapitel 6

Philipp spähte über den Pferderücken in Richtung Stalleingang. Er meinte Stimmen zu hören, draußen auf dem Hof, lauschte, doch nichts geschah, es blieb ruhig. Er klopfte dem Pferd den Hals, vergewisserte sich zum wiederholten Mal, dass alles für die Flucht bereitlag: Zaumzeug, Sattel, Satteltaschen. Letztere würde er noch füllen müssen. Beginnen wollte er damit in der Küche.

Er ging hinüber zu dem Pferd, das er für Matti ausgesucht hatte. Ein robustes Tier, nicht sehr groß, struppig im Fell, ebenso wie sein eigenes. Sie würden den weiten Weg klaglos überstehen, waren genau für solche langen Reisen von seinem Vater angeschafft worden.

Der Knecht würde ihn heute Nacht nicht stören, wenn er die Tiere aus dem Stall holte. Er litt an einem schlimmen Zahn, hatte sich im Ort von einem reisenden Quacksalber in die Mangel nehmen lassen und lag nun mit Schmerzen auf seinem Strohlager im Haupthaus. Das war Philipps Glück gewesen. Er beschloss, es als gutes Zeichen zu deuten.

Ihre Flucht würde gelingen.

Wenn sie erst in Venedig angekommen waren, konnten sie die Pferde für gutes Geld verkaufen. Man sagte, in dieser einflussreichen Handelsstadt seien die Leute lebensfroher, weil sie genügend Vermögen besaßen, um die schönen Künste genießen zu können. Dort würden sie einen Spielmann mit seiner Frau willkommen heißen und sein Musizieren zu schätzen wissen.

Philipp hatte sich das alles schon so oft ausgemalt, sich heimlich Karten angesehen in der Bibliothek seiner Mutter. Er hatte sich die einzelnen Schritte ihrer Flucht wieder und wieder vor Augen gehalten. Die Liste der Notwendigkeiten hatte sich in seinen Kopf eingebrannt, er konnte sie ohne Schwierigkeiten herunterbeten. Nur jetzt, wo alles zum Greifen nahe war, jetzt spürte er, wie endgültig die Entscheidung war, der er sich stellen wollte.

Bereits als Junge hatte er die Burg einmal für längere Zeit hinter sich gelassen, um zum Knappen und Ritter ausgebildet zu werden. Um wenigstens den Anschein zu wahren, hatte sein Vater ihn zu einem befreundeten Ritter geschickt. Seine Mutter aber hatte bald Mittel und Wege gefunden, ihren Lieblingssohn zurückzuholen, auch wenn ihm das einigen Spott unter den Rittern einbrachte. Sollten sie spotten, er konnte damit leben.

Diesen Ort für immer zu verlassen barg keinen Schrecken, im Gegenteil. Ein Leben mit Matti wartete auf ihn, eins das angefüllt sein würde mit dem Schreiben von Liedern und dem Spiel auf der Laute. Keine Streitigkeiten mehr mit seinem Vater, kein Kampf mit dem Schwert. Er würde ihren Unterhalt mit der Tätigkeit verdienen, die ihm am liebsten war. Er würde die einflussreichen Leute beeindrucken und sich Ruhm erwerben. Blieb die Schwierigkeit, Matti unbemerkt an Eberhard und seinem Vater vorbei und aus der Burg zu bringen. Doch auch dafür hatte er sich einen Plan zurechtgelegt.

Philipp überprüfte ein weiteres Mal die Beine der Pferde, tastete, ob er irgendwo eine ungewöhnliche Erwärmung finden konnte oder eine geschwollene Stelle, was auf eine Entzündung hingewiesen hätte. Es war alles in Ordnung. Und wenn er sie noch ein drittes und viertes Mal prüfen würde, es wäre immer noch alles bestens. Also verließ er den Stall mit den zwei Satteltaschen über der Schulter. Draußen bemühte er sich, mit den Schatten der Nacht zu verschmelzen. Niemand begegnete ihm.

Er betrat die Burgküche, wollte nicht warten, bis Helmtrud den Herd verließ, damit er heimlich Proviant stehlen konnte. Zu sehr drängte die Zeit.

Die rußgeschwärzten Steinwände rückten düster zusammen, nur wenig erhellt durch das Flackern des Herdfeuers. Der Duft von gebratenen Zwiebeln erfüllte die Luft. Der Küchenjunge schürte das Feuer auf dem gemauerten Herd, darüber hing ein Kugeltopf an einem Haken. Helmtrud stand am Rand der Arbeitsfläche und knetete Teig. Alles an ihrem fülligen Körper schien in Bewegung. Das Mehl färbte ihre Unterarme weiß. Kurz sah sie hoch, als Philipp eintrat. Sie hielt in ihrer Tätigkeit inne und knickste vor ihm.

»Herr, was kann ich für Euch tun?«

Der Küchenjunge beobachtete Philipp.

»Füll mir diese Tasche mit Proviant.« Philipp hielt Helmtrud eine der beiden Satteltaschen entgegen, während sie ihre Hände an ihrer Schürze abwischte und den zahlreichen Flecken auf dem Stoff zwei weitere hinzufügte. »Ich brauche Dinge, die länger haltbar sind. Für eine Reise.«

»Euer Vater hat nichts davon gesagt, Gott sei mir gnädig, sonst hätte ich Euch etwas vorbereitet.« Sie sah sich hilflos um und nahm dann geräuchertes Fleisch vom Haken.

»Gib mir, was du hast, das reicht.«

Die Köchin nickte und wickelte einen Laib Brot in ein Tuch. Der Küchenjunge sah immer noch von seinem Posten aus herüber, und obwohl Philipp die Neugier des Kindes kannte, machte ihn der wache Blick nervös. Er fügte hinzu: »Es ist wegen der Hochzeit, ich muss ...«, er zögerte, »Verwandte besuchen.«

»Ach Gott.« Die Köchin starrte ihn an. »Das Mädchen, es ist so unvernünftig. Gib der Herrgott, dass sich alles zum Guten für sie wendet.«

»Ja, das hoffe ich auch«, murmelte Philipp und wich dem Blick des Jungen aus.

Mit den gefüllten Satteltaschen verließ er die Küche und lief im Schatten der Hauswand entlang. Er würde die Sachen in seiner Kammer verstecken, bis es soweit war. Auf dem Weg dorthin kam er an Alberts Räumen vorbei, er musste unbedingt mit ihm reden. Es war an der Zeit, das dringlichste Problem zu lösen, nämlich Mattis Befreiung. Und dafür brauchte er Alberts Hilfe.

Als er die Tür zu den Räumen des Alchemisten erreichte, hörte er von drinnen ein Brummen, das immer wieder die Tonlage wechselte. Erst nach einem Augenblick erkannte er eine seiner eigenen Melodien und musste lächeln. Er klopfte und trat ein.

»Sei gegrüßt, Albert. Dir gefällt mein Lied?«

Albert saß an seinem Tisch und überflog ein paar Schriften. Er hörte auf zu summen und antwortete: »Mathilda hat es mir vorgesungen, sehr schön, wirklich sehr schön. Es hat sich in meinem Ohr festgesetzt.« Er erwiderte Philipps Lächeln und deutete auf einen Stuhl. »Wo ist Mathilda? Ich habe sie beim Essen vermisst. Ich muss ihr etwas Wichtiges mitteilen.«

»Ganz der weltfremde Wissenschaftler, hm?« Philipp wollte ihn necken, obwohl er sich nicht danach fühlte. Er war noch nie gut darin gewesen, schlechte Neuigkeiten zu überbringen.

»Willst du mich ärgern?«

»Ganz und gar nicht. Aber du bist vermutlich der Einzige, der noch nicht weiß, was geschehen ist.«

Alberts Augen verengten sich. Er zwirbelte seinen Bart und fragte: »Und das wäre?«

»Mein Vater will Mathilda vor den Traualtar führen. Sie weigert sich, deshalb hat er sie in ihrer Kammer einsperren lassen.« Nun war es raus, ohne Umschweife und Verschnörkelungen. Philipp biss sich auf die Lippe, als Albert aufsprang. Sein Stuhl polterte auf den Boden.

»Du meine Güte, das wusste ich in der Tat nicht. Welch ein Unglück! Dieser eitle Mensch, wer hätte das gedacht. Mathilda ein Eheweib und Mutter seiner Kinder. Sie wird keine Zeit mehr ...«

Nach diesem Ausruf herrschte ein paar Augenblicke Stille. Philipp räusperte sich, um sie zu durchbrechen, als sie ihm unangenehm wurde, doch es nutzte nichts. Albert starrte auf die Schriften vor sich, so als blicke er durch sie hindurch, abgetaucht in die Welt seiner Gedanken. Philipp sah, wie er die Schultern straffte, ein Ruck ging durch seinen Körper. Dann hob er den Blick.

»Das sind Neuigkeiten, mit denen ich nicht gerechnet hatte. Du auch nicht, wie ich vermute.«

Philipp spürte seinen durchdringenden Blick. »Nein. Und ich werde sie auch nicht hinnehmen.«

»Gut«, Albert nickte. »Was hast du vor? Ich nehme an, jedes vernünftige Wort wäre vergebens? Ja, natürlich wäre es das. Ich habe noch nie einen stureren Menschen als deinen Vater kennengelernt. Mit Ausnahme von ...« Er beendete den Satz nicht, doch Philipp konnte ihn mühelos um das »Mathilda« ergänzen, das Albert nicht aussprach.

»Sie wird bewacht von Eberhard.«

»Ein treuer Gefolgsmann. Wenn auch nicht der Treueste. Hoimar ist sich seiner Sache sehr sicher, scheint's mir.«

Philipp schüttelte den Kopf, er glaubte nicht daran, den Ritter auf seine Seite bringen zu können. »Eberhard wird sie nicht freilassen. Er würde nie gegen den Willen meines Vaters handeln, so sehr er Matti auch zugetan sein mag, das ginge gegen seine Ehre. Außerdem versteht er ihre Weigerung nicht. Ich habe einen anderen Plan.«

»Wie kann ich dir helfen?«

»Ich bräuchte etwas von diesem Mittel, du weißt schon. Du hast davon erzählt, dass du es mal auf einer deiner früheren Reisen ein paar Rittern bei einem Gelage verabreicht hast, um eine edle Dame zu beeindrucken.«

»Die dann einem der treuen Recken in die Arme sank, der bereit war, für sie um den Turm zu fliegen.« Albert lächelte.

»Hast du es noch?«

»Mein Wundermittel meinst du? Natürlich.« Albert ging zu seinem Wandschrank, in den er eine zeitlang suchend hineinblickte. Schließlich wurde er fündig und kam mit einem Fläschchen zurück, dessen Etikett er mit seiner schwungvollen Schrift versehen hatte. Er überreichte es Philipp. »Du könntest Eberhard auch betäuben, aber dies ist einfacher zu dosieren. Eine Kanne voll Wein mit dem Inhalt des Fläschchen mischen, dann Honig dazu, um den Geschmack zu überdecken, und dein Ritter wird sich in den kühnsten Träumen wiederfinden.« Er lächelte. »Für ihn wird es keine unangenehme Erfahrung werden, und er wird sich später an nichts mehr erinnern. Lass die Kanne dort. Man wird glauben, er habe sich aus Ärger über den zusätzlichen Dienst betrunken.«

»Ich will Eberhard nicht in Schwierigkeiten bringen.« Das war in der Tat eine Sorge, die Philipp bedrückte. Der Ritter hatte sich immer als guter Freund erwiesen.

»Ich werde ein gutes Wort für ihn einlegen, wenn es soweit kommt.«

»Und bete dafür, dass mein Plan gelingen möge.«

Du willst Mathilda zur Flucht von der Burg verhelfen?« Albert zeigte auf die Satteltaschen, die Philipp neben dem Eingang abgelegt hatte. »Sie wird nicht hierbleiben können, wenn sie sich aus ihrer Kammer entfernt. Was hast du vor?«

»Ich werde mit ihr gemeinsam fliehen. Wir werden uns als Sänger verdingen. Ich bin sicher, wenn Gott uns beschützt, wird uns Erfolg beschieden sein.«

»Mathilda auf Wanderschaft mit einem Sänger.« Albert zwirbelte erneut eine Strähne seines Bartes. »Das, mein Sohn, ist eine sehr ... wie soll ich sagen ... ungewöhnliche Vorstellung. Bring sie unbedingt bei mir vorbei, bevor ihr die Burg verlasst, ja? Ich habe Neuigkeiten, die sie interessieren werden.«

♃ ♄ ☿

Matti hörte Stimmen im Flur. Eine erkannte sie als Philipps. Sie schlich zur Tür, legte die Wange ans Holz und schloss die Augen, um sich darauf zu konzentrieren, was draußen gesprochen wurde. Es herrschte Dunkelheit, nach dem Besuch Josefas hatte sie wieder alle Lichter gelöscht. Seither stand sie in der Mitte des Raumes und beobachtete die Schatten, die das Mondlicht auf den Boden warf, und die Schemen, die draußen vor dem Fenster mit der Nacht gekommen waren und die Landschaft so verändert wirken ließen.

Sie wollte sich nicht setzen, es hätte einer Kapitulation geglichen. Ihr war es, als fühle sie sich schwach, doch sie war nicht schwach. Sie hatte nur Angst, es zu werden, sobald sie sich hinlegte und die Kontrolle verlor. Warum wieder aufstehen, wenn man sowieso nur drei Schritte nach rechts und wieder drei nach links gehen konnte?

Sie lauschte auf das, was vor ihrer Tür gesprochen wurde. Allgemeine Plänkeleien wurden ausgetauscht, Philipp hatte guten Wein aus seines Vaters Keller mitgebracht. Eberhard saß also immer noch da draußen. Vielleicht glaubten Hoimar und Josefa, Matti würde rasch zur Vernunft kommen. Josefa kannte Mattis Bewegungsdrang, wusste, wie schrecklich es für sie sein musste, in einer Kammer eingesperrt zu sein, die sie mit drei Schritten in die eine Richtung und mit vier in die andere durchmessen konnte.

»Genug Geplänkel«, hörte sie Eberhard. »Ihr bringt mir Wein, das ist gut. Lieber wäre mir, Ihr würdet mir sagen, wann ich diesen Posten wieder verlassen kann. Ich fühle mich bald ebenso eingesperrt wie Mathilda. Was habe ich verbrochen?«

»Nichts«, klang Philipps Stimme beschwichtigend durch die Ritzen der Holztür. »Trink nur, dann wird dir wohler sein. Bald wirst du abgelöst, ich rede mit meinem Vater, ich versprech's.«

Was hat er vor?, dachte Matti und öffnete die Augen. Hastig sah sie sich um. *Will er Eberhard bestechen, um zu mir zu gelangen? Will er mich befreien?* Wenn Philipp glaubte, dass er ihren Bewacher dazu bringen konnte, beide Augen zuzudrücken, dann konnte sie nur den Kopf über seine Dummheit schütteln. Ebenso wenig würde sich der Ritter betrunken machen lassen.

So einfältig ist Philipp nicht. All dies weiß er auch. Es hat einen Plan.

Sie musste weg von hier. Warum hatte sie den Tag über Stunde um Stunde vergeudet, anstatt auf Philipp zu vertrauen und ihre Sachen vorsichtshalber in ein Bündel zu schnüren? Sie schüttelte den Kopf über ihre eigene Mutlosigkeit und suchte hastig Dinge zusammen, die ihr für eine Flucht notwendig schienen. Draußen hörte sie weiter das Gespräch der Männer, sie unterhielten sich über das Wetter und die letzte Jagd. Er wolle ihm eine Weile Gesellschaft leisten, um seine Langeweile zu vertreiben, versicherte Philipp Eberhard.

Matti nahm das Tuch mit den Initialen aus dem Versteck und legte es auf den Boden. Dann zog die ihr langes Messer unter dem Bett hervor. In seiner Lederhülle wartete es dort auf einen seiner seltenen Einsätze. Meist übte sie mit dem Holzschwert, um niemanden auf ihre Waffe aufmerksam zu machen. Sie wollte nicht, dass sie ihr irgendwer abnahm. Eine Frau und ein echtes Schwert passten nicht zusammen, das glaubte nicht nur Josefa von ganzem Herzen.

Matti legte es neben das Tuch und wühlte die Habseligkeiten in ihrer Truhe durch. Das Glasgefäß mit dem Lavendelöl, das ihr so lieb und teuer war, musste mit. Unbedingt!

Eberhards Stimme klang zunehmend undeutlich. Er schwärmte von einer jungen Frau, die er vor sich sah, weil er sich ans

Meer gereist wähnte. Sie habe einen Fischschwanz und singe sirenenhaft. Dann ließ er sich darüber aus, dass er nun einen Drachen töten wolle. Je mehr Eberhard von sich gab, desto deutlicher wurde Mattis Vermutung, dass Albert seine Finger im Spiel haben musste. Der Wein allein hätte dem Ritter nicht so zugesetzt.

Philipp stachelte ihn hier und da mit Bemerkungen an. Seine ruhige Stimme drang durch die Tür und gab Matti Zuversicht. Sie hatte Verbündete auf dieser Burg, und alles Weitere würde sich fügen.

Endlich sagte Philipp: »Eberhard, hörst du's nicht? Mathilda muss dringend auf den Abort. Ihr Nachtgeschirr läuft über. Bleib nur sitzen, ich werde sie begleiten und überwachen.«

Matti verbiss sich ein Lächeln über Philipps Unbekümmertheit, mit der er Eberhard behandelte. Er musste sich seiner Sache sehr sicher sein. Sie hörte ein Schaben, so als verschiebe jemand einen Stuhl auf dem Holzboden. Hastig zog sie noch ein Hemd aus ihren Sachen und verschnürte alles mit einem Lederband. Eberhard murmelte etwas, plötzlich rief er aufgeregt: »Da kommt er, der schwarze Ritter. Mein Schwert! Mein Schwert!«

»Hier, nimm dieses!« hörte sie Philipp antworten. »Ja, schlag zu, du bist ihm haushoch überlegen.« Keinen Augenblick später öffnete sich die Tür, und sie sah ihn hineinspähen. »Alles in Ordnung?«

Sie nickte, nahm ihre Sachen und drückte sich an ihm vorbei. Draußen war Eberhard aufgesprungen und kämpfte mit einer brennenden Kerze gegen seinen Schatten an der Wand. Die Augen glasig, die Bewegungen unkoordiniert, bemühte er sich, das Licht gerade zu halten und nicht ausgehen zu lassen. Matti kicherte, es sah zu komisch aus, wie er nun gegen einen Schemel stieß, der polternd umfiel. Nein, Eberhart war für sie keine Gefahr mehr.

»Hauptsache, er fängt nicht an zu fliegen. Schnell weg hier«, flüsterte Philipp hinter ihr. Matti schlüpfte, ohne von Eberhard aufgehalten zu werden, zur Treppe und schlich hinunter, ihre Waffe in der einen, ihr Bündel in der anderen Hand. Oben bemühte sich Philipp, Eberhard ruhigzustellen, der nun als Mann mit der eisernen Faust im Begriff war, eine Maid in Not zu retten.

»Haltet ein! Ich komme!«, rief er und taumelte. Schließlich sank er in die Knie.

»Schon gut, nun setz dich, edler Ritter und sei vor allem nicht so laut«, beschwichtigte Philipp ihn.

»Jetzt komm endlich!« rief Matti vom Fuß der Treppe. »Er wird schon von alleine Ruhe geben, mach schnell!«

Philipp hastete die Stiege hinunter. Atemlos blieb er vor ihr stehen. Er lächelte, hob die Hand und strich ihr leicht mit dem Finger über die Wange.

»Was hast du vor?« Sie nahm seine Hand, spürte die Wärme, die von ihr ausging »Nach Venedig, stimmt's?«

»Ich als Sänger, meine Holde, und Ihr als meine Begleitung. Nun hast du keine Wahl mehr, du musst mitgehen. Willst du?«

Matti schluckte, konnte seinem Blick nicht standhalten. Was auch immer das Schicksal für sie bereithielt, Venedig, das wusste sie, konnte es nicht sein.

Kapitel 7

Die wenige Zeit, die ihnen bis zur Entdeckung von Mattis Verschwinden blieb, hätte sie zur Eile antreiben sollen. Dennoch ging Matti die Stufen zum Labor ohne Hast hinunter. Es würde das letzte Mal sein, dass sie das tat, deshalb konnte sie nicht anders, als jeden einzelnen Schritt bewusst zu setzen, so als könne sie mit ihrem Willen die Zeit anhalten.

Wenn sie mich finden, dann ist alles verloren, dachte sie, und doch blieb diese Einsicht ohne Konsequenz. Hier unten fühlte sie sich sicher, auch wenn sie es nicht war.

Die Lämpchen in den Nischen hatte *sie* immer nachgefüllt und angezündet. Die Flammen flackerten, wenn oben jemand die Tür öffnete. Wie oft hatte sie das beobachtet, wie gedankenlos und sorglos hatte sie es hingenommen, so als wäre es für immer so gegeben. Auf einmal sollte es das letzte Mal sein, dass sie es sah.

Ein Teil von ihr nahm die Dinge wahr, wie sie sie immer gesehen hatte, so, als würde sie morgen, übermorgen, in drei Wochen immer noch denselben Weg gehen, hinunter ins Labor, zu ihrem Kräutertisch und Alberts Apparaturen. Zur gleichen Zeit aber fühlte sie sich wie in einem Traum, von dem sie nicht sagen konnte, ob er ein Albtraum bleiben oder sich zum Guten wandeln würde.

Was wird Albert zu alldem sagen? Sie blies eins der Lämpchen aus, ging weiter und blickte dann zurück zu der dunklen Nische. Wer würde es wieder anzünden, wenn sie nachher den

Weg zurück nach oben gegangen war, auf dem Pferd saß, die Burg verlassen hatte? Wer sollte ihrem Lehrer bei seinen Experimenten helfen? Frederik?

»Ich will nicht fortgehen.« Matti versuchte, die Enge im Hals hinunterzuschlucken, es gelang ihr nicht. Das Gefühl, zu trockenes Brot in zu großen Stücken verschlungen zu haben, blieb. Sie lief weiter, Stufe für Stufe, bis sie unten im Labor vor ihrem Lehrer stand.

Er blickte sie an, so als habe er sie erwartet, ihr Kommen genau verfolgt. Seine Stimmung konnte sie nicht deuten, er lächelte nicht.

Sie wischte das Brennen aus den Augen, lief auf ihn zu und umarmte ihn. Behutsam streichelte er ihren Rücken. *Du bist der einzige Vater, den ich je gehabt habe,* dachte sie, atmete tief ein und löste sich.

»Ein Abschied ist immer eine verteufelt schwierige Sache.« Alberts Stimme klang rau. »Glaub' mir, dieser wird nicht für immer sein. Du wirst wiederkommen.«

»Du willst mich trösten.«

»Ich habe in den Sternen gelesen. Wo ist Philipp?«

»Er lenkt Henk von seiner Nachtwache ab, holt die Pferde und wartet vor dem Tor. Er hat eingesehen, wie wichtig es mir ist, mich zu verabschieden.«

»Gut. Denn das, was ich dir zu sagen habe, würde ihm nicht gefallen.«

»Ich ...« Matti stockte, sah zu ihrem Arbeitstisch und wusste nicht, ob sie von dort noch etwas mitnehmen sollte. Am liebsten alles, brauchen würde sie davon vermutlich nichts. Nur ein, zwei fertige Heilmittel, die sie bei Krankheiten anwenden konnte. Waren sie verbraucht, blieb ihr nur ihr Wissen. Doch damit allein konnte sie weder sich noch anderen helfen. »Ich konnte Hoimar nicht gehorchen. Bitte verzeih mir.«

Albert antwortete zunächst nicht. Stattdessen drehte er sich um und zog eine Schublade unter einem der Arbeitstische auf. Ohne hochzusehen, begann er darin zu wühlen, bis er endlich sagte: »Du magst Philipp, nicht wahr?«

Matti nickte, merkte, dass er es nicht sehen konnte, weil er sie nicht anblickte, sondern immer noch mit dem Inhalt der Schublade beschäftigt war. »Er ist so voller Tatendrang, was seine eigenen Pläne angeht, so ...«, wieder fand sie keine Worte. Albert wandte sich ihr zu.

»Ich habe dir gesagt, dass die Sterne dir keinen Abschied auf Dauer vorhersagen. Hab keine Furcht, jemanden zu verlieren. Es wird sich alles fügen, denn du, Mathilda, du bist zu Höherem bestimmt. Willst du diese Bestimmung annehmen und der Alchemie treu bleiben?«

Sie nickte mit zusammengekniffenen Lippen. Ja, das wollte sie. Ohne die Wissenschaft würde sie nicht leben können, und wenn Philipp das nicht einsah, würde sie nie mit ihm glücklich werden. »Ja, ich will. Aber was kann ich tun?«

Endlich lächelte Albert, so als sei er erleichtert über ihre Antwort. Er griff nach einem Säckchen und reichte es ihr.

»Dein Lohn. Du hast viele Arzneien hergestellt, und ich habe einen Anteil des Erlöses für dich gesammelt.« Es klimperte leise, als er ihr das Geldsäckchen in die Hände drückte. Sie fühlte die harten Konturen der Münzen.

»Danke.«

»Du wirst es brauchen. Hier, nimm zudem diese beiden Bücher. Das eine kennst du, es versammelt alle Kräuter in sich mit ihren Eigenschaften und Heilkräften. Mit dem anderen übe und verfeinere dein Latein. Dies und all das Wissen, das ich dir beibringen konnte, gebe ich dir mit auf den Weg. Du hast mich schon lange überflügelt, du brauchst Lehrer, die bewandert sind auf allen Gebieten der Wissenschaften.«

Seine Worte entfachten einen Funken Hoffnung in Matti. Auf einmal schien es eine Möglichkeit für sie zu geben, sie musste nur auf Albert hören. Das tun, was er ihr riet.

»Du wirst nach Heidelberg gehen und an der Universität studieren.«

Der Hoffnungsfunke fiel in sich zusammen. Ihr Lehrer schien den Verstand verloren zu haben. Auf ihn zu hören wäre ihr Untergang.

»Ich bin eine Frau!«

»Eine Frau, die sich im Schwertkampf versteht, wird jeder als Jüngling anerkennen, wenn sie sich nur passend kleidet und die Haare kürzt. Es ist das einzig Richtige.«

»Albert, es ist nicht das Richtige, es ist verrückt!« Sie schüttelte den Kopf, verärgert über seine Sicherheit. Woher nahm er die? Der eine wollte mit ihr nach Venedig reiten, der andere schickte sie als Mann an die Universität - und sie? Sie selbst wusste keine Lösung, nichts, was sie den beiden hätte entgegenstellen können. »Was ist mit meiner Stimme?«

»Ein Jüngling spricht nicht immer tief. Er hat auch noch keinen starken Bartwuchs. Du weißt dich wie ein Mann zu bewegen.«

»Was geschieht, wenn das herauskommt? Einer Frau ist es nicht gestattet zu studieren. Sie werden mich öffentlich strafen, mich entehren und in den Kerker werfen.«

»Ich vertraue dir, Mädchen. Tu du es auch. Es wird dir gelingen.«

Eine Weile herrschte Stille, nur durchbrochen vom Knistern des Ofens. Schließlich ergriff Albert erneut das Wort: »Heidelberg ist nicht weit, bis dorthin schaffst du es alleine. Wenn es Schwierigkeiten gibt, dann schicke mir einen Boten.«

»Und Philipp?«

»Die Antwort auf diese Frage bekommst du nicht von mir.« Er tätschelte ihre Hand, die sich um den Beutel verkrampft hatte.

»Du wirst das Richtige tun, das weiß ich. Hör auf das, was die Sterne mir gesagt haben. Und nun beeile dich, geh!«

Matti warf einen letzten Blick auf ihre Kräuter. Es gab nichts mehr zu tun und nichts zu sagen, sie hatte schon viel zu viel Zeit hier unten verloren. Die Entscheidung über das, was geschehen sollte, wohin sie gehen würde, lag nun bei ihr, aber sie hatte nicht das Gefühl, eine Wahl zu haben. Sie gab Albert einen Kuss auf die Wange und wandte sich zum Gehen. Sie war bereits drei Stufen hochgestiegen, als Alberts Stimme sie zurückhielt.

»Der kranke Junge, du weißt schon, bei dem wir uns uneins über die Behandlung waren.«

Sie nickte voller Ahnung. »Was ist mit ihm?«

»Du hattest Recht. Die Schwitzkur war das Falsche für ihn.«

»Ist er tot?«, fragte sie erschrocken.

Albert lachte. »Wo denkst du hin? Ich bin ein sturer Esel, aber ich höre auf klügere Leute, wenn es gar nicht mehr anders geht. Ich habe meine Kur abgebrochen und ihm dein Mittel verabreicht. Er konnte vorhin zu seinen Eltern gebracht werden. Er ist noch nicht gänzlich gesundet, doch er ist über den Berg. Und nun spute dich, bevor Eberhard aus seinen Träumen erwacht.«

»Danke für alles, Albert.«

»Zu gegebener Zeit kommst du zurück und hilfst mir, das Allheilmittel zu finden. Das ist mir Dank genug.« Er zwinkerte ihr zu, drehte sich um und machte sich an einer Apparatur zu schaffen. Sein Fluchen begleitete Matti die Treppe hoch. An der dunklen Nische hielt sie inne, nahm das Lämpchen, entzündete die Flamme an einer noch brennenden Lampe und stellte sie zurück in die Nische. »Wir sehen uns wieder«, flüsterte sie, als sie die Tür hinter sich zuzog.

♃ ♄ ☿

Matti hielt sich im Schatten der Hauswand versteckt und lauschte in die Dunkelheit. Wie weit mochte die Nacht schon fortgeschritten sein? Sie hatte jegliches Gefühl für Zeit verloren in den Stunden, die sie in ihrer Kammer eingesperrt verbracht hatte. Müdigkeit spürte sie keine. Sie fühlte sich aufmerksam, überdreht, hellwach. So, als müsse sie sich einem Kampf mit dem Schwert stellen, bei dem es um alles oder nichts ging.

Ein Kauz schrie vom nahen Wald her, im Stall schnaubte ein Pferd. Die Schemen der Wehrmauer ragten in den Nachthimmel, schützend und einengend zugleich. Kein Lichtschimmer drang aus den Fenstern des Hauptgebäudes.

Matti schlich von einem Schatten zum nächsten, behielt das geöffnete Burgtor im Auge. Durch diesen Engpass musste sie unbemerkt hindurchkommen, und sie konnte nur hoffen, dass Philipp Henk genauso sorgfältig außer Gefecht gesetzt hatte wie Eberhard. Sie huschte ein Stück weiter, hielt inne, stahl sich durchs Tor und blieb wieder stehen. Nur noch den Vorhof überqueren, dann war sie frei. Ein Geräusch ließ sie zusammenschrecken. Mit einem Knarren öffnete sich die Tür der Küchenhütte, und Helmtrud trat mit einer Fackel heraus. Sie sah sich um. Matti schlich in den Schutz der Mauer. Die Ecken und Kanten der unregelmäßig behauenen Steinquader drückten in ihren Rücken.

Helmtrud lief weiter auf den Haupthof zu, dicht an Matti vorbei, die ihr rundliches Profil im Schein des Fackellichtes erkennen konnte. Die Köchin sah müde aus. Hatte sie bis jetzt die Küche gereinigt, Speisen vorbereitet? So spät noch? Matti spürte, wie ihr die Kehle enger wurde. Es war ihr, als bräuchte sie nur einen Schritt zu tun, ein Wort zu sagen, und Helmtrud würde sie entdecken, würde mit ihr sprechen, ihr Rat geben, sie trösten. So wie früher, als sie noch ein kleines Mädchen gewesen war und sich geärgert hatte, wenn ihr die Burgherrin befohlen hatte, in der Kammer zu sitzen und zu nähen.

Mit einem Rascheln ihres Rockes verschwand die Köchin im inneren Burghof und Mattis sehnsüchtige Stimmung verflüchtigte sich so unvermittelt, wie sie gekommen war. Der Wachhund knurrte und zerrte an seiner Kette, als sie neben dem Stallgebäude an ihm vorbeikam. Sie hielt ihm die Hand hin, damit er sie erkennen konnte. Augenblicklich gab er Ruhe.

Das äußere Tor stand offen, Philipp hatte alles bedacht und vorbereitet. Das Einzige, was er zu vergessen schien, war, sie zu fragen, was für Vorstellungen bezüglich ihrer Zukunft *sie* hegte, wovon *sie* träumte. Einerseits freute sie sich über seine Zielstrebigkeit, andererseits bedauerte sie deren Richtung.

Wäre er gegenüber seinem Vater genauso durchsetzungsfähig gewesen, dann müsste ich jetzt nicht fliehen, dachte sie. *Ich würde seine Frau werden und weiter auf der Burg bleiben können.* Bittere Gedanken, die ihr aufstießen, sich nicht wegschlucken ließen, sondern sauer im Mund lagen.

»Endlich«, flüsterte Philipp, als sie durch das Tor schlüpfte. Er nickte in Richtung der Pferde, die er an einen Baum gebunden hatte. »Ich dachte, du kommst gar nicht mehr. Wir müssen uns beeilen, um genug Vorsprung zu bekommen. Das weißt du doch.«

Er nahm sie bei der Hand und zog sie mit sich. Sie spürte seine Wärme, die in sie überging und die das Versprechen nach Geborgenheit in sich trug. Würde sie ihn je wiedersehen, wenn sie jetzt ihrer eigenen Wege ging?

»Es wird schon alles gut gehen«, flüsterte er, als sie die Pferde erreichten.

»Gott steh uns bei«, antwortete sie mit belegter Stimme und löste sich von ihm. *Nur erst einmal ein Stück weit von der Burg wegreiten,* dachte sie. *Erst einmal in Sicherheit sein, dann werde ich weiter sehen.*

Oben auf dem Pferderücken passte sie sich den Bewegungen an, presste die Schenkel an den Tierkörper und verfluchte den

Rock, den sie trug. Die Stoffmassen behinderten sie, doch zum Umziehen hatte sie in ihrer Kammer nicht mehr genügend Zeit gefunden.

Im Wald fielen sie in eine schnellere Gangart. Von der Burg her würden die Hufschläge der Pferde nun nicht mehr zu hören sein. Matti hielt sich gerade, tastete nach der Satteltasche hinter sich, in der sie ihr Bündel verstaut hatte. Trotz der Dunkelheit, die zwischen den Bäumen noch undurchdringlicher schien, fanden die Tiere mühelos ihren Weg auf dem ausgetretenen Pfad. Es ging bergab. Sie verlangsamten das Tempo. Matti spürte einen Hauch im Nacken, so, als wären ihnen bereits Verfolger auf den Fersen. Doch das war unmöglich, selbst wenn sie Mattis Verschwinden schon entdeckt hatten. Sie und Philipp waren noch nicht lange genug unterwegs, die Zeit hätte nicht ausgereicht, um die Ritter zu mobilisieren und die Pferde zu satteln.

Erneut schrie ein Kauz, ein Rascheln im Unterholz kam von Wildschweinen, sie kannte deren Geräusche, auch wenn die Tiere nicht zu sehen waren. Sie tastete nach ihrem Schwert. Es war noch da, steckte in seiner Scheide, hinten am Sattel befestigt, und gab ihr Sicherheit.

Sie erreichten den Waldrand, der Weg verbreiterte sich, bald würde eine Kreuzung kommen, die sie auf eine größere Straße führte, und dann musste sie sich entscheiden. Venedig oder Heidelberg?

»Philipp«, flüsterte sie, und noch einmal etwas lauter, weil er nicht antwortete: »Philipp!«

Er zügelte sein Pferd und blickte sich um. Matti brachte ihr Reittier neben dem seinen zum Stehen. Sie musste es ihm sagen. Jetzt sofort, sie durfte nicht mehr länger zögern, sonst würde sie sich auf dem Weg nach Venedig wiederfinden. Und was dann?

Nur Mut, Matti, dachte sie. *Sprich mit ihm!*

»Ich kann nicht mitkommen.« Endlich waren die Worte heraus. Sie beobachtete, wie Philipps Gesicht sich verfinsterte, die Mundwinkel knickten ein winziges Stück nach unten, die Brauen zogen sich zusammen.

»Dein Vater würde es dir nicht verzeihen«, fuhr Matti hastig fort, damit das Schweigen sich nicht zwischen ihnen ausbreitete. »Er vergibt dir nie im Leben, wenn du ihm seine Braut entführst. Das geht so nicht, Philipp.«

»Was soll das heißen?«

»Außerdem könnten wir uns nie als fahrende Sänger durchschlagen. Denk nach, wir haben nicht einmal Geld, um bis Venedig zu kommen. Es ist eine lange und beschwerliche Reise, voller Gefahren. Hast du dir das alles überlegt?« Das Geld von Albert verschwieg sie. Sie hatte sich entschieden.

»Natürlich habe ich das! Ich denke schon seit längerer Zeit an nichts anderes mehr. Ich habe alles geplant, alles nachgelesen, Venedig ist eine reiche Stadt, sie empfängt Künstler mit offenen Armen, vertrau mir endlich!«

»Ich ...«

»Du willst nicht mit mir kommen, oder? Noch immer nicht?«

Matti schüttelte den Kopf. Sie hob ihre Hand, zögerte, mit den Fingerspitzen berührte sie seine Stirn, um die Falten glattzustreichen.

Er wischte sie weg. »Was zum Teufel hast du vor?«

»Rede nicht so lästerlich! Den Teufel anzurufen hat noch niemandem geholfen. Hör auf zu träumen, sieh die Wirklichkeit, das, was möglich ist und was nicht.«

»Was zum Teufel hast du vor?«, beharrte er.

»Ich reite alleine weiter. Nach Heidelberg. Dich darf man in der Burg nicht vermissen, sonst weiß jeder Bescheid, dass du es warst, der mich befreit hat. Ich warte auf dich in der Stadt, komm nach, sobald du kannst.«

»Das ist Irrsinn! Was willst du in Heidelberg? Wie willst du in der Stadt überleben, du kennst dort doch niemanden!«

»Ich werde ...«

»Meinst du, ich habe dich befreit, um dich jetzt zu verlieren?« Philipp packte sie am Arm, zog sie zu sich heran. Sein Pferd spürte die Unruhe und tänzelte ein paar Schritte. Matti rutschte zur Seite weg. Sie klammerte die Knie an den Tierkörper und warf ihren Oberkörper nach vorne. Dabei zog sie ihn halb mit sich, zu plötzlich war ihr Handeln für ihn. Er verlor den Halt, glitt vom Pferd. Matti hörte sein Stöhnen, als er auf dem Boden aufschlug und reglos liegen blieb.

»Philipp!«, entfuhr es ihr entsetzt. Schnell sprang sie vom Pferderücken, drängte sein Tier beiseite und kniete sich neben ihn. Zuerst spürte sie, wie das Entsetzen sie lähmte, als er da so reglos lag, den Kopf zur Seite gedreht, direkt an einem Stein, eine Platzwunde an der Stirn, aus der Blut sickerte. Sie wischte es mit dem Ärmel fort, erhob sich hastig, als ihr Blick auf die Satteltasche fiel. Vielleicht war dort etwas ... Matti zog ein Tuch heraus, in das Brot gewickelt war, und befeuchtete es mit Wasser aus dem Trinkschlauch. Sie presste den nassen Stoff gegen die Wunde, um das Blut zu stillen. Philipp stöhnte, seine Lider flatterten.

Dem Herrn sei Dank, er war nur bewusstlos. Matti atmete tief durch, einmal, zweimal. Ganz langsam beruhigte sich ihr Herzschlag. Sie legte das Tuch beiseite, schüttelte Philipp an den Schultern, tätschelte seine Wangen. Er bewegte sich, öffnete kurz die Augen, tastete nach seiner Stirn.

Matti zögerte. Bald würde er wieder ganz aufwachen. Was dann geschah, war absehbar, er würde ihr erneut Vorwürfe machen, sie dazu überreden wollen, ihm zu folgen, sie womöglich festhalten.

»Du denkst zu sehr nur an deine eigenen Vorlieben, mein Lieber. Du siehst deine Fehler nicht und willst sie nicht sehen«, flüsterte sie. Sie beugte sich zu ihm herunter. Mit ihren Lippen streifte sie die seinen, kurz und sanft. Und doch war diese Berührung so intensiv, dass sie es im ganzen Körper spürte.

»Wir sehen uns wieder, ich verspreche es dir.«

Dann erhob sie sich. Sein Stöhnen begleitete sie, als sie aufsaß und dem Pferd die Hacken in die Flanken schlug.

»Lauf«, flüsterte sie und spornte es an. »Wir müssen weg hier, lauf!«

Kapitel 8

Philipp hätte schwören können, dass er die ganze Nacht kein Auge zugetan hatte, so wenig erholsam war sein Schlaf gewesen. Er setzte sich hastig auf. Sein Geist befand sich noch auf der Reise, zusammen mit Matti, auf dem Strohlager eines Wirtshauses übernachtend oder mit den Pferden im Stall. Nun fand er sich an einem anderen Ort wieder, als er erwartet hatte. Die vertrauten Einzelheiten seiner Kammer breiteten sich in seinem Sichtfeld aus, der Schemel, die reich verzierte Truhe, das Fenster mit den geschlossenen Holzläden, die Wände aus wuchtigen Steinquadern, mit denen die Burg einst erbaut worden war.

Er hatte alles so gewissenhaft geplant, Mattis Befreiung war glimpflich verlaufen, obwohl er mehr als eine Katastrophe befürchtet hatte. Eberhard hatte sich leicht übertölpeln lassen. Er war ein eindrucksvoller Kämpfer, aber seine Klugheit stand seinem Können mit dem Schwert nach. Sein Gebrüll allerdings konnte nur durch höhere Fügung den übrigen Burgbewohnern entgangen sein. Die Warterei auf Matti, als sie sich von Albert verabschiedete und einfach nicht zurückkam, war eine weitere Prüfung für Philipps Nerven gewesen. Er hatte sie suchen, am Ärmel packen und nicht mehr loslassen wollen. Und dann, nach alldem, was er für sie ausgestanden hatte, sagte Matti ihm einfach ins Gesicht, sie wolle alleine weiterreiten. Nach Heidelberg.

Das war Alberts Werk!

Ein Klopfen an seiner Tür riss Philipp aus seinen Gedanken. Wiederholt schlug jemand mit der Faust gegen das Holz.

»Herr Philipp! Seit Ihr noch da? Euer Vater verlangt nach Euch!«

Er erkannte die Stimme der Köchin, stöhnte, befühlte seinen Kopf, wollte die Erinnerung an den gestrigen Abend von sich fernhalten. Es gelang ihm nicht. Mit voller Wucht meldeten sich die Bilder zurück: Matti, wie sie ihn abwies. Matti, wie sie davonritt in die Dunkelheit. Wie er das Pferd zurück in den Stall gebracht und sich unbemerkt in sein Bett geschleppt hatte, daran konnte er sich nicht mehr erinnern.

»Herr Philipp, hört Ihr mich?«, kam es von der anderen Seite der Tür.

»Ja doch!«, rief er zurück.

»Euer Vater verlangt nach Euch, er ist bei Mathildas Kammer.«

Bei Mattis Kammer, natürlich.

»Ich komme!«

Auf der anderen Seite der Tür wurde es still. Man hatte also in der Zwischenzeit Mattis Verschwinden entdeckt. Jetzt suchten sie nach Verdächtigen, die ihr bei der Flucht behilflich gewesen sein könnten. Vielleicht glaubten sie auch, ihre Gefangene wäre durch eine List und ohne Hilfe entkommen, und nun wollte sein Vater ihn über Mattis Verschwinden aufklären. Dass Eberhard sich an die Begebenheit würde erinnern können, machte Philipp keine Bedenken. Er glaubte es nicht. Er vertraute auf Alberts Fähigkeiten und auf dessen Mittelchen.

Dieser alte Fuchs. Hatte er ihn dazu benutzt, Matti zu befreien? Philipp schüttelte den Kopf. Hatten sie ihn alle zum Narren gehalten? Alle, einschließlich Matti?

Albert hatte Matti irgendein Gespinst in den Kopf gesetzt, soviel war sicher. Warum wohl hatte er so dringend mit ihr reden wollen? Er war schuld, dass Matti ihm nicht nach Venedig hatte folgen wollen.

»Wir haben nicht genug Geld«, hatte sie ihm vorgehalten. Sie vertraute ihm nicht, sie glaubte nicht an eine Zukunft mit ihm. »Ich bin ihr nicht gut genug«, zischte Philipp zwischen den Zähnen. Er erhob sich und stellte fest, dass er noch vollständig in seiner Reisekleidung steckte. Nur der Stiefel hatte er sich entledigt, bevor er sich ins Bett hatte fallen lassen.

Er zog ein unverdächtigeres Gewand aus seiner Truhe hervor. Dann goss er aus einem Krug Wasser in die Schüssel, die eine Magd für ihn bereitgestellt hatte, und wusch sich Gesicht, Mund und Hände. Schließlich kleidete er sich um und starrte auf die Satteltaschen, die mitten im Raum lagen. Im Grunde war es doch alles gleich. Sollte sein Vater das Zimmer durchsuchen und alles finden, was kümmerte es ihn? Matti war nicht mehr hier. Sie hatte ihn zurückgewiesen. Nichts sonst war mehr wichtig, nichts zählte mehr als diese Niederlage.

Mit dem Fuß schob er dennoch die Taschen unter sein Bett, um sie wenigstens notdürftig zu verbergen. Dann trat er auf den Flur, gewappnet mit Gleichgültigkeit für das, was ihn nun erwarten würde.

Schon als er die Treppe zum mittleren Stockwerk hochstieg, hörte er das Wüten seines Vaters, der seinen Ritter beschimpfte. *Armer Eberhard,* dachte Philipp. Auf der Stiege ins oberste Stockwerk wurde er langsamer. Er ließ beim Aufstieg die Hand über das Holzgeländer gleiten. Glatt gescheuert vom vielen Gebrauch fühlte es sich an.

»Ich erinnere mich nicht, so glaubt mir doch!«, rief Eberhard offenbar zum wiederholten Mal. Er stand Hoimar im Flur gegenüber.

»Ein Ritter willst du sein? Eine Memme bist du! Lässt dich von einem Frauenzimmer hintergehen ...« Hoimars Stimme bebte vor Wut. In solchen Momenten war nicht mit ihm zu reden, das wusste Philipp.

»Ein Frauenzimmer, das sich auf Listen versteht. Es hat sich einen dunklen Ritter angelacht, so groß wie eine Eiche. Er hat mich mit dem Schwert angegriffen.«

»Du entschuldigst deine Trunkenheit auf das Dreisteste. Oder was hat dieser Weinkrug dort zu bedeuten? Wer hat dir den gebracht?«

»Ich weiß es nicht, Herr.«

»Auch etwa dieser mysteriöse Ritter? Und bist du auch so freundlich, mir zu erklären, wie er unbemerkt in die Burg gekommen ist?«

»Er hatte sicher einen Verbündeten. Das Tor ist nur nachts geschlossen und bewacht.« Eberhard schüttelte den Kopf »Ich erinnere mich nicht, glaubt mir doch. Es ist wie ausgelöscht. Ich weiß genau, da war etwas, aber ich weiß nicht was. Ich kann es nicht greifen.« Er ließ sich auf den Schemel sinken, von dem aus er Mattis Kammer bewacht hatte, und vergrub sein Gesicht in den Händen, die Ellbogen auf die Knie gestützt. Philipp konnte nur noch seinen Haarschopf, die Schultern sowie den gekrümmten Rücken sehen.

»Ah, mein Herr Sohn. Das wird auch Zeit.« Hoimar wandte sich um und schaute ihn durchdringend an. Von dem Blick gebremst, hielt Philipp an der obersten Treppenstufe inne.

»Was ist geschehen?«, fragte er mit fester Stimme, bereit, dieses Theater bis zum bitteren Ende zu spielen. Auch wenn sie ihre gemeinsame Zukunft verraten hatte, er konnte Matti nicht ans Messer liefern, nicht seinem Vater.

»Was ist das für eine Wunde, die du da am Kopf hast?« Hoimar packte Philipp an der Schulter, als er nicht sofort reagierte. »Antworte! Hast du was mit Mathildas Verschwinden zu tun?«

Philipp starrte auf den Boden.

»Du antwortest mir jetzt, oder ich vergesse mich.« Hoimars Stimme war gefährlich leise.

»Mathilda ist verschwunden?« Philipp sah hoch auf die offene Tür zu Mattis Kammer. »Meine Schuld ist es nicht.« Und in diesem Moment glaubte er das, was er sagte. Was war er denn für sie gewesen? Ein Mittel zum Zweck. Albert und Matti hatten ihn missbraucht, um die Flucht einzuleiten. Er war ihnen ein Werkzeug gewesen, wie Eberhard, und Philipp beschloss, sich genauso wenig zu erinnern wie dieser.

»Warum hast du Blut an der Stirn?«

So als bemerke er es das erste Mal, befühlte Philipp die verkrustete Platzwunde oberhalb seiner rechten Braue. »Muss am Bettkasten passiert sein«, murmelte er. »Ich habe schlecht geschlafen.«

Ein Blick die Stiege hinunter zeigte ihm, dass sich dort mittlerweile das Gesinde versammelte, neben ein paar müden Rittern, die der Lärm aus dem Schlaf gerissen hatte. Sie starrten auf das Schauspiel, das sich ihnen bot.

Als Hoimar das bemerkte, gab er Philipp einen Wink, er solle sich nach unten entfernen.

»Wir reden später«, brummte er gedämpft, nur für Philipps Ohren bestimmt. »Ihr glaubt wohl alle, ihr könnt mich zum Narren halten.«

Hoimar wandte sich den Leuten am Ende der Treppe zu, setzte einen sorgenvollen Blick auf und rief, während Philipp hinabstieg: »Unsere Mathilda ist verschwunden! Fehlgeleitet irrt sie nun alleine umher, wir müssen sie unbedingt wiederfinden. Ich rechne mit eurer Unterstützung.« Mit einem Mal schien sein Zorn verflogen, die Stimme mit einer unterschwelligen Trauer versehen.

Was sind wir hier doch alle für Schauspieler, dachte Philipp, als er sich seinen Weg durch die Gruppe bahnte. Er achtete nicht mehr darauf, wie sein Vater die anderen von den Geschehnissen der Nacht in Kenntnis setzte, er achtete auf gar nichts mehr, ging einfach weiter.

♃ ♄ ☿

Matti war die ganze Nacht durchgeritten, zuerst gehetzt. Der Wind hatte an ihren Haaren gezerrt, sich in ihrem Rock verfangen. Doch dieses Tempo hatten weder sie noch das Tier lange durchgehalten. Irgendwann schmerzte ihr jeder Knochen, die Beine wurden zu kraftlos zum Antreiben, obwohl sie das Reiten gewohnt war. Das Reisen über einen längeren Zeitraum war ihr genauso fremd, wie die Umgebung in der sie sich nun befand.

Sie folgte der Straße, von der sie glaubte, sie führe in die Stadt, umritt Gehöfte und Ansiedlungen. Vor sich sah sie die dunkle Silhouette eines größeren Waldstücks, das unendlich langsam näherrückte, so als käme sie im Tempo einer Schnecke voran. Eine Täuschung, allerdings eine, die ihr die Zuversicht nahm. Das Pferd schien genauso müde wie sie selbst, und sie hatte keine Kraft mehr, es zu einem schnelleren Gang anzutreiben. Sie war froh, dass es überhaupt weiterlief. Ein-, zweimal war sie eingenickt, der Kopf fiel nach vorne, das Kinn landete auf ihrer Brust. Nur diese abrupte Bewegung rettete sie davor, schlafend auf den Boden hinunter zu rutschen.

Nun verfärbte die aufgehende Sonne den Himmel auf farbenfrohe Weise, so als habe ein Maler auf seiner Palette weiß und gelb nicht genügend mit rot vermengt und pinsle es nun in breiten Strichen an den Horizont. Vereinzelte Wolken schoben sich dazwischen, angesteckt vom Farbspiel. Angestrahlt von der einen Seite, verwandelten sie sich in rosafarbene Gebilde, am Rande ausgefranst. Die Sonnenscheibe schob sich am Horizont nach oben, begrüßte den neuen Tag, vertrieb die Schatten der

Nacht. Die Rheinebene ließ einen weiten Blick zu, über die Dächer eines entfernten Dörfchens, aus denen sich Rauchsäulen von Herdfeuern kräuselten, über Felder und vereinzelte, mit Bäumen bewachsene Areale.

Der Staub, aufgewirbelt von der Straße, klebte an Mattis Händen und hatte sich zu dunklen Rändern zusammengefunden. Am Hals des Pferdes trocknete der Schweiß. Sie wusste nicht, ob die Richtung, die sie eingeschlagen hatte, die richtige war. Ebenso wenig konnte sie sich ausmalen, wie lange sie brauchen würde, um in die Stadt zu gelangen. Sie ritt der Bergkette entgegen, von der sie so oft schon gehört und die sie manches Mal aus weiter Entfernung gesehen hatte, wenn sie an einem klaren Tag über die Ebene blicken konnte. Dort, irgendwo eingebettet in einem Flusstal, lag Heidelberg. Sie musste unbedingt den nächsten Reisenden, den sie auf der Straße traf, nach dem Weg fragen. Auch auf die Gefahr hin, dass er sie später wiedererkennen und verraten könnte. Die Nacht über war ihr niemand begegnet.

Das Pferd schnaufte, Matti tätschelte ihm den Hals und sah wieder nach vorne. Sie hatten den Waldrand fast erreicht. Ja, sie sollte eine Pause einlegen, denn wenn sie so weitermachte, würde sie nicht mehr weit kommen. Bis zu den ersten Bäumen würde sie reiten. Sie setzte sich im Sattel aufrecht und stöhnte über das Ziehen im Gesäß und in den Schenkeln.

»Himmel, wie soll das nur weitergehen mit mir?«, murmelte sie. Würden die von der Burg ihr wirklich Ritter hinterherschicken, um sie zu suchen? Sicher. Sie war zu wertvoll für Josefa, und offenbar auch für Hoimar. Keiner konnte wissen, in welche Richtung sie geritten war, das wusste sie ja nicht einmal selbst. Dem Stand der aufgehenden Sonne nach zu urteilen, hielt sie sich nördlich, und um sich nicht zu verirren, musste sie der Straße folgen.

Albert und Philipp würden sie nicht verraten, aber was geschah, wenn sie jemand beobachtet hatte?

»Stadtluft macht frei«, seufzte Matti. Und das galt nicht nur für entlaufene Lehnspflichtige, die nach einem Jahr in einer Stadt die Bürgerrechte beantragen konnten. Auf der Burg würde ihnen auch klar sein, dass eine allein reisende Frau in einer Stadt am leichtesten ein Versteck vor ihren Verfolgern finden würde.

Sie wollte nicht mehr darüber nachdenken. Diese immer wieder um den einen Punkt kreisenden Gedanken, sie sollten aufhören! Sie würde verfolgt werden, und Hoimar besaß genügend Ritter, um in sämtlichen Richtungen nach ihr suchen zu lassen. Sie hatte genügend Vorsprung, um ihnen dennoch zu entkommen; entscheidend war, ihn zu halten.

»Trotzdem mache ich hier Rast.«

Bei den ersten Bäumen zügelte sie das Pferd und rutschte hinunter. Ihre Knie gaben nach, als sie am Boden ankam, ihre Beine schmerzten, Matti wischte sich mit dem Handrücken über die Stirn. *Ja! Ich habe Angst*, dachte sie. Angst vor dem, was kommen mochte, Angst vor den Verfolgern. Noch nie in ihrem ganzen Leben hatte sie sich so einsam gefühlt wie in diesem Moment.

Immer war jemand für sie da gewesen, der ihr geholfen, sie getröstet hatte. Bei Albert hatte sie sich über die ungerechte Behandlung durch Josefa das Herz ausschütten können. Philipp schenkte ihr seine Geduld, wenn Albert sie nicht an diese oder jene Versuchsapparatur ließ oder ihr eine ihrer Beobachtungen nicht glaubte. Die Köchin tröstete sie mit süßer Milch, wenn sie sich von Philipp unverstanden fühlte. Selbst Eberhard hatte auf seine Weise zu ihr gehalten. Nun aber war sie ganz auf sich gestellt.

Matti öffnete eine der beiden Satteltaschen, stellte sich auf die Zehenspitzen und spähte hinein. Das Pferd hatte den Kopf gesenkt und rupfte friedlich Gras am Rand ihres Rastplatzes. Sie hatte es vom Weg weggeführt auf einen Hügel, dessen Büsche und Bäume etwas Schutz boten und der dennoch nach vorne einen weiten Blick auf die Ebene und die Straße zuließ. Hier fühlte sie sich sicher.

Sie nahm sich ein Brot und in Tuch gewickeltes Dörrfleisch und klemmte es sich unter den Arm. Dann umrundete sie das Pferd, um an die Tasche zu kommen, in der sie ihre Habseligkeiten verstaut hatte. Sie nahm eines der beiden Bücher von Albert an sich, setzte sich ins Gras und breitete die Sachen vor sich aus.

Obwohl sie keinen Hunger verspürte, biss sie ein Stück von dem Brot ab und nagte am Fleisch. Ihr war, als habe sich ihr Inneres verschlossen vor lauter Angst, Unruhe und Müdigkeit. Sie dachte an Philipp, der die Dinge so sorgfältig zusammengesucht und verstaut hatte. Wie es ihm wohl gerade erging? Ob er ihr je würde verzeihen können?

Ihre Finger glitten über den speckigen Ledereinband des Buches. Auf der ersten Seite hatte Albert in seiner geschwungenen Handschrift einen Gruß an sie verewigt. Mit dem Fingernagel fuhr sie die Zeichen nach. »Wenn ich nur schon in der Stadt wäre.«

Matti rieb sich die vor Müdigkeit brennenden Augen. Um nicht einzuschlafen, erhob sie sich, verstaute ihren Proviant wieder in den Taschen und führte das Pferd zu einem Bach, um es zu tränken und sich selbst ein paar Schlucke zu gönnen. Sie spürte Philipps verkrustetes Blut an ihrem Ärmel und säuberte ihn, so gut es ging. Hellrote Schlieren bildeten sich im Wasser und wurden von der Strömung fortgerissen.

Zurück an ihrem Rastplatz senkte das Pferd erneut den Kopf, rupfte am Gras, schnaubte zufrieden. Matti beschloss, ihm noch ein wenig Zeit zu gewähren. Im Wald würde es nichts zu fressen mehr geben.

Sie setzte sich, lehnte den Rücken an einen Baum, nahm das Buch wieder auf und blätterte darin herum. Auf einer Seite hielt sie inne und zwang sich zum Lesen. Sie blinzelte. Die Buchstaben verschwammen vor ihren Augen, also sprach sie die Worte laut aus, rezitierte den lateinischen Text vor sich her, nahm den Finger zu Hilfe und fuhr die Zeilen nach. Erneut blinzelte sie und lehnte sich ein Stück weit bequemer an den Baum.

Kapitel 9

Das Pferd warf den Kopf hoch. Mit den Hinterbeinen leicht eingeknickt, vollführte es mit den Vorderbeinen ein paar tänzelnde Bewegungen, so als wolle es jeden Moment steigen. Mit nach vorne gestellten Ohren und angespanntem Hals wich es seitwärts aus, bis dem Ritter die Kapriolen seines Reittieres zu bunt wurden. Er schrie: »Steh endlich still!«

»Das kommt davon, wenn man sich einen Gaul mit Feuer im Blut aussucht«, witzelte ein anderer Ritter, der sich am Sattel seines Pferdes zu schaffen machte. Ein dritter saß gerade auf und ergänzte die Frotzelei: »Die haben Angst vor jeder Maus.«

»Wartet nur, bis ich euch davonpresche und das Mädchen als Erster einhole«, erwiderte der Gehänselte und fuhr seinem unruhigen Tier mit der Hand sanft über die Nüstern. Das Pferd schnaubte. Ein Knecht kam mit einem Sattel aus dem Stall. Er legte ihn auf den Rücken eines Tieres, das friedlich dastand und mit dem Schweif schlug. Es drehte den Kopf, als sich der Junge neben ihm bewegte. Außer den gelegentlichen Wortwechseln der Männer war nichts es ruhig auf dem Burghof – nur die üblichen Geräusche von Aufbruch waren zu hören, das Knarzen der Sättel und das Klirren von Zaumzeug.

Konzentrierte Anspannung, so hätte Philipp die Stimmung beschrieben, hätte Matti ihn danach gefragt. Er lehnte an der Burgmauer und beobachtete das Treiben vor dem Stall. Fünf Ritter, drei Knappen, der Pferdeknecht, alle rüsteten sie sich zur Jagd auf das Mädchen. Die Ritter trugen Schwerter bei sich, und Philipp fragte sich, ob sie die gebrauchen wollten. Um sich mit Matti zu schlagen? Was für ein Unsinn. In der Überzahl konnten die Männer sie problemlos überwältigen, auch ohne Schwert.

Nach und nach saßen alle auf, warfen Blicke hinüber zu Philipp, so als fragten sie sich, warum er so untätig herumlungerte, anstatt sein Reittier zu satteln und sich aufbruchsbereit zu machen. Er gab sich möglichst lässig in seiner Haltung, so als habe er mit der Angelegenheit nichts zu tun. In der Tat aber haderte er mit sich, was besser war, den Suchtrupp zu begleiten und zur Not abzulenken oder auf der Burg zu bleiben und zu hoffen, dass Matti schon durchkommen würde. War es nicht auch seine Pflicht, sie zu suchen, ihr den Schutz zu bieten, über den sie nun nicht mehr verfügte. Sie sicher nach Heidelberg zu begleiten, ganz gleich, welche Konsequenzen sich daraus ergaben?

Sie hat sich selbst in diese Lage gebracht, ärgerte er sich. *Nun trägt sie auch die Verantwortung.*

Die Gespräche verstummten gänzlich, als energische Schritte Hoimars Kommen ankündigten. Während er durch das Tor trat, schenkte er seinem Sohn keine Beachtung.

Er hat mich nicht bemerkt, dachte Philipp, und beschloss abzuwarten, was nun geschehen würde. Die Wangenknochen angespannt, die Brauen zusammengezogen, musterte sein Vater die Männer und nickte. Er blieb stehen. Schweigsam erwiderten sie seine Blicke, warteten auf seine Befehle.

Nach einer Weile begann der Burgherr zu sprechen: »Eure Aufgabe ist einfach: Bringt mir Mathilda zurück, und zwar lebendig und unversehrt. Keiner krümmt ihr ein Haar, verstanden?«

Philipp biss sich auf die Lippe und schloss im gleichen Moment die Augen. Was traute er seinem Vater zu? Dass er Matti aus Zorn wegen ihrer Zurückweisung quälen, gar töten ließ? Er schüttelte den Kopf, nein, Hoimar war jähzornig, rachsüchtig war er nicht.

Außerdem war er sein Vater. Sollte man über seinen Vater nicht nur Gutes denken?

Hoimar fuhr fort: »Sie ist aus Unverstand geflohen und irrt nun durch die Ebene. Sie reitet eines der langsamen Tiere, es sollte euch keine Schwierigkeit machen, sie einzuholen.«

»Wie weit ist ihr Vorsprung?«

»Unwichtig«, Hoimar machte eine wegwerfende Handbewegung. »Sie ist es nicht gewohnt, lange zu reisen, schon gar nicht bei Nacht. Teilt euch in drei Gruppen auf.«

»Was ist mit dem Waldgebiet hinter der Burg? Da kann man sich gut verstecken.«

Hoimar schüttelte den Kopf. »Mathilda ist nicht so dumm. Bietet ihr die Wildnis bessere Tarnung als eine Stadt? Viel zu gefährlich dort. Beeilt euch. Los!«

Philipp sah in die Gesichter der Männer. Sie alle kannten Matti, die meisten schon seit diese ein Kind gewesen war. Sie hatten sie aufwachsen sehen und mit ihr gekämpft. Bei dem einen oder anderen zeigten sich Sorge und Zweifel im Blick. Hoimar aber wählte drei Ritter aus, deren Härte allgemein bekannt war und die sich nicht von ihren Gefühlen zu Dummheiten hinreißen lassen würden. Diese drei schickte er auf den Weg nach Speyer und Heidelberg.

Er weiß genau, was er tut, dachte Philipp.

Während die Reiter einer nach dem anderen das Burggelände verließen, drehte sich Hoimar um. Sein Blick fiel auf seinen Sohn. Er nickte, so als habe er ihn an dieser Stelle vermutet, wartend auf den Vater und auf dessen Urteil. »Hast du mir etwas zu sagen?«

»Warum ist sie Euch so wichtig?« Philipp schluckte die Bitterkeit herunter, die er verspürte. »Ihr könnt bessere Frauen für eine erneute Heirat finden, Reichere, von hoher Geburt. Mathilda ist ein Niemand, was wollt Ihr von ihr?«

»Sie ist kein einfaches Findelkind.«

»Woher wollt Ihr das wissen?«

Hoimar legte die Hand auf Philipps Schulter und zog ihn mit sich. Philipp ließ es geschehen, die Berührung hatte trotz allem etwas Tröstliches.

Hoimar erklärte mit ruhiger Stimme: »Der Ring, das teure Tuch, in das sie gewickelt war, als man sie bei uns vor dem Tor fand, das alles spricht für eine hohe Geburt. Sie ist jung und kräftig. Sie hat einen eisernen Willen. Es ist längst an der Zeit, dass ich mich erneut binde.« Er ließ Philipp los.

»Ihr könnt wertvollere Verbindungen knüpfen.«

»Ich habe mich für diese entschieden. Siehst du die Männer dort?«

Philipp blickte in die Richtung, in die sein Vater deutete. Ein paar Bauern vom Dorf leisteten ihre Frondienste, indem sie die hangabwärts liegende Seite der Burgmauer ausbesserten. Beim letzten Sturm war eine der großen Eichen entwurzelt worden und hatte einen Teil des Mauerwerks beschädigt. Den hatten die Bauern Stück für Stück abgetragen, um ihn wieder neu aufzubauen. Philipp nickte, verwundert darüber, war der Vater seine Aufmerksamkeit dorthin lenkte.

»Eberhard erzählt Unsinn, wenn ich ihn nach den Geschehnissen der vergangenen Nacht frage.« Hoimar musterte Philipp. »Ein schwarzer Ritter sei gekommen und habe das Mädchen entführt. Gewäsch. Ich habe ihn ins Heu geschickt, soll er erst einmal seinen Rausch ausschlafen. Ich werde den Verdacht nicht los, dass Mathilda einen Helfer hatte.«

Hoimars Stimme blieb ruhig. So als interessiere ihn die Sache nur am Rande. Philipp beobachtete, wie einer der Bauern, bepackt mit einer Kiepe voll Mörtel, die schräge Holzrampe emporstieg, die zu der Baustelle führte. Unten reichte ein Weiterer Steine an einen dritten weiter, der sie auf die Tragefläche eines Holzkranes legte.

»Und das war nicht Eberhard«, ergänzte Philipp schließlich, als sein Vater schwieg.

»Es ist in der ganzen Burg bekannt, wie gut sich mein Sohn mit Mathilda versteht.«

»Deshalb wünschte ich«, Philipp ballte die Hände zu Fäusten und hasste sich in diesem Moment selbst für das, was er da von sich gab. »Ich wünschte, sie würden sie zurückbringen. Den Gefahren da draußen ist sie nicht gewachsen!«

»Woher hast du die Stirnwunde?«

»Vom Bettkasten.« Philipp starrte stur auf die Arbeiter, spürte erneut die Hand seines Vaters auf der Schulter.

»Ich will dir nicht misstrauen, Sohn. Dennoch glaube ich, ein wenig körperliche Arbeit täte dir gut.« Hoimar nickte in Richtung der Mauer. »Geselle dich zu ihnen und hilf ihnen. Denke dabei darüber nach, ob du mir nicht doch etwas zu sagen hast. Ich werde dich rufen lassen, zu gegebener Zeit.«

Hoimar ging ohne weitere Erklärung. Philipp wischte sich mit dem Handrücken über die Stirn. Es wurde immer besser. Erst ließ Matti ihn stehen wie einen Tölpel, und nun verdonnerte ihn sein Vater auch noch zu Strafarbeiten. *Er glaubt mir nicht, woher auch, ich glaube mir ja selbst nicht mehr.*

Philipp schritt zu den Arbeitern und rief: »Wo kann ich euch helfen?« Verwunderte Blicke gingen in seine Richtung. Doch bald schon schleppte er einen Stein die Rampe hoch, legte ihn oben an seinen Platz auf den noch frischen Mörtel, spürte den Staub trocken in Mund und Kehle.

Ich zeig's Euch, Vater. Wenn Ihr glaubt, dass ich zu sonst nichts tauge, außer zu gemeinen Fronarbeiten, dann werde ich Euch das Staunen lehren. Ihr werdet's erleben.

Erneut unten angekommen, zog er mit Schwung einen weiteren Stein vom Haufen und lief zurück zur Mauer. Mit der Zeit wurden seine Hände rissig, dennoch machte er weiter. Bilder von Matti, wie sie über die Ebene raste, verfolgt von den Männern seines Vaters, entstanden vor seinem inneren Auge. Er hatte das Gefühl, schon unendlich lange hin- und hergelaufen zu sein, und immer noch machte er sich Sorgen um Matti. Die körperliche Anstrengung hatte ihn keinen Deut abgelenkt.

»Wenn ihr etwas zustößt, ist das meine Schuld«, flüsterte er, kurzzeitig versucht, die Verantwortung auf Albert abzuschieben. Schließlich hatte der ihr erst die Ideen in den Kopf gesetzt, die sie so übermütig hatten werden lassen.

Es dauerte eine Weile, bis Philipp merkte, dass ihn einer der Bauern angesprochen hatte.

»Herr, wir machen eine Pause. Es ist nicht sinnvoll, wenn Ihr alleine weiterarbeitet.« Der Mann hielt den Blick gesenkt, so als sei er sich nicht sicher, wie er Philipp ansprechen sollte. Resigniert hielt Philipp inne und ließ sich neben der Mauer auf den Boden sinken. Er nahm das Wasser an, das jemand vom Brunnen geholt hatte. Erschöpft saß er da, blinzelte in den Himmel. Ein einziger Gedanke brach sich Bahn, blieb hartnäckig, ließ sich nicht vertreiben: *Warum wollte sie nicht mit mir gehen?*

♃ ♄ ☿

Matti schrak hoch und bemerkte als Erstes die Sonne, die ihren Zenit fast erreicht hatte. »Wie konnte das geschehen?«, flüsterte sie entsetzt. »Ich habe doch nur ...«

Das Buch war ihr von den Knien gerutscht, lag nun im Gras, geöffnet, so als schaue es anklagend zu ihr hoch. Ein stechender Schmerz hatte sich an der Schläfe festgesetzt, verursacht vom grellen Licht, das ihr schon einige Zeit auf den Kopf gebrannt hatte.

Ihr Mund fühlte sich trocken an, vom Magen kroch ein schlechter Geschmack hoch. Der Rücken schmerzte vom langen Sitzen und von dem Ritt davor. Sie wusste, wo sie sich befand und dass die Sonne bereits viel zu hoch stand.

Ich bin eingeschlafen, dachte sie. Sie erhob sich hastig, so als ließe sich damit der Fehler wieder gutmachen, und doch war ihr klar, dass dem nicht so war. Sie sammelte ihre Habseligkeiten zusammen, und verstaute sie in den Satteltaschen. Dann zog sie sich mit schmerzenden Armen auf den Pferderücken und blickte über die Ebene in die Richtung, aus der sie in der Nacht gekommen war. Die Straße war ein gutes Stück weit erkennbar, hier und da verschwand sie hinter einem Hügel. Reiter konnte sie keine ausmachen.

Sie brauchte zwei Anläufe, um das Pferd in Bewegung zu bringen. Missmutig schnaubte es, zog ein ums andere Mal am Zügel. Matti hieb ihm die Fersen in die Flanken und trieb es vorwärts.

»Störrisches Vieh!«, schimpfte sie, um ihrem Ärger über sich selbst Herr zu werden. »Beweg dich! Das hat man nun davon, wenn man dir gestattet, dass du dir den Bauch vollschlägst.«

Sie musste weg hier, und zwar schnell, auch wenn der Gaul anderer Meinung war und ihr offenbar den hastigen Ritt der Nacht nicht verziehen hatte. Einen halben Tag einfach so zu verschlafen, den kostbaren Vorsprung sinnlos zu vergeuden!

»Nein!« Mit der Faust schlug Matti auf das Leder des Sattels. »Nein! Ich gebe nicht auf, so Gott mir helfe, ich halte durch.«

Sie drehte sich so heftig im Sattel um, dass ihr die offenen Haare in den Nacken flogen, sah erneut in die Ferne der Ebene. Ihre letzte Hoffnung fiel in sich zusammen. Weit hinten konnte sie Reiter erkennen, die sich rasch näherten. Sie würden nicht mehr lange brauchen, bis sie den Waldrand erreicht hatten.

Matti trieb das Pferd ohne nachzudenken in den Wald, hielt nach ein paar Schritten inne und mahnte sich zur Vernunft. Wilde Flucht würde nur ihren Verfolgern nutzen. Mit diesem Tier hatte sie keine Hoffnung, den Vorsprung zu halten. Es war zu langsam, zu störrisch, die Ritter zu geübte Reiter.

»Ich muss meinen Kopf gebrauchen«, murmelte sie. »Nur so bin ich den Männern überlegen.«

Eberhard hatte es ihr mehr als einmal gesagt: »Denke nach und kämpfe nicht wild drauflos. Konzentration, Mathilda, das ist es, was dich überlegen sein lässt. Beobachte sie, suche Finten, täusche sie, aber begib dich nicht in einen Kampf, in dem allein die Kraft zählt. Den verlierst du.«

Matti schüttelte den Kopf und ließ das Pferd wenden. Im Kampf mit dem Schwert genau wie jetzt auf der Flucht galten dieselben Regeln. Man musste nur nachdenken, das war die Lösung.

Sie sprang auf den Boden und führte das Tier zurück zu ihrem vorherigen Rastplatz, der von der Straße gut einsehbar war. Hastig durchsuchte sie die Satteltaschen nach den wichtigsten Dingen. Dann schnürte sie ihr Bündel auf, zog sämtliche Kleidungsstücke heraus und tauschte sie durch die Bücher und durch Nahrung aus. Die Geldbörse verstaute sie ganz unten, ebenso die Lavendelessenz und das Tuch ihrer Mutter. Straff band sie das Bündel zusammen und warf es sich über den Rücken.

Der Wald würde sie schützen, und zwar besser zu Fuß als zu Pferd. Doch das allein reichte nicht aus, sie wollte ihre Verfolger ablenken und das Pferd eignete sich hervorragend dazu.

Alles Überflüssige stopfte sie zurück in die Satteltaschen, damit es so aussah, als habe man sie bei der Rast überrascht. So als habe sie vor lauter Schreck beim Anblick der Reiter das Tier stehen gelassen und habe sich am Waldrand versteckt. Auf diese Art blieb ihr ein wenig mehr Zeit, um weiter in den Wald vorzudringen und sich dort zu verbergen. Sie tätschelte ihrem treuen Gefährten den Hals.

»Bald bist du wieder zuhause. Grüße Albert und Philipp von mir, hörst du? Sag ihnen, dass es mir gut geht.«

Dann begann sie zu rufen, schlug das Tier mit der flachen Hand auf die Kuppe, um es fortzutreiben, doch es trabte nur ein paar Schritte weit und ließ sich nicht aus der Ruhe bringen. *Verdammt, ich muss weg,* fluchte Matti. Ohne einen weiteren Blick drehte sie sich um und rannte auf den Weg, der den Wald in zwei Teile zerschnitt. Die Sinne geschärft, hörte sie auf jedes Knacken im Unterholz.

Verstecken würde sie sich erst, sobald die Ritter sich näherten. Den ganzen Wald abzusuchen, das würden sie sich ersparen. Zumindest blieb noch ein kleiner Schimmer Hoffnung.

»Albert, mach dir keine Sorgen, ich werde erst aufgeben, wenn ich untergehe«, flüsterte sie und fühlte sich mit einem Mal stark wie seit ihrem Aufbruch nicht mehr. *Brauche ich jemanden, der mich tröstet? Der mich in den Arm nimmt und mir sagt, dass alles gut werden wird? Ach was, ich schaffe es alleine, komme, was wolle.*

Sie griff nach hinten und berührte ihr Schwert, das sie in das Bündel gesteckt hatte und das oben herausragte. Was sollte ihr schon zustoßen mit dieser Waffe? Sie konnte sich wehren, und notfalls würde sie es auch tun.

Kapitel 10

Der Wind fing sich in den Baumwipfeln und wiegte die Blätter und Äste in einer wellenartigen Bewegung, begleitet von einem Rauschen. Matti schritt weit aus, vermied die Furchen und Löcher im Boden, in denen sich Wasser vom letzten Regen gesammelt hatte. Auf den größeren Pfützen schwirrten Insekten.

Der Rocksaum schlug um Mattis Fesseln, das Bündel zog an ihrer Schulter. Sie bemühte sich, ein gemäßigtes Tempo einzuhalten, auch wenn ihr danach war, einfach loszurennen. Ständig hielt sie Ausschau nach einem Unterschlupf, spähte nach links und rechts ins Unterholz. Doch nichts schien ihr sicher genug, immer wieder dachte sie: *Nein, ich gehe noch ein Stück weiter. Es wird sich was Besseres finden.*

Das Gefühl, verfolgt zu werden, trieb sie an. *Hier? Nein, zu licht, das Gehölz, zu dicht am Weg, ich gehe weiter, brauche etwas, das sicherer ist.* In Wirklichkeit hatte sie keine Vorstellung davon, was geschehen sollte, sobald sie in einem Versteck saß. Die Ritter würden sie einholen, das stand außer Frage. Mit Glück würden sie an ihr vorbeireiten, und dann? Sie konnte nicht ewig im Verborgenen bleiben. Ging sie hingegen weiter, kamen ihr die Männer irgendwann unverrichteter Dinge wieder entgegen. Es sei denn, sie nahmen einen anderen Weg zurück. Aber darauf konnte sie nicht bauen. Sie wussten, dass ihr Opfer in der Nähe sein musste – sicher hatten sie Hoimars Pferd gefunden.

Der Gedanke daran, einen halben Tag oder länger in einem Versteck auszuharren, trieb ihr die Unruhe in die Beine und durch den gesamten Körper. Wie eine Maus in der Falle käme sie sich vor, ausgeliefert, zur Untätigkeit verdammt.

Eins war unumstößlich, fand man sie und brachte man sie zurück auf die Burg, würde sie einer Heirat mit Hoimar nicht mehr ausweichen können. Sie war ihm einmal entkommen, und er war nicht so dumm, ihr die Flucht ein zweites Mal zu ermöglichen. Vermutlich bestellte er gerade jetzt das Aufgebot, holte den Priester auf die Burg, auf dass er warte, bis man sie brachte, damit die Zeremonie gleich durchgeführt werden konnte. Koste es, was es wolle, aber das musste sie verhindern.

Ein Hauch von Flötentönen huschte an ihr vorbei, sodass Matti zunächst an einen Irrtum glaubte, daran, sich verhört zu haben. Dann aber spürte sie eine Erschütterung im Boden und nahm weit entfernte Stimmen wahr. Die Geräusche wurden begleitet vom Quietschen einer Wagenachse und dem Rumpeln, das ein Gefährt verursachte, als es in ein Schlagloch fuhr.

Matti erstarrte, einen Lidschlag unfähig, sich zu regen. Dann rannte sie instinktiv, ohne innezuhalten, in den Wald, altes Laub vom Boden hochwirbelnd. Sie hastete in eine Richtung, blieb stehen, drehte sich in die andere Richtung.

»Hier ist nichts sicher genug«, flüsterte sie, spürte, wie die Angst ihr Denken lähmte. Schließlich ließ sie sich hinter einem der dickeren Stämme flach ins Laub fallen, grub sich mit Händen, Armen und Beinen ein Stück weit ein. Reglos blieb sie liegen und lauschte auf die Geräusche, die immer näher kamen. Sie fühlte sich schutzlos, die Stämme standen zu licht, um sie ausreichend zu verdecken. Sie fluchte innerlich über ihre Unentschlossenheit, sich rechtzeitig einen sicheres Versteck zu suchen.

Etwas krabbelte unter dem Stoff ihres Kleids über ihren Arm, doch Matti wagte nicht, sich zu bewegen. Es kribbelte, sodass sie eine Gänsehaut bekam. Das Quietschen der Achsen kam näher, sie konnte das Schnauben des Pferdes und das dumpfe

Geräusch der Hufe auf dem Boden hören. Matti wagte es nicht, den Kopf zu heben und zur Straße zu schauen. Das Gefährt zog vorbei und verschwand wieder.

Schließlich richtete sie sich auf, klopfte die Blätter und den Schmutz notdürftig ab. Erneut hörte sie die Flötentöne. Und sie kamen immer noch aus derselben Richtung. Erst jetzt kam ihr der Gedanke, dass es auch eine andere Möglichkeit gab, sie musste sich nicht vor Fremden verstecken. Ein Wagen, vielleicht von einem Händler, könnte ihr wunderbaren Schutz bieten und sie unbemerkt an ihren Widersachern vorbeiführen. Gegen Geld ließ sich sicher der eine oder andere dazu überreden, sie mitzunehmen. Einen Versuch war das wert.

Wieder wehten Stimmen zu ihr herüber, ein Frauenlachen, leise, aber deutlich erkennbar. Matti biss sich auf die Unterlippe und wischte sich die Handflächen an ihrem Rock ab.

»Die erste Gelegenheit, die habe ich vorbeiziehen lassen. Das passiert mir kein zweites Mal«, flüsterte sie. Sie schüttelte einen schwarzen Käfer aus ihrem Ärmel. Wenn dort Reisende waren, dann konnten die ihr helfen.

Sie sank im verrottenden Laub ein, als sie sich zur Straße zurückkämpfte. Die Äste eines Gebüschs zwickten an ihrer Haut, hielten ihren Rock fest wie dürre Finger, gaben ihn wieder frei. Sie atmete auf, als sie wieder festen Boden erreichte, und horchte erneut. Schließlich ging sie weiter, und bald wurden die Stimmen lauter. Sie zankten sich miteinander, Matti konnte einzelne Wörter heraushören.

Als sie um die nächste Wegbiegung lief, sah sie die Ursache der Geräusche vor sich. Etwa zwanzig Schritte entfernt, standen drei Wagen mit hoch gewölbtem Planenverdeck. Sie hatten dort, wo die Straße etwas breiter war, angehalten. Mehrere Männer und Frauen standen an der Seite eines Wagens und debattierten. Matti überlegte fieberhaft, wie sie sich ihnen nähern konnte, ohne verdächtig zu wirken. Einer Eingebung folgend, zog sie das linke Bein nach, so als habe sie Schmerzen. Sie stöhnte, verzog den Mund, für den Fall, dass man sie bereits bemerkt hatte und sie beobachtete. Als drei Hunde kläffend auf sie zusprangen, hielt sie inne.

»Zurück!«, rief eine Frauenstimme, was die Tiere daran hinderte, an Matti hochzuspringen. Schwanzwedelnd blieben sie stehen.

»Schöne Wachhunde seid ihr.« Ein Mann, der am Wegesrand gesessen hatte, sprang auf und tänzelte ihr entgegen. Er hielt eine lange Flöte an seinen Mund und spielte eine Melodie, auf dem Kopf trug er einen Hut mit Federn. Er zwinkerte ihr schelmisch zu, doch seine Augen blieben kalt, musterten sie mit Berechnung.

Wie kann jemand gleichzeitig so albern und so ernst sein, dachte Matti und grüßte. Nun wurden auch die anderen auf sie aufmerksam. Eine Frau, die so aussah, als trüge sie drei von den ausladenden bunten Kleidern übereinander, nickte ihr freundlich zu. Ein kleines Äffchen hangelte sich über Schultern und Köpfe und verschwand unter einer Plane.

»Könnt ihr mir behilflich sein?« Diese Frage kam unvermittelt und direkt, das wusste Matti, doch sie hatte keine Zeit für Plaudereien, um sich erst einmal mit den Fremden bekannt zu machen. Wenn ihr jemand helfen konnte, dann waren es diese Gaukler. Das musste sie nutzen.

»Es sieht so aus, als bräuchten eher wir Hilfe.« Die Frau lachte und deutete auf einen bulligen Mann mit strähnigen, nach hinten gebundenen Haaren, die sich auf dem Kopf bereits erheblich lichteten. Er kniete vor einem der Holzräder. Ein anderer stand ihm bei, während sie versuchten, einen verkeilten Stock zu lösen. Eines der struppigen Pferde wieherte, so als würde es langsam ungeduldig. Matti konnte es ihm nachempfinden; auch sie spürte die Zeit verrinnen.

»Ich habe mir den Fuß vertreten, und nun schmerzt das Laufen sehr, ich ...« Wenn sie nur in einen der Wagen hinein käme, dort würde sie niemand suchen.

»Ein schmerzender Fuß? Wer hat das nicht?«, unterbrach sie der Mann mit der Flöte und lachte gekünstelt tief in der Kehle, so als spiele er eine Rolle. *Ein Schauspieler,* dachte Matti, *was an dem Kerl ist eigentlich echt?*

Die Hunde kläfften und balgten sich auf dem Weg.

»Bitte«, wandte Matti sich an die Frau, die sie immer noch freundlich musterte, während der am Wagen hockende Mann fluchte und mit einem Ruck die Blockade lösen konnte. Ein anderer klopfte ihm anerkennend auf die Schulter.

»Das Rad wäre also wieder frei.«

»Bitte, kann ich nicht eine Weile in einem der Wagen mitfahren? Sicher löst sich der Schmerz bald, und ich werde weiterlaufen können. Ich habe ein Mittel dagegen. Ich kann auch andere Gebrechen heilen, ich kann mich erkenntlich zeigen.« Sie hätte den Gauklern auch Bezahlung anbieten können, doch die Angst hielt sie davon ab. *Nur nicht zuviel preisgeben. Das sind Fremde,* dachte sie.

Der bullige Mann, der den Wagen repariert hatte, richtete sich auf und musterte sie. »Verschwinde«, sagte er leise. »Wir haben genug Ärger am Hals, wir brauchen keine Entlaufenen.«

»Ich bin ein freier Mensch!«, wehrte sich Matti. »Ich will in die Stadt zu meiner Mutter.« Sie fluchte und biss sich auf die Lippe, als sie seinen misstrauischen Blick bemerkte.

»Verschwinde!«, brummte der Mann erneut. Seine Frau hakte sich bei ihm unter.

»Lass gut sein, wir helfen ihr. Vielleicht hat sie etwas gegen deine Schlafstörungen, das plagt dich doch seit Nächten, und nicht zum ersten Mal.«

»Wir helfen nicht. Hier bestimme immer noch ich.« Er erhob die Stimme: »Zurück zu den Wagen, es geht weiter.«

Matti ballte die Hände zu Fäusten. »Bei Schlafstörungen nimmt man einen Tee aus Eisenkraut. Die Pflanze blüht nur im Sommer, aber auch das Grünzeug hilft, wenngleich nicht so stark. Es vertreibt die schlechten Geister, die dich nicht zur Ruhe kommen lassen. Ich suche sie dir und bereite dir den Tee.«

»Ich will keinen Ärger, Mädchen, das hab ich doch gesagt.« Der Blick des Kerls war unfreundlich, man konnte ihm ansehen, dass er sie loswerden wollte, doch die Frau zwinkerte ihr zu.

»Du alter Ochse«, sagte sie zu dem Mann. »Natürlich helfen wir. Gott hat uns wenig zum Leben gegeben, aber ein gutes Herz, und er wird es uns vergelten.«

Sie nahm Matti bei der Hand und zog sie zu einem der Wagen. Die übrigen Mitglieder der Gruppe machten sich bereit zum Aufbruch, verfolgten die Debatte jedoch aufmerksam. Matti zählte sechs Erwachsene, zwei Halbwüchsige und ein Kind.

»Was immer dir widerfahren ist«, flüsterte ihre Helferin. »Ich lasse nicht zu, dass er dich stehen lässt.«

»Ich habe nur einen verknacksten Fuß«, bekräftigte Matti.

»Komm«, antwortete die Frau und kletterte in das Gefährt.

Matti schaute ihr hinterher, erhaschte einen Blick auf Truhen, Felle, Decken und Kochutensilien, die sich an den Rändern stapelten und wenig Raum ließen für ein Schlaflager in der Nacht.

»Du setzt dich neben mich, hier nach vorne. Ich heiße übrigens Otwine«, sagte die Frau und griff die Zügel auf. Diese ließ sie auf den Rücken des Pferdes klatschen, schnalzte mit der Zunge, und das Tier zog den ächzenden Karren an, während Matti sich einen Platz suchte.

»Mathilda«, antwortete sie und überlegte fieberhaft, wie sie unter einem Vorwand ins Innere unter die schützende Plane kam, ohne erneut Verdacht zu wecken. Langsam ruckelte das Gefährt voran, gefolgt von den beiden anderen. Daneben und dahinter liefen die Männer und Frauen der Truppe, um die Tiere zu entlasten. Matti stöhnte, als sie Rufe und das Trommeln von Hufen hinter sich hörte, was davon zeugte, dass die Ritter sie eingeholt hatten. Kalter Schweiß brach ihr aus.

»Vielleicht wäre es besser, wenn ich mich hinlegen könnte? Ich mache euch so viele Umstände«, drängte sie.

Im Blick der Frau blitzte etwas auf, das Matti nicht deuten konnte. Sie sagte nichts, gab Matti die Zügel und verschwand unter der Plane. Die Ritter sprachen jemanden vom hintersten Wagen an.

»Hier.« Die Frau gab ihr einen groben Wollumhang und einen breiten Schlapphut, der Matti bis zu den Augenbrauen rutschte, als sie ihn aufsetzte. Matti widersprach nicht länger. Sollte die Frau denken, was sie wollte, letztlich hatten sie ja alle Recht mit ihrem Verdacht: Matti wurde verfolgt und musste sich verstecken.

Hastig zog sie den Umhang über ihr Kleid, sodass dieses völlig verdeckt wurde. Sie schob den Hut tief ins Gesicht.

»Lass mich reden«, bestimmte Otwine und brachte die Pferde zum Stehen. »Was ist da hinten los?« brüllte sie und sprang vom Karren.

Matti kauerte auf ihrem Platz, hielt den groben Wollumhang um ihren Körper und starrte auf die Spitzen ihrer Schuhe, die darunter hervorlugten. Ihre Zunge klebte trocken am Gaumen, so als hätte sie seit Tagen nichts getrunken. Sie schluckte, bekämpfte den Hustenreiz, indem sie die Luft anhielt. Tränen traten ihr in die Augen, doch sie wischte sie nicht fort, wollte sich nicht bewegen. Nur nicht auffallen. Angespannt lauschte sie auf das Gespräch hinter ihr. Die Ritter mussten ihre Pferde angehalten haben, denn die Stimmen kamen nicht näher.

»Wir suchen eine junge Frau. Sie ist allein. Hat sehr helles Haar.«

»Uns ist keine begegnet«, brummte der Anführer in derselben schlechten Laune, mit der er Matti vorhin begegnet war.

Herr im Himmel, bitte mach, dass er mich nicht verrät, betete Matti stumm. Hoffentlich war dem Mann klar, dass seine Frau ihn bereits zu weit ins Verhängnis hineingezogen hatte, indem sie Matti half. Verriet er sie nun, fanden die Ritter sie verkleidet auf einem der Wagen. Das warf kein besonders gutes Licht auf die Truppe.

Sie hörte das Schnauben eines Pferdes und das Klirren von Geschirr.

»Ihr seid ein verwegener Haufen«, erklang die Stimme des Ritters. Den abfälligen Ton konnte Matti gut einordnen, sie hatte ihn jeden Abend beim Mahl gehört, wenn sich ihr Besitzer über die Dummheit der Bauern oder der Mägde ausließ. Sein Name wollte ihr nicht einfallen, er war einer von Hoimars Gefolgsmännern, der sich noch nicht lange auf der Burg aufhielt. »Gebt Acht, dass ihr uns alles verratet, was ihr wisst. Das wäre besser für euch.«

»Sie wird sich im Wald versteckt haben«, mischte sich ein anderer Ritter ein, dessen Stimme Matti nicht erkannte. »Gaukler sind ein verschwiegenes Pack«, sagte der Erste. »Man muss sie ein bisschen kitzeln, dann reden sie leichter.« Eine Frau schrie auf, und der Ritter lachte.

»Wenn schon«, antwortete der Zweite. »So weit kann sie nicht gekommen sein zu Fuß.«

Flötentöne setzten ein, der Musikant spielte eine lustige Melodie und schien die Männer ablenken zu wollen. Matti hörte das Rascheln von Röcken.

»Werte Herren«, sprach Otwine die Ritter an. »Ihr seid doch gewiss begierig, Eure Zukunft zu erfahren. Welches Liebchen sich Euch zuwenden wird.«

»Da gibt's nichts zu deuteln, bei mir hat noch keine ›Nein‹ gesagt.« Einer der Ritter lachte.

»Lasst gut sein, wir müssen das Mädchen suchen.«

Erneut klirrte Zaumzeug, und nun stand Mattis Verfolger wesentlich dichter bei ihrem Wagen. »Wer ist das? Warum regt der sich nicht? Will er nicht wissen, was hier vor sich geht?«

Mattis Herz schlug ihr bis zum Hals, meinte der sie? Sie versuchte, mit dem Holz des Karrens zu verschmelzen, die Schultern vorgebeugt, starrte sie weiter unter der Hutkrempe hervor auf ihre Füße.

Otwine, Himmel, tu etwas!

»Die ist schwachsinnig.« Otwines Stimme kam ebenfalls näher, so als umrunde sie den Wagen. Es wackelte, also hatte sie ihn bestiegen, bald spürte Matti die Wärme eines anderen Körpers neben sich.

»Seid froh, dass sie so friedlich ist, bei einem Anfall vergeht Euch Hören und Sehen. Lasst sie in Ruhe.«

Sie schnalzte mit der Zunge, und der Wagen setzte sich in Bewegung. Es ging so langsam voran, als würde er von Schnecken gezogen. Matti blieb reglos in ihrer Haltung sitzen, ihr Nacken begann zu schmerzen, und ein Fuß kribbelte so als liefen Ameisen auf ihm. Genauso fühlte sich auch ihr Inneres an. Dennoch blieb sie starr, wartete auf Otwines Entwarnung. Doch die kam nicht.

Ihre Begleiterin pfiff ein Lied vor sich hin, Matti spürte ihre Bewegungen, wenn sie die Pferde lenkte. Die Flötentöne setzten mal ein, dann wieder aus, Hunde kläfften. Männerstimmen kamen von hinten, doch sie verstand nichts. Sie schloss die Augen. Es war alles gut gegangen, ganz sicher, niemand verfolgte sie mehr, die Ritter hatten sich abgewandt, nie und nimmer würden sie so lange den Wagen folgen.

»Otwine?« Mattis Stimme war nur noch ein Krächzen.

»Sie sind weg. Warte noch ein wenig.«

Matti musste vor Erleichterung husten, dass ihr die Tränen in die Augen traten. »Dem Herrgott sei Dank«, flüsterte sie. »Und dir.«

»Hier, nimm dies.« Eine gefühlte Ewigkeit später hielt Otwine ihr einen Becher entgegen. Matti nahm einen Schluck und schmeckte sauren, stark verdünnten Met. »Du wirst mir nicht erzählen wollen, warum sie dich suchen, hm?«, fragte Otwine.

Matti sah hoch, schob den Hut aus ihrem Gesicht. »Ich bin nicht unfrei.«

»Lass gut sein. Wenn es dein Herr war, der dich missbraucht hat, findest du bei mir alles Verständnis der Welt. Ich hoffe, er hat dir kein Balg angehängt.«

Matti schüttelte nur den Kopf.

»Lass gut sein«, sagte Otwine erneut. »Bei uns bist du gut aufgehoben.«

Kapitel 11

Matti saß auf dem Wagen und starrte auf die Landschaft, die an ihr vorbeizog. Die Frühlingsluft roch frisch, nach Feuchtigkeit, die von der zu schwachen Sonne noch nicht getrocknet werden konnte. Am Wegesrand spielte der Wind mit länglichen, runden, roten, gelben und blauen Blüten; sie schüttelten ihre Blätter, standen still, um sich erneut zu wiegen und zu neigen.

Kurz nach der Begegnung mit Hoimars Männern hatte die Gruppe das Waldstück verlassen, erneut waren sie umgeben von Feldern, Hügeln. Hier und da lag ein Bauernhof oder ein Dorf. Die Richtung stimmte, das sah Matti an der weit entfernten Hügelkette, auf die sie zuhielten. Doch das war auch das Einzige, woran sie sich halten konnte. Mit nachlassender Anspannung überfielen sie all die Zweifel, die sie in den Stunden davor nicht hatte zulassen wollen. Sollte sie bei der Gruppe bleiben oder sich lieber wieder alleine auf den Weg machen? Otwine, der traute sie, die hatte ihr aus welchem Grund auch immer beigestanden. Aber mit den Männern würde es Schwierigkeiten geben. Allen voran mit diesem brummigen Kerl, der sie nicht hatte mitnehmen wollen, weil er den Verdacht hegte, dass sie die Wahrheit verbog. Er schien ihr nicht wie jemand, der verzeihen konnte.

»Wer ist der kräftige Mann mit dem Zopf?«, fragte Matti. Sie räusperte sich. Ihre Stimme war vom langen Schweigen belegt.

»Mein Mann. Irmfried. Er ist nicht so hart, wie du denkst. Er sorgt sich nur. Er trägt die Verantwortung für alles«, antwortete Otwine.

»Ich bringe euch in Schwierigkeiten, das tut mir leid.«

»Ach was«, Otwine winkte ab. »Deine Ritter konnten wir loswerden. Warum sich noch Gedanken machen um Vergangenes?«

»Er mag mich nicht.«

»Glaub mir, er mag dich.«

Sie verfielen erneut in Schweigen. Der Weg zog sich endlos hin, und Matti verlagerte immer wieder ihr Gewicht, um es sich auf dem unbequemen Wagen angenehmer zu machen.

Ich bin unbedarft und habe keine Ahnung vom Reisen, dachte sie.

Sie wusste sich ja noch nicht einmal zu orientieren. Sie wollte nicht wieder alleine sein. Diese Gedanken kreisten in ihrem Kopf wie Adler und zogen ihre Stimmung weiter in die Tiefe zur alles umfassenden Frage: *Wie soll es mit mir weitergehen?*

Ja ja, das ist sehr sinnvoll, hier zu hocken und mit sich selbst zu hadern, ging es ihr durch den Kopf.

Der Wagen kroch voran, mit dem Pferd hätte sie die Strecke in einem Bruchteil der Zeit zurückgelegt. Zu Fuß wäre sie nicht langsamer als jetzt.

»Ich sollte neben dem Wagen laufen, nicht wahr?«, fragte Matti mit einem vorsichtigen Seitenblick. Otwine lächelte.

»Warum? Sitzt du nicht bequem?«

»Es würde das Pferd schonen. Ich habe keinen verletzten Fuß.«

»Mathilda«, Otwine legte die Hand auf Mattis Knie und drückte kurz, wie um sie zu beruhigen, »denk nicht so viel.«

Matti beschloss, sich abzulenken, und rezitierte stumm ein Kräuterrezept gegen Husten. Plötzlich kam ihr eine Erinnerung, kurz blitzte sie auf, doch das reichte, um sie auf eine Idee zu bringen.

»Leidet dein Mann wirklich unter Schlafstörungen?«

Otwine ließ sich Zeit mit ihrer Antwort: »Es ist manchmal kaum zu ertragen, wenn er sich hin- und herwälzt. Die Sorgen, weißt du? Wir haben am Jahresbeginn immer viel zu tun, um den Grundstock für den nächsten Winter zu legen. Er trägt die Verantwortung für die Gruppe und nimmt alles viel zu ernst.« Sie lachte.

»Ich werde ihm etwas zubereiten, das ihm hilft.«

»Das haben schon viele versprochen.«

»Wart's ab. Du wirst sehen.«

Als vor ihnen ein kleines Wäldchen zu sehen war, sprang Matti vom Wagen, hob den Rock ein wenig hoch, um nicht über den Saum zu stolpern, und rannte voran, um in Ruhe am Waldrand nach den Kräutern suchen zu können. Sie wollte nicht, dass die Gruppe wegen ihr anhalten und warten musste.

»Was ist mit dem vertretenen Fuß?«, hörte sie hinter sich den Flötenspieler scherzen. »Eine Wunderheilung, seht her!«

Sie achtete nicht auf ihn, wollte nicht, dass er weiter auf ihrer Lüge herumritt. Keuchend vom schnellen Rennen hielt sie bei den ersten Bäumen inne und suchte den Boden nach den filigranen Stängeln des Eisenkrauts ab. Ein Tee aus dem Kraut würde Irmfried wunderbare Träume bescheren. Sie könnte ihm zudem die Sterne deuten, vielleicht gelang es ihr auf diesem Wege, seine Ängste zu mindern, die ihm den Schlaf raubten. Wie wichtig die Verbindung zwischen Körper und Seele war, das hatte Matti aus den Schriften der Hildegard von Bingen gelernt. Wenn der Körper sich sträubte, weil die Seele belastet war, so musste man beides kurieren. Auch wenn sie nur wenig Ahnung von den Sternbildern hatte, sie würden ihr helfen, um einen Zugang zu Irmfried zu bekommen.

Sie lief ein paar Schritte weiter, das Knarren der Wagen kam langsam näher. Da, endlich fiel ihr ein Büschel Eisenkraut auf, das sie mit aller Kraft rupfte. Erde bröckelte herab, weil sie die Wurzel mit herauszog. Ohne darauf zu achten, dass sie ihren Rock verschmutzte, rannte Matti mit ihrer Beute zurück zu Otwine und kletterte auf das rumpelnde Gefährt.

»Du bist mir eine Lustige. Könntest unsere Akrobatentruppe bereichern«, scherzte ihre neue Freundin, doch Matti antwortete nicht. Sie setzte sich so, dass sie ihren Rock im Schoß zu einer Kuhle formen konnte. Dort hinein zupfte sie die mehrlappigen Blättchen von den Stängeln und warf den Rest an den Straßenrand.

»Heute Abend wird er schlafen, dein Irmfried, wirst sehen.«

♃ ♄ ☿

Als die Sonne ihr Farbenspiel am Horizont veranstaltete und die Schatten der Dämmerung die Umgebung veränderten, hatten die Gaukler bereits ihren Rastplatz aufgebaut. Die drei Wagen, im Halbkreis aufgestellt, boten Schutz für das lodernde Feuer in der Mitte. Otwine kochte mit der Hilfe einer Frau einen deftigen Eintopf über den Flammen. Der Geruch nach Speck und heißer Milch erfüllte die Luft und gab Matti Gewissheit, dass die Köchin ihr Handwerk beherrschte.

Matti tunkte das Brot in den Eintopf, der ihr schließlich in einem Holznapf überreicht wurde, und aß ihr Mahl schweigend. Ab und zu warf sie einen vorsichtigen Blick in die Runde, fühlte sich immer wieder gemustert. Otwine setzte sich neben sie, und eine zeitlang hörte man nur das Schmatzen und Schlürfen der Esser.

Schließlich sprang der Schauspieler auf und setzte die Flöte an die Lippen, ein anderer begleitete ihn mit einer Laute, und eine Frau begann zu singen, während das Äffchen herumsprang und Schabernack trieb. Die Hunde lagen träge bei einem der Wagen und beobachteten das Geschehen.

Matti berührte Otwine am Arm, um ihre Aufmerksamkeit zu gewinnen. »Sag, fahrt ihr eigentlich nur so durch die Gegend, ohne Ziel?«

»Wo denkst du hin?«

»Ihr habt einen Plan?«

»Wir werden in verschiedenen Dörfern unsere Aufwartung machen, hier ein Frühlingsfest, dort eine Hochzeit. Von solchen Dingen zu erfahren und als Erste vor Ort zu sein, das ist die Kunst. Wir müssen noch einige Münzen einspielen, um gut über den nächsten Winter zu kommen. Unser Weg führt in Richtung Heidelberg. Am Rande einer solchen Stadt lässt sich gut verdienen, vor allem jetzt, im Frühjahr, in dem die Gemüter erwachen und allenthalben gefeiert wird.«

Sie drehte sich wieder zu den Musikanten und klatschte im Takt in die Hände. Matti schlürfte den Rest ihres Essens aus der Schale, erhob sich und säuberte sie in einem Eimer Wasser. Zurück an ihrem Platz hob sie das Beutelchen hoch, in dem sie die Eisenkraut-Blätter verstaut hatte. »Gib mir siedendes Wasser, und ich werde deinem Mann beweisen, dass er fortan keine Schlaflosigkeit mehr zu fürchten hat.«

Otwine lachte hell auf, sodass Irmfried auf sie aufmerksam wurde. Sie winkte ihn zu sich. Sein Gesicht wirkte verschlossen, der Bart verdeckte den Mund, doch Matti hätte schwören können, dass er ihn vor Ärger zusammenkniff. Ein unversöhnlicher Mensch. Sie hatte nicht vor, sich für ihre Lüge bezüglich ihrer Verfolger zu entschuldigen.

»Ihr versteht euch gut, scheint's mir«, brummte er.

Otwine legte ihre Hände in sein Genick und gab ihm einen neckischen Kuss auf die Nasenspitze. »Mein alter Brummbär. Das Mädchen wird dir einen Kräutertee bereiten. Dann ist endlich Schluss mit dem Herumgewälze in der Nacht.«

»Sie ist eine Gefahr für uns.«

»Red' nicht, die feschen Ritter sind doch längst verschwunden.«

Matti beobachtete fasziniert, wie Otwine ihre Haare nach hinten warf und mit einem strahlenden Lächeln Irmfrieds Missmut bekämpfte. Wo nahm diese Frau nur ihren Lebensmut her? Leicht konnte ihr Dasein nicht sein, die Winter waren sicher hart. Vielleicht hatten sie irgendwo ein festes Zuhause? Matti fiel ein ums andere Mal auf, wie wenig sie von der Welt wusste. Theorien, wissenschaftliche Studien und Abhandlungen, die hatte sie begierig in sich aufgenommen, sobald sie ihrer habhaft wurde. Aber wie die Menschen außerhalb von Hoimars Burg lebten, das hatte sie nie interessiert.

»Ich kann Heilmittel herstellen.«

»Wir sind versorgt, danke«, antwortete Irmfried.

»Nun mach aber mal halblang«, mischte Otwine sich ein und hielt Matti eine Schale heißes Wasser entgegen. Die tat die Blätter hinein und drückte sie mithilfe eines Steins am Rand aus, damit sie ihren Saft ins Wasser abgaben. Otwine nötigte ihren Mann, das Getränk zu sich zu nehmen. Der verzog den Mund, als er es schluckte.

»Ihr wollt mich vergiften«, beschwerte er sich schließlich, als er fertig war. Er wollte sich abwenden, doch Matti hielt ihn am Ärmel zurück. Sie spürte den groben Wollstoff an ihren Fingern, sah die Flicken an seinem Hemd und roch den Schweiß, der sich darin festgesetzt hatte.

»Ich kann mit dem Schwert kämpfen. Ich kann damit Geld verdienen. Im Schaukampf.«

Ein Lacher vom Feuer her kam vermutlich vom Flötenspieler. In Irmfrieds Augen aber blitzte zum ersten Mal Interesse.

»Soso«, sagte er nur. Dann verschwand er in seinem Wagen. Es dauerte eine ganze Weile, bis er wieder herauskam, in der Hand ein ungepflegtes Schwert, an dem das getrocknete Blut vom letzten Kampf klebte und sich hier und da Roststellen gebildet hatten.

»Das haben wir einem toten Söldner abgenommen«, flüsterte Otwine ihr zu. »Wir haben ihn anständig begraben dafür, und er brauchte es ja sowieso nicht mehr. Eigentlich wollten wir es verkaufen.«

Wieder gackerte der Flötenspieler und rief: »Eine holde Maid mit dem Schwert? Na, ist deine Waffe aus Luft gemacht?«

Matti ließ sich nicht aus der Ruhe bringen und zog ihr langes Messer aus dem Bündel. Die Klinge blitzte, als sie aus der Scheide glitt. Gegen ein normales Schwert war sie damit hilflos, wenn der Gegner ein geübter Kämpfer war. Was auch immer er für Vorzüge als Anführer haben mochte, aber das Blut eines Ritters hatte Irmfried sicher nicht in sich. Man brauchte sich nur anzuschauen, wie nachlässig er das Schwert behandelte.

Mit erhobener Waffe trat Matti auf ihn zu. Ein Murmeln ging durch die Gruppe, die Gaukler wichen zurück und machten Platz.

Matti schloss kurz die Augen, konzentrierte sich. Dann spannte sie den Körper an und hieb den ersten Angriff. Sie spürte die Kraft, die in das Schwert überging. Irmfried stolperte zwei Schritte rückwärts, als sie mit Wucht seine Waffe traf. Sie zog sich zurück, hielt inne, beobachtete. Irmfried hob sein Schwert, bog den Rücken, holte Schwung und kam in seinem Eifer zu sehr in eine Drehung, was Matti sofort zu nutzen wusste. Ein paar Schritte nach vorne, zwei, drei Hiebe, und sie hatte ihn. Mit einem gekonnten Schwung entwaffnete sie ihren Gegner, der immer noch um sein Gleichgewicht kämpfte. *Das war einfach,* dachte sie.

Sie hörte Beifall, nickte und kostete das Hochgefühl aus, das ihr ein Sieg immer wieder bescherte, selbst bei einem so schwachen Gegner.

»Toller Kampf.« Der Flötenspieler nickte anerkennend und klopfte ihr auf die Schulter.

»Wir sollten einen anderen Partner für sie suchen.« Irmfried musterte nachdenklich sein am Boden liegendes Schwert. »Einer, der die Waffe eleganter führt als ich. Einer, der sich hübscher bewegen kann. Knut?«

Der Flötenspieler trat vor und machte eine tiefe Verbeugung. Dann tänzelte er ein paar Schritte, bewegte seine Rechte, so als kämpfe er. »Zu Diensten. Ich werde mein Bestes geben.«

»Dann ist es abgemachte Sache.« Irmfried nickte Matti zu. »Du reist ein Stück mit uns und zeigst bei unserer nächsten Vorstellung einen Schaukampf zusammen mit Knut. Ihr solltet vorher etwas üben. Ich entscheide danach, ob du uns nützlich bist.«

Matti empfand Erleichterung, als sie seine Worte hörte. In all dem Ungewissen, das ihr bevorstand, gab es nun wieder eine berechenbare Größe, zumindest für ein paar Tage, und das tat gut. Der Geruch von verbrennendem Holz und die Gesänge, die wieder einsetzten, vermittelten ein Gefühl von Geborgenheit.

♃ ♄ ☿

Am darauf folgenden Tag lief Matti neben dem Wagen auf dem Otwine saß. Sie hatte gleich nach dem Aufstehen ein Gespräch mit Irmfried geführt, in dem er sich seine Sterne von ihr hatte deuten lassen. Er hatte gut geschlafen, das verschaffte Matti und ihrem Mittel seine Anerkennung. Mehr noch aber hatte Matti das Gefühl, dass er von ihren Künsten mit dem Schwert angetan war. In einer kämpfenden Frau sah er eine Attraktion, das spürte sie, auch wenn er es nicht aussprach. Bevor sie schließlich aufbrachen, hatte sie ein wenig mit Knut geübt, ihm ein paar Kniffe gezeigt, es sah viel versprechend aus. Nur ihren Namen wollte sie geändert haben, was Irmfried kommentarlos abnickte.

»Du hast mir immer noch nicht erzählt, wo du herkommst«, unterbrach Otwine ihre Gedanken.

»Aus einem Dorf«, antwortete sie ausweichend und zuckte mit den Schultern. »Ich will in die Stadt, nach meiner Mutter suchen, sagte ich doch.«

»Sagtest du, ja.« Otwine lachte. »Weißt du, mir ging's nicht immer so gut wie hier bei Irmfried. Obwohl ich aus einer gutbürgerlichen Handwerksfamilie stamme. Ich bin als junges Mädchen an den falschen Herrn geraten.« Sie seufzte, dann schnalzte sie mit der Zunge und schlug die Zügel auf den Pferderücken. Matti beobachtete sie, doch ihr Gesicht zeigte keine Trauer. Sie lächelte fröhlich wie immer und zwinkerte vom Wagen herunter.

»Ich suche nur meine Mutter«, betonte Matti erneut.

»Ist nicht einfach so allein als Frau in einer Stadt. Gib Acht auf deinen Körper, was auch immer du tust, aber verkaufe dich nicht, hörst du?«

Sie schwiegen eine Weile, und je mehr Matti über Otwines Worte nachdachte, desto mehr glaubte sie, ihre Fröhlichkeit und Hilfsbereitschaft zu verstehen. »Erzählst du mir mehr über das Leben in Heidelberg?«, fragte sie schließlich.

»Was gibt's da zu berichten? Es ist eng, die Menschen leben in dicht aneinander stehenden Häusern und schlagen sich gegenseitig den Schädel ein, wenn ihnen die Nase des Nachbarn nicht passt. Brot, Fleisch, Getreide, Stoffe, Kräuter, das alles gibt es auf dem Markt wie in jedem Dorf. Nur in der Stadt ist's erheblich teurer.«

»Das klingt, als wärest du froh, nicht dort zu leben.«

»Nachts geht der Nachtwächter durch die Gassen und achtet darauf, dass alle Schäflein brav in den Betten oder auf ihrem Strohlager liegen, doch da er nicht überall sein kann, ist es leicht, ihm zu entkommen.«

»Was geschieht, wenn man's nicht schafft?«

»Man kommt in den Turm und wird bei Wasser und Brot gehalten.«

»Erzähl mir mehr über die Scholaren.«

»Die Universität? Meine Güte, darüber weiß ich nichts, nur dass die Studenten gerne einen über den Durst trinken und das von den Vätern hart verdiente Geld bei den Huren durchbringen. Die jungen Kerle lassen die Frauen spüren, für welchen Abschaum sie sie halten, wenn sie über ihnen liegen. Glaub mir, Studentenpack ist mir ein Graus, und ich weiß genau, wovon ich rede. Hab's schließlich selbst auf mir gehabt.« Sie kicherte, so als wolle sie die Gedanken an ihre Vergangenheit durch ihren Frohsinn vertreiben. »Nun erzähl ich dir nur Schlechtes, lass schauen, ob mir auch was Gutes einfällt.« Sie tat so, als müsse sie überlegen. Dann sagte sie: »Das Schloss des Kurfürsten. Unsereins sieht so was nur von unten, doch einmal war ich in seinem Garten. Etwas so Wunderbares habe ich seither nicht mehr gesehen.«

»Warst du in der Apotheke?«

»Was für einen Unsinn du fragst - natürlich.«

»Wie sieht's da aus?«

»Schränke mit vielen kleinen Schubladen, Glasgefäße auf der Theke und ein verhutzeltes Männchen, das Pillen in einem Pillenmacher für dich herstellt, wenn du genügend zahlst.«

»Ach, Otwine, das hört sich alles aufregend an.« Trotz Otwines kritischem Blick auf das Leben in der Stadt spürte Matti, wie die Neugier auf all das Unbekannte in ihr Überhand nahm. Sie freute sich auf Heidelberg. Zum ersten Mal, seit sie aufgebrochen war.

»Besser wär's, du bliebest bei uns«, antwortete Otwine ernst. »Ist nicht einfach für eine Frau allein in einer Stadt.«

Kapitel 12

Am folgenden Tag, die Sonne stand bereits im Zenit, erreichten die Gaukler mit ihren Wagen und Tieren ein größeres Dorf. Irmfried gab das Zeichen zur Rast, und Otwine erklärte Matti, hier stünde eine Hochzeitsfeier an, bei der sie ihre Künste vorführen sollten. Als Matti wissen wollte, wie sie denn von der Hochzeit erfahren hätten, lernte sie einen von Irmfrieds Vorzügen als Anführer kennen. Er hatte ein weit verzweigtes Netz von Bekannten und Verwandten jener Bekannten geknüpft, in deren Umkreis sich die Truppe bewegte. Er schien die wichtigsten Leute der Gegend für sich eingenommen zu haben und so für Aufträge zu sorgen. Natürlich sorgte er auch für eine gleich bleibende Qualität der Darbietungen. Da hatte Matti Otwine in Verdacht, die Finger im Spiel zu haben. Er kümmerte sich um die Aufträge und sie sich um vernünftiges Auftreten, originelle Darbietungen und ausreichende Mahlzeiten. Sie hatte die Gruppe im Griff.

Ein ideales Paar, dachte Matti. Sie beobachtete, wie die Gaukler sich auf dem Platz außerhalb des Dorfes einrichteten.

Sie half, Holz zu beschaffen, und schichtete es in der Mitte zwischen den Wagen auf, wo ein Feuer entzündet wurde. Dieses Feuer schien ihr wie ein Ritual, das jeden neuen Ort der Rast sofort heimisch machte.

Schließlich fuchtelte Knut theatralisch mit dem Schwert vor ihrer Nase herum, und sie zogen sich an einen Ort außerhalb des Wagenhalbkreises zurück. Matti brachte ihm ein paar Kniffe bei, die er umzusetzen versuchte. Es gelang ihm besser als Irmfried, was Matti erleichtert feststellte. Sie übten eine ganze Weile gemeinsam und einigten sich über den groben Ablauf ihres Kampfes, über einzelne Kampfzüge, die sie ausführen wollten, und heimliche Zeichen, mit denen sie ihn steuern konnten. Dann ließ sie ihren Kampfpartner mit seinen Übungen alleine und spielte mit ein paar Kindern aus dem Dorf, die sie mit großen Augen betrachteten und doch rasch die Scheu verloren.

Im Laufe des Nachmittags beobachtete Matti Otwine dabei, wie sie einigen Dorfbewohnern unter einer wuchtigen Eiche die Zukunft aus den Händen las. Auf einem bunten Teppich sitzend, empfing sie ihre Kundschaft, nahm Hände, strich darüber und vertiefte sich in die Schwielen und Zeichnungen auf deren Innenfläche.

»Wie machst du das?«, fragte Matti ihre Freundin in einer Pause, als keine Kunden in Sicht waren. »Kannst du wirklich aus den Linien lesen?«

»Sicher.« Otwine lachte wieder ihr fröhliches Lachen. Dann zwinkerte sie. »Schau her, dies hier ist die Lebenslinie.« Sie zeigte ihre Handfläche und fuhr mit dem Zeigefinger eine der Linien nach. »Je nachdem, wie lang sie ist, ob sie nach oben oder unten führt, lassen sich Rückschlüsse ziehen. Dies hier ist die Herzlinie, siehst du, dies die Kopflinie. Außerdem reden sich die Leute bei mir ihre Sorgen von der Seele, und da lässt sich immer etwas dazu sagen.«

»Erkennst du aus den Linien auch Krankheiten?«

»Manchmal.« Otwine zuckte mit den Schultern. »Ich sehe gewisse Merkmale, manches kann ich zuordnen, manches nicht. Bin schließlich kein Medikus.«

»Interessant.« Matti dachte an Albert und dessen Sterndeuterei. Sie hatte nie genau verstanden, nach welchen Prinzipien er da vorging, zu wenig Zeit hatten sie mit dieser Wissenschaft verbracht. Ihr Interesse galt den Naturheilkräften, nicht so sehr den Gestirnen und ihren Möglichkeiten zur Deutung. Fast bereute sie, nicht mehr Wissen auf diesem Gebiet von ihrem Lehrmeister eingefordert zu haben.

»Du kennst dich in der Sterndeutung aus, sagt mein Gatte. Er war sehr angetan von deinem Können.« Otwine schaute sie erwartungsvoll an, doch Matti zuckte mit den Schultern.

»Ich tu nur so. Ich kann's nicht wirklich.«

Otwine zog eine Augenbraue hoch, so als wollte sie Matti tadeln. »Du gibst nicht viel von dir preis. Wie wär's, soll ich dir deine Handlinien lesen? Vielleicht verraten die mehr.«

Matti wehrte lachend ab. »Später. Lass mir Zeit. Ich werde dir schon noch meine Lebensgeschichte erzählen«, antwortete sie. Als sich eine junge Bäuerin mit einem Mädchen an der Hand Otwine vorsichtig näherte, nutzte Matti die Gelegenheit und floh in Richtung Feuerstelle, um der Köchin ihre Dienste anzubieten.

♃ ♄ ☿

Die Gaukler begannen mit ihren Vorführungen am frühen Abend. Otwines Kunst fand weiter regen Zuspruch, und füllte die Vorräte der Gruppe wieder auf. Weil sie das so wollte, brachten ihre Kunden Getreide, Trockenobst und frisches Brot als Bezahlung. Hier und da auch ein paar Eier oder ein gerupftes Huhn. Bei den Vorführungen der anderen hingegen klimperten auch Münzen.

Matti und Knut kamen erst spät an die Reihe. Matti hatte Mühe, ihrer Aufregung Herr zu werden. Sie beobachtete die Darbietungen der anderen. Irmfried hatte darauf bestanden, dass sie ihr Kleid trug, damit jeder sehen konnte, dass sie eine Frau war. Bei seinem Ansinnen, sie solle die Haare offen lassen, hatte sie sich allerdings gewehrt. Wie sollte sie kämpfen, wenn sie nichts sah? Otwine hatte ihr einen langen Zopf geflochten, der nun auf ihren Rücken fiel.

»Wenn mich jemand in diesem Aufzug *nicht* als Frau wahrnimmt, dann ist das sein Problem«, murrte Matti.

Die Zuschauer umringten den freien Platz, auf dem das Gras der Wiese mittlerweile niedergetrampelt war. Knut und Matti traten in den Kreis und stellten sich einander gegenüber, jeder seine Waffe locker in der Hand. Ein Raunen ging durch die Menge. Matti schätzte sie mit flüchtigem Blick auf dreißig oder vierzig Personen. Nun stand sie im Mittelpunkt und war sich der auf sie gerichteten Blicke nur allzu sehr bewusst.

Irmfried baute sich vor ihnen mit Blick zum Publikum auf und deklamierte: »Meine Herrschaften, seht her! Die erste und einzige Amazone, die es versteht, mit dem Schwert einen Mann zu besiegen. Ihr glaubt es nicht? Seht ihr schmuckes helles Haar, das liebreizende Gesichtchen? Na, wartet's ab. In ihr steckt mehr. Schaut zu und gebt unserem kleinen Gerd ein paar Münzen in den Korb, ich bitt euch drum.« Er trat beiseite.

Matti umklammerte den Griff ihrer Waffe mit beiden Händen, schloss kurz die Augen, um sich zu konzentrieren, dann blickte sie ihren Gegner an. Der fixierte sie mit stechendem Blick, den Mund zu einem schmalen Strich zusammengekniffen.

Er schauspielert wieder, ging es ihr durch den Kopf. Würde sie das je so gut können wie Knut? Einen abgesprochenen Schaukampf hatte sie noch nie zuvor vor Publikum gespielt. In diesem Punkt war sie ihrem Gegner unterlegen, auch wenn sie sich bei ihren gemeinsamen Übungen so gut wie möglich darauf eingestellt hatte.

Knut machte einen Schritt auf sie zu und erhob das Schwert. Matti tat es ihm nach und hatte das Gefühl, ihre Bewegungen seien steif wie die einer Marionette. Sie biss die Zähne zusammen, als aus dem Publikum ein Lacher kam.

Körperspannung halten!, befahl sie sich selbst.

Mit drei Schwüngen, die ihren festen Stand nicht in Gefahr brachten, hieb sie auf Knuts Schwert ein. Es klirrte hell. Nach weiteren Hieben ließen sie voneinander ab, starrten sich an. Ein paar Zuschauer applaudierten. Dann machte Knut einen raschen Schritt auf sie zu, Matti parierte mit erhobener Waffe, stieß vor Anstrengung einen Wutschrei aus. Sie spürte, dass das den Leuten gefiel, und fühlte sich lockerer.

Den nächsten Angriff führte sie selbst und brach ihn ab, als Knut aus dem Gleichgewicht geriet. Sie drückte gegen sein Schwert, führte es nach oben, hätte ihn dabei entwaffnen können, doch dann wäre der Kampf zu schnell vorüber gewesen. Die Menge begann, sie anzufeuern. Erst verhalten, dann lauter. Matti wich zurück, wartete auf Knut, dem Schweißperlen auf der Stirn standen. Er blinzelte. Nach dem nächsten Angriff atmeten beide heftig, und Matti beschloss, dass es fürs Erste genug war. Sie gab Knut ein Zeichen. Der verstand, und sie vollführten eine einstudierte Abfolge, an deren Ende Knuts Waffe am Boden lag.

Als sie sich verbeugten, wich die Anspannung von Matti. Das Publikum nahm sie wohlwollend auf. Ihr Blick suchte Irmfried, und sein Nicken zeigte Zufriedenheit.

»Elegant, Kollegin.« Knut klopfte ihr auf die Schulter. »Das gefällt mir, und sieh, unser Kleiner mit der Mütze bekommt Münze um Münze, das klimpert verlockend in meinen Ohren.« Er grinste und bot ihr den Arm dar, um sie formvollendet vom Platz zu geleiten, so als sei sie sein Edelfräulein, nicht seine Kampfpartnerin. Die Leute lachten. Matti knickste und schaute verschämt zur Seite, was ihr erneut ein paar Lacher einbrachte.

»Ihr lernt schnell«, raunte Knut ihr zu.

»Ihr auch«, antwortete sie.

♃ ♄ ☿

Am Abend, als es zu dunkel für weitere Darbietungen wurde, traf sich die Gruppe in der dorfeigenen Wirtsstube. Matti lief mit Otwine über die unbefestigte Straße zwischen den Häusern. Aus einem Fachwerkhaus, das sich nach vorne neigte, so als wolle es seine Besucher grüßen, drang Musik und der Lärm durcheinanderredender Stimmen. Ein Mann mit nacktem Oberkörper lehnte sich aus dem Fenster und prostete ihnen mit einem Becher zu.

»Kommt herein, holde Maiden, ich zahl' für Euch!«

»Was ist da los?«, fragte Matti ihre Begleiterin, und Otwine schaute sie belustigt an.

»Ein Badehaus. Dort sitzen sie in Kübeln und lassen sich die Mühsal der Arbeit vom Leib schrubben. Das geht sicher schon seit Tagen so. Alle wollen für die Hochzeit sauber sein.«

»Daheim auf dem Hof haben wir allein gebadet.«

»Die Mägde auch?«

Matti zuckte nur mit den Schultern, nicht gewillt, Otwines falsche Annahme über ihre Herkunft zu korrigieren. Sollte sie doch denken, Matti sei eine entlaufene Magd. Ob sie sich nun als Bauerstochter oder dessen Hilfspersonal ausgab, war gleich, letztlich hatte sie beides erfunden.

Gemeinsam betraten sie die Gaststube und gesellten sich zu den Gauklern, die an einem der langen Tische saßen und sich mit Bier zuprosteten.

»Da ist ja meine kämpferische Partnerin«, rief Knut, fasste Matti um die Hüfte und zog sie neben sich auf die Bank.

Matti ließ es sich widerwillig gefallen, rückte aber ein Stück weit von ihm ab, was er bemerkte.

»Nicht so schüchtern, mit dem Schwert zeigst du mir doch auch, was du kannst, und kennst keine Zurückhaltung.« Er lachte sein gackerndes Lachen.

Der Mann ihm gegenüber ergänzte: »Nun ist es Zeit, dass du ihr zeigst, was *dein* Schwert alles leisten kann.«

»Ihr seid betrunken.« Matti verzog angewidert den Mund und rückte eine weitere Handbreit ab.

»Lasst sie in Ruhe!«, rief Otwine, die neben ihrem Irmfried Platz genommen hatte.

»Ruhe!«, rief Irmfried und hieb mit der Faust auf den Tisch, was ihm die Aufmerksamkeit seiner Truppe sicherte. »Vor allem unsere neue Attraktion hat sich gut gemacht. Wir hatten ein paar Münzen zu verteilen, ein Teil ging wie immer ins Gemeinschaftssäckel, das unsere Otwine hütet.«

Er nickte ihnen zu. Nach den Vorführungen hatte er jeden einzeln ausgezahlt, auch Matti erhielt ihren Anteil und hatte die Münzen in ihrer Hand gewogen, um dann die Finger zu einer Faust zu schließen. So einfach war das. Ein paar Hiebe hier und dort, ein Partner, der einigermaßen dagegen hielt, und die Leute bezahlten. Was würden sie durch ihren Schaukampf erst in größeren Ansiedlungen verdienen, wo sich mehr Händler herumtrieben und wo nicht in erster Linie mit Naturalien ausgeglichen wurde? Ein verlockender Gedanke, wie sie fand. Sie lächelte Knut zu, dessen Augen einen Glanz angenommen hatten, den sie dem Alkohol zuschrieb. Irmfried ließ einen großen Topf Eintopf mit Fleisch auffahren, aus dem sich alle bedienten. Sie tunkten Brot in die sämige Brühe, klaubten mit den Fingern Fleischstückchen heraus.

Matti aß ohne großen Appetit. Weil sie nicht wusste, wann es wieder ein so reichliches Mahl geben würde, aber bei Kräften bleiben wollte, griff sie zu, doch sie schmeckte kaum, was sie da in den Mund schob. Alles war so aufregend, alles so fremd, und das Irritierende war, dass es immer wieder einen Weg zu geben schien, den sie weitergehen konnte. Wie bei einem Experiment, das in einem scheinbar ausweglosen Stadium doch noch einen Ansatz zur Lösung bot.

♃ ♄ ☿

Abends lag Matti auf ihrem Lager am Feuer und schaute hoch in den Sternenhimmel.

»Das ›W‹ der Cassiopeia«, flüsterte sie, »und die Sternbilder von Aquarius und Aries.«

Ein paar Wolkenfetzen verdeckten das Funkeln, der Eindruck der Weite blieb dennoch erhalten. Ob Philipp gerade hoch in den Himmel sah, jetzt in diesem Moment? Matti spürte, wie sich Tränen in ihren Augenwinkeln bildeten, eine lief salzig ihre Wange hinab, kitzelte sie am Ohr. Energisch wischte sie mit dem Handrücken die Spur weg. In Selbstmitleid zu zerfließen, das war das Letzte, was sie jetzt brauchen konnte. Immerhin war sie nicht allein, hatte einen gefüllten Magen und durfte sich nicht beklagen.

Die Flammen des Feuers züngelten knisternd in die Höhe. Immer wieder erhob sich jemand und legte Holz nach, sodass es weiterbrannte. Es wärmte Matti auf der einen Seite, doch der Rücken blieb trotz ihrer Kleidung, die sie zum Schlafen anbehielt, kühl. Sie hatte sich in eine Decke gewickelt, die ihr Otwine gegeben hatte. Muffig roch der Stoff, so als wenn er zu lange nass gewesen wäre. Der Boden drückte sich hart an Mattis Seite, wie viel weicher war doch ihr Bett in ihrer Kammer.

Aber sie fühlte sich auf gewisse Weise geborgen hier am Feuer, unter den Menschen, die ihr vor Tagen noch völlig fremd gewesen waren. Diese Sicherheit schien ihr im Moment ein Gut, das sie so schnell nicht wieder loslassen wollte. Stumm sprach sie ein Gebet, bewegte lautlos die Lippen und dankte Gott für seine schützende Hand, die er über sie hielt. Als sie es beendet hatte, wanderten ihre Gedanken erneut zu Philipp. Er war selbst Schuld mit seinem grenzenlosen Verdrängen der Tatsachen. Nach Venedig wollte er mit ihr fliehen? Wegzulaufen, anstatt das Naheliegende zu unternehmen, nämlich seinem Vater die Stirn zu bieten, das sah ihm so ähnlich. Wenn er sie wirklich von

Herzen liebte, würde er mehr für sie tun und für sie kämpfen, oder?

Sie legte sich wieder auf den Rücken und starrte in die Dunkelheit, konnte keinen Schlaf finden, je mehr sie ihn suchte.

Ob Philipp ihr nach Heidelberg folgen würde?

Ob sie selbst je dort ankommen würde?

Matti schüttelte die Gedanken ab, drehte sich zurück auf die Seite und beobachtete die Flammen. Sie musste Schlaf finden, zur Ruhe kommen. Morgen würde sie erneut mit Knut auftreten. Auch wenn es anders war als ein ernster Kampf, anstrengend fand sie es allemal, sich vor so vielen Leuten zu bewegen, die unterhalten werden wollten.

Kapitel 13

Philipp war nun schon seit Tagen in die Arbeit an der Wehrmauer eingebunden. Wie immer begannen sie bei Sonnenaufgang, nach einem kurzen Mahl vor der Küchenhütte. Er nahm sich von diesen gemeinsamen Mahlzeiten nicht aus, im Speisesaal hatte er sich seit dem Gespräch mit seinem Vater nicht mehr sehen lassen. Wenn er mit den Bauern arbeiten sollte, dann wollte er auch mit ihnen essen. Sie nahmen ihn höflich in ihrer Runde auf.

Ein junger Bursche freute sich auf seine Hochzeit mit dem schönsten Mädchen der Gegend, wie er sagte. Sie kam aus dem Nachbardorf, ihre Väter waren sich einig geworden, und nun wartete der Junge wie auf glimmenden Holzscheiten.

Philipp tunkte sein Brot in die große Schüssel in ihrer Mitte, gab sich bewusst gelassen und ermunterte ihn, weiterzuerzählen. Wenn er schon selbst nicht dieses Glück spüren sollte, so wollte er sich wenigstens davor wappnen, auf andere neidisch zu sein. Und deswegen musste er den Lobreden des Jungen zuhören. Vielleicht würde es ihn zu einem neuen Lied inspirieren. Seit Matti verschwunden war, hatte er keine einzige Zeile mehr gedichtet, geschweige denn ein paar Töne gespielt. Er schob es auf die körperliche Arbeit.

Wie jeden Tag verließen auch heute die Ritter die Burg auf der Suche nach Hinweisen zum Verbleib Mattis. Philipp lehnte sich über die Brüstung und beobachtete die Reiter, bis sie vom Wald verschluckt wurden. Dann machte er sich an seine Arbeit. Als sie abends zurückkamen, stieg er das Gerüst hinunter, nickte einem Arbeitsgenossen zu zum Zeichen, dass er für heute fertig war, und begab sich auf den Weg zum Stall.

Am Brunnen zog er einen Eimer Wasser hoch und säuberte sich notdürftig. Dann betrat er das Stallgebäude, aus dem ihm Stimmen, das Schnauben der Pferde und der Geruch nach Stroh, Hafer und verschwitzten Körpern entgegenschlugen. Einige der Ritter waren noch damit beschäftigt, Sättel und Zaumzeug wegzuräumen, der Stallbursche rieb die Tiere mit Stroh trocken.

Philipp lehnte sich an den Türrahmen und fragte mit bemühtem Gleichmut den, der ihm am nächsten war: »Wie sieht's aus? Was gefunden?«

Der Ritter sah hoch, dann zuckte er mit den Schultern. »Keinen Zipfel.«

»Werdet ihr weitersuchen?«

»Kaum. Hoimar ist verärgert. Er ist schlecht gelaunt, deshalb jagt er uns Tag für Tag hinaus, obwohl er es längst hätte einsehen sollen. Das Mädchen ist verschwunden.«

»Er sollte sich damit abfinden«, sagte ein anderer, der sich zu ihnen gesellte.

»Ist eh nicht zu verstehen, was er an der Kleinen findet. Die ist ein Wildfang, das sieht doch jeder, dass er zu alt dafür ist.«

»Er brütet was aus.«

Philipp bedankte sich und wandte sich ab. Seine mühsam aufgebaute Ruhe ließ sich nicht länger aufrechterhalten. Und er wollte nicht, dass die Kerle sahen, wie sie bröckelte. Er hätte sie anschreien können, und wusste doch nicht genau wofür oder mit welchen Worten, so ratlos fühlte er sich.

Auf dem Hof lief ihm der Küchenjunge in die Arme.

»Herr Philipp, da seid Ihr«, keuchte er. »Ich suche Euch überall.«

»Nicht so hastig.« Philipp tätschelte seinen Rücken. Er musste die Ruhe wieder aufbauen, zurückfinden zu der Mauer, die er nicht nur mit den Händen, sondern auch in seinem Innern aufschichtete, Stein für Stein.

»Der Burgherr will Euch sprechen. Er ist beim Alchemisten im Keller.«

Philipp fand seinen Vater im Gespräch mit Albert. Interessiert ließ sich Hoimar die Apparaturen erklären. Alberts Hände schienen ständig in Bewegung zu sein, die großen Gesten, mit denen er seine Worte untermalte, zeugten von seiner Nervosität.

»Ihr wolltet mich sprechen?«, unterbrach Philipp die beiden.

Albert schrak zusammen. »Ich? Nein, wie kommst du darauf?«

Hoimar legte ihm eine Hand auf die Schulter. »Lasst es gut sein, verehrter Magister. Ich sehe, Ihr macht Fortschritte.«

»Ja, ja.«

»Und der Verkauf der Heilmittel macht sich.«

»Natürlich.«

Nun verstand Philipp, warum Albert sich so unwohl fühlte. Mattis Kräutertischchen sah unordentlich aus, so als habe jemand dort etwas gesucht. Vielleicht ein Rezeptbüchlein? Sicher hatte sie so etwas besessen, ihre Gedanken und Testergebnisse notiert. Albert, der vergeistigte Forscher, der den Zusammenhalt der Dinge zu ergründen versuchte, würde sich an Mattis Rezepturen halten müssen, wenn er für Hoimar weiterhin Arzneien verkaufen wollte.

Oder sorgte sich der Alte um etwas anderes? War er für Hoimar verdächtig, weil er sich so gut mit Matti verstanden hatte? Ahnte der Vater, dass ein Mittel des Alchemisten Eberhard bei Mattis Flucht so zugesetzt hatte?

»Komm.« Hoimar fasste ihn beim Arm und schob ihn zur Treppe. Von seiner schlechten Laune, welche die Ritter erwähnt hatten, konnte Philipp nichts spüren. Er ließ sich von ihm nach oben führen, fing noch einen Blick von Albert auf, der ihn zum Stillschweigen mahnte. Was dachte der Alte? Dass er ihn und damit sich selber verraten würde?

»Wir haben sie nicht gefunden«, sagte Hoimar, als sie den Hof betraten. Er ging weiter zum Tor, und Philipp folgte ihm notgedrungen.

»Kein Anzeichen von ihr?« Philipp sah seinen Vater von der Seite an.

»Freut dich das?«

Philipp schluckte. »Natürlich nicht«, beteuerte er. »Es kann ihr wer weiß was geschehen sein, warum sollte mich das freuen?«

»Weil sie dich für einen Schwächling hält. Vielleicht hat mein Sohn ja wenigstens so etwas wie Ehrgefühl.«

Die Worte trafen Philipp, so als habe sein Vater ein Messer in sein Fleisch geschoben. Der Schmerz kam mit Verzögerung.

»Sie hat mich gemocht.«

»Und doch hat sie keine Gelegenheit ausgelassen, sich über dich lustig zu machen.«

»Euch gegenüber?«

»Sie hatte mehr Vertrauen zu ihrer Ziehmutter, als du annimmst. ›*Philipp? Auf seiner Laute klimpern kann er ja ganz schön, aber zu etwas anderem ist er nicht zu gebrauchen*‹. Mich wundert, dass du nichts davon bemerkt hast, Junge.«

»Vermutlich muss ich noch einiges lernen.« Diese ausweichende Antwort kostete ihn viel. Er wollte sich keine Blöße vor seinem Vater geben. Philipp ballte die Hände zu Fäusten, um den Schmerz in seiner Brust zu vertreiben. So war das also. Kein Wunder, dass Matti ihm nicht hatte folgen wollen.

Ihm wurde bewusst, dass sein Vater ihn beobachtete. Sie hatten das Tor durchquert und standen nun in der Vorburg am Mäuerchen zum Kräutergarten.

»Setzen wir uns.« Hoimar deutete auf die Bank. Philipp ließ sich darauf sinken, die Fäuste immer noch geballt. *Ich bin also ein Schwächling,* dachte er.

»Ich mache dir ein Angebot.«

Die Stimme seines Vaters war viel zu ruhig. Doch Philipp wollte sich davon nicht irritieren lassen, unterbrach ihn mit den Worten: »Wenn Ihr sie sucht, sie ist in Heidelberg.« Nun war es raus, und er spürte keine Reue, nur Wut über die Hinterhältigkeit des Menschen, dem er am meisten vertraut hatte.

»Gut. Wo dort?«

»Das weiß ich nicht.«

»Ich mache dir ein Angebot«, wiederholte Hoimar seine Worte. »Du reitest ihr hinterher. Wenn du sicher bist, dass sie sich in Heidelberg aufhält, umso besser.«

»Ich werde sie genauso wenig finden wie Eure Ritter.«

»Doch. Zu dir hat sie Vertrauen, vor dir wird sie sich nicht verbergen.«

»Schickt Josefa, ich denke, der vertraut sie.«

»Mir scheint, du bist besser geeignet. Außerdem hast du etwas gutzumachen.«

Philipp wischte sich mit dem Handrücken über die Stirn. Matti und Albert hatten ihn getäuscht, war es da nicht rechtens, wenn er sie mit denselben Waffen schlug? Ließ Hoimar ihm eine Wahl?

Ich könnte auch nach Venedig reisen, dachte er. *Was gehen mich die Heiratspläne meines Vaters an?* Doch Venedig hatte einen schalen Geschmack bekommen ohne Mattis Begleitung. Er roch den Lavendel, der neben der Bank wuchs. Mattis Lieblingsduft. Sie stellte die Essenz daraus selber her.

»In Ordnung, ich mach's«, sagte Philipp in das Schweigen hinein. *Dir werde ich beweisen, dass einen das Klimpern auf der Laute sehr weit bringen kann, Matti. Du wirst dich noch wundern.* Er spürte die Schulter des Vaters an seiner, so dicht saß er neben ihm, so ruhig, so sicher, als zweifle er nie an dem, was er tat.

»Sobald du sie gefunden hast, bringst du sie zu mir.«

♃ ♄ ☿

Der Himmel hatte sich zugezogen. Am Tag nach der Hochzeit brachen die Gaukler wieder auf, Irmfried hatte ein neues Ziel ausgegeben, ein Ort, dessen Name Matti unbekannt war. Sie lief wieder neben dem Wagen her, den Otwine lenkte. Feiner Nieselregen benetzte ihr Gesicht und ihre Arme, drang langsam aber stetig durch ihre Kleider. Um den Kopf hatte sie ein Tuch geschlungen, das ebenfalls immer klammer wurde. Die Luft roch kalt nach Feuchtigkeit, die sich auf dem Weg zu Pfützen sammelte und in den Baumwipfeln schimmerte.

»Wir könnten uns ein wenig unterhalten«, hörte sie unvermittelt eine Stimme an ihrem Ohr, spürte den Lufthauch von Atem. Knut hatte ihren Arm ergriffen und hielt sie fest, damit sie langsam machen musste. Der Wagen rumpelte an ihr vorbei.

»Willst du ein paar neue Kniffe mit dem Schwert lernen? Lass uns das lieber angehen, wenn wir rasten.« Sie fühlte sich unwohl, die nassen Sachen machten sie frösteln, und die Kälte ließ sich nur von ihrem Körper fernhalten, wenn sie stetig in strammem Tempo lief.

»Du bist ein hübsches Mädchen.«

Knuts Finger fanden einen Weg unter Mattis Kopftuch, streichelten ihre Haare. Sie mochte das nicht.

»Der Kampf gestern ist noch besser angekommen als der vorige, was meinst du?«, versuchte sie ihn abzulenken.

»Sträub dich nicht so. Hast es sicher schon oft genug getan.«

Matti wollte nicht wissen, wovon Knut sprach. Sie machte sich los, musste ihn wegstoßen, um Abstand zu seinem Körper zu bekommen. »Lass mich.«

»Eine Wildkatze.« Seine kalten Augen fixierten sie. »Das mag ich.« Er gackerte, dann drehte er sich um und lief weg. Matti beeilte sich, wieder zu Otwine aufzuschließen. *Nicht nachdenken über sein merkwürdiges Verhalten,* schwor sie sich. *Es ist alles in bester Ordnung.*

Nachts auf ihrem Lager am Feuer war es ungemütlicher als je zuvor. Zwar hatte der Regen nachgelassen, doch der Boden war kalt und immer noch feucht. Sie fröstelte in der klammen Decke. Das Feuer knisterte und knackte. Jemand hatte Holz an den Rand gelegt, um es zu trocknen, bevor man es auf die Feuerstelle legen konnte. Matti strich sich über die eiskalte Nase. Derartige Unannehmlichkeiten war sie nicht gewohnt. Kälte, ja, die hatte es in ihre Burgkammer auch gegeben. Aber Feuchtigkeit nicht und immer genügend Decken, um sich zu schützen, sowie angewärmte Steine.

Matti richtete sich auf, rutschte ein bisschen näher ans Feuer heran, um wenigstens die Füße warm zu halten. Es nutzte nichts. Sie lag wach, musste niesen, zog die Nase hoch, lag immer noch wach.

Sie beschloss, aufzustehen und sich zu erleichtern. Einer der Männer hatte hinter den Wagen eine Grube zu diesem Zwecke gegraben. Matti tastete sich in der Dunkelheit voran, das Licht des Feuers wurde verdeckt von der Plane eines Wagens. Sie stolperte, fing sich wieder und lief weiter. Schließlich sah sie das dunkle Loch direkt am Waldrand.

Den Schatten von rechts sah sie erst, als er dicht bei ihr war und ihr zuraunte: »Jetzt ist's soweit, meine Hübsche.«

»Ich weiß nicht, was du von mir willst.«

»Sie spielt die Unschuldige, sieh an. Warum bist du denn aus deinem Dorf geflohen? Erzähl mir nichts.«

»Du liegst falsch, Knut. Was immer du annimmst, es ist falsch!« Matti legte alle Kraft in ihre Stimme, die sie noch hatte nach dem stundenlangen Frieren.

»Deinem Herrn hast du gedient, und mir willst du dich verweigern?«

Ein eiserner Griff umschloss Mattis Handgelenk. Sie wich zurück, doch Knut packte sie fester.

»Lass mich in Ruhe, oder ich schreie.« Sie spürte die Gefahr und wollte sie doch nicht wahrhaben. Hatte sie Knut nicht mit dem Schwert bekämpft? Sie würde ihn auch hier los werden, sie musste nur energisch genug reagieren.

»Bin ich dir nicht gut genug, hm?«

Eine eiskalte Hand schloss sich um Mattis Mund, ehe sie sich wehren konnte. Knut zog sie in Richtung der Bäume. Sie trat nach ihm, spürte, wie Panik in ihr aufwallte. *Ich will hier weg,* dachte sie und wusste doch nicht wie. Sie trat, biss. Knut ließ sich nicht abschütteln. Er warf sie auf den Boden und offenbarte eine Kraft, die sie ihm nicht zugetraut hätte. Vielleicht hatte sie ihn einfach nur nicht gründlich genug angesehen; sie hätte es tun sollen.

Matti wand sich unter ihm. Er hielt ihr immer noch den Mund zu, kniete über ihr und nestelte an seiner Kleidung. Ein Fluch drang an ihr Ohr.

»Ich mag's ja stürmisch, aber nun halt endlich still.«

Ihre Hand bekam einen spitzen Stein zu fassen, nicht sehr groß, aber wenigstens etwas. Sie schlug blind zu. Knuts Griff wurde für einen Augenblick lockerer. Ein neuer Schlag gegen seinen Körper, der Stein bohrte sich in seine Schulter. Er schnaufte, drehte sich, um einen neuen Angriff abzuwehren. Matti gelang es, sich unter ihm wegzurollen. Hastig erhob sie sich.

»Was ist da hinten los?«, übertönte Irmfrieds Stimme das Rauschen in ihren Ohren.

»Hilfe!«, rief sie, rannte los, achtete nicht auf den Boden und strauchelte. Mit dem Fuß blieb sie hängen und fiel der Länge nach hin. Ein stechender Schmerz zog hoch bis in die Hüfte. Sie sah tanzende Lichter näher kommen, Männer mit Fackeln.

Knut packte sie an den Schultern und zog sie hoch. »Kein Wort hörst du?«

Der Schmerz in ihrem Bein ließ ihr die Tränen in die Augen treten.

»Was ist passiert?« Irmfrieds fragendes Gesicht tauchte hinter einer Fackel auf.

»Ich habe mir das Bein verletzt. Oder den Knöchel.« Matti biss die Zähne zusammen, Tränen liefen ihr über die Wangen. Die Männer nahmen sie in die Mitte. Mit ihrer Hilfe humpelte sie zurück zum Feuer. Auch Otwine war wach, ihr Blick voller Sorge. Als sie Knut sah, wurde er hart.

Sie ließ Wasser holen und zog Matti vorsichtig den verdreckten Schuh aus. Das Bein schien unversehrt, nur der Knöchel leicht geschwollen. Doch als Otwine den Fuß packte und drehte, schrie Matti vor Schmerz auf.

»Das muss man ruhigstellen«, sagte Otwine.

»Wie lange wird sie nicht kämpfen können?«, fragte Irmfried, der irgendwo hinter Matti in der Dunkelheit stand. Er erntete ein Schnauben.

»Bring mir Ringelblumensalbe und Bandagen.« Otwine kühlte den Fuß mit einem feuchten Lappen. Matti entspannte sich. Wenn sie sich ruhig hielt, ging der Schmerz in ein dumpfes Ziehen über, das auszuhalten war. Ganz gleich, was mit ihrem Fuß geschehen war, aber Ringelblume würde nicht helfen. Doch sie war zu erschrocken über Knuts Überfall, sie ließ Otwine gewähren, die mit sanften Händen die Salbe auf den Knöchel rieb. Die Schwellung hatte zugenommen.

Die Bandagen fest gewickelt, war es fast schon wieder erträglich. Sie konnte an Otwines Seite zu ihrem Lager humpeln. Dort lag sie nicht lange, dann kam die Freundin und hielt ihr einen Becher hin.

»Hier, trink das. Ich wünsche dir nur Gutes, denk immer daran.«

Nicht auf die merkwürdigen Worte achtend, fragte Matti: »Was ist da drin?«

»Trink. Das wird dir guttun. Ist gegen den Schmerz.«

»Knut, er wollte ...«

»Ich weiß. Trink.«

Matti gehorchte. Sie dachte an die harmlose Ringelblumensalbe und erwartete etwas ähnlich Wirkungsloses. Das Getränk schmeckte süß, überdeckte jeden anderen Geschmack. Der Becher war in ein paar Zügen leer. Erst danach merkte Matti, wie ihr die Lider schwer wurden. Sie konnte nicht mehr denken, spürte, wie sie auf das Lager gebettet wurde, lallte: »Was war da ...«, und bekam ihre Zunge nicht in den Griff. Wie ein pelziges Tier lag sie in ihrem Mund.

»Sie wird gleich schlafen«, war das Letzte, was sie Otwine sagen hörte.

Kapitel 14

Sie lag im Trockenen – das war das Erste, was Matti wahrnahm. Sie blinzelte, starrte auf eine löchrige Bretterwand, die einst ein Schuppen gewesen sein mochte. Das Dach über ihr wies Lücken auf, einige Balken waren herabgestürzt. Schutt und Dreck hatten sich am Boden zu einer Schicht vermengt, aus der hier und da ein Grasbüschel wuchs.

Für einen Augenblick war sie orientierungslos, dann fiel ihr der verfallene Hof wieder ein, an dem sie gestern kurz vor Dunkelheit vorbeigekommen waren. Nur, warum war sie jetzt hier, und wo waren die anderen?

Sie musste husten, ihre Kehle fühlte sich trocken an, so als habe sie seit Tagen nichts getrunken. Ihre Haut am Hals juckte. Sie griff nach hinten, spürte Haarstoppeln im Nacken.

»Mein Zopf!« Sie fuhr sich mit der Hand über den Kopf und fühlte Haarspitzen. Jemand hatte ihre Haare abgeschnitten. Ihre Lage wurde immer merkwürdiger, was sollte das alles?

Sie richtete sich auf. Ein Schmerz zog vom Knöchel aus ihr ganzes Bein entlang, als sie es anzog, um es zu belasten. Knuts Übergriff, ihre Flucht vor ihm, die Verletzung am Fuß, all die Erinnerungen schoben sich wie Spielsteine eines Mankala-Spiels an den richtigen Platz in ihrem Kopf und plötzlich verstand sie, was geschehen war.

Sie zog das Bein an und befühlte den Verband. Im ersten Moment tat es nicht sehr weh, doch als sie die Bandagen abwickelte, musste sie die Zähne zusammenbeißen. Der Knöchel war weiter geschwollen, eine runde Ausbuchtung an der Außenseite so groß wie ihre Faust. An einer Stelle hatte sich die Haut bläulich verfärbt. So würde sie kaum laufen, geschweige denn einen Schwertkampf führen können. Sie sah sich um.

»Otwine?«, rief sie viel zu zaghaft und ein zweites Mal lauter: »Ist da wer?«

In der Leere des Schuppens schienen die Worte zurückzuhallen. Sie hörte kein Geräusch, auch nicht wenn sie beim Lauschen den Atem anhielt. Umständlich bandagierte sie den Fuß und versuchte aufzustehen. Erst jetzt fiel ihr ein Haufen Kleider auf, der neben ihr lag, sorgsam gefaltet, dazu ihr Bündel mit dem Schwert.

Matti ließ sich wieder auf den Boden sinken, untersuchte ihre Habseligkeiten. Es war alles noch da, auch ihr Geld. Sie hob die Kleider hoch: Ein paar einfache Lederschuhe, ein grobes Bauerngewand und Beinlinge. Endlich begriff sie vollends. Männerkleidung also und ein männlicher Haarschnitt als Abschiedsgeschenk. Sie kniff die Lippen zusammen und strich mit den Fingerspitzen über den sauberen Stoff. Nun war sie wieder auf sich allein gestellt, keine Otwine würde sie mit ihrem Lachen und einer Schale Haferbrei begrüßen, auch wenn sie noch solange nach ihr riefe. Die Gaukler waren fort.

Ihr fielen Irmfrieds Worte ein. Wie lange Matti wohl nicht würde kämpfen können, hatte er nach ihrer Verletzung gefragt. Zweifelsohne hatte sie ihm ihre erneute Einsamkeit zu verdanken. Eine Kranke fütterte man nicht durch, erst recht keine Fremde.

Otwine hatte an sie gedacht, auch wenn sie sonst nichts für sie tun konnte. »Als Frau hat man es schwer in einer Stadt. Verkauf deinen Körper nicht.« Dieser Rat ihrer Freundin ging ihr durch den Kopf, als sie neben dem Bündel etwas Essen, Wasser und die Ringelblumensalbe fand.

Wie einsam konnte man sich fühlen? Matti suchte in ihrem Gedächtnis nach dem Namen des Ortes, an den die Gaukler als Nächstes fahren wollten. Irmfried hatte ihn erwähnt, aber sie hatte ihn vergessen. Sie wollte ihnen nach, mit ihnen reden. Irmfried würde sie schon überzeugen können. Sie konnte doch Heilmittel herstellen, statt zu kämpfen. Sie konnte ...

Mit diesem Fuß würde sie gar nichts können, nicht einmal nach Heidelberg humpeln.

»Ich brauche euch nicht«, flüsterte sie, und noch mal lauter: »Ich brauche niemanden!«

Sie kämpfte sich in eine hockende Stellung, bei der sie den verletzten Fuß nicht belastete. Dann zog sie sich an einem Haufen liegender Balken hoch. Sie hielt sich fest, auf einem Bein balancierend. Vorsichtig streckte sie das andere durch. Sobald der Fuß den Boden berührte, stach der Schmerz und jagte ihr einen kalten Schauer über den Rücken.

Suchend blickte sie sich um, fand in der Nähe etwas, woran sie sich festhalten konnte, hüpfte ein Stück weiter. Eins der herabgestürzten Bretter ließ sich aus dem Schutthaufen ziehen. Matti stützte sich darauf, humpelte ein paar Schritte und kämpfte mit der Befürchtung, dass sie so keinen Meter weit die Straße würde entlanggehen können. Sollte sie hierbleiben und warten, bis der Knöchel abschwoll? Mit Ringelblumensalbe? Das hatte in etwa soviel Aussicht auf Erfolg, wie wenn sie versucht hätte, Eberhard das Singen beizubringen.

Sie musterte die Kleidung am Boden. Heidelberg war ihr Ziel, und dort beim Apotheker würde sie eine wirksamere Salbe finden, eine, die sie selbst hergestellt hatte. Was blieb ihr also anderes übrig, als es zu versuchen? Als Mann verkleidet, würde sie einfach weitergehen.

Otwine hatte Recht mit ihrem Rat. Und hatte sie die Verwandlung nicht ohnehin spätestens für ihre Ankunft in der Stadt geplant? Je früher sie sich an die neue Rolle gewöhnte, desto besser.

Matti kniete sich hin und entkleidete sich. Dann streifte sie mit Mühe die Beinlinge über, danach das Hemd, die Kappe. Sie zog die Schuhe an, konnte den einen nur noch notdürftig schnüren, dann ordnete sie ihr Bündel neu. Ihr Kleid benutzte sie, um das Brett zu polstern, damit sie es unter die Achsel klemmen konnte. Als sie auch das Essen verstaut hatte, band sie sich das Bündel um und kämpfte sich auf die Füße.

Wenn sie den Schmerz als gegeben hinnahm, war es erträglich. Sie beschloss, nicht ständig daran zu denken, sondern stattdessen auf die Umgebung zu achten. Auf die Pflanzen am Wegesrand, auf die Silhouette der Berge im Hintergrund. Sie humpelte aus der Scheune in Richtung der Straße und dankte Gott, dass es nicht mehr regnete. So konnte sie den Pfützen vom Vortag auf festem Boden ausweichen.

Reiß dich zusammen, sagte sie sich. *Noch ist nichts verloren. Ich komme voran, wenn auch langsam. Das ist nicht weiter ärgerlich, ich habe keine Eile.*

Sie ließ das ausgebrannte Haupthaus des Hofs mit seinen rußgeschwärzten Wänden und den verkohlten Dachbalken, die in den Himmel stachen, links liegen. Um sich abzulenken, stellte sie sich vor, wie der Hof ausgesehen haben mochte, als er noch stand und Menschen in den Gebäuden wohnten. Sie spann den Gedanken weiter, malte ein farbiges Bild vor ihrem inneren Auge und bemerkte gar nicht, wie sie auf diese Weise ein gutes Stück vorankam. Als sie sich schließlich umdrehte, war der Hof hinter einem Hügel verschwunden.

Das Hemd schlackerte bei jeder Bewegung um ihren Oberkörper und verdeckte die weiblichen Konturen. Die Kappe zog sie ins Gesicht, räusperte sich, versuchte, eine Tonlage tiefer zu sprechen. Hörte man, dass sie eine Frau war? Sie hielt inne und versuchte es erneut. Nein, das klang albern, wie ein Schmierenkomödiant.

Wie hatte Knut nur seine Stimme verstellt? Bei seinen Auftritten hatte sie das fasziniert beobachtet. Ein hohes Krächzen, und er hörte sich an wie ein altes Marktweib.

Sie verlagerte den Ton wieder weiter nach oben und bemühte sich, mehr durch die Nase zu sprechen. Ja, das klang besser. Die Zunge noch ein bisschen vorgeschoben, nicht zuviel, das spannte den Kiefer zu sehr an, sodass sie zu bald das Gefühl bekam, unter Maulsperre zu leiden. Sie rezitierte ein Gedicht und fand sich in die ungewohnte Sprechweise hinein.

Wieder war ein gutes Stück Weg hinter ihr geblieben, als sie ihre Übungen einstellte. Sie hielt inne und bewegte ihren von der ungewohnten Belastung schmerzenden Arm, sah nach vorne, befand, dass Heidelberg noch endlos weit war, und fühlte sich auf einmal nicht mehr so sicher, dass sie es in diesem Leben noch erreichen konnte.

Sie wollte nicht fluchen, obwohl ihr danach war. Stattdessen murmelte sie ein Gebet und wünschte sich inständig, ein Fuhrmann würde sie überholen. Als ihr Wunsch in Erfüllung ging und ein Reisewagen von hinten herankam, half ihr das wenig. All ihr Rufen ließ den Lenker des Wagens gleichgültig, er sah nicht einmal zu ihr hinüber. Ebenso erging es ihr mit einem Reiter, der mit einem abschätzigen Blick an ihr vorbeitrabte. Und auch ein zweites Gefährt ließ sich nicht anhalten.

Da es bereits dämmerte, suchte Matti sich einen Unterschlupf in einem Waldstück. Sie deckte sich mit Laub zu, machte sich unsichtbar und fand auf diese Weise ein wenig Schlaf. Noch bevor es hell wurde, aß sie den letzten Bissen harten Brots und beschloss, ihr Vorgehen zu ändern.

Als sie erneut ein Quietschen und Rumpeln hörte, blieb sie mitten auf der Straße stehen, sodass der Wagenbesitzer anhalten musste.

»Haaaalt!«, rief er seinem struppigen Zugtier zu und bellte mürrisch: »Brauchst du Hilfe, Bursche? Wenn nicht, geh mir aus dem Weg.«

»Fahrt Ihr nach Heidelberg?«

»Seh ich so aus?«

Matti sah sich den Wagen genauer an. Seine Ladefläche wurde von einer Plane verdeckt, sie konnte nicht erkennen, was sich darunter befand.

»Ich kann zahlen.«

Der Mann blinzelte, beugte sich ein Stück weit herunter und musterte sie. »Ich hoffe, du hast genug Münzen im Beutel.«

Sie nickte, ballte die Faust vor Erregung und fand, dass diese Begegnung das erste Erfreuliche war, was ihr an diesem Tag widerfuhr.

♃ ♄ ☿

Im Morgengrauen führte Philipp sein Pferd aus dem Stall. Die letzten Schatten der Nacht verkrochen sich in die Ecken, der Himmel hing grau und schwer über ihm. Er fühlte sich voller Tatendrang, endlich hatte die Warterei ein Ende. Er konnte etwas tun und das, ohne seinen Vater zu brüskieren. In Hoimars Auftrag zu reisen war allemal besser, als gegen seinen Willen. Wie er mit Matti verfahren würde, wenn er sie fand, das stand für ihn noch nicht fest und hing ebenso von ihrer Reaktion ab wie von seiner eigenen.

Der erste Schmerz über ihren Verrat war verklungen, und die Erkenntnis, dass sie im Grunde recht hatte mit ihrem Urteil, durchsickerte seinen Ärger. Was hatte er denn bislang geleistet? Nichts. Er hatte lediglich ein paar Eingeweihte mit seinen Liedern erfreut. So war nun in seinem Gepäck auch seine Laute verstaut und er hatte sich vorgenommen, seine Fähigkeiten wann immer es ging zu nutzen und unter Beweis zu stellen, dass auch Sänger es zu etwas bringen konnten im Leben. Von heute ab würde er sich frisch und frei dem stellen, was ihm auf seinem Weg begegnete. Und er hoffte, dass er Matti wohlauf finden würde.

Er überprüfte Sattel, Zaumzeug und sein Gepäck und wollte gerade aufsitzen, als er Albert heranhasten sah.

»Philipp warte!« Albert erreichte ihn und sah sich um, so als fürchte er Beobachter. Er senkte die Stimme. »Die Ritter verlassen die Burg nicht mehr. Jetzt schickt Hoimar dich, habe ich Recht?«

»Ich reite für meinen Vater nach Heidelberg.«

»Er weiß, wo sie ist?«

»Ich habe das ein oder andere wiedergutzumachen.«

Albert schüttelte den Kopf und zog an seinem Bart. Offenbar konnte er ein Lächeln nur schwer verbergen. »Wenn du meinst«, antwortete er.

»Dir stünde etwas Reue auch gut an. Du hast Matti den Kopf verdreht mit dieser ganzen Forscherei. Sie verehrt dich wie einen Vater. Auch du hättest verhindern müssen, dass sie alleine fortzieht und sich damit in Gefahr begibt.«

»Wo willst du sie suchen?«

Philipp zuckte mit den Schultern. »Heidelberg ist keine allzu große Stadt, sie wird irgendwo zu finden sein.«

»Hm, hm.« Albert wiegte den Kopf, scheinbar abwartend, ob Philipp noch etwas hinzufügen würde. Der beobachtete den alten Mann vor sich und konnte dessen Verhalten nicht deuten.

»Bei meinem Vater ist sie am besten aufgehoben«, sagte er deshalb, um ihn zu einer Antwort zu provozieren. »Keiner von uns hätte je so versessen sein dürfen, sie ihm abspenstig machen zu wollen.«

Albert lächelte nun offen. »Bitte berichte mir unabhängig von Hoimar. Ich mache mir Sorgen um das Mädchen, sie ist mir viel wert, das weißt du.« Er drückte kurz Philipps Arm. »In diesem Punkt haben wir etwas gemeinsam, vergiss das nicht.«

Ehe Philipp ihm etwas entgegnen konnte, drehte der Alchemist sich um und lief mit eiligen Schritten zurück zu dem Tor, das in den inneren Burgbereich führte.

♃ ♄ ☿

Josefa trat vom Fenster ihrer Kammer weg, als Philipp auf seinem Pferd das Burggelände verließ. Sie machte dem Küchenjungen, der abwartend neben der Tür stand, ein Zeichen. Nun war es soweit.

»Weck den Stallknecht! Sag ihm Bescheid, er soll den Reisewagen anspannen lassen, schnell. Und nimm das Gepäck mit.«

Mit einer Handbewegung scheuchte sie den Jungen fort, der sich ehrerbietig verneigte, die zwei Taschen aufhob und mit ihnen verschwand. Josefa nahm einen dritten, bereits gut gefüllten Reisebeutel und verstaute weitere Habseligkeiten darin. Jetzt würde es nach Heidelberg gehen, so lange hatte sie sich danach gesehnt, und doch war es ärgerlich, dass es nun unter diesen Umständen geschah.

Sie schloss die Augen, sah Straßenzüge mit herrschaftlichen Häusern vor sich, darin mit Schmuck behängte Damen, die beisammensaßen und den lieben langen Tag nichts anderes zu tun hatten, als Kontakte zu pflegen. Das war es, was sie auch wollte. Doch für ein solches Leben brauchte sie erheblich mehr Gulden als sich bislang im doppelten Boden ihrer Truhe angesammelt hatten. Wer war sie, dass sie sich auf ewig an diese abgelegene Burg fesseln lassen würde, wo die Wände im Winter von innen gefroren? Sie war schon viel zu lange hier.

»Nimm Mathilda zur Frau, sie ist jung, sie kann dir einen würdigeren Erben schenken, als Philipp es ist.« Josefa schmunzelte bei dem Gedanken an die Worte, mit denen sie Hoimar umgarnt hatte. »Binde Mathilda an dich und lass uns ihre hohe Geburt gemeinsam nutzen. Es gibt Mittel und Wege, wir müssen sie nur gehen.«

Dieses störrische Mädchen würde schon sehen, was sie davon hatte, wenn sie davonlief. Alles hatte Josefa eingefädelt, und nun sollte es an dem Sturkopf ihrer Ziehtochter scheitern? Lächerlich! Vor Hoimars Kammer zögerte sie. Dann hob sie die Hand, um zu klopfen.

Hoimar öffnete in seinem Nachtgewand, doch er schien schon eine Weile wach zu sein. Er blickte sie aufmerksam an.

»Es ist soweit. Philipp ist weggeritten, ich werde ihm folgen.«

»Er wird dich zu ihr führen.« Hoimar hob die Hand und fasste Josefas Kinn. Für einen Augenblick hatte sie das Gefühl, er würde sie zu sich heranziehen. Sie biss die Zähne zusammen, versteifte sich. Unvermittelt ließ er sie los.

»Und dann weiß ich, was ich zu tun habe«, antwortete sie hastig. »Keine Angst, der Wildfang wird schneller deine Frau sein, als du ›Amen‹ sagen kannst.«

»Dein Wort in Gottes Ohr. Du weißt, was davon abhängt.«

»Wie könnte ich das vergessen. Ich war es, die dich auf die Idee gebracht hat, entsinnst du dich?« Josefa hob die Hand zum Gruß und machte sich auf den Weg nach unten. »Du hörst von mir«, sagte sie, erneut winkend, ohne sich noch einmal umzusehen.

Sie war guten Mutes, dass ihr Plan gelingen würde. Verwunderlich fand sie einzig, dass Hoimar seinen Sohn auf seine Linie hatte bringen können. Ihr war das als der schwächste Punkt erschienen. Doch sie hatte sich getäuscht.

Er folgt ihm wie ein junger Hund, der Tölpel, dachte sie zufrieden und schickte im Stillen ein Lachen zu seiner verstorbenen Mutter. *Da siehst du, was du aus ihm gemacht hast, du, die du immer so überheblich über seine Fähigkeiten gesprochen hast. Ein Dummkopf, der sich lenken lässt, das ist er. Und er wird mich zu Mathilda führen.*

Nun würde sie nur diese fürchterliche Fahrt überstehen müssen. In Heidelberg wusste sie, wo sie Philipp finden konnte, Hoimar hatte ihm eine Herberge genannt, und es gab keinen Grund für ihn, sich eine andere zu nehmen.

»So, meine liebe Mathilda«, zischte Josefa zwischen den Zähnen, als sie den Burghof betrat. »Wollen wir doch mal sehen, wer hier klüger ist und wer als Letzte lacht. Unnützes Gör!«

Sie eilte über den Burghof hin zum Stall. Der Wagen war bereits vorgefahren. Einer der Ritter würde sie zu Pferd begleiten und ihr zudem als Bote dienen. Ihr Aufenthalt in Heidelberg würde eine gute Gelegenheit bieten, alte Bekanntschaften wieder aufzufrischen und das ein oder andere in Erfahrung zu bringen.

»Wollen wir doch mal sehen«, wiederholte sie.

Kapitel 15

»Wie viel verlangt Ihr?«, fragte Matti den Fremden. Er nannte eine Summe, die ihr viel zu hoch erschien. Zermürbt von den Schmerzen und der Kälte der Nacht, die ihr im Körper steckte, schlug sie dennoch ein und zahlte. Er half ihr auf den Wagen, dort saß sie nun auf der Plane, die er über seine Waren gebreitet hatte. Unter ihr befanden sich in Kisten verpackt allerlei Utensilien für die Küche, wie er erzählte. Der fahrende Händler wollte auf dem Heidelberger Markt seine Waren losschlagen. Er redete ununterbrochen.

»Dir wird's sicher oft einsam«, hakte sie in eine seiner langatmigen Schilderungen ein. Sich richtig mit ihm zu unterhalten, wagte sie nicht. Zu ungewohnt war ihr die verstellte Stimme, deshalb beschränkte sie sich auf das Nötigste.

»Ach, weißt du, ab und zu nehme ich Reisende mit wie dich. Das sichert mir ein wenig Unterhaltung, und so hat jeder was davon. Und wenn man sich die Leute gut anschaut, erlebt man auch keine bösen Überraschungen. Ich habe mir die Menschenkenntnis erarbeitet, glaub mir. Wenn ich auf dem Markt stehe und einer will mich übers Ohr hauen, der ist schneller enttarnt, als er laufen kann. Ich erkenne sie alle.«

Das struppige Pferd zog den Karren in gleichmäßigem Tempo voran. Seine kräftige Statur verriet, dass es gut behandelt wurde. Der Händler wusste mit seinem Kapital umzugehen. Wer nicht in die richtigen Dinge investierte, der erlitt Schiffbruch. Das waren seine Worte.

»Dich hat noch niemand bestohlen?«

»Doch, natürlich.« Er sah sich kurz nach ihr um, blinzelte. Sein Bart wucherte genauso struppig wie das Fell seines Zugtiers. Die Kappe hing ihm schief auf dem Kopf, doch das schien sein Markenzeichen zu sein, denn er machte keine Anstalten, sie gerade zu rücken. Im Vorgehen korrekt, im Äußeren locker.

»Wie kam das?«, fragte Matti.

»Du fragst Dinge! In den heutigen Zeiten ist keiner sicher, mein Junge. Wie hat's dir eigentlich so übel mitgespielt?«

»Ein Unfall. Bin in ein Loch gestolpert und umgeknickt. In der Scheune hab ich den Regen abgewartet, konnte nicht mehr laufen.«

»Und du bist ein Scholar auf dem Weg zur Universität? Erlaube mir zu sagen, dass du nicht danach aussiehst.«

»Mein Vater ist nicht reich.«

Der Händler antwortete nur mit einem Brummen. Sein Schweigen dauerte eine ganze Weile an, so als wisse er nichts mehr zu sagen. Schließlich wurde er durch eine Brücke, die sie überquerten, zu neuen Erlebnisberichten angestachelt. Matti hörte ihm nur mit halber Aufmerksamkeit zu. Viel zu sehr war sie damit beschäftigt, sich umzusehen. Die Landschaft um sie herum änderte sich stetig, je näher sie der Bergkette kamen. Immer größer wuchsen die Erhebungen vor ihnen auf. Sie reisten am Neckar entlang. Das Wasser floss träge dahin und bildete kleine Wellen, wenn der Wind darüberfuhr. Schließlich erhob sich vor ihnen das Schloss des Kurfürsten am Hang, an seinem Fuße unzählige Dächer, davor die etwas niedrigere Stadtmauer.

»Scheint das erste Mal zu sein, dass du Heidelberg siehst. So wie dir der Mund offen steht«, neckte der Händler.

Matti nickte nur. Staunend ließ sie den Anblick auf sich wirken, der so gar nichts Düsteres an sich hatte und damit im groben Gegensatz stand zu dem Ort, an dem sie aufgewachsen war. Gerade brach sich die Sonne Bahn durch die Wolkendecke und ließ die Mauern des Schlosses leuchten. Runde Türme an den Ecken schlossen das Hauptgebäude ein, davor ergossen sich zwischen Mauern blühende Gewächse wie Farbtupfer auf einem Bild. Bäume und Büsche eines gepflegten Gartens umrahmten die Anlage. Was für ein Unterschied war dies hier zur Burg Hoimars.

»So viel Licht«, staunte sie.

»Und so viel Dreck auf den Straßen, wart's nur ab, Scholar.«

Die Torwache ließ sie passieren, nachdem sie die Ladung des Händlers kontrolliert hatte und er die fälligen Abgaben geleistet hatte. Sie fuhren eine Gasse entlang, an der rechts und links Fachwerkhäuser dicht aneinandergereiht standen, manche so schmal, dass man sie mit drei Schritten abmessen konnte. Ein Wagen hinter dem anderen strebte dem Marktplatz zu. Eine Magd huschte an einer freien Stelle über die Straße, übersah einen Haufen Abfall und trat hinein. Einen derben Fluch auf der Zunge lief sie weiter. Auf dem Marktplatz angekommen, rutsche Matti vom Wagen und hob die Hand, um den Abschiedsgruß ihres Begleiters zu erwidern.

Wieder allein, dachte sie. Obwohl ihr gemeinsamer Weg nur kurz gewesen war, hatte der Händler doch etwas Vertrautes gehabt, inmitten all des Neuen um sie herum. Sie schob ihr Bündel auf den Rücken, nahm ihre provisorische Krücke und sah sich unschlüssig um. Männer und Frauen entluden ihre Wagen, mit denen sie Lebensmittel, Handwerkszeug oder Stoffe zum Markt transportiert hatten. Manche zogen einen einfachen Karren, der zugleich als Stand diente. An einem bot ein Fischer seine Ware feil und stritt sich mit einer Käuferin, die schließlich schimpfend nachgab und ihm Münzen auf die Hand zählte. Der Fischer entblößte grinsend seine dunklen Zähne und fasste sich an die Kappe zum Gruß.

Mit zusammengekniffenen Lippen humpelte Matti ein paar Schritte, hielt inne und ließ den Schmerz abebben. Ohne aufzuschauen, den Blick stur auf den Boden gerichtet, schritt Matti eine Gasse entlang, in der sich ein Wirtshaus ans nächste reihte. Bein nach vorne, belasten, dann Krücke nach vorne, belasten, dann ... es half. Nach einiger Zeit wurde der Schmerz wieder zu einem Teil ihres Körpers, so als habe er sich eingenistet und ein Anrecht darauf, da zu sein.

Zu spät bemerkte sie, dass weder Laden noch Wirtschaft mehr ihren Weg säumten. Die Häuser rückten zusammen, beugten sich ihr entgegen, so als wollten sie den fremden Gast begutachten und dann beratschlagen, ob sie ihn aufnehmen oder hinausschieben wollten. Sie biss sich auf die Lippe und kehrte um. Auf dem Marktplatz sprach sie einen Händler an, der nur mit den Schultern zuckte. Sie wurde einen Pfennig los, um sich den Weg beschreiben zu lassen, und stellte dann fest, dass das Haus des Apothekers nur ein paar Schritte entfernt lag, nicht einsehbar vom Platz aus, aber dennoch leicht zu finden.

Vor der Apotheke blieb sie stehen. Ein großes Schild, mit einem Schwan verziert, wies darauf hin, dass sich hier ein Laden befand, in dem etwas verkauft wurde. Die Kundin, die gerade lächelnd zur Tür hinauskam, nickte grüßend.

Drinnen empfing sie ein kleiner Mann, der zwischen einer wuchtigen Verkaufstheke und Regalen mit Tiegeln und Fläschchen auf einer Leiter balancierte. Er runzelte die Stirn, als er Matti erblickte, und blinzelte sie unter buschigen Brauen an mit einem Blick, der sie bis in ihr Inneres zu durchleuchten schien.

»Ich brauche Hilfe«, sprach Matti ihn an.

»Ich bin weder das Armenhaus, noch habe ich genügend Mittel für Wohltaten, bedenkt das, bevor Ihr weitersprecht.« Er stieg die Leiter hinab und kam in einem merkwürdig wackelnden Gang hinter dem Tresen hervor. Matti bemerkte, dass sein Rücken gekrümmt war wie bei einem alten Weib. Dabei schätzte sie ihn gar nicht so alt, weder hatte er tiefe Falten im Gesicht, noch weißes Haar.

»Das, was ich von Euch verlange, kann ich zahlen.«

»Verzeiht, doch danach seht Ihr nicht aus.« Der Apotheker blieb stehen, stützte sich mit einer Hand auf den Holztresen und wartete ab.

Matti verfluchte den Gnom. Wenigstens einen Platz könnte er ihr anbieten. Sie erspähte rechts von sich eine Bank an der Wand und humpelte ohne Einladung darauf zu. Aufseufzend ließ sie sich niedersinken. Sie zog ihren Beutel zu sich heran und kramte nach ihrer Geldbörse.

»Als Scholar kam ich her, doch auf der Reise traf mich das Unglück. Ich trat in ein Loch, und seither schmerzt mir der Fuß. Die Leute auf dem Markt sprachen davon, dass Ihr eine wundersame Heilsalbe für solche Fälle hättet. Ich möchte sie erwerben.«

Sie klimperte mit ihrem Geldsäckchen und beobachtete, wie der Apotheker näher kam.

»Mit Verlaub, lasst mich das Problem ansehen.« Er kniete sich vor sie, doch Matti klammerte sich mit beiden Händen an die Kante der Bank und schob die Füße nach hinten, sodass er sie nicht greifen konnte.

»Vorsicht«, brachte sie hervor. »Ihr braucht es nicht zu begutachten, ich bin angehender Medikus, ich weiß, was ich tue. Es ist eine kräftige Schwellung, sonst nichts.«

Der Zwerg erhob sich. »Gegen Schwellungen kann ich Euch eine Salbe aus Ringelblumen anbieten, die Euren Geldbeutel schont. Doch ob sie Euch helfen wird, sei dahingestellt.«

»Gebt mir die teure, die, von der die Händler auf dem Markt sprachen. Salbei ist darin, Breitwegerich und etwas Bilsenkraut«, Matti zögerte, »sagen die Leute«, fügte sie hinzu, in dem Bewusstsein, dass die Leute so etwas nie von alleine herausfinden konnten. Doch der Apotheker schien den Widerspruch nicht zu bemerken. Er nickte nur und verschwand hinter dem Tresen. Zurück kam er mit einem Salbentiegel, den Matti als einen erkannte, den sie selbst gefüllt hatte. Erleichtert nickte sie, wollte ihn entgegennehmen, doch der Mann hielt inne.

»Ich will Euch ja nicht unnötig misstrauen und weit kommt Ihr ohnehin nicht.«

Matti verstand und nahm ihren Geldbeutel. Sie zählte die Kupfermünzen in seine Hand, bis er zufrieden nickte. Offenbar hatte er seine Meinung ihr gegenüber revidiert, denn während er ihr die Salbe gab, fragte er: »Scholar seid Ihr also und betreibt die Medizin?«

»Alchemie und Medizin«, antwortete Matti.

»Habt Ihr Euch bereits um ein Quartier gekümmert, junger Mann?«, fuhr der Apotheker fort. »Wisst Ihr, an fähige Scholaren vermiete ich gerne eine Kammer. Sie steht gerade frei, wenn Ihr also wollt.«

»Ihr meint, ich hätte sowieso keine andere Wahl?« Matti deutete auf ihren Fuß und lächelte, um zu zeigen, dass sie scherzte. Doch der Scherz kam nicht von Herzen.

Der Apotheker lachte lauthals und wurde ihr damit nicht sympathischer. Sie feilschten eine Weile über den Zimmerpreis, bis sie sich einigen konnten. Im Geiste rechnete Matti nach; das Geld von Albert würde nicht mehr lange reichen. Zu der Erleichterung, Hilfe gefunden zu haben, mischte sich Sorge um die Zukunft, und sie spürte ihre eigene Unbedarftheit schmerzlicher denn je. Womit konnte man als Student seinen Unterhalt verdienen?

Der Apotheker half ihr die Treppe hoch und führte sie in einen Raum direkt unter dem Dach, der nicht viel größer war als ihre Kammer in der Burg. Ein Bett mit Strohmatratze, eine Truhe und ein Tisch zum Studieren, darauf eine Talglampe, davor ein Hocker, mehr befand sich nicht darin.

»Nenn mich Gottbert«, sagte ihr neuer Vermieter, als sie in das Zimmer humpelte und sich auf das Bett setzte.

»Matthias«, antwortete Matti.

»Das Essen bringe ich dir. Wird eine Weile dauern, bis du wieder herumspringst.« Er lächelte, nickte und ließ sie allein.

Matti sah durch das Fenster im Dach auf den wolkenverhangenen Himmel und wünschte, Philipp würde neben ihr sitzen, ein Lied auf seiner Laute spielen und sie damit trösten. *Dummkopf*, schalt sie sich. *Wenn Philipp hier wäre, wäre alles gut, und ich bräuchte keinen Trost*.

Kapitel 16

Die folgenden Tage verbrachte Matti damit, unauffällig das Haus des Apothekers zu erkunden. Noch nie hatte sie eine derartige Stadtbehausung gesehen und so trieb sie die Neugier, vermischt mit dem Gefühl, nicht krank genug zu sein, um in der Kammer zu sitzen und sich zu langweilen. Die alte Unruhe breitete sich wieder aus, schlimmer als sonst, begünstigt durch die eingeschränkte Bewegungsfreiheit. Ihre finanziellen Mittel waren begrenzt, und sie wusste nicht, wie es weitergehen würde, sobald sie wieder laufen konnte. Es ärgerte sie, ihr Geld so sinnlos für ein überteuertes Zimmer und ein Medikament ausgeben zu müssen, das sie selbst hergestellt hatte. Die Zeit verstrich, ohne dass sie etwas daran ändern konnte, dass ihre Münzen stetig schwanden.

Da hast du's Albert, dachte sie ein ums andere Mal. Du hattest Unrecht, *ich schaffe das nicht!*

So humpelte sie durch das Haus, was ihr mithilfe der provisorischen Krücke leidlich gut gelang. Nur die Stiege hochzuhangeln, unters Dach zu ihrer Kammer, machte ihr Schwierigkeiten, war sie doch bemüht, den schmerzenden Fuß nicht zu belasten. Doch sie sah es als Herausforderung und nahm sie deshalb doppelt so oft als nötig.

Bei ihren ruhelosen Rundgängen lernte sie die Frau des Apothekers kennen, die ihr immer wieder einmal begegnete, ein unscheinbares Geschöpf, das seine Erfüllung darin sah, den Haushalt so gründlich zu versorgen, wie es ging. Sie fand nur selten Zeit, mit Matti zu plaudern. Sie sah aus als laufe sie ständig mit hochgezogenen Schultern durch die Zimmer. Matti fragte sich, wie der Eindruck entstand. Die Frau kam ihr wie ein verschrecktes Frettchen vor.

Einzig über ihre Kocherei konnte sie erzählen, was Matti wiederum langweilte, weil sie zum einen nichts davon verstand und zum anderen ihrer männlichen Rolle gerecht werden wollte. Das Essen war genießbar, doch karg im Vergleich zu dem, was sie bei Helmtrud auf der Burg bekommen hatte. Offenbar hielt der Apotheker seine Frau kürzer, als notwendig war, gab ihr viel zu wenig zum Haushalten. Nur warum? Die Geschäfte liefen gut, soweit Matti das nach den wenigen Tagen beurteilen konnte.

Immer wieder konnte sie durch eines der Fenster beobachten, wie unten auf der Straße jemand den Laden betrat. Oder sie hörte das Klingeln der Glöckchen über dem Eingang und die Gespräche des Apothekers mit seinen Kunden, wenn sie sich in der Nähe des Verkaufsraumes aufhielt. Gottberts Art ging ihr auf die Nerven, vor allem sein Geiz, den sie nicht als Geschäftssinn anerkennen wollte. Wenn er noch den ärmlichsten Kunden Wucherpreise abverlangte, dann stand Matti manches Mal hinter der Tür, ballte die Hände zu Fäusten und musste an sich halten, um nicht einzugreifen.

So manches in diesem Haus blieb ihr ein Rätsel. Sie fühlte sich nicht wohl hier. Nicht bei diesen Menschen und nicht in der kleinen Kammer. Vom Fenster der Dachgaube aus sah sie nur das gegenüberliegende Haus und ein kleines Stück Himmel, nicht die Umgebung, das Leben in der Stadt. Zudem war es eng, und daran machte sie all ihren Unmut fest. Nach einem anderen Zimmer fragen wollte sie nicht, es wäre gewiss noch teurer, und ihr Beutel mit den Münzen wog schon jetzt erschreckend leicht.

In der kurzen Zeit, in der sie sich in Heidelberg aufhielt, hatte er erheblich abgenommen. Allein die Salbe kostete sie eine Unsumme. Der Gedanke daran, dass Hoimar nicht einmal ansatzweise ahnte, wie sein Geschäftspartner ihn über den Tisch zog, ließ sie schmunzeln und sich ärgern zugleich. Schließlich war es ihre eigene Arbeit, die hier verschachert wurde, und sie selbst hatte am wenigsten davon. Wenn das so weiterging, dann stand sie in absehbarer Zeit mit nichts als ihrem Gepäck auf der Straße.

Sie hatte das Laboratorium entdeckt, in dem Gottbert seine Pillen und Tröpfchen herstellte. Sie fand es im Zwischenstock, direkt über der Küche. Einen Ofen gab es nicht, auch keine Destillationsapparatur, nur die einfachsten Utensilien wie eine ganze Reihe unterschiedlich großer Mörser aus Holz und aus Stein. Ein aufgeschlagenes Rezeptbüchlein lag auf einem Arbeitstisch. Matti blätterte ein wenig vor und zurück, las sich hier und da fest, ohne einen Gedanken daran zu verschwenden, dass sein Besitzer etwas dagegen haben könnte. Sollte er doch. Bislang hatte er noch nicht versucht, sie aufzuhalten, wenn er sie in seinem Haus an Stellen antraf, an denen sie eigentlich nichts verloren hatte. Im Gegenteil. Er lächelte nur.

Einen Tee aus Blättern des Frauenmantels empfahl das Buch zur Linderung von Frauenleiden und von Darmerkrankungen. Eine Tinktur daraus sollte bei Entzündungen und Halsweh helfen. Einfache Rezepte, deren Wirksamkeit schon lange bekannt war. Offenbar neigte der Herr Apotheker nicht zu Experimenten. Kein Wunder, dass er sich zusätzlich anderswo Heilmittel anfertigen ließ. Er war mehr Kaufmann als Heiler, und diese Erkenntnis brachte Matti auf eine Idee.

Neben dem Buch stand ein großer Topf mit Honig, daneben ein kleinerer mit Harz. *Damit macht er seine Pillen*, dachte Matti. Sie schaute auf die Gefäße, die säuberlich aufgereiht in Regalen standen. Die meisten, die sie prüfte, enthielten trockene Kräuter wie Kamille, Huflattich und Brennnessel, nichts Wertvolles, nichts Ausgefallenes. Viel Auswahl gab es auch nicht, aber wenn sie hier und da etwas dazukaufen könnte ...

»Was suchst du hier, Junge?«

Matti schrak zusammen, als sie so unvermittelt Gottberts Stimme hörte. Der schmächtige Mann schaute sie mit einem schrägen Blick von unten an, ein Auge leicht zugekniffen, als könne er sie auf diese Art besser erkennen.

»Ich habe nicht genügend Geld.« Sie brachte spontan ihren Gedanken von vorhin hervor und merkte erst danach, dass Gottbert ihren Überlegungen so nicht folgen konnte.

Bevor sie sich erklären konnte, sagte er: »Da muss ich ja aufpassen, dass du mich nicht bestiehlst.« Er lachte gackernd über seinen eigenen Scherz. »Schreib an deinen Vater. Studenten werden von Vätern bezahlt.«

»Meiner hat nicht genug.«

»Hat nicht genug? Das ist aber bedauerlich. Und was willst du von mir?«

Matti deutete auf den Tisch. »Dir bei der Arzneiherstellung helfen.«

»Welch nette Idee. Kannst du das überhaupt?«

»Ich ...«

»Du studierst die Alchemie und die Medizin, ich weiß. Doch die hohe Wissenschaft hat oft wenig mit dem Alltäglichen zu tun.«

»Ich kann die Inhaltsstoffe der Salbe bestimmen, die du mir verkauft hast.«

In Gottberts Augen trat ein verdächtiger Glanz, der Matti nicht entging. Sie hatte ihn am Haken und konnte sich doch nicht darüber freuen. Sie war von ihm abhängig und sie mochte das nicht, aber was blieb ihr für eine Wahl?

»Wie soll das gehen? Durch alchemistische Magie?«

»Gib dich damit zufrieden, dass ich's kann.«

»Beweise es mir, indem du diese Salbe herstellst. Gelingt es dir, kannst du auch den ganzen Rest der Arzneiherstellung übernehmen. Du bekommst dafür freie Kost und das Zimmer, mehr kann ich dir nicht anbieten.«

So war das also. Er wollte sie ausnutzen. Gottberts rasches Einlenken machte Matti misstrauisch. Das Gefühl, einer Spinne ins fein gewebte Netz gegangen zu sein, ließ sich nicht verleugnen. Ein Student der Medizin konnte auch mit Salben und Tinkturen umgehen, davon konnte er ausgehen. Mit einem Mal schien ihr sein Angebot, ihr ein Zimmer zu vermieten, nicht mehr ganz so zufällig. Er hatte sie in seinem Haus herumlaufen lassen, so als habe er nur darauf gewartet, dass sie im Labor stöberte und wie die Maus in die Falle ging. Oder tat sie ihm Unrecht mit solchen Gedanken?

»Das ist herzlich wenig für die Arbeit, die mir bevorsteht«, antwortete sie.

»Du kannst dir nicht vorstellen, was für Kosten ich habe. Freies Essen und Schlafen, oder wir kommen nicht ins Geschäft, das ist mein Angebot.«

Matti schluckte eine Erwiderung hinunter. Nach dem, was er ihr für den Tiegel abverlangt hatte, war diese Bezahlung ein Hohn, doch sie schwieg, nickte nur. Dann wandte sie sich ab, um sich gründlich mit dem Bestand des Labors vertraut zu machen, und beachtete Gottbert nicht mehr. Nach einer Weile hörte sie, wie er den Raum verließ.

»Ärgerlich, aber besser als nichts«, murmelte sie vor sich hin, als sie ihn außer Hörweite vermutete. Beruhigen konnte sie sich damit nicht, und der Verdacht, dass er ihre Situation ausnutzte, blieb hartnäckig bestehen.

♃ ♄ ☿

»Guter Mann, habt Ihr in den letzten Tagen eine junge Frau mit aschblondem Haar nach Heidelberg hereingelassen?« Philipp beugte sich vom Pferd zur Torwache herunter, die ihn mürrisch ansah und keine Anstalten traf, ihm zu helfen. Also nickte er dem Mann zu und hielt ihm einen Pfennig entgegen. Dessen Gesichtsausdruck wurde zwar freundlicher, seine Antwort aber blieb unbefriedigend.

»Hier kommen und gehen viele. Hab nicht immer Dienst.«

»Hört Euch für mich um, und Ihr könnt Euch noch einen Pfennig verdienen.« Philipp richtete sich wieder auf und deutete auf die Faust, in der die Münze verschwunden war. Dann ergänzte er: »Das Mädchen kam von Burg Weisenstein.«

»Ist sie Euch entlaufen?« Der Mann entblößte in einem breiten Grinsen eine Zahnlücke, dort, wo seine Schneidezähne hätten sein müssen. Er sah nicht so aus, als ginge er Prügeleien aus dem Weg. Seine Neugier versteckte er ebenso wenig wie sein mangelhaftes Gebiss.

»Meine kleine Schwester. Sie macht ständig Dummheiten.«

»Hm. Werd sehen, was sich machen lässt.«

»Ihr hört von mir.« Philipp drückte die Fersen in die Flanken seines Reittieres und trieb es durch das Stadttor. Er hatte gehofft, dass er schnell einen Hinweis auf Matti finden würde, und die Hoffnung ließ sich nicht durch Vernunft eindämmen. Die sagte ihm, dass Matti in einer Stadt wie Heidelberg nicht leicht würde zu finden sein. Matti hatte ihm bei ihrem Abschied zugeraunt, er solle ihr folgen, sobald er könne, also würde sie dafür sorgen, dass es irgendwelche Zeichen gab, die nur er zu deuten wusste. Er musste sie nur finden, und wenn er dafür jedes Haus einzeln auf den Kopf stellen musste.

Er quartierte sich in dem Gasthaus, das sein Vater ihm genannt hatte, ein. Danach zog es ihn sofort wieder hinaus. Er nahm sich nicht einmal die Zeit, einen Happen zu essen, Hunger verspürte er seit seinem Aufbruch nicht mehr, nur ein dumpfes Gefühl von Sorge, das seinen Ärger auf Matti verdeckt hatte. Er durfte keine Zeit verlieren, wollte wissen, wo sie sich aufhielt, ob sie es unversehrt bis nach Heidelberg geschafft hatte, ob es ihr gut ging. Er lief die Straßen entlang und schaute in jedes Gasthaus, jeden Laden.

»Habt Ihr eine junge Frau mit aschblondem Haar gesehen, die nicht aus der Stadt stammt?«, fragte er ein ums andere Mal die Männer und Frauen hinter den Tresen - doch vergebens. Niemand konnte sich erinnern, manche äußerten sich unbestimmt, und Philipp schien es, als würden die Aussagen deutlicher, wenn er Geld dafür gab. Weiter brachten sie ihn nicht.

Als er aus einer Wirtsstube wieder auf die Straße trat, sprach ihn ein Junge an, der auf ihn gewartet zu haben schien: »Eine junge Fremde sucht ihr? Mit ganz hellem Haar? Wie viel zahlt Ihr, Herr, ich bringe Euch zu ihr«, versprach er, seine dunklen Augen weit aufgerissen, das schmutzige Gesicht notdürftig mit dem ebenso schmutzigen Ärmel abgewischt.

»Wo ist sie, woher kennst du sie? Rede, Bursche!« Philipp starrte ihn an, doch der Junge hielt nur die Hand auf und deutete mit dem Finger an, dass er ohne Bezahlung gar nichts sagen würde. Als ihm nicht bald genug etwas geschah, zuckte er mit den Schultern und wandte sich ab. Philipp hielt ihn am Ärmel zurück.

»Warte.« Er gab ihm hastig eine Münze und folgte ihm. Er schritt hinter dem Jungen her, bog in enge Gassen ein, in denen überstehende obere Stockwerke nur einen schmalen Streifen Himmel sichtbar ließen. Plötzlich verschwand der Kleine zwischen zwei Gebäuden. Philipp ging ein paar Schritte zurück, rief: »He! Kerl, komm hervor!« Er spähte zwischen die Häuserreihen. Nichts. Mit geballten Fäusten blieb er stehen und musste einsehen, dass der Junge seine Gutgläubigkeit ausgenutzt hatte.

Nein, nicht meine Gutgläubigkeit, dachte Philipp, *sondern meinen unbedingten Willen, Matti zu finden, und das möglichst sofort.*

Er wandte sich um, versuchte sich zu orientieren, doch sie waren so oft abgebogen, dass er nicht einmal mehr grob die Richtung wusste, aus der sie gekommen waren. Er rannte ein paar Schritte, blieb dann stehen, drehte sich erneut. Schließlich fasste er sich ein Herz und klopfte an der nächstbesten Tür. Als niemand ihm öffnete, ging er weiter, versuchte es beim Nachbarhaus.

Eine Frau mit fleckiger Schürze und einem Kleinkind am Rocksaum öffnete ihm. Ohne ihren misstrauischen Blick zu beachten, fragte er nach dem Weg. Er bekam eine Beschreibung, folgte ihr so gut es ging und fragte dann erneut an einem der Häuser.

Philipp hatte kein Gefühl mehr für die Zeit, die ihn dieses Herumirren kostete. Als er endlich wieder auf den Marktplatz ankam, war er so erleichtert, dass sich der Groll auf den Buben, der ihn getäuscht hatte, verzog.

Der Neubau der Heiliggeistkirche lenkte seine Blicke auf sich. Steinmetze turnten in luftiger Höhe auf Gerüsten, riefen sich etwas zu. Ein Lachen drang zu ihm hinunter. Die Hufe eines Pferdes klapperten auf den Pflastersteinen, die hier auf dem Platz, im Gegensatz zu den Straßen oder Gassen der Stadt, den Boden bildeten. Auch den Dreck hielt man fern, offenbar hatte der Kurfürst beschlossen, diesen Ort regelmäßig säubern zu lassen, als Aushängeschild für alle Reisenden, die Heidelberg besuchten.

Philipps Blick blieb an einem hübsch herausgeputzten Haus hängen. Die Holzstreben des Fachwerks hatte man frisch behandelt, den Putz dazwischen geweißelt. Auch die angrenzenden Gebäude hielt man in ansehnlichem Zustand. An manchen prangte ein Spruch über der Tür. »Tritt ein, sei Gast«, las Philipp, oder: »Gott schütze dieses Haus«. Blumen schmückten Fensterbänke und Mauern. In den unteren Stockwerken hatten sich hier und da Läden oder Wirtshäuser eingenistet.

In der Lücke zwischen zwei Häusern hatte Philipp freie Sicht auf das kurfürstliche Schloss, das erhöht am Hang über die Stadt wachte. Auf der Terrasse sah er Wachen hin und her laufen. Eine zeitlang beobachtete er ihr eintöniges Auf und Ab. Unvermittelt fiel seine Aufmerksamkeit auf den Laden eines Instrumentenherstellers. Ein lautenförmiges Schild baumelte über der Eingangstür, und auf einmal spürte er ein Kribbeln im Nacken. Hier war er richtig. Wenn Matti ihm eine Nachricht hinterlassen wollte, wo sonst würde sie das tun, denn hier? Ohne lange darüber nachzudenken, betrat Philipp den Laden.

Das Gemurmel von zwei Männern, die über einen Ladentisch gebeugt miteinander redeten, empfing ihn. Philipp zögerte. Die beiden beachteten ihn nicht, obwohl eine Glocke laut anschlug, als er eintrat, und sich nur langsam wieder beruhigte. Er sah sich um. An den Wänden hingen Flöten in allen Größen, die einen lang wie sein Unterarm, andere so klein wie sein Finger. Daneben reihten sich Tamburine und Lauten. Hinter den beiden Männern stand eine Werkbank mit Raspeln, Feilen und einer halb fertig gestellten Trommel. Der sauber gefegte Boden zeugte davon, dass derjenige, der hier arbeitete, Ordnung und Sauberkeit liebte. Das gefiel Philipp, denn er glaubte, dass Geduld und Genauigkeit beim Instrumentenbau das Wichtigste überhaupt waren.

Er räusperte sich und trat neben die Männer. Nun sah er, worüber sie sich beugten und was sie begutachteten. Es war eine so meisterhaft gefertigte und fein verzierte Laute, wie sie Philipp noch nie zuvor gesehen hatte. Mit einem Brenneisen hatte der Handwerker kleine Ornamente eingebrannt, die sich so feingliedrig einfügten, dass sie sicher mehr Mühe gemacht hatten als alle übrigen Arbeitsschritte. Philipp strich mit dem Finger darüber.

»Ihr liebt die Musik?«, fragte der Kunde neben ihm.

»Ist das so deutlich?«

»Spielt uns etwas auf meiner neuen Laute vor, mein Guter. Ich bin mir sicher, Ihr könnt es, so wie Ihr sie betrachtet.« Der Mann schmunzelte und strich über seinen sorgfältig zurechtgestutzten Bart. Flüchtig registrierte Philipp die bunten Beinlinge und die Schnabelschuhe des Fremden. *Der ist nicht von traurigen Eltern,* dachte er, ließ sich nicht zweimal bitten und nahm das kostbare Instrument voller Ehrfurcht auf. Ein, zwei gezupfte Töne offenbarten einen vollen, tiefen Klang, der direkt aus dem Holz zu kommen schien. Philipp hielt den Atem an und spielte eine Tonfolge. »Das klingt ungewöhnlich«.

Er setzte an und spielte eines seiner liebsten Lieder, musste sich räuspern, bevor ihm die Stimme gehorchte. Dann sang er und spielte die Laute. Er spürte, wie die Musik in seinen Körper überging, eins mit ihm wurde. Er schloss die Augen, sah Matti vor sich, wünschte sich, sie könne diese vollendeten Töne hören. Noch nie hatte er sein Lied in solcher Klangfülle wahrgenommen. Die Töne schienen seine Stimme zu tragen und auf wundersame Weise zu erhöhen, bis er das Gefühl bekam, nie wieder auf einem anderen Instrument spielen zu können. Doch diese Laute kostete sicher ein Vermögen.

Philipp griff den letzten Akkord daneben, das Lied verklang in einer Dissonanz. Er verstummte. Kurze Zeit herrschte Stille, dann applaudierte der Fremde, ein einsames Klatschen in dem sonst ruhigen Raum.

»Wundervoll. Ich wusste es, Ihr könnt damit umgehen.«

»Wer seid ihr?«

»Gestatten«, er verbeugte sich. »Musikus des Kurfürsten. Wilfried Rohrstock, mein Name.« Er sah Philipp an. »Der Kurfürst sucht immer fähige Musiker für sein Ensemble, ist Euch das bekannt?«

Philipp starrte den Mann an, brauchte ein paar Augenblicke, bis er begriff, was dieser ihm da antrug. Der Ladenbesitzer wickelte das Instrument in Stoff und gab sie seinem Kunden. Ehe Philipp reagieren konnte, hatte der Musiker sich mit einem Winken verabschiedet. Die Tür schlug hinter ihm zu. Philipp blinzelte.

»Ist es wahr, was er gesagt hat?«, fragte er den Mann hinter dem Ladentisch, doch sein Gegenüber zuckte nur mit der Schulter, so als sei diese Frage überflüssig. Philipp beschloss, sich den Namen Rohrstock einzuprägen und bei nächster Gelegenheit weiter nachzuforschen. Nun aber hatte er andere Probleme zu lösen. »Ich suche eine junge Frau mit aschblondem Haar, war sie bei Euch?«

Der Mann überlegte und musterte Philipp dabei als sei der nicht ganz bei Trost. »Ich denke nicht, warum?«

»Sie muss hier gewesen sein.«

»Da kann ich Euch nicht weiterhelfen.«

»Denkt nach!« Philipp schlug mit der Faust auf den Tisch, sodass es ein dumpfes Geräusch gab und Gebäck in einer Schale durchgeschüttelt wurde. »Sicher hat sie Euch aufgesucht, sie hat Euch eine Nachricht für mich hinterlassen.«

»Das gewiss nicht.« Der Blick des Mannes wurde unfreundlich.

»Es muss so sein!« rief Philipp.

»Herr, Ihr vergesst Euch.«

»Es ist wichtig.«

»Das glaube ich Euch, aber hier war keine Frau, die Eurer Beschreibung entspricht, und eine Nachricht habe ich auch für niemanden erhalten. Ihr werdet anderswo suchen müssen, tut mir leid.« Damit drehte er sich um und ging zu seiner Werkbank, ohne Philipp weiter zu beachten, der kurz zögerte und sich dann zum Gehen wandte.

Matti, wo bist du?, dachte Philipp, als er zurück auf den Marktplatz trat und sich langsam wieder beruhigte. Er war so fest davon überzeugt gewesen, sie hier zu finden, und nun dies. Kein Wirt, keine Schankmagd, nicht einmal dieser Lautenmacher hatte je von Matti gehört. Wo sollte er nun weitersuchen? Was, wenn sie nie in Heidelberg angekommen war?

»Sie muss hier irgendwo sein, und ich werde sie finden!« Mit diesen wütend hervorgepressten Worten machte er sich auf den Weg, um weiter nach Matti zu fragen.

Kapitel 17

Früh am Morgen wachte Matti auf, wälzte sich hin und her und konnte nicht wieder einschlafen. Ein Blick durch das Gaubenfenster, dessen Läden sie trotz der Nachtkälte offen gelassen hatte, zeigte ihr, dass es draußen noch dunkel war. Sie wollte nicht länger im Bett liegen bleiben, aber zu so zeitiger Stunde durch das Haus zu poltern, das war unmöglich. Zudem war es bei ihr am Abend davor später geworden, als gedacht.

Nachdem Gottbert sie im Labor alleine gelassen hatte, baute sie ein paar Apparaturen auf, entzündete Feuer in einer Metallschale, hielt Glaskolben mit der zu untersuchenden Salbe darüber, füllte zwei, drei Behälter mit verschiedenfarbigen Flüssigkeiten, die sie sich aus dem Bestand zusammengesucht und mit reinem Weingeist gemischt hatte. Als sie mit ihrer Demonstration zufrieden war, rief sie den Apotheker und erklärte mit gewichtigen Worten, wie sie angeblich die Inhalte der Salbe bestimmt hatte. Sie sprach von Theriak, Transmutation und der Destillatio, spürte, dass Gottbert nur so tat, als verstehe er sie und wurde in ihrer Annahme bestätigt, dass der Apotheker nur auf kleiner Flamme kochte. Die einfachen Rezepte in seinem Büchlein hatten nicht getrogen.

Er gab sich beeindruckt, und so verbrachte Matti den Abend damit, ihre eigene Salbe anzumischen und in kleine Tiegel aus Ton zu füllen, in denen sie verkauft werden sollte. Die Arbeit hatte ihr Befriedigung verschafft, endlich tat sie wieder das, was ihr Freude bereitete, was sie konnte und wo ihr niemand so schnell etwas erzählen würde. Das allerdings war auch alles.

Sie hatte nicht vor, sich von Gottbert mehr als nötig ausnutzen zu lassen. Sie würde ihm die einfachen Mittelchen nachmischen, die er selbst herstellte, mehr nicht.

Wenn er nur etwas freigiebiger und großherziger wäre, hätte sie seine simplen Gerätschaften aufstocken und das ein oder andere Kraut und Mineral beschaffen können. Sie hätte seine Apotheke mit allem bestückt, was er sich wünschen konnte.

Matti setzte sich im Bett auf, beugte sich vor und strich über den straffen Verband um ihren Knöchel. Der Schmerz war lange nicht mehr so schlimm. Salbe und Schonung durch das Laufen mit der Krücke taten das Ihre, sodass sie die Hoffnung hegte, bald wieder normal gehen zu können. Das war wenigstens ein Lichtblick.

Sie zog ihr Rezeptbüchlein unter dem Kissen hervor und verglich es mit dem von Gottbert. Immer wieder fand sie bei seinen Aufzeichnungen Fehler. Die kleineren waren nicht von Bedeutung. Ob nun in einer Salbe drei oder vier Löffel getrocknete Ringelblume eingearbeitet wurde, war gleich und zumindest nicht schädlich. Doch mit dem Bilsenkrautöl ging er bei einer Tinktur mehr als großzügig um, und der Vermerk, die Flüssigkeit keinesfalls unkontrolliert zu trinken, fehlte ganz.

»Wie nachlässig und unvorsichtig«, schimpfte Matti. »Wenn er dieses Mittel so verkauft, spielt er mit der Gesundheit seiner Kunden.«

Sie fragte sich nicht zum ersten Mal, wo er wohl seine Profession erlernt hatte, und der Verdacht, dass er nie ein Studium an einer Universität absolviert hatte, erhärtete sich.

»Er ist ein Kaufmann, ein Krämer, und darin ist er wahrlich gut.« Nur sank damit ihre Hoffnung, ihn von ihrem Wert zu überzeugen, noch mehr. Einen, dem die Münzen der Kunden wichtiger waren als ihre Gesundheit, konnte man nicht mit wissenschaftlichen Erkenntnissen beeindrucken.

Der Himmel hatte sich ein gutes Stück aufgehellt. Matti legte sich wieder zurück und beobachtete das Schauspiel. Bald war es vollends Tag. Die Frau des Apothekers klopfte an, öffnete die Tür, schob ihr eine Schale voll süßem Haferbrei mit Trockenpflaumen auf den Tisch und verschwand so unauffällig, wie sie gekommen war. Jeden Morgen dasselbe Ritual. Matti erhob sich, hüpfte auf einem Bein zur Waschschüssel und säuberte ihren Mund und ihr Gesicht.

Ohne großen Appetit schlang sie den Brei hinunter. Die leere Holzschale mit dem Löffel unter die Achsel geklemmt, war es eine Herausforderung, die schmale Stiege nach unten zu klettern. Sie hielt sich mit der freien Hand am Geländer fest, stützte sich mit dem anderen Arm auf die Krücke und nahm eine Stufe nach der nächsten. In der Küche schob sie die Schale genauso wortlos auf den Tisch, wie sie ihr gebracht worden war. Dann begab sie sich in den Verkaufsraum, weil sie dort Gottbert vermutete.

Er war gerade im Gespräch mit einer Kundin, als sie durch die Tür in den Laden schlüpfte. Um nicht zu stören, blieb sie im Hintergrund stehen.

»Eine hervorragende Salbe, mein Guter. Damit haben Sie sich selbst übertroffen«, sagte die Frau und wedelte übertrieben mit der Hand. Ihr Kleid wurde verdeckt von einem Umhang, doch dessen Schnitt und die Haube über ihrem hochgesteckten Haar verrieten, dass sie der Bürgerschicht angehörte.

»Das ist nicht allein mein Verdienst«, gab sich Gottbert bescheiden. »Die besten Medikamentenhersteller der ganzen Gegend beliefern mich, glaubt es mir.«

»Mein Gatte hat sich nach nur drei Tagen erholt. Keine Schwellung mehr, er kann bereits wieder arbeiten und sendet Euch innigsten Dank.« Die Frau verzog den Mund zu einem breiten Lächeln.

»Sehr schön, sehr schön.«

Matti sah, dass die Kundin den leeren Tiegel mit der Salbe zurückgebracht hatte, und erkannte ihn sofort als einen der ihren, die sie auf der Burg verwendet hatte. Sonst hatte immer nur der Bote davon berichtet, wie gut ihre Heilmittel ankamen, es so direkt von einem Käufer zu hören, machte sie stolz. Sie ging einen Schritt vor und grüßte. Dann fragte sie: »Was für ein Leiden plagte Euren Mann denn, dass diese Salbe so gut anschlug?«

Gottbert mischte sich hastig ein, so als seien ihm Mattis Worte unangenehm: »Entschuldigt, dies ist ein Student, der bei mir logiert. Er studiert die Medizin, deshalb fragt er so neugierig nach.«

»Das macht doch nichts.« Die Frau schüttelte affektiert ihre Hand. »Er hatte sich den Finger gequetscht. Der war auf das Doppelte angewachsen. Mein lieber Herr Apotheker«, wandte sie sich erneut an Gottbert, »gebt mir einfach noch einen Tiegel, ich möchte ihn für die nächste Ungeschicklichkeit meines Gatten bereithalten, die gewiss nicht lange auf sich warten lässt.«

Gottbert übergab ihr einen der neuen Behälter, die Matti am Abend zuvor gefüllt hatte. Als die Kundin ihm die Münzen in die Hand zählte, musste Matti schlucken. Dieser Frau verlangte der Mistkerl noch einmal mehr ab, als er von ihr gefordert hatte. Offenbar glich er seine Preise der Kundschaft an, oder er hatte bei Matti einen Sonderpreis gemacht.

Als die Frau gegangen war, rieb sich Gottbert die Hände. Matti beobachtete ihn. Schließlich sagte sie: »Du verlangst viel für diese Salbe. Warum bleibt dabei für mich nicht mehr übrig? Die Inhaltsstoffe sind nicht einen Bruchteil davon wert.«

»Junge, wenn du wüsstest.« Gottbert sah sie ernst an. »Was dieses Haus allein an Kosten frisst. Das Essen für dich und mein Weib ist ebenfalls teuer, in der Stadt lebt es sich nicht so leicht wie auf dem Lande, wo einem der Bauer die Hühnereier nachschmeißt.«

»Aber nur, wenn du ihn übervorteilst und er wütend auf dich ist.«

»Du sagst, die Rohstoffe wären nicht teuer? Vielleicht wenn man sie im Wald suchen kann. Doch geh mal auf den Markt, schau dir an, was die Händler für Preise verlangen. Die Haare auf dem Kopf möchte ich mir raufen, wann immer ich dort etwas kaufen muss.«

Das glaube ich gerne, dachte Matti, aber sie erwiderte nichts. Sie kniff die Lippen zusammen und nahm den Salbentiegel vom Tresen. Wie ein Gruß aus einem anderen Leben lag er in ihrer Hand. Sie betrachtete ihn, strich mit dem Finger darüber.

»Ich gebe dir einen Rat«, sagte Gottbert unvermittelt.

»Was kann ein Rat von dir Wert sein? Es verwundert mich, dass du nichts dafür verlangst.«

Gottbert kicherte, so als habe Matti einen guten Scherz gemacht. »Matthias, du solltest lernen, mit den Münzen umzugehen. Dies ist mein erster Rat, und den bekommst du kostenlos. Den Zweiten auch. Wenn du richtig gut bezahlt werden möchtest, dann höre mir zu.« Er warf einen flüchtigen Blick auf die Tür, wie um sich zu vergewissern, dass keine Kundschaft im Anmarsch war. Dann nickte er Matti zu und senkte die Stimme: »Als in der Alchemie Kundiger verstehst du sicher etwas von der Sterndeutung.«

Matti zuckte mit den Schultern, abwartend, worauf der Apotheker hinauswollte.

»Ich kann dir die Kundschaft dafür besorgen«, fuhr Gottbert fort. »Frauen aus gutem Hause, die es sich etwas kosten lassen würden, dass du ihnen in die Sterne siehst. Du wärst der erste Sterndeuter, der nach Heidelberg kommt und seine Gunst den reichen Bürgern schenkt. Zu einem ordentlichen Preis, wie sich versteht. Vom Erlös machen wir halbe–halbe, das ist ein gutes Angebot.«

Matti schüttelte den Kopf und trat einen Schritt zurück, um Abstand zu Gottbert zu bekommen, der ihr zu dicht herangerückt war in seinem Eifer. »Ich kann die Sterne nicht deuten, ich weiß nicht, wie das geht.«

Gottbert zwinkerte. »Du bist ein schlauer Bursche, du wirst ihnen schon etwas zu erzählen wissen. Mein Angebot steht, überleg es dir. Kost und Logis bekommst du gegen Herstellung der Heilmittel, die ich verkaufe. Alles darüber hinaus kannst du dir verdienen.«

»Ich habe keine Ahnung davon«, wiederholte Matti und wollte aus dem Laden in den hinteren Teil des Hauses humpeln, doch Gottbert versperrte ihr den Weg.

»Denk dran. Wer Erfolg haben will, muss etwas wagen.«

♃ ♄ ☿

Sie hatte sich im Laufe der letzten zwei Tage, die seit ihrem Gespräch mit Gottbert vergangen waren, alles in Erinnerung gerufen, was sie von Alberts Belehrungen über die Sterne und ihre Wirkung auf den Menschen noch wusste. Viel hatten sie nicht darüber geredet, obwohl Albert sich auch mit diesem Gebiet beschäftigte. Doch meist hatte es für Matti wichtigere Dinge zu lernen und zu tun gegeben. Nun wünschte sie, sie wäre ihrem Lehrer öfter auf den Hof gefolgt, um sich die Sternbilder und die Bahnen der Planeten erklären zu lassen, denn das Wissen, auf das sie bauen konnte, war spärlich. Sie verband es mit Otwines Handlesetricks zu einer Mischung, die sie abenteuerlich fand.

Gottbert hatte ihr eine genau berechnete Sternkarte gegeben, auf der die Konstellation der Sterne für das aktuelle Jahr abgebildet war. Auf ihre Frage, woher die Berechnungen stammten, hatte er nur auf seine Kontakte verwiesen und versichert, ein Astrolabium sei zum Einsatz gekommen. Sie solle ihm trauen, meinte er. Keiner der Heidelberger Bürger wisse, wie so eine Sterndeutung genau ablaufe, doch gehört hätten sie sicher alle schon davon. Die Neugierde der Leute sei gewiss, und ihr Unwissen würde zum Vorteil gereichen.

Es behagte ihr nicht. Sie würde flunkern müssen, den Leuten Dinge erzählen, die weder Hand noch Fuß hatten. Das war Betrug. Es war nicht besser als das, was Gottbert mit seinen Kunden in der Apotheke betrieb. Und sie hatte verächtlich auf ihn herabgeblickt. War sie denn besser?

Der Apotheker hatte eine kleine Kammer im ersten Stock ausräumen lassen, einen Tisch hineingestellt und das schmale Fenster mit einem Tuch verdunkelt. Nun stand lediglich eine Lampe in der Mitte, deren spärliches Licht seinen Schein auf die Wände warf. Auf der einen Seite des Tisches befand sich ein Stuhl, auf der anderen ein bequemer Sessel. In dem musste Matti Platz nehmen, einen dicken samtenen Umhang um die Schultern gelegt, der ihr Würde verleihen sollte. Gottbert hatte einen breitkrempigen Hut für sie besorgt. Er hielt sie an, die Kopfbedeckung tief ins Gesicht zu ziehen, sodass der Schatten der Hutkrempe ihre Züge verdeckte.

»Du bist zu jung für einen erfahrenen Sterndeuter«, sagte er und schmunzelte. Matti war die Verkleidung genauso zuwider wie der ganze Rest des Possenspiels, doch sie fügte sich.

Als sie erste Kundin empfing, spürte sie deren Nervosität und senkte den Blick. Sie starrte auf ihre Finger, die sie vor sich auf dem Tisch gefaltet hatte.

»Ihr seid mir als fähiger Sterndeuter empfohlen worden«, begann die Frau mit leiser Stimme. Es war eine angenehme Tonlage, sanft, nicht fordernd, die Matti an Helmtrud erinnerte. Ein tröstlicher Gedanke. Sie begrüßte ihre Kundin und forderte diese auf, sich zu setzen.

»Was ist Euer Begehr?« Neugierig darauf, was die Frau antworten würde, schielte sie unter der Hutkrempe hervor, konnte aber nur eine schemenhafte Gestalt erkennen, die ihr gegenübersaß und ein Taschentuch in den Händen knetete.

»Ich möchte wissen, ob ich bald ein Kindlein mein Eigen nennen darf.«

Ein bisschen ungehalten über die Einfachheit der Frage, versuchte Matti, die Frau in ihrer Vorstellung gegen Helmtrud auszutauschen. Sie überlegte, was die Köchin bei so einer Frage bewegen würde, was sie als Antwort beeindrucken könnte. Unter der Hutkrempe bildete sich Schweiß, ein Tropfen kitzelte ihr an der Schläfe. Sie sagte: »Wie Ihr sicher wisst, wirken die Sterne auf alles ein, auf die Menschen, die Tiere, Pflanzen und auch auf das Gestein. Unter ihrem Einfluss entstehen die Dinge, und sie vergehen. Aufgrund ihrer Konstellation lässt sich einiges dazu sagen, wie sich manch Angelegenheit entwickeln wird. Auf diese Art macht man die Sterndeuterei. Euer Tierkreiszeichen, gute Frau, das müsstet Ihr mir verraten.«

Die Frau hauchte: »Sagittarius«, und Matti schaute auf die Sternkarte, die Gottbert ihr übergeben hatte. Sie zog im Geiste ein paar Linien, schwieg eine Weile, grübelte darüber nach, was sie nun erzählen sollte, und begann schließlich: »Die Bewegung der Himmelskörper verursacht Veränderungen. Beobachtet man diese Veränderungen, so lassen sich Aussagen zu unserem Schicksal treffen. Dennoch müsst Ihr offen dafür sein, denn die Seele hat einen großen Anteil. Wenn Ihr Euch den Einflüssen verschließt, dann kann ich nicht helfen.«

Die Frau flüsterte ein: »Ja«. Dann schwieg sie abwartend.

Matti holte tief Luft und hätte ihre Kundin beinahe mit ›Helmtrud‹ angeredet, so sehr hatte sie sich in den Gedanken hineingefunden, die Köchin säße ihr gegenüber.

»Seht her, die Sonne steht in den nächsten Tagen zu Eurem Zeichen sehr günstig«, sie tippte auf die Berechnungen vor sich. »Das sollte Euch Zuversicht geben, denn es bedeutet Gesundheit und Wachstum. Der Planet Venus steht im Zeichen des Aries bei Euch, das heißt, in Liebesdingen seid Ihr begeisterungsfähig und temperamentvoll. Die Aura unseres Körpers zieht die Kräfte der Planeten an, und wenn sie derart gelagert sind wie bei Euch, sollte dem Nachwuchs nichts im Wege stehen.« Sie redete sich immer weiter in Fahrt, ging alle Planeten einen nach dem anderen durch. »Der Mond steht hier, im Zeichen des Aquarius«, erklärte sie schließlich. »Das bedeutet, Ihr solltet bereit sein, Euch stärker festzulegen und nicht zu sehr der Unberechenbarkeit anheimfallen. Seit wann seid Ihr verheiratet?«, fragte sie, um einen weiteren Ansatzpunkt zu haben.

»Seit einem Jahr.«

»Und bislang tat sich nichts, obwohl Ihr das Lager mit Eurem Manne teiltet?«

»Ich war immer wieder unpässlich«, die Frau zögerte, und fuhr dann mit fester Stimme fort: »Aber jetzt wird sich das bessern.«

Matti lächelte. Nun stand sie wieder auf sicherem Boden.

»Was ist das für eine Unpässlichkeit?«, hakte sie nach, spürte, dass es der Frau unangenehm war. Endlich antwortete ihr Gegenüber: »Ein Drücken und Ziehen im Unterleib spür ich. Immer nachts, wenn mein Gatte sich zu mir legt. Ich ... der Medikus hat mich schon mehrmals zum Aderlass gebeten. Nun sind die Säfte wieder im Gleichgewicht, das hat er mir versichert.«

Matti lächelte. »Gewiss, und das liegt an den Sternen, sie stehen gut für Euch. Lasst Euch nichtsdestotrotz vom Apotheker noch einen leichten Baldrianwurzeltee mitgeben. Trinkt ihn vor dem Zubettgehen, er wird Euch beruhigen und Euch entspannen, sodass Ihr Euch nicht mehr so verkrampft.«

Die Kundin nickte, und Matti fuhr fort: »Lasst Euren Gatten regelmäßig zu Euch in den kommenden Nächten, aber achtet darauf, dass er zum Abendessen einen guten Schluck Bier zu sich nimmt. Sucht Euch einen Wirt, der es mit Bilsenkraut zubereitet. So wird Euer Gatte nicht gar so stürmisch über Euch herfallen.«

»Danke.« Die Frau erhob sich. »Danke, Ihr habt mir sehr geholfen.«

Sie zählte die mit Gottbert vereinbarten Münzen auf den Tisch und legte drei weitere Pfennige dazu. Als sie sich zum Gehen wandte, betonte Matti noch einmal: »Und vergesst nicht den Baldriantee.«

Als die Kundin gegangen war, sammelte Matti die Silberlinge vom Tisch.

»So viel«, murmelte sie vor sich hin, als die Frau den Raum verlassen hatte. Sie steckte die drei Pfennige ohne Umweg in die Tasche ihres Umhangs. Den Rest würde sie mit dem Apotheker teilen, so war es abgemacht. »Dich zu betrügen fällt mir leichter als diesen Frauen Unsinn zu erzählen«, flüsterte sie.

Sie wischte sich mit dem Handrücken über die Stirn, zog ihren Hut wieder tief ins Gesicht und wartete auf die zweite Kundin, die ihr für heute angekündigt worden war. Es lief besser, als sie gedacht hatte, das musste sie sich eingestehen. Ihr Rat war nie und nimmer die Summe wert, die bezahlt wurde. Doch letztlich traf es keine Armen. Mit diesem Gedanken beruhigte sie sich.

Kapitel 18

Das Haus lag im hintersten Winkel Heidelbergs, so schien es Philipp. Es schmiegte sich an die Stadtmauer, die neben ihm bis zum zweiten Stock aufragte. Die Gasse, die dorthin führte, ließ gerade Platz für zwei Menschen nebeneinander. Die oberen Stockwerke der Häuser neigten sich Philipp zu und ließen nur wenig Helligkeit hindurch. Er sah Löcher im Putz zwischen den Fachwerkbalken, durch welche die Füllung sichtbar wurde. Unter einem der Fenster hatte sich vom Ausleeren des Nachtgeschirrs ein brauner Streifen bis auf die Gosse gebildet.

Philipp ging weiter auf die Mauer zu. Er konnte unmöglich dem ganzen Unrat ausweichen, der sich am Boden zu einer breiigen Masse vereint hatte und erst beim nächsten Regen wohin auch immer geschwemmt werden würde. Es stank erbärmlich, und Philipp schämte sich dafür, Matti in diesem verwahrlosten Eck zu vermuten. Doch was blieb ihm nach drei Tagen vergeblicher Suche übrig? Er hatte das Gefühl, als habe er jeden Pflasterstein auf dem Marktplatz einzeln umgedreht, jede Händlersfrau gefragt, manche mehrfach, ohne es zu merken, weil ihm die Gesichter mittlerweile gleichgültig wurden.

Es waren so viele, die er angesprochen hatte, dass er meinte, ganz Heidelberg examiniert zu haben. Nur hier war er bislang noch nicht gewesen, weil er sich nicht eingestehen wollte, dass eine wehrlose Frau in einer ihr fremden Stadt nur allzu schnell bei den Huren landen konnte. War Matti wehrlos? Wohl kaum, und doch zog ihm die Angst den Magen zusammen, wenn er daran dachte, was seine Nachforschungen hier zutage fördern mochten.

Er hob die Hand und klopfte an die Tür des Hurenhauses. Es gab nur eines in Heidelberg, wie man ihm versicherte. Die Stadt war nicht groß genug, um diesem Gewerbe einen breiteren Raum zu geben. Sicher, es gab etliche Studenten, die – zum ersten Mal fern von zuhause – die eine oder andere Ungebundenheit genossen. Doch die vergnügten sich meist mit den billigen Mägden der Spelunken, welche sich auf diese Art ein paar Kreuzer hinzuverdienten. Das hatte Philipp beiläufig erfahren, und er glaubte es.

Er wollte gerade ein zweites Mal klopfen, da öffnete sich die Tür in einen dunklen Flur. Eine Frau schaute heraus, blinzelte. Als sie ihn als möglichen Kunden erkannte, verzauberte ein Lächeln ihr Gesicht, das ehrlich zu sein schien. Sie war jünger als er. Ihre schwarzen Haare zu einer unordentlichen Frisur hochgesteckt, das Gesicht nicht verschönt, hatte sie offenbar keine Kundschaft erwartet.

»Ihr kommt etwas früh am Tag, mein Herr, doch Ihr seid willkommen.« Sie trat beiseite und winkte ihn hinein. »Die anderen sind auf ihren Zimmern und schlafen. Wir hatten einige Kundschaft letzte Nacht. Wenn Ihr mit mir Vorlieb nehmen wollt?« Die junge Frau schloss die Tür, und Dämmerlicht umhüllte sie.

Philipp räusperte sich. »Ich will nicht stören, ich habe nur eine Frage.«

Das Mädchen lachte amüsiert. »Natürlich. Ihr braucht Euch nicht zu schämen, wir sind hier nicht so ...«, sie wedelte mit der Hand, weil ihr das passende Wort nicht einfiel. Dann zuckte sie mit der Schulter und bog nach links in ein Zimmer, das sich als Küche herausstellte. Als sie die Läden öffnete, erhellte das wenige Licht, das von der Gasse her kam, einen runden Tisch, um den ordentlich mehrere Stühle gruppiert waren. Über einem Herd hingen Töpfe und weitere Kochutensilien, an einem Bord an der Wand trockene Kräuter. Die Einrichtung war einfach, aber sauber. Wer auch immer hier das Regiment führte, schien ein gründlicher Mensch zu sein.

»Ich heiße Gret. Setz dich«, sie nickte Philipp zu, drehte sich um und schob einen Holzscheit in die Glut des Herdes. Es dauerte ein paar Augenblicke, dann züngelten Flammen hoch, und sie legte weiteres Holz nach. Aufreizend lange blieb sie in der gebückten Haltung, so als beobachte sie das Feuer. Ihr dünnes Untergewand spannte sich über die Wölbungen ihres Hinterteils. Als sie sich wieder aufrichtete, sah Philipp ihre festen Brüste durch den Stoff durchscheinen.

Sie bemerkte seinen Blick und raffte die Falten nach hinten, sodass sich die Konturen ihres Körpers noch deutlicher abzeichneten. »Gefalle ich dir?«

Philipp konnte den Blick nicht von ihr abwenden und antwortete: »Ja ... nein! Natürlich nicht.« Er rieb sich die Hände an den Oberschenkeln trocken. »Nein. Ich muss Euch etwas fragen.«

»Ihr seid ein hübscher Bursche.« Gret setzte sich so auf einen Schemel, dass ihr Knie das seine berührte. Philipp spürte, wie sein Körper auf ihre Nähe reagierte. Er starrte auf ihren Mund und berührte ihre schmale Schulter, weich und warm fühlte sie sich unter seinem Griff an. Als sie seine Hand nahm und zu ihrer Brust führte, zog er sie zurück. Er verschränkte die Arme vor dem Oberkörper.

»Ich bin nicht hier, um mich zu vergnügen, sondern ich suche jemanden. Eine junge Frau mit aschblondem Haar.«

»Euer Eheweib? Das ist ein merkwürdiger Ort, um nach ihr zu fragen, meint Ihr nicht?« Ihr Ton war spöttisch.

»Meine kleine Schwester«, nahm er seine Geschichte wieder

auf, die er die ganze Zeit schon erzählte. »Sie ist weggelaufen und allein in diese Stadt gekommen. Ich suche sie seit Tagen vergebens, nun bin ich hier.«

Das Mädchen wurde ernst. »Ihr meint das wirklich so, wie Ihr es sagt, hm? Wir haben eine Maurin und eine aus dem hohen Norden, auch eine Rothaarige, die Euch Feuer unterm Arsch machen kann. Eine blonde Fremde haben wir nicht. Wir hatten gar keine Neuzugänge in den letzten Monaten.« Ihre Stimme klang auf einmal hart, ihr Gesicht wirkte verschlossen. Sie presste die Knie aneinander und starrte aus dem Fenster, so als sei sie seiner überdrüssig und warte darauf, dass er endlich ging.

»Und auf der Straße, ist dir dort vielleicht eine Neue aufgefallen, mit hellem Haar?«

»Ist das alles, was Ihr wollt?«

Philipp nestelte an seinem Geldsäckchen und schob ihr einen Pfennig über den Tisch, den sie nicht beachtete. »Was ist?«, fragte er, erstaunt über ihren Stimmungsumschwung.

»Was soll sein? Wenn Ihr mir etwas Gutes tun wollt, nehmt meine Dienste in Anspruch und bezahlt mich vernünftig, das hilft mir mehr als Eure Almosen.« Sie sah ihn herausfordernd an und schob ihr Hemd nach oben, sodass er ihre Scham sehen konnte. Aufreizend langsam spreizte sie die Beine und sah ihn immer noch an mit diesem Blick, der ihm durch und durch ging.

Wie von selbst verirrten seine Finger sich auf ihr Knie, wanderten hoch an ihrem Schenkel entlang, über ihren flachen Bauch hinauf zu ihren Brüsten. Sie stöhnte, lehnte sich vor, klammerte sich mit den Armen um Philipps Nacken und drückte ihre Lippen sanft auf seine. Benommen öffnete er sie. Ihre Zunge suchte seine.

»Matti«, flüsterte Philipp mit geschlossenen Augen, als sie von ihm abließ, um sich an seinen Kleidern zu schaffen zu machen.

Gret lachte ihr helles, spöttisches Lachen. Mit einem Schlag war Philipp ernüchtert. *Verdammt, was mache ich hier*, fluchte er innerlich und stand mit einem Schwung auf.

»Was nun? Doch nicht?« Gret blickte ihn mit großen Augen an.

»Nein.« Er schob ihr einen weiteren Pfennig entgegen. »Danke für deine Auskunft. Leb wohl.« Er drehte sich um und floh durch den dunklen Flur ins Freie. Die Tür zog er selbst hinter sich zu, spürte Grets Blick in seinem Nacken, die sein Gehen sicher vom Küchenfenster aus beobachtete. Er atmete tief den Gestank ein, der ihn umgab und der ihn vollends ins Hier und Jetzt zurücktrieb. Verdammt, das Biest verstand ihr Geschäft, er wünschte ihr einen reichen Gönner, der ihr ein besseres Leben bescheren würde, und verdrängte das Bild, als er ihren nackten Körper wieder vor seinem inneren Auge sah.

»Ich muss mein Geld besser zusammenhalten. Wenn ich so weitermache, stehe ich bald mit leerem Beutel da und habe Matti immer noch nicht gefunden.« Was er dann tun wollte, wusste er nicht. Die Möglichkeit, seinen Weg ohne Matti weiterzugehen, gab es nicht in seinem Denken, er wollte sie nicht zulassen.

Er lief zurück zur Stadtmitte, tauchte ein in das rege Treiben auf dem Marktplatz. Ein Händler versuchte den anderen zu übertönen mit seinem Geschrei: »Gewürze! Direkt aus dem Orient!« – »Kommt her ihr Leut', das beste, frisch gebackene Brot wartet auf Euch, kommt her!« – »Schuhwerk und Riemen! Schuhwerk und Riemen!«

Philipp schob sich durch die Menge. Plötzlich erstarrte er, glaubte im Augenwinkel eine Person mit hellem Haar gesehen zu haben, doch als er den Kopf wandte, war da nichts. Er lief in die Richtung, landete vor dem Stand eines Kleiderverkäufers, der ihm aufmunternd zunickte, kämpfte sich weiter durch die Menge, blickte sich um, doch vergebens.

»Matti, verdammt, wo bist du?« Hoffnungslos war das alles. Sie war nicht hier, sie konnte nicht hier sein. So gründlich wie er sie gesucht hatte, hätte er sie längst finden müssen. »Matti, verdammt, wo bist du!« Er war ein Trottel, und er hätte sie nie gehen lassen dürfen.

♃ ♄ ☿

Matti betrat eine Gasse zwischen zwei Häusern, die am Ende in eine Tür mündete. Sie zögerte. Gedämpft konnte sie die Stimmen der Studenten hören, die sich in dem Lokal versammelt hatten.

»Geh die Amtsgasse hinunter und biege am Haus des Medikus rechts ab. Dann halte dich geradeaus, am Ende der Gasse wirst du das Wirthausschild finden.« So hatte Gottbert sie mit einem wissenden Lächeln angewiesen, als sie ihn nach einem Wirtshaus fragte, in dem Studenten verkehrten. »Ein junger Mann sollte sich abends unter Seinesgleichen vergnügen, und Münzen hast du genug verdient, worauf wartet du noch?«, hatte er ergänzt.

Matti hatte durch ihre Sterndeutungen ein paar Kreuzer verdient, und ihr Fuß war wieder belastbar, zumindest für die Dauer eines kurzen Marsches. Es wurde Zeit, die Dinge in die Hand zu nehmen und erste Kontakte zu knüpfen. Sie wollte sich in die Welt der Studenten einfinden, ergründen, wie sie sich verhalten musste, um sich ohne aufzufallen zwischen ihnen zu bewegen. In ihren Überlegungen ging sie voller Vorfreude davon aus, dass die Schwierigkeiten zu meistern sein würden. Hier vor der Tür der Gaststube aber spürte sie Nervosität.

Sie wusste nicht, wie man sich als Student benahm, wie man sich kleidete. Würden sie vornehm beieinander sitzen und über die Vorlesungen reden, die sie tagsüber gehört hatten? Wie sollte sie sich da einfügen, ohne aufzufallen? Gottbert konnte ihr bei dieser Frage nicht helfen, er wich aus und erhärtete somit Mattis Verdacht, er habe nie eine Universität von innen gesehen.

Sie trug ganz sicher keine adäquate Studentenkluft, die Beinlinge und das Hemd waren gebraucht. War diese Kleidung, die sie am Morgen auf dem Markt für wenig Geld erworben hatte, unauffällig genug? Wenn ihr das nur jemand hätte sagen können. Sie ging ein paar Schritte auf die Tür zu, spürte wieder Schmerzen in ihrem Fuß, so als wolle er sie vor einem falschen Schritt warnen. »Eine dumme Idee«, murmelte sie. »Ich hätte nicht so weit gehen dürfen.«

Sie wollte sich umdrehen und fliehen, schalt sich selbst eine scheue Maus, die auf diese Art zwar der Katze entgehen, aber sicher nicht zu irgend einer Art von Fressen gelangen würde, und schob die Tür mit energischem Druck auf.

Das Gemurmel schwoll schlagartig an, als das Holz die Geräusche nicht mehr dämpfte. Niemand beachtete sie. In dem Raum flackerten Kerzen auf Tischen und an Wandhaltern. Die niedrige Decke und selbst die Wände waren dunkel gestrichen und schienen das Licht zu verschlucken, sodass der Eindruck einer Höhle entstand. An Tischen mit Holzplatten, die gut eine Handbreite Dicke besaßen, tranken sich junge Männer zu, beugten sich im Gespräch einander entgegen oder befingerten den Hintern einer der zwei Schankmägde. In einer Ecke grölte einer ein Studentenlied, in das zwei, drei Stimmen mit einfielen. Die Luft trug den Geruch verschwitzter Kleidung, vermischt mit dem des Eintopfs, der in einem Nebenzimmer auf dem Herd vor sich hinköchelte. Ein Mann stand hinter einem Tresen und wischte Becher trocken. Er beobachtete sie, schien als Einziger ihr Kommen bemerkt zu haben. Matti zwang sich zu einer geraden Haltung und schritt auf die Theke zu, wo sie sich auf eine Bank, die an der Wand montiert war, schob.

»Wirt, ein Bier!«, bestellte sie mit einer Stimme, die sie so tief wie möglich schraubte. So würde sie nicht lange sprechen können. Sie atmete tief durch, besann sich auf die Sprechtechnik, die sie sich in den letzten Tagen zu eigen gemacht hatte und fuhr in etwas höherer Tonlage fort: »Und eine Schale Eintopf, bitte.«

Der Wirt nickte, begab sich in den Nebenraum, um das Gewünschte zu holen. Matti wandte sich um, damit sie die Studentengruppen besser beobachten konnte. An die vierzig junge Männer befanden sich in dem Raum, alle mit sich selbst und ihren Trinkkumpanen beschäftigt, von hochgeistigen Disputen war nichts zu finden.

Ihre Anspannung ließ nach, sie fügte sich ein in ihre Umgebung, spürte, wie sie damit verschmolz, sich anpasste. Als ihr eine der beiden Frauen einen Becher hinschob und ihr mit den Worten »Neu hier?« zuzwinkerte, ging sie sogar auf den neckischen Ton ein und tätschelte der Frau den drallen Hintern.

Matti aß ihre Suppe, trank das Bier in kleinen Schlucken und bemerkte erst nach einer Weile, wie einer der Männer sie immer wieder musterte. Er saß mit dem Rücken an der gegenüberliegenden Wand, die Arme vor der Brust verschränkt, und starrte immer wieder zu ihr herüber. Die Gespräche an seinem Tisch beachtete er nicht.

Was will der, dachte Matti. Ihre Nervosität kehrte zurück. Sie schob die leere Schüssel von sich, hielt sich an ihr Bier und trank noch vorsichtiger, um den Becher nicht zu schnell zu leeren. Ihr Blick traf sich mit dem des Studenten, der nickte ihr zu, winkte sie zu sich und deutete auf einen freien Platz neben sich auf der Bank. Matti zog ihre Kappe weiter in die Stirn, umklammerte ihren Becher mit beiden Händen, schob sich an den Sitzenden vorbei und blieb vor dem Fremden stehen.

»Setz dich zu uns. Du bist neu hier, stimmt's?«, fragte er.

»Sieht man das so deutlich?«, antwortete Matti, um Lockerheit bemüht.

Der Student lachte, so als habe Matti einen guten Scherz gemacht. »Die Traudel hat's mir mit einem Blick bestätigt.« Er nickte in Richtung der blonden Frau, die Matti bedient hatte.

Matti rutschte neben den Mann, dessen braune Locken unter seiner runden Kopfbedeckung hervorlugten, so als seien sie beim besten Willen nicht zu bändigen. Das Hemd, das er trug, war aus fein gewebtem Stoff, was Matti erst jetzt auffiel, als sie neben ihm saß. Die Männer am Tisch stellten sich der Reihe nach vor.

»Matthias«, murmelte sie, bevor ihr Nebenmann den Becher erhob und antwortete: »Ich bin André. Willkommen in unserer Runde.«

Sie prosteten sich zu.

»Du bist weit gereist?«, fragte einer, der Matti gegenüber saß und sich als Gerd vorgestellt hatte.

»Wie man es nimmt«, antwortete Matti bewusst unbestimmt.

»Du siehst nicht aus, als wärst du alt genug zum studieren«, meinte ein anderer augenzwinkernd und deutete auf das sauber gestutzte Bärtchen an seinem Kinn.

»Du meinst, so ein Flaum am Kinn sei imposant? Kommt es nicht vielmehr auf Wissen und Können an?« Matti zwinkerte zurück.

»Schlagfertig ist er, trotz seiner Jugend.« André legte lachend einen Arm um Mattis Schultern und drückte sie an sich. Ihr brach der Schweiß aus. Eine Handbreit tiefer, ein kleiner Griff weiter nach rechts, und er würde ihre Brust spüren können, auch wenn sie nicht gerade ausgeprägt groß war, sodass es normalerweise reichte, sie unter dem weiten Hemd zu verbergen. Körperkontakt hatte Matti nicht eingeplant. Waren ihre Arme nicht weiblich weich statt hart wie die eines Mannes? Nein, weich waren sie nicht, sondern gekräftigt vom täglichen

Übungskampf mit dem Schwert. Als André die Hand wieder von ihrer Schulter nahm, rückte sie unmerklich ein paar Handbreit von ihm ab.

»Jung sieht er aus, in der Tat.«

»Nix für ungut.« André stieß erneut mit ihr an. »Das sind unsere üblichen Neckereien, du wirst dich dran gewöhnen. Du bleibst doch länger?«

»Ich will hier studieren.«

»Sieh an, welch ungewöhnliches Ansinnen.« Alle am Tisch lachten über Gerds Einwurf, und Matti lachte nach kurzem Zögern mit. Der Umgangston schien ihr gar nicht so sehr anders wie bei den Rittern auf der Burg, wenn sie bei einem ausgelassenen Mahl am Abend beisammensaßen. Als ihr das klar wurde, wusste sie, wie sie zu regieren hatte.

»Ihr klugen Köpfe seid bereits so gewandt in eurem Denken, dass ihr, statt vor den Büchern zu sitzen, hier in einer Wirtsstube feiert?«, warf sie ein und bekam ein vielstimmiges Grölen als Antwort, das ihr zeigte, dass sie den richtigen Ton angeschlagen hatte.

»Wo denkst du hin! Unwissend sind wir, wenn es nach dem Urteil des verehrten Johannes von Noet, unserem Dozenten der Juristerei geht.«

»Welche Profession verfolgst du? Oder beginnst du erst einmal als Student der Künste?« Andrés Blick offenbarte Neugier, seine Unbekümmertheit war einer gewissen Berechnung gewichen, die Matti nicht einzuordnen wusste.

»Ich studiere die Alchemie und die Medizin«, antwortete sie ausweichend, da sie weder wusste, wie und womit man in den Lehrbetrieb an der Universität einstieg, noch, an welchen Universitäten sie bislang hätte studiert haben können. Nannte sie irgendeinen Ort, so lief sie Gefahr, dass ein anderer ihn bestens kannte und sie bloßstellte.

»Matthias! Du trinkst ja kaum«, rief ihr Gegenüber. Er orderte zwei neue Becher Bier und befahl: »Trink! In einem Schluck. Setzt du zu früh ab, zahlst du die nächste Runde.«

Matti ließ das bittere Gesöff in ihrem Mund fließen, setzte kein einziges Mal ab und rülpste laut, als sie den Becher geleert hatte.

Ich muss hier bald verschwinden, dachte sie. Das Getränk stieg ihr langsam zu Kopf, sehr viel länger würde sie nicht durchhalten, und je mehr sie trank, desto mehr wurde sie zu einer Gefahr für sich selbst. Sie durfte nicht die Kontrolle verlieren.

»Ich liebe die Medizin«, raunte André ihr von der Seite her zu. »Ich werde Arzt.«

Matti lächelte, besann sich darauf, dass Männer dies nicht so oft taten wie Frauen, und verzog den Mund, um das Lächeln in eine Grimasse zu verwandeln.

»Wo kann ich mich melden, wenn ich das Studium beginnen möchte?«, fragte sie in die fröhliche Runde und bekam ein vielstimmiges Wirrwarr an Antworten. Die mündeten in einzelne Geschichten, welche die Studenten von ihren Werdegängen erzählten, einer gab dem anderen das Stichwort, doch wirklich helfen konnte ihr das alles nicht.

»Lasst uns darauf trinken, dass unser Matthias hier zu uns gefunden hat«, unterbrach schließlich einer den Disput. Alle hoben ihre Becher. Matti tat nur so, als trinke sie.

»Du stehst noch ganz am Beginn?« André hatte sie beobachtet. Ihm schien das viele Bier nicht zuzusetzen. Entweder er drückte sich geschickt darum, zuviel zu trinken, oder er vertrug eine Menge.

»Ich hatte einen Privatlehrer auf der Burg meines Vaters.« Das entsprach in etwa der Wahrheit. Sie spürte, dass sie ihren neuen Bekannten nicht zu sehr hinhalten durfte. Seine Fragen würden nur bohrender werden. »Ein Alchemist, der außerdem in der Heilkunst bewandert war.«

»Interessant. Du gefällst mir.«

Matti fühlte leichten Schwindel, als sie erneut genötigt wurde, einen Becher zu leeren. Sie beschloss, dass es nun gut sein musste, mochten die anderen sie für einen Schwächling halten, es wurde hier zu gefährlich für sie. Sie erhob sich und nickte André zu, musste sich dabei am Tisch abstützen, was ihr das Gelächter der anderen eintrug.

»Er verträgt nicht viel, unser Freund.«

»Das wird sich bald ändern!«

Matti klopfte auf den Tisch. »Wünsche noch einen schönen Abend, muss nun gehen.«

Sie schob sich nach vorne an den Tresen und bezahlte die von ihr getrunkenen Biere sowie das Essen beim Wirt. Gerade als sie sich abwenden wollte, schob sich jemand dicht neben sie.

»Ich begleite dich, du hast doch nichts dagegen?« Wie vorhin schon legte André einen Arm um sie. Sie spürte seine Nähe, seine Wärme und schaute in sein verschmitztes Lächeln, das so unvermittelt so dicht bei ihr war.

Vorsicht! Du darfst nicht wie eine Frau auf ihn reagieren, auch wenn du ihn nett findest, und dich gerne bei ihm anlehnen würdest, er meint es nur freundschaftlich, er glaubt, du bist ein Mann, mahnte eine Stimme in ihr, und als André sich von ihr abwandte, um beim Wirt seine Rechnung zu begleichen, schlüpfte Matti an einer Gruppe Studenten vorbei, die gerade den Raum betraten. Draußen in der Gasse rannte sie. Als sie die Abzweigung erreichte, bog sie in die Richtung ein, aus der sie gekommen war, verringerte das Tempo, schritt aber zügig weiter. Den ziehenden Schmerz im Fuß ignorierte sie genauso wie den Schwindel in ihrem Kopf. Sie konzentrierte sich auf ihre Schritte, auf den Weg, den sie sich eingeprägt hatte. Als sie die Tür zur Apotheke erreichte, legte sie den Kopf in den Nacken, sah hoch in den Sternhimmel und fragte sich, ob ihr Ausflug nun hilfreich gewesen war.

»Irgendwie schon, oder?«, fragte sie nach oben. »Immerhin bin ich jetzt einer von ihnen, sie akzeptieren mich.« Die Sterne gaben ihr darauf keine Antwort.

Kapitel 19

Am folgenden Morgen im Labor zerrieb Matti mit einem Mörser Kümmel. Mittlerweile war sie zufrieden mit ihrem Ausflug am vorigen Abend. Das ungute Gefühl, sich in Gefahr begeben zu haben, hatte sich gänzlich gelegt. Sie schmunzelte über ihre Ängste und fand, dass sie sich wunderbar geschlagen hatte inmitten dieser Schar von Studenten. Nur ihr Fuß schmerzte wieder stärker vom schnellen Laufen, doch das nahm sie in Kauf.

Mit einem regelmäßigen Schaben rieb sie die dunklen Körner auf dem Steinuntergrund zu einem Pulver und gab es in das Schälchen der Waage. Sie tat eines der Gewichte auf die andere Seite und wartete, bis sich das Gerät eingependelt hatte. Sie hatte gutes Augenmaß bewiesen. Dann füllte sie das Pulver in einen Glasflakon, schüttelte das Gefäß, damit sich der Kümmel mit den bereits darin befindlichen Ingredienzien mischte und beschriftete das Etikett. Schließlich stellte sie es neben die anderen, die sie vorher abgefüllt hatte, und hielt inne. Vom Flur her kamen Geräusche. Matti hörte, wie jemand die Treppe hinaufrumpelte. Dann wurde die Tür aufgestoßen, und Gottbert kam herein, ein in Leder gebundenes Buch unter dem Arm.

»Ich hätte gedachte, dein Ausflug vom gestrigen Abend würde dich heute länger im Bett halten. Habt ihr die Nachtwächter nicht bestechen müssen?« Er kicherte, amüsiert über seinen eigenen Scherz.

Matti antwortete nicht, sie wollte die Neugier des Zwergs nicht befriedigen. Er ließ aber nicht locker, setzte sich schnaufend auf einen Hocker und fragte: »Na, mein Junge, hast du dich denn zurechtgefunden?«

»Natürlich«, sagte Matti, in der Hoffnung, ihn mit ihrer Einsilbigkeit abzuschrecken. Was ging es ihn an, wie und mit wem sie sich in dem Lokal amüsiert hatte?

»Hast du schon ein paar Freunde gefunden? Du solltest bald an der Universität vorsprechen, weißt du. Es macht sich gut, wenn ich den Leuten erzählen kann, dass ich einen angehenden Medikus in meinem Labor beschäftige.«

»Sicher.«

»Ich störe dich, ich verstehe. Dann werde ich sogleich zu dem kommen, was mich herführt.«

Matti schwieg, und nach ein paar Augenblicken erklärte er: »Ich hatte eben sehr erfreulichen Besuch, eine Dame, die sich ausdrücklich für die Dienste des Sterndeuters bedankt hat.«

Nun sah Matti hoch und kämpfte mit der aufflammenden Neugier. So als habe Gottbert diese Regung bemerkt, lehnte er sich zurück, die Arme ineinander verschränkt. Sie starrten sich an. Dann gab Matti nach: »Wer war es? Die mit dem Kinderwunsch?«

Er hatte gewonnen, und er wusste es, das las sie in seinem Gesichtsausdruck. »Ich habe dir Schweinefett für die Salben besorgen lassen, es steht unten im Laden.« Er machte eine Pause, dann fuhr er fort: »Es war die, deren Mann unter Schlafwandelei litt.« Er lockerte seine Sitzposition, lehnte sich etwas vor und stützte sich mit der freien Hand auf den Oberschenkel. »Die Anrufung der Sterne hat ihm geholfen, er schläft, wie du geraten hast, nicht vor Mitternacht ein.«

»Und trinkt brav den Tee, versetzt mit Baldrian, den ich ihr mitgegeben habe.«

»Vermutlich tut er das. Matthias, du musst zugeben, dass meine Idee mit der Sterndeuterei Gold wert war.«

Matti missfiel sein kumpelhafter Ton, mit der er sie in sein Boot der niederen Beweggründe zog. Sie nahm ihre Arbeit wieder auf. »Du kannst reden, was du willst, ich werde diesem Possenspiel mit den Sternen abschwören, sobald ich kann.«

»Wie du meinst.« Gottbert erhob sich und legte ihr das Buch auf den Tisch. »Hier, ich habe dir dies hier besorgt. Von Alcabitius, die Einleitung in die Kunst der Sterndeutung. Ein Standardwerk. In fünf Tagen muss ich es zurückbringen, das sollte dir reichen.«

Matti strich mit dem Finger über das Leder. Dann schlug sie das Buch auf, überflog ein paar Zeilen, die in einer angenehmen Handschrift verfasst waren. »Ein guter Kopist. Wo hast du das her?«

Gottbert zuckte mit den Schultern, so als sei es alltäglich, solche Schätze auszuleihen. »Das soll nicht deine Sorge sein. Behandle es pfleglich und beschwichtige mit den enthaltenen Lehren dein Gewissen.« Mit einem freundlichen Schulterklopfen verschwand er wieder in den Flur.

Matti schaffte es, ihm ein »Danke« hinterherzurufen. Es war ihr unangenehm, so von ihm durchschaut zu werden.

»Das macht er ja doch nur, um sich die Geldquelle mit den Sterndeutungen zu erhalten«, schimpfte sie leise vor sich hin. »Ich lasse mich nicht kaufen, nicht mit Münzen, und nicht mit solchen Gesten.« Dann nahm sie das Buch, setzte sich auf einen Stuhl neben dem Fenster und begann zu lesen.

♃ ♄ ☿

Mittags nahm sie ein hastiges Mahl zu sich. Dann verließ sie das Haus, um ihren nächsten Schritt in Richtung Studium in Angriff zu nehmen. Sie humpelte in die Gasse, in der sich die Gebäude befanden, in denen die Studenten ihre Lektionen lernten. Dort drückte sie sich an eine Hauswand und beobachtete, wie die jungen Männer in einem Gebäude ein und aus gingen. Manche blieben vor der Tür stehen, disputierten und gestikulierten, so als seien sie sich über das Gehörte nicht einig. Meist aber lief jemand mit schnellem Schritt die Stufen hinauf oder hinab, verschwand im Haus oder um die nächste Ecke in einer Gasse.

Matti hatte das Gefühl dafür verloren, wie lange sie schon so verharrte, als plötzlich eine bekannte Stimme in ihr Ohr raunte: »Was stehst du hier so ehrfurchtsvoll herum? Hast du nichts zu tun?«

»André!« Matti sah in grün blitzende Augen. Wie lange mochte er sie schon beobachtet haben? Er lächelte ein spitzbübisches Lächeln, und hier im hellen Licht konnte sie seine Züge zum ersten Mal genauer betrachten. Er hatte ein fein geschnittenes Gesicht, das am Kinn in ein kleines Bärtchen auslief. Das Einzige, was nicht zu dem perfekten Bild passte, war die runde Nase. Matti zog sich die Kappe tiefer ins Gesicht. Der Umhang, den er trug, war mit Pelz besetzt und bestätigte damit ihre Annahme, dass sein Besitzer wohlhabend war. André griff nach vorne und schob ihr die Kappe wieder nach oben.

»Warum versteckst du dich?«

Matti schlug die Augen nieder, überzeugt davon, dass er ihre Maskerade spätestens jetzt durchschaut hatte, doch er sagte nichts weiter, griff sie stattdessen am Arm und zog sie mit sich.

»Was soll das?«

»Du kommst mit hinein. Was für ein Student bist du? Studierst du die Blätter an dem Baum dort?«

»Ich habe mich noch nicht angemeldet.«

»Dann wird's Zeit, meinst du nicht? Worauf wartest du?«

Matti zögerte, was sollte sie dazu nun sagen? Ihre Unbedarftheit war bereits deutlich genug herausgekommen, sie wollte sich nicht weiter entblößen, indem sie gestand, keine Ahnung zu haben, wie ihre nächsten Schritte aussehen mussten.

»Ich muss mir meinen Unterhalt verdienen. Ich warte auf eine Geldsendung meines Vaters.«

»Die Studiengebühr, ich verstehe. Komm trotzdem mit, niemand wird dich hindern, solange du mit mir zusammen bist.«

Studiengebühr? Was sollte das wieder bedeuten? Albert hatte nie erwähnt, dass die Lehre nicht kostenlos war. Im Vorbeigehen nickte André ein paar Studenten zu, einen kannte Matti von der Runde am Abend zuvor. Dann betraten sie den Flur, in dem eine breite Steintreppe in die oberen Stockwerke führte.

»Silentio, wir wollen niemanden stören«, flüsterte André und ließ ihren Arm immer noch nicht los. »Dort oben ist die Bibliotheka, sowie ein paar Räume für gelehrte Dispute.«

»Was hat das mit der Gebühr auf sich?«, fragte sie mit gedämpfter Stimme, ohne auf das zu achten, was er ihr über die Räumlichkeiten erzählte. Er schaute sie an, so als wolle sie ihn auf den Arm nehmen, und erklärte ihr, dass sie regelmäßig Gebühren zu zahlen habe, wenn sie zu studieren gedenke, und dass dies an allen größeren Universitäten so gehandhabt werde, ob sie das denn nicht wisse. Nein, sie wusste es nicht. Woher auch. In ihrem bisherigen Leben hatte es keine Universitäten gegeben, woher sollte sie deren Gepflogenheiten kennen? Die Summe, die er nannte, ließ sie erbleichen, und ihre Hoffnung wurde ein gutes Stück weit kleiner.

»Schau nicht so sauertöpfisch, dein Vater wird's schon richten. Die paar Kreuzer wirst du ihm aus der Tasche ziehen. Sagtest du nicht, du verdienst ohnehin dein eigenes Geld?«

Für André war das Thema damit erledigt, und Matti ließ sich von ihm die Räume im Untergeschoss zeigen, in denen Bänke und Tische gegenüber einem Stehpult angeordnet waren. Sie setzten sich in einen leeren Raum, und André machte sich einen Spaß daraus, vorne am Pult ein paar Sätze zu deklamieren. Matti strich mit den Fingern über das Holz. Die Wände, der Boden, das Mobiliar – alles strahlte eine Atmosphäre der konzentrierten Gelehrsamkeit aus. Sie sog dieses Gefühl in sich auf und wäre am liebsten gar nicht mehr aufgestanden.

»Was wird hier gelehrt?«, fragte sie ihren neuen Freund.

»Alles Mögliche«, antwortete der und rutschte neben sie auf die Bank. Eine Weile saßen sie schweigen da. Schließlich meinte André: »Du bist mir ein komischer Kauz, weißt du das? Aber ich mag dich.«

Matti zuckte mit den Schultern. Das Kompliment zu erwidern schien ihr zu platt, sie schwieg lieber, starrte auf das Pult vor sich und stellte sich den Raum vor, bevölkert mit Zuhörern, die dem Lehrer vorne lauschten.

»Gesprächig bist du auch nicht immer.«

»Ich wurde zuhause bei meinem Vater unterrichtet, das erzählte ich bereits. Es war ein Alchemist, der mir das beibrachte, was ich weiß. An einer Universität war ich noch nie.«

»Dann wird's Zeit, dass du reinkommst«, André knuffte sie in die Seite.

»Ja, das wird es«, murmelte sie mehr zu sich selbst und schwor sich, dass sie trotz aller Widrigkeiten bald wieder herkommen würde. Nicht als Besucher, sondern als Lernender.

♃ ♄ ☿

Auf dem Rückweg fasste Matti einen Entschluss, der ihr bis kurz vor der Apotheke die Schritte beschleunigte. Es blieb ihr keine andere Wahl, als es zu versuchen, sie wusste es.

Statt gleich den Weg nach oben in ihre Kammer zu wählen, betrat sie den Apothekenraum, in dem Gottbert gerade einen Kunden bediente. Sie grüßte, der Apotheker warf ihr lediglich einen flüchtigen Blick zu und ließ sich in seiner Rede nicht unterbrechen.

»Seht her, guter Mann. Wenn Ihr es wünscht, kann ich Euch Krokodilstränen besorgen. Es wird Euch ein Säckel Geld kosten, Euch aber ganz sicher von Eurem Leiden befreien, glaubt mir.«

Matti verdrehte hinter dem Rücken des Kunden die Augen. Unsinn erzählte Gottbert, nichts sonst, doch der Mann beugte sich interessiert vor. Er trug einen Umhang aus Seide, einen Spazierstock mit silbernem Knauf in seiner Linken. Mehr als die von grauen Strähnen durchzogenen Haare seines Hinterkopfs konnte Matti nicht von ihm sehen. Sie wandte sich nach rechts und setzte sich auf die Bank, um abzuwarten, bis Gottbert mit dem Kunden fertig war. Ihr Blick wanderte vom ausgestopften Krokodil, das über der Theke hing, die Borden mit den Gefäßen entlang und hin zu mehreren unterschiedlich großen Waagen, davor sorgfältig aufgereiht die Gewichte. Vor dem Apotheker lag ein aufgeschlagenes Buch, in dem er den Verkauf der Medikamente vermerkte. Sie beobachtete ihn, wie er mit seinem unschuldigen Blick von unten hoch den Kunden musterte, der zu zögern schien.

»Habt Ihr nicht vorerst etwas Einfacheres? Das andere muss ich mir überlegen.«

Gottbert schüttelte bedauernd den Kopf, griff dann aber im Regal nach einer Tinktur, die Mattis Verdacht bestätigte. Der Mann suchte etwas zur Stärkung seiner Manneskraft. Vielleicht hatte er eine junge Frau geheiratet oder sich ein Liebchen zugelegt.

Matti schaute durch die grünen Glasscheiben, welche die Fenster in Richtung Straße abdichteten. Auf einmal erfüllte sie ein Gefühl, dass sie zunächst gar nicht richtig einordnen konnte, so unvermittelt kam es. Doch es ließ sich nicht leugnen, sie fühlte sich hier allen Ärgernissen zum Trotz heimisch. Die sauber gefegte und aufgeräumte Apotheke vermittelte ihr Geborgenheit. Alles hatte seinen eigenen Platz, an den es immer wieder zurückgestellt wurde. Die Salben und Tinkturen in den Regalen konnte sie mit geschlossenen Augen bestimmen, sie mischte sie schließlich selbst, und meist sortierte sie die Fläschchen und Tiegel auch ein.

Der Apotheker, der nun wieder mit dem Kunden feilschte, ärgerte sie in seiner Art, und doch war er harmlos und irgendwie ... nein, es half nichts, er war ein habgieriger Zwerg! Matti schüttelte den Kopf, daran ließ sich nichts deuteln. Und doch konnte sie sich auf einmal nicht mehr vorstellen, dies alles so ohne Weiteres zu verlassen, sollte es nötig werden.

Die Türglocke bimmelte, als der Kunde ging, und holte Matti aus ihren Gedanken.

»Was sitzt du da und machst mir die Kunden scheu?«, brummte Gottbert ungehalten, während er ein paar Pfennige in einen Schlitz im Thekenholz steckte. Klimpernd fielen sie zu den anderen in der Schublade darunter.

»Ich muss mit dir reden«, antwortete Matti und zermarterte sich den Kopf, wie sie den Apotheker versöhnlich stimmen konnte. Es fiel ihr einfacher, ihn abzuweisen. »Du hattest Recht mit der Sterndeuterei.«

Gottberts Gesicht hellte sich auf. Er nickte. »Schön, dass du das einsiehst. Du hast in dem Buch gelesen? Hilft es dir weiter?«

»Wir verdienen beide recht gut daran«, fuhr sie fort, ohne auf seine Fragen einzugehen.

Sein Gesicht verdunkelte sich, so als ahne er, dass Matti etwas von ihm verlangen wollte, doch er sagte nichts.

»Ich habe noch eine bessere Idee, wie wir zu Geld kommen könnten«, fuhr sie fort.

Gottbert schaute sie prüfend an. »Junge, das kann ich kaum glauben. Was brütest du aus?« Der ungehaltene Unterton besagte nichts Gutes, doch Matti beschloss, ihn zu ignorieren.

»Du weißt, dass ich viel von der Alchemie verstehe und mit ihr auch viel von den Kräften der Heilung. Ich hatte einen guten Lehrer. Auch wenn ich noch nie eine Universität von innen gesehen habe, so kann ich mich doch mit einigen dort messen.« Das war pure Prahlerei, doch im Täuschen hatte sie mittlerweile einiges von ihm gelernt.

»Worauf willst du hinaus?«

»Du verkaufst nur einfache Mittelchen. Meinst du nicht, du könntest deine Kundschaft erweitern, wenn du richtig wirkungsvolle Arzneien feilbieten würdest? Gib mir ein paar Kreuzer, und ich statte dein Labor aus mit allem, was man zu ihrer Herstellung benötigt.«

»Unsinn!«

»Ich bereite dir Tinkturen, Salben und Pulver, die dich über die Stadtgrenzen hinaus als Apotheker bekannt machen werden. Du hast die nötigen Münzen und die Räumlichkeiten, ich habe das Wissen, lass es uns gemeinsam nutzen.« Matti redete sich warm, achtete nicht auf den skeptischen Blick ihres Gesprächspartners und fuhr unbeirrt fort: »Zu viele hängen noch an der alten Lehre der Säfte, aber glaube mir, das ist überholt. Längst haben im Süden ein paar kluge Köpfe erkannt, dass es auf andere Dinge ankommt, nämlich darauf, die Stoffe von ihrer materiellen Erscheinung zu lösen, sie zu veredeln und dann zu vermischen. Krankheiten sind eine Folge von ins Ungleichgewicht geratenen Organen, es hilft nichts, sie mit allgemeinen Methoden wie Aderlässen zu bekämpfen. Man muss spezielle Dinge wählen, die genau dort wirken, wo das Problem liegt.«

»Schluss damit! Du redest wirr. Wie soll man durch solch krudes Zeug an harte Münzen kommen? Junge, geh an deine Universität und lass mich in Frieden mit deinem Geschwätz.«

Matti atmete tief durch und zwang sich zur Ruhe. »Heißt das, du unterstützt meine Bemühungen nicht?«

»Ich sehe nicht wozu. Die Sterndeutungen bringen gutes Geld, was soll der andere Firlefanz, der mich erst einmal welches kostet?« Gottbert winkte ab und schickte sich an, den Riegel vor die Außentür zu schieben. In der Zeit ihres Disputs hatte die Dämmerung eingesetzt. Im Raum war es zusehends dunkler geworden.

Der Apotheker nickte ihr zu, wieder etwas freundlicher gesinnt. »Gräm dich nicht, Bursche. Dein Kopf ist voller Ideen, wer will's dir verdenken. Hör auf einen, der älter und weiser ist als du. Wir machen weiter wie bislang. Es läuft doch erst an, ich werbe für dich, wo es geht, und die ersten guten Erfahrungen sprechen sich herum. Warte ab. Wenn du Münzen brauchst, bekommst du sie auf diese Weise, und mehr als du dir jetzt noch vorstellen kannst.«

»Du verstehst es, der Kundschaft die Pfennige aus dem Säckel zu ziehen.«

»Genau.« Er lächelte. »Aber ich verstehe es auch, ihnen dafür zu geben, was sie erwarten, glaub mir, sonst wäre ich schon längst nicht mehr hier. Denn nichts ist für einen Kaufmann schlimmer als geprellte Kunden. Nun komm.«

Matti erhob sich und folgte ihm. Ein habgieriger Zwerg, jawohl, das war er, nichts sonst. Und geizig obendrein. Sie versuchte, ihn zu verachten, doch es gelang ihr nicht. Er wusste es nicht besser, das was das Problem. Sehnsüchtig dachte sie an Alberts Streben nach Höherem. Ihr Lehrer war nie dem schnöden Mammon erlegen, die Wissenschaft war das Einzige, was ihn antrieb.

Wehmütige Gedanken waren das, denen sie da nachhing. Dabei hatte, wenn sie ehrlich mit sich war, auch Albert ihr nicht geglaubt, als sie von den neuen Ideen sprach. Hatte sich geweigert, die Schriften des Gelehrten einer italienischen Universität zu lesen, die Philipp ihr besorgt hatte. Steckte mitten in seinen überholten Vorstellungen fest, ohne nach anderen Möglichkeiten zu schauen.

Ich werd's euch allen zeigen, dachte sie, als sie hinter Gottbert in die Küche ging. *Wenn ich erst mein Studium beendet habe, werdet ihr mir mit mehr Ehrfurcht begegnen und mich ernst nehmen. Dann wollen wir doch mal sehen, ob ihr mir nicht zuhört.*

Doch bis dahin galt es viele Hürden zu überwinden. Die erste war die der Gebühren, und zähneknirschend gestand sie sich ein, dass sie eine solch horrende Summe nur über die vermaledeiten Sterndeutungen auftreiben konnte. Sie beschloss, so viel von ihrem medizinischen Wissen einfließen zu lassen, wie eben möglich, damit ihre Kundinnen wenigstens etwas für ihr Geld bekamen. Und am kommenden Abend wollte sie wieder in das Studentenlokal gehen, um die Kontakte zu halten.

»Verfluchter habgieriger Zwerg«, murmelte sie vor sich hin, sicher, dass Gottbert es nicht hören konnte. Doch als sie in der Küche ankamen und sich ihre Blicke trafen, sah sie ein Schmunzeln in seinem Gesicht.

Kapitel 20

Die Erzählungen über die Studenten und die willigen Schankmägde hatten Philipp auf eine Idee gebracht, die er weiterverfolgte. Zunächst begab er sich auf den Marktplatz, in der Hoffnung, dort auf jemanden zu treffen, der ihm Auskunft geben konnte. In der Tat hatte ihm bald ein adrett gekleideter Jüngling, den er einfach ansprach, von zwei Lokalitäten erzählt, in denen die Studenten unter sich blieben. Diese Schankstuben hatte Philipp bislang übersehen. Vor allem die eine lag schlicht zu versteckt, als dass er sie bei seinen Streifzügen durch die Stadt so ohne Weiteres hätte finden können.

Von seinem Gesprächspartner ließ er sich die Orte beschreiben und machte sich gleich auf, die erste Kneipe zu erforschen. Er fand Matti nicht, er fand nichts, was auch nur annähernd auf sie hingewiesen hätte, und er war froh, dass sie dort nicht bediente. Zu freizügig verhielten sich die Mädchen, und was über sie erzählt wurde, schien ihm zu stimmen.

Am folgenden Abend machte er sich auf den Weg, um das zweite Gasthaus zu besuchen. Es blieb ihm sonst nichts mehr, nur dieser kleine Funke Hoffnung, dass Matti sich dort irgendwo ihren Unterhalt verdiente und dass sie dem Werben der Männer widerstand – selbst wenn sie unter den Bedienungen die Einzige war.

Er schob eine Holztür auf und betrat den Raum, dessen dunkle Wände und Decke ihm bedrückend vorkamen. Stimmengewirr schlug ihm entgegen. Auch wenn nur gut die Hälfte der Tische besetzt war, hörte es sich so an, als sei der Raum voll. Die Männer schienen sich gut zu unterhalten. Sie prosteten sich zu, waren in Dispute vertieft oder aßen aus Schüsseln Eintopf, der in einem Nebenraum auf dem Herd köchelte. Philipp schob sich auf eine Bank an der Theke und bestellte Essen und Bier beim Wirt.

Mit einem Schaben wurde ihm eine Schale herübergeschoben. Er tunkte den Kanten Brot hinein und benutzte ihn als Löffel. Um nicht aufzufallen, konzentrierte er sich zunächst darauf, sein Essen zu sich zu nehmen, so als gäbe es für ihn nichts Interessanteres. Es schmeckte unerwartet reichhaltig.

Aus den Augenwinkeln beobachtete er die beiden Mädchen, die Becher voller Bier zu den Tischen trugen. Die eine, eine Dürre, an der der Stoff ihres Kleids schlaff herabhing, besaß schmale, weit geschwungene Brauen und einen Mund mit vollen Lippen, die in den Winkeln allerdings nach unten ausliefen, was ihre Attraktivität schmälerte. Die Linien ließen erahnen, wie mürrisch sie in ein paar Jahren aussehen würde.

Die zweite, eine dralle Blondine, schwenkte ihr ausladendes Hinterteil und ließ sich leicht zu ein paar derben Scherzen verführen. Von Matti fand er keine Spur. Seine Frage, ob sie denn noch mehr Schankmägde hätten, wurde mit einem frechen »Warum, genügen wir dir nicht?« beantwortet.

Als Philipp fertig gegessen hatte, drehte er sich zum Raum hin und musterte die Grüppchen junger Männer, beneidete sie um ihre Ausgelassenheit. Am Rande, drüben an der Wand fiel ihm einer auf, der sich kaum regte, obwohl die Gruppe um ihn herum ausgelassen debattierte. Das kam ihm merkwürdig vor, interessiert beobachtete er die Szenerie.

Der Mann hatte seine Kappe tief ins Gesicht gezogen, starrte auf den Tisch und reagierte nicht einmal, als sein Nachbar ihm vertraulich den Arm um die Schultern legte und auf ihn einredete. Plötzlich zog er ihm die Kappe vom Kopf und warf sie in die Höhe. Philipp erstarrte. Dieser energische Mund und die hellen Haare kamen ihm bekannt vor, nur ...

Der Jüngling warf einen kurzen Blick zu ihm, schaute dann genauso rasch wieder weg, holte sich seine Kappe und setzte sie wieder auf. Das alles ging so schnell, dass es ebenso ein Trugbild hätte sein können, doch Philipp wusste, dass ihn seine Augen nicht trogen. Dort drüben saß Matti, verkleidet als Student, und auf einmal gab es für all sein vergebliches Suchen eine Erklärung. Nun trank sie ihren Becher in einem Zug leer und wischte sich mit dem Handrücken über den Mund. Ihre Gesten waren nicht von denen der Männer um sie herum zu unterscheiden. Sie hatte sich gut umgesehen, gut beobachtet.

»Matti, was machst du nur?«, flüsterte er. Erleichterung darüber, dass er sie gefunden hatte, mischte sich mit Sorge, was für ein gefährliches Spiel sie hier trieb. Und warum schaute sie der Mann neben ihr so intensiv an? Er hatte immer noch den Arm um sie gelegt. Wenn Matti nicht wie ein Student gekleidet gewesen wäre, hätte Philipp geschworen, die beiden seien ein Paar.

Hatte sie ihn so schnell vergessen? Oder wusste der gelockte Fatzke neben ihr nichts von ihrer wahren Identität? Die Gedanken drohten ihm den Kopf zu sprengen, unvermittelt stand er auf und schob sich an einem Tisch vorbei zu Matti und ihren Begleitern. Er wusste nicht, was er hier wollte. Er wusste nicht, was er sagen sollte. Er wusste nur, dass er diese Hand auf Mattis Schulter nicht länger ertragen konnte und diesen Kerl dazu bringen musste, sie wegzunehmen.

»Ich grüße euch«, sagte er laut genug, um Aufmerksamkeit zu erringen. »Darf ich mich an euren Tisch setzen?« Er zog einen freien Hocker heran und ließ sich gegenüber von Matti nieder.

»Wer fragt das?«, antwortete der Lockenkopf.

Matti starrte ihn an. Philipp wich ihrem Blick aus. »Philipp von Burg Weisenstein. Ich studiere hier in Kürze die freien Künste.«

»Soso. Ich heiß André«, antwortete der Mann neben Matti und stellte den Rest der Runde vor. Matti war ein Stück auf der Bank abgerückt, und André zog seinen Arm wieder zu sich. Sie erwiderte Philipps Blick, und er verstand genau, warum sie ihn so flehentlich ansah. Er würde sie nicht verraten, was dachte sie nur von ihm?

»Kennt ihr zwei euch?« Zwischen Andrés Brauen hatte sich eine Falte gebildet.

»Nein!«, antwortete Matti.

»Kaum«, sagte Philipp, amüsiert darüber, wie Matti ihre Stimme verstellte. Sie musste sich verdammt gut vorbereitet haben. Wider Willen fühlte er Stolz auf sie. Sie hatte es nicht nur geschafft, den Rittern seines Vaters zu entkommen, sondern war außerdem genau dort gelandet, wo sie hinwollte, und das in perfekter Verkleidung. Und er hatte sie bei den Huren vermutet! Er schüttelte über sich selbst den Kopf.

»Na dann erzähl mal, Philipp von Burg Weisenstein, an welchen Universitäten du bislang deine Vorlesungen gehört hast.« Der Argwohn war nicht aus Andrés Gesichtsausdruck gewichen, und die Tatsache, dass er nicht wegen Philipps und Mattis widersprüchlichen Angaben nachhakte, zeigte, dass er mehr dahinter vermutete.

»Ich beginne erst mit meinem Studium«, antwortete Philipp betont ruhig.

Matti hatte erneut ihre Kappe tief in die Stirn gezogen und starrte auf den Holztisch, so als wünsche sie sich weit fort.

»Bist du für einen Studienbeginn nicht ein bisschen zu alt?« André lachte. »Oder ist dein Vater so verarmt, dass er erst als Raubritter die Gebühren sammeln musste?«

Philipp ballte die Hände zu Fäusten. »Es gibt andere Pflichten im Leben eines Mannes.«

»Weisenstein sagtest du? Hilf mir auf die Sprünge, in welchem Winkel liegt das, verlockend klingt es nicht gerade.« André hob seinen Becher. »Komm, Philipp, stoß mit uns an, an unseren rauen Ton wirst du dich gewöhnen müssen.«

Gelächter der anderen begleitete Andrés Worte, und Philipp blieb nichts anderes übrig, als mit ihnen zu trinken.

»Sag, Matthias«, wandte sich André an Matti. »Wo hat du diesen Kerl aufgetan, hm?«

»Ich kenne ihn nicht.« Matti sah hoch und starrte Philipp an. »Er irrt sich.« Sie schenkte André ein Lächeln, das Philipp durch Mark und Bein ging.

»Und du, aufgeputzter Jüngling?«, fragte er laut. »Wo stand deine Wiege? Sag nur, du bist ein reicher Fatzke. Ein Kaufmannssohn vielleicht, der nie ein Adelshaus von innen sah und seine geringe Geburt mit Äußerlichkeiten wettmacht?« Damit hatte Philipp die Lacher auf seiner Seite, denn Andrés Äußeres ließ keinen Zweifel an seiner reichen Herkunft, ebenso wenig an seiner Eitelkeit.

Matti funkelte Philipp böse an und gab ihm unter dem Tisch einen Tritt. Ihm war es egal. Bloßstellen wollte er diesen Kerl, ihm die Maske von seinem ach so freundlichen Gesicht zerren.

»Das sagt mir ein grober Rittersmann, der mit dem Schwert, aber nicht mit dem Kopf kämpfen kann?«

»Besser ein Kämpfer mit dem Schwert als ein Wurm in einem Buch.«

»Wo ist sie denn, deine ruhmreiche Waffe? Musstest du sie verhökern, um die Reise hierher zu bezahlen?«

Philipp sprang auf. »Wenn ich tatsächlich so aussehe wie ein grobschlächtiger Ritter, wäre wohl auf deiner Seite Vorsicht angesagt.«

»Dein Hemd hat einen Fleck.«

Andrés Antwort kam so unvermittelt, dass Philipp ohne nachzudenken an sich herabsah. Er hörte Matti kichern. Als er aufblickte, wurde sie ernst.

Mein Vater hatte Recht, dachte er verbittert und drehte sich um. Kaum lief Matti so ein reicher Kerl über den Weg, war er, Philipp, abgeschrieben und taugte nur noch zu Hohn und Spott. Warum hatte sie ihn nicht verteidigt? Ein ungebildeter, kampferprobter Ritter sollte er sein, wie lächerlich. Matti traf mit dem Schwert dreimal besser als er, aber das konnte dieser André wohl kaum wissen. Oder doch? So wie sie mit ihm umging, und er mit ihr ...

Blindlings lief er in Richtung Tür, wurde grob zurückgerissen, hörte, wie der Wirt ihn anschauzte, er solle gefälligst bezahlen. Er kramte die Münzen aus seinem Beutel, warf sie dem Wirt auf den Tresen. Dann ging er.

♃ ♄ ☿

Matti sah, wie Philipp vom Wirt am Ärmel gehalten wurde, und er fahrig in seinem Beutel wühlte. Dann verschwand er, ohne noch einmal in ihre Richtung zu sehen. Sie schmeckte Blut, hatte sich die Lippe aufgebissen, ohne es zu merken. Wenn sie das als Buße für ihr unbedachtes Lachen nehmen könnte, es wäre ihr recht gewesen.

Aber sie glaubte nicht daran, dass sie das jemals wiedergutmachen konnte, und ärgerte sich über ihre Unachtsamkeit. Dabei hatte ihr Herz einen freudigen Hüpfer gemacht, als sie Philipp hatte eintreten sehen. Fieberhaft hatte sie überlegt, wie sie ihn unauffällig auf die Straße ziehen konnte, um mit ihm zu reden, ihm alles zu erzählen. Schließlich hatte er sie entdeckt und war ihr zuvorgekommen.

»Jetzt stiere hier nicht so herum.« Sie spürte einen Schubs von der Seite, achtete nicht auf Andrés Spöttereien, nicht auf das Lachen der anderen. Die Decke wirkte beengend und bedrückend, als sie sich erhob.

»He, hier geblieben!«, hörte sie André hinter sich rufen. Sie schob sich an dem Nachbartisch vorbei hin zum Ausgang. Dann rannte sie. Einige Schritte von ihr entfernt sah sie einen Schatten.

»Philipp!«, schrie sie. Ihre Stimme überschlug sich. »Warte, ich will mit dir reden!« Er konnte doch nicht so einfach weglaufen, Himmel, sie hatte fast schon vergessen, wie empfindlich er manchmal reagierte. »Philipp, ich freu mich doch«, ergänzte sie leise.

Tränen drückten in den Augenwinkeln, sie wischte sie mit der geballten Faust weg, rannte weiter. Endlich hielt der Schatten inne und wartete auf sie. Als sie bei ihm ankam, stolperte sie. Er fing sie auf. Für einen kurzen Moment spürte sie seine Wärme, dann ging er wieder auf Abstand.

»Was willst du noch von mir? Ich hab' verstanden, du findest dich gut zurecht hier in Heidelberg. Einer wie ich aus deinem alten Leben passt da nicht hinein.«

»Nichts hast du verstanden! Was um Himmels Willen tust du hier?« Matti zog ihn eine Abzweigung weiter zwischen zwei Häusern. Sie wollte nicht, dass André und seine Freunde auf dem Heimweg über sie stolperten. Das, was sie mit Philipp zu bereden hatte, war zu wichtig.

Philipp antwortete nicht. Sie fasste ihn am Arm und bedrängte ihn erneut: »Sag doch, hat dich dein Vater gehen lassen? Wie hat er reagiert, nachdem ich verschwunden bin? Wie geht es Albert, geht es ihm gut?«

»Das ist alles, was dich interessiert?«

»Was machst du hier?« Matti überging seinen verärgerten Unterton. »Du willst doch nicht studieren, das kann nicht sein, Hoimar würde das nie dulden.«

»Du kennst ihn schlecht.«

»Heißt das, was du gesagt hast, ist wahr?«

Philipp entzog ihr seinen Arm und lehnte sich an eine Hauswand. »Deine Flucht hat meinem Vater die Augen geöffnet, er will niemanden zu seinem Glück zwingen, hat er gesagt.«

»Und dann?«

»Hat er mich hergeschickt und mir zugesagt, ein Studium zu bezahlen. Er sieht endlich ein, dass die Zukunft des Adels nicht mehr in ritterlicher Schlagkraft liegt, sondern im Wissen und Beraten.«

»Was habt ihr ihm für ein Mittelchen gegeben, dass er zu solchen Einsichten kam?«

»Du hast gut herumzuspotten. Was tust du hier in dieser Verkleidung?«

Lärm aus der angrenzenden Gasse unterbrach ihn. Matti hörte Andrés Stimme, er rief: »Matthias, wo versteckst du dich? Komm heraus, ich habe deine Zeche gezahlt.«

Die Stimmen der anderen zeugten davon, dass er nicht alleine war. Matti schob sich dicht an Philipp, hielt ihm kurz die Hand an den Mund, um ihm zu signalisieren, dass er still sein sollte. In der Dunkelheit blieben sie dicht nebeneinander stehen. Das Rufen klang zu ihnen, doch es war bald nicht mehr klar zu verstehen. Wenn die Gruppe weiterhin solch einen Lärm machte, würden sie im Turm landen. André war sicher klug genug, das zu bedenken, und würde bald Ruhe geben. Das hoffte sie zumindest.

Sie spürte Philipps Atem an ihrem Nacken, so dicht stand sie neben ihm. An ihren Fingern hatten seine weichen Lippen einen unfreiwilligen Kuss hinterlassen. Sie fühlte sich so befangen wie nie zuvor in seiner Gegenwart, unfähig, ihr Verhalten zu entschuldigen, unfähig, seinen Ärger zu verstehen.

Endlich wurde es wieder ruhig. »Ich werde mich an der Universität als Student anmelden und die Medizin studieren«, flüsterte sie. »In Heidelberg lehrt der berühmte Jacobus de Hermenia, sagt André.«

»Dein neuer Freund?« Philipp schob sich von der Wand weg und drehte sich um. Matti hielt ihn fest.

»Er hilft mir, das ist alles. Und Hilfe konnte ich brauchen, als ich hier ankam, das kannst du mir glauben. Die Ritter deines Vaters haben mich verfolgt.« In der Hoffnung, ihn damit zu besänftigen, erzählte sie hastig weiter: »Nur durch eine List konnte ich entkommen. Ich habe mich bei Gauklern versteckt. Mein Fuß schmerzt, er war verletzt, ich konnte nur noch hinken und bin mit einem Händler nach Heidelberg gekommen.«

Philipp blieb mit einem Seufzen stehen. »Ich glaube es, Matti.« Als er sie nun ansah, war wieder ein kleiner Schimmer Wärme in seinem Blick. »Du hast dich tapfer geschlagen. Aber das, was du vorhast, ist geprägt durch die Hirngespinste, die dir Albert und keiner sonst in den Kopf gesetzt hat.«

»Das stimmt nicht!«

»Er ist ein alter Kauz. Du wolltest das nie wahrhaben. Diese Maskerade, die du da betreibst, ist gefährlich. Überlege, was geschieht, wenn ...«

»Jetzt sag mir ehrlich«, unterbracht sie ihn, »was tust du hier? Wie bist du hergekommen?«

»Mein Vater will, dass ich studiere.« Philipps Stimme wurde wieder hart. »Zudem habe ich bereits Kontakte zum Hof geknüpft. Mein Lautenspiel hat einen Musikus des Kurfürsten überzeugt. Er will mich wiedersehen.«

»Ich glaube dir nicht.« Matti tat einen Schritt zurück. »Du lügst mich an!« Er verbarg etwas, das spürte sie ganz deutlich.

»Ich lüge nicht!«, zischte er zurück. »Die, die lügt, bist du. Glaub über mich, was du willst, das tust du ja sowieso.« Er drehte sich abrupt um und verschwand in der Dunkelheit.

Matti blieb ein paar Atemzüge lang reglos stehen. Dann lief sie los, schlug den Weg zur Apotheke ein, tastete sich durch dunkle Gassen und kam nur langsam voran. Bemüht, sich auf den

Weg zu konzentrieren, konnte sie dennoch die Gedanken nicht vertreiben. Warum war Philipp hier, was verschwieg er ihr? Sie hatte sich so nach ihm gesehnt und nun schien er ihr wie ein Fremder.

Sie öffnete die Tür des Apothekerhauses mit dem Schlüssel, den Gottbert ihr gegeben hatte. Sorgfältig hängte sie ihn an den Haken neben dem Eingang und schob den Riegel vor. In der Küche wärmte sie ihre Hände am Herdfeuer.

»Na gut, Philipp«, flüsterte sie. »Wenn du nicht vernünftig mit mir reden willst, dann lass es bleiben.«

Kapitel 21

In der abgedunkelten Kammer wartete Matti in ihrem Lehnstuhl darauf, dass die von Gottbert angekündigte Kundin eintraf. Das Buch über die Sterndeutung, das der Apotheker ihr besorgt hatte, hatte sich als wahre Fundgrube erwiesen. Sie lernte etwas über die Häuser, ihre Einteilung und Wirkung unter verschiedenen Planetenkonstellationen. Sie waren der Ort, in dem die Veranlagungen eines Menschen durch die Tierkreiszeichen zum Tragen kamen. Alle Planeten durchwanderten an einem Tag alle zwölf Häuser, wobei der Mond der schnellste und Pluto der langsamste war. Den Hut tief ins Gesicht geschoben, starrte Matti auf das Flackern der Kerze auf dem Tisch.

»Du hilfst ihnen doch«, hatte Gottbert sie vorhin erneut beschwichtigt. Ihre Kundinnen seien zufrieden, ihr Erfolg würde sich herumsprechen, was sie denn mehr wolle?

In der Tat kamen manche der Frauen bereits zum wiederholten Mal, doch meist waren es die, denen sie bei irgendwelchen Zipperlein geholfen hatte. Das sollte sich dank des Buches nun ändern. Matti hatte den Vorsatz gefasst, ihr neues Wissen gleich zu erproben.

»Du hilft ihnen doch«, äffte Matti den Apotheker nach. »Du hilfst ihnen, du hilfst ihnen.« In Wirklichkeit konnte sie froh sein, dass noch niemand ihr Unwissen entdeckt hatte. Das lag einzig an der Tatsache, dass die Heidelberger bislang noch keinen Sterndeuter gesehen hatten. Außerdem konnten sich so einen Besuch auch nur die Reicheren unter ihnen leisten, das ließ sie wichtiger erscheinen, als sie waren. Die meisten glaubten Matti alles, was sie erzählte. Nur hier und da regte sich Widerspruch. Genau das waren dann die Augenblicke, in denen ihre Gedanken wie gelähmt waren und ihre Hände feucht vom Schweiß.

»Du hilfst ihnen.« Mit der Faust schlug Matti auf den Tisch und spürte dem dumpfen Schmerz nach. Sie schrak zusammen, als die Tür mit einem Ruck geschlossen wurde und bemerkte erst jetzt, dass sie sich nicht allein im Raum befand. Wie lange mochte die Frau sie bereits beobachtet haben? Ihr Blick hatte etwas Tadelndes, so als missbillige sie Mattis Unbeherrschtheit.

In einen einfachen braunen Wollumhang gehüllt stand sie da, abwartend. Matti nickte ihr zu, begrüßte sie und zeigte auf den Stuhl. An den Fingern, die den Umhang umklammerten, funkelten die Steine verschiedener Ringe im Kerzenlicht. Matti versuchte, ihren Unmut zu bekämpfen, den die Fremde in ihr auslöste, ohne dass sie sich erklären konnte, wie und warum. Vielleicht war es der intensive Blick, vielleicht die Arroganz, mit der sie sich bewegte und die Matti an Philipps Mutter erinnerte. Sie konzentrierte sich auf die vor ihr liegende Aufgabe.

»Was führt Euch zu mir?«, fragte sie, nachdem sie sich geräuspert hatte. Die Frau zögerte, blickte sie immer noch durchdringend an, und Matti fühlte sich unwohl. Um das Schweigen zu überbrücken, fragte sie ihre Kundin nach ihren Geburtsdaten. Die antwortete, sie sei im Sternzeichen des Taurus geboren und ergänzte Ort und Datum. Sturheit und Durchsetzungsfähigkeit zeichneten diese Menschen aus. Matti konnte sich das bei der Frau, die ihr da gegenüber saß, gut vorstellen.

»Was wünscht Ihr nun von mir zu erfahren?«, hakte sie erneut nach.

»Eine gute Freundin von mir meinte, Ihr könntet mir behilflich sein. Ich bezweifle das, doch sie sagte, einen Versuch sei es wert, und nun bin ich hier. Mein Mann ist untreu. Er liegt bei einer unserer Mägde. Von mir will er nichts mehr wissen.«

So, als sei dies genug, schwieg die Frau abwartend. Es war nicht ungewöhnlich, dass ein hoher Herr sich das Bett von seiner Magd wärmen ließ, weil diese ihm besser gefiel als seine Angetraute. Manche Ehegattin verschloss einfach die Augen davor, diese hier offenbar nicht. Matti erfragte das Geburtsdatum des Mannes, breitete ihre Sternkarte vor sich aus, legte die Aufzeichnungen über die Häuser daneben und zog ihre Linien. Im Raum war es so still, dass sie das Atmen der Anderen hören konnte.

»Im ersten Haus ist nichts Ungewöhnliches angezeigt. Ihr seid sehr eigenständig und habt eine starke Persönlichkeit, das ist gut.« Sie fuhr mit dem Finger über eine Tabelle, die sie nach den Angaben im Buch zusammengestellt hatte. »Im dritten Haus sehe ich einen besonderen Aspekt. Kann es sein, dass Euer Gatte einige Zeit verreist war oder in dringenden Angelegenheiten beschäftigt, sodass Ihr ihn wenig gesehen habt?«

»Ja, so war es wohl«, war das Einzige, was die Frau antwortete.

Matti rollte die Lippen nach innen und biss darauf. Nach ein paar Augenblicken fuhr sie fort: »Auch im siebten Haus sehe ich einen Aspekt. Der Planet Mars steht in diesem Haus und deutet auf kämpferische Auseinandersetzungen hin, stimmt das?«

Die Frau lachte leise. »Was soll das hier für ein Hokuspokus sein, hm? Wollt Ihr mir erklären, ich sei selber Schuld an meinem Dilemma, weil ich mit meinem Gatten streite?«

»Natürlich nicht. Ich ...«

»Ihr meint, ich sorge mich nicht genug um ihn, und so vergräbt er sich in seine Arbeit und geht mir aus dem Weg? Sagt, junger Freund, wo wollt Ihr die Sterndeuterei gelernt haben?«

»Ich habe mein Handwerk bei einem bekannten Alchemisten und Astrologen erlernt.« Matti spürte ein Kribbeln in ihrem Nacken, so als liefen eisige Tropfen über ihrer Haut. Ihre Handflächen wurden feucht. Sie musste dick auftragen, um die Oberhand zu gewinnen, auch wenn sie nicht glaubte, bei dieser Frau Erfolg damit zu haben.

»Und einen Namen hat der nicht?«

»Ich sehe nicht, wie das bei Eurem Problem helfen würde, wenn Ihr ihn wüsstet. Ich verstehe Euren Schmerz«, antwortete Matti und beobachtete, wie die Frau die Augen niederschlug.

»Nichts versteht Ihr!«, antwortete sie heftig. »Gebt mir einen Rat, wann die Sterne günstig stehen.«

»Um Euren Gatten zu verführen?«

»Nein!« Die Frau beugte sich vor und sah Matti an. »Sie muss weg. Dieses intrigante Weibsstück muss aus meinem Haus, aber ich weiß nicht, wie. Mein Gatte lässt nicht mit sich reden.«

Matti starrte auf ihre Sternkarte. Was sollte sie jetzt tun, was dieser Frau erzählen?

»Ich wusste es, Ihr seid ein Scharlatan. Ich werde Euren Ruf in der Stadt geraderücken.«

Wie Philipps Mutter, dachte Matti. *Genauso selbstgerecht wie sie ist dieses Weib hier.* »Beruhigt Euch. Die Sterne sagen uns manches Mal unangenehme Wahrheiten, aber in diesem Fall waren sie nicht so gemeint, wie Ihr es verstanden habt. Lasst mich bitte fortfahren und seht nicht alles als Angriff, was ich Euch erzähle.«

Offenbar hatte sie den richtigen Ton getroffen, denn die Frau schwieg. Matti atmete tief durch. Nun durfte sie keinen Fehler mehr machen, sonst war nicht nur diese Sitzung beendet, sondern auch ihr guter Ruf in Gefahr. Ihr kam eine Idee. Ihre einzige Rettung. »Nun sehe ich es deutlich«, sagte sie.

Um ihre Worte zu bekräftigen, schloss sie die Augen und faltete die Hände auf dem Tisch. Sie lauschte auf das Atmen ihrer Kundin und das Knarren des Stuhls. *Sie ist ungeduldig*. Matti öffnete die Augen wieder und sagte: »Eure Magd wird Euch bald gestehen, dass sie ein Kind erwartet. Ihr werdet sie fortschicken können, geduldet Euch noch ein wenig. Mit einem Kind im Leib wird Euer Gatte nichts mehr von ihr wissen wollen. Ihn zeichnet Wankelmütigkeit aus«, sie machte eine Pause, so als müsse sie überlegen, zog erneut ein paar Linien und drehte den Sternzeichenkreis. »Geduldet Euch ein paar Tage.« Das schien ihr ungenau genug. Die Frau nickte. Unvermittelt erschien ein Lächeln auf ihrem Mund, so als sei sie auf einen Gedanken gebracht worden.

»Warum so lange warten?«, flüsterte sie und erhob sich. »So kann ich die Dinge in die Hand nehmen. Ihr seid nicht dumm. Habt Dank für den Rat.«

Matti nickte. Sie wollte nicht an das Mädchen denken, das bald in Schimpf und Schande verjagt werden würde. *Es ist nicht meine Sache, was diese Leute treiben,* versuchte sie, ihr Gewissen zu beruhigen.

»Ich empfehle Euch noch ein Aphrodisiakum, das Ihr hernach Eurem Gatten geben könnt. Er wird die Magd schnell vergessen, ich versprech's. Der Herr Apotheker hat die Tropfen vorrätig, fragt nur bei ihm im Laden nach.«

Die Frau erhob sich und nestelte in ihrem Beutel. Ein paar Pfennige landeten vor Matti auf dem Tisch. »Ich danke Euch. Mehr war Euer Rat nicht wert.« Die Kundin nickte kühl.

»Und stellt fortan nur hässliche oder ältere Mägde ein, Ihr erspart Euch viel Ärger«, fügte Matti an. Ihr schlechtes Gefühl ließ sich damit nicht beschwichtigen, und als die Kundin gegangen war, verfluchte sie Gottbert ein ums andere Mal. Sie zog ihr Säckel hervor und steckte die Hälfte der Pfennige hinein.

»Geldgieriger Zwerg«, schimpfte sie und schickte sich an, mit den restlichen Münzen in der Faust das Zimmer in gerechtem Zorn zu verlassen. So einfach ließ sich das aus dem Buch Gelernte nicht umsetzen, sie hätte es wissen müssen. Und was nun? Weiterlesen und hoffen, dass die nächste Kundin einfacher sein würde? Hauptsache, sie musste nicht mehr nachdenken über die Dinge, die sie angerichtet hatte und noch anrichten würde.

♃ ♄ ☿

Josefa ließ sich in der Menge treiben, die Heidelbergs Markt bevölkerte. Um sich herum sah sie in braune Umhänge gehüllte Mägde mit Körben am Arm, kleine Rotzlöffel, die ungeniert um Geld und Essen bettelten, einige Damen mit eng anliegendem Kopftuch und Holzstände mit geflickten Tüchern als Dach, unter die manches Mal ein Windstoß fuhr und die dann knatternd flatterten. Ein Händler schrie sich die Seele aus dem Leib, um seinen Fisch anzupreisen, ein anderer bot Fleisch feil, und eine Frau versuchte ihr Schuhwerk an die Käufer zu bringen. Ein Mönch schritt gemessen an Josefa vorbei, die Hände in den Ärmeln seiner Kutte versenkt. Ein Mann grüßte ihn, die Hand an seiner Kappe. Der Mönch verneigte sich ein wenig und blieb im Gespräch mit dem anderen stehen. Zwischen den Ständen befanden sich einzelne Karren, auf denen die Bauern aus dem Umland ihr Gemüse und Obst anboten. All das sog Josefa ein und erfreute sich daran.

So lange habe ich es vermisst, so lange, dachte sie. Am Stand eines Bäckers kaufte sie weißes Brot, brach es in der Mitte auseinander und roch daran. Wundervoll war das, ganz wundervoll. An ihrem Rock zog es, als sie nach unten blickte, schaute sie ein schmutziges Kindergesicht an. Sie rupfte ein kleines Stück Brot ab und warf es ihm vor die Füße. »Sollst nicht leben wie ein Hund«, sagte sie, steckte den Rest in ihren Beutel und beachtete den Jungen nicht weiter. An einem Stand mit Tongefäßen blieb sie erneut stehen und hob eine bauchige, mit bunten Blumen bemalte Vase hoch, die sie an etwas erinnerte, doch so sehr sie sich bemühte, das Bild in ihrem Kopf blieb verschwommen.

»Die beste Ware, die Ihr in der Gegend hier finden werdet«, raunte ihr der Verkäufer zu. Josefa reagierte nicht darauf. Sie war nicht hier, um zu kaufen, sondern um lang Vergessenes wieder zu erleben. Verschüttete Erinnerungen, in der kalten Burg begraben, in die sie Hoimar vor so vielen Jahren gefolgt war. Damals hatte sie gehofft, schnell zu Geld zu kommen. Was blieb ihr heute? Ihr Aufenthalt hier in der Stadt, in der interessante und reiche Leute lebten, in der es Gewürze zu kaufen gab, Salz und feine Stoffe, war so flüchtig wie Weingeist. Gelang es ihr nicht, ihre Fäden zu ziehen und zu verknüpfen, würde sie schneller und dauerhafter bei Hoimar auf der Burg versauern, als sie es sich je hätte träumen lassen. Nein, für sie hatte das Schicksal etwas Besseres vorgesehen, und sie würde sich das nicht verderben durch ihre Ungeduld.

An einem Stand mit teurem Tuch beobachtete Josefa eine Frau, die sich großzügig etwas abmessen ließ. Ihre Haube war mit Perlen bestickt und ihr Umhang schimmerte wie der Rücken eines Käfers. Daneben stand eine Magd mit einem Korb, den Blick demütig zu Boden gesenkt. Josefa lächelte, als sie sich vorstellte, an Stelle der edlen Dame zu sein. Und warum auch nicht? Sie musste nur die Möglichkeiten nutzen, die sich ihr boten. Die Heirat Mathildas war dabei nur der erste Schritt. Allerdings ein entscheidender.

In den ersten Tagen war sie Philipp gefolgt, doch bald hatte sich herausgestellt, dass der Junge genauso ahnungslos war wie sie selbst. Er wusste nicht, wo Matti sich aufhielt, wo sie Unterschlupf gefunden hatte. Sie hatte ihn beobachtet und war sicher, dass er sie nicht bemerkt hatte. So hilflos, wie er durch die Gassen lief, würde es noch eine ganze zeitlang dauern, bis er fündig wurde. Also hatte sie sich abgesetzt.

Ich habe dringendere Sachen zu erledigen, hatte sie sich gesagt. Wo sich das Mädchen aufhielt, das würde sich schon zeigen. Wenn sie es überhaupt bis nach Heidelberg geschafft hatte, doch das nahm Josefa an. Alles hing davon ab.

»Die kleine Kröte ist zäh«, flüsterte sie. »Schon immer gewesen.«

Zwei Vorteile besaß sie, sobald Matti gefunden wurde und sie plante, beide auszunutzen.

Josefa löste sich von dem Trubel des Marktes und ging in eine der Seitengassen. Dort war es ruhiger, die Rufe der Verkäufer drangen gedämpft zu ihr. In einem der Häuser schrie ein Kind. Etwas weiter vor ihr leerte jemand einen Nachttopf auf die Gasse, stechender Uringeruch zog ihr in die Nase. Sie ging weiter, bis sie vor dem Gebäude stand, das sie durch ihre Nachforschungen gefunden hatte. Dafür hatte sie alte Kontakte erneuert und sich selbst darüber gewundert, wie schnell und ungezwungen das möglich gewesen war. Jeder kannte sie noch als Josefa, die Hebamme, die so viele Kinder ans Licht der Welt gezogen hatte.

Sie klopfte an die Tür. Von drinnen kam ein Poltern, so als liefe jemand eine Treppe hinab. Die Tür schabte auf dem Steinboden, als sie geöffnet wurde. Eine alte Magd blickte hinaus, graue Strähnen stahlen sich unter der weißen Kopfbedeckung hervor, und ein Leuchten in den Augen zeigte Josefa, dass man sie erkannte.

»Marianna, ich bin es, Josefa.«

»Komm rein.« Die Frau öffnete die Tür ganz und nickte ihr zu. »Dass wir uns noch einmal begegnen, der Herr sei uns gnädig, ich hätt's nicht gedacht.«

Sie führte Josefa in eine Küche und bedeutete ihr, sich zu setzen, während sie ihr unaufgefordert ein Stück Honigkuchen und einen Becher Met entgegenschob. Josefa aß ein wenig aus Höflichkeit, dabei brachte sie ein paar allgemeine Gesprächsthemen hinter sich. Sie erkundigte sich bei ihrem Gegenüber, wie es ihr in all den Jahren ergangen war, und erzählte von sich selbst. Dann begann sie geschickt, ihre Gesprächspartnerin auszufragen. Deren frühere Herrschaften waren es, die sie interessierten.

Sie hatte Glück, und die Magd konnte den ganzen Nachmittag erübrigen. Offenbar waren ihre Pflichten in diesem Haus überschaubar, oder sie nahm es, ihrem Alter entsprechend, weniger genau. Ein junges Mädchen begann, Essen herzurichten, während sie so dasaßen. Marianna gab ihr hier und da Anweisungen, ließ sich aber ansonsten nicht in ihren Erzählungen aus der Vergangenheit stören.

Als Josefa wieder auf die Gasse trat und von Marianna herzlich zum Abschied umarmt wurde, hatte sie nicht nur einen vollen Magen und eine alte Freundschaft aufgefrischt, sondern kannte auch den vollständigen Namen der Frau, die sie suchte. Einer Frau, deren aschblondes Haar ihr auf ewig in Erinnerung bleiben würde, denn sie hatte es an ihre Tochter weitergegeben. Es schien ihr, als wende sich das Schicksal für sie wieder zum Guten.

Kapitel 22

Matti saß auf der Bank in der Apotheke, starrte durch die grünen Fensterscheiben und dachte an Philipp. Zwei Tage war es her, dass sie sich gestritten hatten. Seitdem hatten sie sich nicht mehr gesehen. Das Gefühl, etwas unternehmen zu müssen, nagte an ihr. Er wusste nicht, wo sie sich aufhielt, sie hingegen konnte bei den Herbergen nach ihm forschen. Doch sollte sie ihm wirklich nachlaufen? Er würde ihr nur erneut Vorwürfe machen, ihr nur wieder sagen, dass sie sich falsch verhalte. Überhaupt, was tat er hier in der Stadt? Sein Gerede, dass sein Vater ihn zum Studieren hergeschickt habe, war in etwa so glaubwürdig, als würde Albert behaupten, er heirate Josefa.

Matti zog ein Bein an und umfasste den Knöchel mit beiden Händen, drückte ihr Knie gegen ihren Oberkörper. Das Licht, das von der Straße hereinkam, verlor bereits seine Kraft im fortschreitenden Abend. Gottbert war unterwegs, wollte Nachschub an Kräutern besorgen und hatte sie hier alleine gelassen mit den Worten: »Kümmere dich um die Kundschaft.« Viele waren in der Zwischenzeit nicht hereingekommen. Den ganzen Tag hatte Matti im Labor gestanden, nun tat es gut, sich auszuruhen. Einzig die Gedanken ließen sich nicht steuern, drehten sich im Kreis.

Vielleicht hatte Philipp entgegen ihrer Bitte kurz nach ihr die Burg verlassen, um sie zu suchen? Schließlich hatte sie ihm beim Abschied gesagt, dass sie nach Heidelberg gehen würde, in der

Hoffnung, er käme irgendwann, wenn Hoimar sich beruhigt hatte, nach. Nur warum gab er das nicht zu? Gleich wie sie es drehte und wendete, es mündete immer wieder in der Frage, ob sie ihn nicht doch besser suchen sollte. Sie hatten eine Menge zu klären.

»Wie ein Faden, der an den Enden zusammengeknotet ist, so drehe ich mich im Kreis«, sagte sie leise und legte das Kinn auf ihr Knie, starrte wieder auf die Fenster.

Ein Schatten erschien in der Gasse, die Tür schlug auf, die Glöckchen klingelten so heftig, als fege ein Sturm herein. Gottberts Atem ging schwer. Er ließ seinen Umhang von den Schultern gleiten.

»Da kommt man ja kaum durch, so viele Menschen!«

»Hast du alles bekommen?« Matti erhob sich, nicht gewillt, seine merkwürdige Äußerung zu hinterfragen, und nahm ihm den Korb ab, in dem er seine Einkäufe verstaut hatte, die er bei der Kräuterfrau außerhalb der Stadt, auf der anderen Neckarseite getätigt hatte.

»Auf der Brücke war ein Auflauf, ich sag's dir. Ich dachte schon, ich müsse dort übernachten, was – auch wenn sie überdacht ist – eine zugige Angelegenheit geworden wäre.«

»Du hast es ja geschafft.« Seine Erlebnisse auf der Straße interessierten sie nur mäßig, doch er stand da, mit einer Hand an den Verkaufstisch gelehnt, offenbar willens, ihr alles brühwarm zu erzählen.

»Gaffer, alles Gaffer. Wollten zusehen, wie sie die Magd aus dem Fluss geborgen haben. Was wirft sich dieses dumme Ding auch von der Brücke?«

»Was ist geschehen?«

»Aus Unglück über ihre verlorene Ehre hat sich das Mädchen in den Neckar gestürzt. Die Hausherrin hat sie vor die Tür gesetzt, sie soll dem Hausherrn schöne Augen gemacht haben.«

Für Augenblicke fühlte Matti sich wie erstarrt. Eine Ahnung lief wie eine heiße Welle durch ihren Körper. »Sie hat ein Kind erwartet, nicht wahr?«

»Weiß ich's? Ja, die Leute sagten so etwas.«

Die Glöckchen der Tür schlugen an, als Matti sie aufriss. Gottbert rief hinter ihr: »Wo willst du hin?«, doch Matti rannte nur, ohne etwas um sich herum wahrzunehmen.

Konnte das sein? Sollte sich ihre Vorhersage wirklich bewahrheitet haben? Lag dort im Wasser die Magd ihrer gestrigen Kundin, von der Herrin gedemütigt und vom Herrn verstoßen? Ein gutes Stück vor dem Brückentor angekommen, ging ihr Atem stoßweise.

Sie sah, wie ein paar Männer ein Bündel in Menschengröße linkerhand vom Neckarufer hochtrugen.

»Ist sie tot?«, rief Matti, obwohl das offensichtlich war. Die Männer schwiegen und drängten sie ab, bis sie es aufgab und sich mit dem Rücken an eine Hauswand lehnte.

Sie sah, wie die Menschen von der Brücke kamen und an ihr vorbeizogen, hörte Gesprächsfetzen. »Schlampe«, sagte einer und »Das dumme Ding«, eine andere. Das Geschehen gestern in der Kammer stand Matti vor Augen: Die Frau, die das, was Matti sagte, anzweifelte, bis sie sich dazu hatte hinreißen lassen, ihr einen falschen Rat zu geben.

»Die Magd bekommt ein Kind, schickt sie weg.« Ihre eigenen Worte dröhnten in ihrem Kopf. Sie sah die Linien wieder vor sich, ja, da war etwas gewesen. Beherrschte sie die Kunst der Sterndeutung doch besser, als sie dachte? Die Frau blickte sie erneut an mit diesem gehässigen Blick. Es dauerte ein paar Augenblicke, bis Matti erkannte, dass ihre Kundin von gestern tatsächlich vor ihr stand.

»Was ist mit Euch?« Die Frau hatte Mattis Schulter gepackt und schüttelte sie, wie um sie zu wecken. »Geht es Euch gut?«

Matti entzog sich ihr. »Natürlich«, murmelte sie. »Ich habe was Falsches gegessen.«

Ein Lächeln erschien auf dem Gesicht der Frau. »Wie gut, dass ich Euch hier treffe, Ihr habt mich im Nachhinein doch erstaunt, denn Eure Worte waren hilfreich.« Sie zeigte mit dem Kopf in die Richtung, in der die Männer mit ihrer Last verschwunden waren. »Sie trug tatsächlich ein Kind im Leib. Hat geglaubt, mich damit unter Druck setzen zu können, als sie gemerkt hat, dass ich Bescheid weiß. So hat sich mein Problem schneller gelöst, als erwartet.« Wieder diese Kopfbewegung. »Das Mädchen hatte die Wahl.«

»Ihr habt sie weggeschickt?«

Die Frau zog ihren Beutel hervor und öffnete ihn. Mit spitzen Fingern hielt sie Matti einen Kreuzer hin. »Nehmt schon. Ihr habt ihn Euch verdient. Wusst' ich's, dass das dumme Ding sich gleich von der Brücke stürzen würde? Wollt wahrscheinlich nur meinen Gatten damit beeindrucken. Ich dachte, sie verlässt klammheimlich die Stadt. Sie ist mit dem Kopf auf einem Stein gelandet, sagte man mir. Das hat sie nun davon. Hier, nehmt!«

Wie betäubt ließ Matti es zu, dass ihr die Frau die Münze in die Hand drückte, sich dann umdrehte und in der Menge verschwand. Den Silberling in der Faust, ging Matti den Weg zurück zur Apotheke. Sie traf Gottbert im Apothekenraum an, wo er, seinen Umhang zusammengefaltet über einem Arm, auf sie zu warten schien.

»Ist dir nicht gut?« Er musterte sie.

»Das mit der Magd ist meine Schuld.«

»Was redest du da für einen Unsinn! Du hast heute zu lange über deinen Tinkturen gesessen. Komm, lass uns Brot und Käse essen, und danach schauen wir, welche Arzneien ich noch brauche. Das Geschäft läuft gut.«

Gottbert wandte sich um, und Matti folgte ihm notgedrungen. Sie glaubte nicht, auch nur einen Bissen hinunterzubekommen, er aber legte das Kleidungsstück auf eine Truhe, lief zielstrebig auf die Küche zu und rief nach seiner Frau. Die Münze brannte in ihrer Faust, und doch konnte sie sie nicht loslassen.

Matti setzte sich zu Gottbert an den Küchentisch. Seine Frau legte Brot, Käse und Schinken auf das Holz und stellte drei Becher mit verdünntem Bier dazu. Dann setzte auch sie sich zu ihnen, schweigend wie immer.

»Der Kundin, die gestern bei mir war, um die Sterne gedeutet zu bekommen. Ich habe ihr gesagt, sie solle ihre Magd fortjagen, weil ihr Gatte nicht die Finger von ihr lassen könne und sie ein Kind von ihm erwarte. Ich trage die Verantwortung für ihren Tod.«

»Unsinn!« Gottbert ergriff ihre Hand, kurz nur, doch seine Wärme hatte etwas Tröstliches. »Eine Magd mit einem Kind im Bauch hat nicht mehr viele Möglichkeiten. Ein gieriger Herr, eine unnachgiebige Herrin ... Bursche, das ist nicht deine Schuld.«

Matti drehte den Becher in ihren Händen und starrte auf die bräunliche Flüssigkeit. »Ich mache das nicht mehr mit.«

»Du hilfst ihnen.«

»Nein!« Sie schlug mit der Faust auf den Tisch. »Ich ziehe ihnen die Münzen aus dem Säckel, und ich stürze Menschen ins Unglück.«

»Du gibst ihnen Ratschläge und lässt sie bei mir Arzneien kaufen, die sie gesund machen. Glaubst du, du hättest so großen Zulauf, wenn sie dich für einen Scharlatan hielten? Fehler kommen vor, damit musst du leben.«

Matti schwieg. Das Bild einer jungen Frau, wie sie hinunterfiel in das Wasser, dort aufschlug, es ließ sich nicht vertreiben. »Ich will den Menschen helfen. Ich will sie nicht zerstören.«

Gottbert seufzte und lehnte sich mit vor der Brust verschränkten Armen zurück. Er fixierte Matti mit einem Blick, der mindestens ebenso Mitleid wie Kritik verriet. »Du bist anstrengend, Bursche. Und so sensibel wie ein junges Weib.«

Angst breitete sich in Matti aus bei Gottberts Worten. Hastig hob sie den Becher an die Lippen und trank ihn mit einem Zug leer.

»Schon gut«, sagte sie schließlich. »Man wird sich ja Gedanken machen dürfen.« Sie biss in das Brot und schob ein Stück Käse nach, ohne Rücksicht darauf, dass ihr Mund viel zu trocken war, um irgendetwas zu kauen und zu schlucken.

»Noch einen Becher, wenn's recht ist«, sagte sie und nickte Gottberts Frau zu. Doch sie hielt diese gespielte Härte nicht lange durch. Endlich erwiderte sie den Blick des Apothekers und sagte: »Sie hat mich sogar bezahlt für den Dienst, den ich ihr erwiesen habe.« Der Kreuzer fiel aus ihrer Faust auf den Tisch.

»Sie ist sich ihrer Schuld bewusst und will sie teilen«, antwortete der Apotheker mit spöttischem Unterton, so als schüttle er den Kopf über Mattis unbedingten Willen, sich den Schuh anzuziehen. Matti dachte über Gottberts Worte nach. Ihre Finger zerkrümelten das Brot. Endlich antwortete sie: »Meinst du?«

»Versuche in Gottes Namen nicht nur das Schlechte zu sehen. Das Leben ist nicht so einfach, wie du glaubst und Opfer sind manchmal nötig.«

So ernst hatte sie ihn noch nie erlebt, und so hilfreich hatte er noch nie mit ihr gesprochen.

»Bring den Kreuzer zum Spital als Buße, wenn es dich erleichtert. Und dann besinne dich auf das Gute, das du durch deine Sterndeutungen bewirkst. Und auf die Münzen, die du damit erwirtschaftest. Mir deucht, dort wo du herkommst, hattest du es nicht nötig, nach dem Geld zu schauen, hm?«

Matti zuckte mit den Schultern, nahm den Kreuzer und erhob sich. »Ich werde künftig nur denen die Sterne deuten, denen ich wirklich etwas zu sagen habe. Die anderen schicke ich fort.«

»Wie du willst. Hauptsache, du machst weiter.«

♃ ♄ ☿

Als sie sich am nächsten Morgen auf den Weg zum Spital machte, hatte Matti eine Nacht hinter sich, in der sie sich nur hin und her gewälzt hatte. Ihrem Gefühl nach hatte sie überhaupt nicht geschlafen. Immer, wenn sie die Augen schloss, sah sie das Gesicht einer jungen Frau vor sich, die Magd, die sie nicht kannte. Mochte Gottbert auch mit Engelszungen reden: Er hatte sie beruhigt, doch die Schuld konnte er ihr nicht von ihrem Herzen nehmen.

Sie hatte den Kreuzer in Gottberts Schublade fallen lassen und für den Gegenwert Arzneien eingepackt, von denen sie glaubte, das Spital könne sie brauchen. Den ganzen Vormittag hielt sie sich dort auf und half dabei, die Tinkturen und Salben an die Kranken zu verabreichen. Dann machte sie sich auf den Weg zum ehemaligen Judenviertel, in dem sich die Gebäude der Universität befanden. Sie wollte sich ablenken, ein wenig in die Nähe eines Ortes kommen, an dem Lehre und Wissen vorherrschten. Wenn sie so bald wie möglich dazu lernen konnte, würden ihr weniger Fehler unterlaufen. Das Lernen wiederum konnte sie nur erreichen, wenn sie weiter mit der Sterndeuterei ihre Münzen verdiente, es war ein Teufelskreis. Gottbert hatte Recht, sie würde sich zusammenreißen und weitermachen. Sie hatte keine andere Wahl.

Vor dem Gebäude hielt sie einen der Studenten, der ihr bekannt vorkam, an und fragte ihn nach André. In einer Vorlesung sei er, antwortete der Gefragte. Die müsse aber bald zu Ende sein, sie solle einfach im Flur warten.

André entdeckte sie sofort, als er mit den anderen aus dem Raum kam. Er legte einen Arm um ihre Schultern und sagte: »Na, wo hast du gesteckt? Wir haben dich vermisst.«

Matti spürte seine Nähe, die Wärme seines Körpers. Obwohl André sie für einen Mann halten musste, gab er ihr dennoch eine Art von Geborgenheit, die sie tröstete.

»Ich hatte zu tun«, antwortete sie. »Zudem habe ich immer noch keine Geldsendung von meinem Vater erhalten, was also soll ich hier?«

André lachte und löste sich von ihr. »Mit mir in die Bibliothek gehen. Komm!« Er gab ihr einen Wink, und sie folgte ihm hoch in den ersten Stock. Dort steuerte er zielstrebig eine der Türen an, öffnete sie und ließ Matti eintreten. Hinter ihrem Rücken blieb er stehen, gab ihr die Gelegenheit, den Anblick der kostbaren Handschriften auf sich wirken zu lassen. Matti ging ein paar Schritte in den durch Bücherregale beengt wirkenden Raum, strich über die ledernen Einbände, dann drehte sie sich zu André. »So viele Bücher auf einmal habe ich noch nie gesehen.«

André zeigte nach links. »Hier sind die Mediziner, die dürften dich am meisten interessieren, oder?«

Matti folgte ihm und nahm das Buch entgegen, das er aus dem Regal gezogen hatte und ihr hinhielt. Albertus Magnus, »De vegetabilibus« las sie auf dem Einband. Dann blätterte sie eine Weile in dem Buch »De medicina« von Aulus Cornelius Celsus. André hielt ihr ein drittes hin, eine Kräuterlehre der Äbtissin Hildegard von Bingen.

»Das kenne ich bereits«, antwortete sie.

»Gut, dann schau hier.« Gerade wollte er sich nach einem anderen Buch bücken, da hörte Matti ein Räuspern aus Richtung der Tür.

»Ich störe nur ungern, aber ich müsste an dieses Regal«, sagte der Mann, der den Raum betreten hatte, und strich seinen graumelierten Bart glatt.

»Der Herr Medikus«, André machte eine übertriebene Verbeugung. »Natürlich lassen wir Euch den Vortritt. Habt Ihr wieder eine schwierige Krankheit zu kurieren, oder was treibt Euch her?«

Matti wunderte sich über den lockeren Ton Andrés. Offenbar hatte er vor nichts und niemandem Respekt, doch der Heidelberger Medikus schien es nicht übel zu nehmen. Er trat an das Regal und schaute sich die Buchrücken an.

»Sucht Ihr etwas Bestimmtes?«

»Junge, du wirst mir kaum helfen können, auch wenn du noch so vorlaut tust. Ja, ein krankes Mädchen ist bei mir in Behandlung.« Wieder zwirbelte der Medikus an seinem Bart, den Blick unverwandt auf den Buchrücken. Er zog eines heraus, blätterte darin herum, schien nicht zu finden, was er suchte und stellte es zurück.

»Was für eine Krankheit ist es, die Ihr behandeln wollt?«, fragte Matti, die ihre Neugier nicht weiter bezähmen konnte.

»Du wirst sie kaum kennen, wenn nicht einmal ich sie zu bestimmen weiß«, antwortete der Medikus und sah sie zum ersten Mal an. »So jung wie du bist, studierst du überhaupt schon?«

»Ich weiß bereits das eine oder andere.«

»So?«

Die Art, wie er eine Braue hochzog, und den Ton, in der er dieses Wort sprach, reizten Matti, ihm ihr Wissen zu beweisen. *Arroganter Schnösel*, dachte sie und erklärte: »Ich weiß zum Beispiel, dass Krankheiten nicht unbedingt ihre Ursache im Ungleichgewicht der Säfte haben«, gab sie wieder, was sie aus den italienischen Schriften gelernt hatte. Sie war überzeugt davon, dass der Medikus über diese neuen Gedanken und Ideen im Bilde war, zumal er sich ja an der Universität weiterzubilden schien, sonst hätten sie ihn nicht in dieser Bibliothek getroffen. »Sie können vielmehr auch körperchemische Prozesse als Ursache haben, bei denen es zu Ablagerungen und Rückständen kommt.«

Der Blick des Arztes wurde abschätzend. »Bist du neu hier? Wie kommst du zu solch ungewöhnlichen Schlüssen bezüglich der Medizin?«

Matti spürte einen Tritt von André. Sie wurde rot. »Ich meine nur ...«

»Abführmittel und Aderlass sind probate Mittel, ebenso wie die gängige Säftelehre«, fuhr der Medikus fort, so als zitiere er aus einem Lehrbuch, um einen dummen Schüler zurechtzuweisen. »Stehen die vier Säfte im Gleichgewicht, ist der Mensch gesund. Eine Störung des Gleichgewichts führt zu Krankheit. Gestört werden kann es durch Passiones, ungesunde Lebensführung, Miasmen in der Luft oder durch Sünden. Die Säfte werden durch Ableiten wieder ins Gleichgewicht gebracht. Wie kommst du dazu, dies anzuzweifeln?«

»Er zweifelt gar nicht.« André schob sich vor Matti und drängte sie damit in den Hintergrund. »Er plappert nur nach, was er irgendwo aufgeschnappt hat, seid ihm nicht Gram deswegen«, fuhr er fort. »Mein werter Herr Vater lässt Euch übrigens herzlich grüßen. Neulich schrieb er mir ...«

Matti schob sich aus dem Raum und bekam die restlichen Worte Andrés nicht mehr mit. Sie lief die Treppe hinunter. Nur raus aus diesem Gebäude und Luft holen! Sie schalt sich selbst einen unvorsichtigen Tölpel. André hatte sie gerettet, ohne Zweifel. Wenn der Medikus weiter nachgefragt hätte und herausgekommen wäre, dass Matti ihr Studium noch nicht begonnen hatte, im Grunde in diesen Räumlichkeiten nichts zu suchen hatte, dann wären unangenehmere Fragen gefolgt. Sie durfte nicht auffallen.

Das, was sie mit ihrer Verkleidung tat, war gefährlich genug, auch ohne dass alle Aufmerksamkeit auf ihr lag. Sie biss sich auf die Unterlippe und schwor, sich in Zukunft besser im Zaum zu halten.

Draußen fingen sie zwei Arme ab, die sie festhielten. Sie sah hoch, in Philipps ernstes Gesicht, und machte sich von ihm los, obwohl sie ihn am liebsten stürmisch umarmt hätte. Nur, wie hätte das ausgesehen? Sie war schließlich ein Mann, und sie standen mitten auf der Straße.

»Spionierst du mir nach?«, fragte sie misstrauisch, obwohl sie sich doch freute, ihn zu sehen, so sehr, dass sie ihn an der Hand fassen und mit sich ziehen wollte. Doch sie tat es nicht.

»Ich mache mir Sorgen«, antwortete Philipp. Sie starrten sich ein paar Augenblicke an.

Plötzlich ertönte Andrés Stimme hinter Matti: »Das war gekonnt, mein Lieber, beinahe hättest du dich mit dem Medikus von Heidelberg angelegt. Du kannst Gott danken, dass er ein guter Bekannter meines Vaters ist.« André stellte sich neben sie und musterte Philipp. »Da ist er ja wieder, der große Unbekannte. Weiß er auch so viel über die Medizin wie du?« Er lachte. »Ich glaub's ja kaum, so dumm wie der aus der Wäsche schaut.«

Philipp machte einen Schritt auf André zu und packte ihn am Kragen. »Pass auf, sonst zeigt dir der tumbe Rittersohn, was er mit seiner Faust so alles anstellen kann. Oder fürchtest du um dein teures Wams?«

»Philipp, hör auf!« Matti zog ihn von André weg, und er ließ es sich gefallen. Voller Ärger hielt sie ihn am Arm. »Führe dich hier nicht so auf.«

»Ich wusste es, ihr kennt euch«, sagte André amüsiert. »Nur woher, hm?«

»Wir saßen schon zusammen und haben musiziert«, antwortete Philipp. »Kannst du mit der Laute umgehen? Hast du je deiner Liebsten ein Lied gedichtet? Dir täte es gut ...«

»Philipp, lass gut sein!«, unterbrach ihn Matti und drückte seinen Arm noch fester. Wenn er jetzt zuviel verriet, dann waren all ihre Bemühungen umsonst gewesen. Er brachte sie in Gefahr, spürte er das denn nicht?

»Wir werden das alles klären, aber nicht jetzt und nicht hier. Beruhige dich erst einmal. Du findest mich in der neuen Apotheke in der Nähe des Marktes.«

Philipps abschätziger Blick tat ihr weh.

»Falls ich dich suche«, sagte er und nickte zum Abschied. Dann drehte er sich um und lief mit großen Schritten in Richtung Marktplatz.

»Matthias, du verschweigst mir etwas, und das finde ich nicht nett.« André klopfte ihr auf die Schulter, und sie atmete tief durch.

»Er ist der Sohn des Burgherrn. Ich war dort auf der Burg Gehilfe eines Alchemisten. Ich war nicht lange dort.«

»Interessant. Bei Gelegenheit musst du mir mehr davon erzählen«, er lächelte, »unter anderem, warum du so ein Geheimnis daraus machst.«

Kapitel 23

»Ich möchte ein Horoskop für meine Tochter erstellen lassen«, begann die Kundin das Gespräch. Sie und das Mädchen waren zu Matti in das Zimmer gekommen und hatten auf den Stühlen Platz genommen. Die Mutter trug ein eng anliegendes Kopftuch aus Seidenstoff, das sich an ihre Wangen schmiegte und ihr Haar verdeckte. Ihr Mantel war dort, wo er am Hals anlag, mit Pelz besetzt. Die Tochter, Matti schätzte sie auf ein, zwei Jahre jünger als sie selbst, trug ihren Umhang über dem Arm und war in ein grünes Kleid mit weit ausgestellten Ärmeln gekleidet. Eine kastanienbraune Locke kringelte sich über ihre bleiche Wange, ihre Augen schienen unnatürlich groß, und ihre Hände kneteten ein Tüchlein. Sie war krank, das erkannte Matti auf den ersten Blick.

»Im Allgemeinen empfange ich die Kunden einzeln, doch in Eurem Fall mache ich eine Ausnahme«, antwortete sie und nickte dem Mädchen aufmunternd zu. Das senkte den Blick und ließ weiter die Mutter für sich reden. Matti erfragte die Geburtsdaten und den Geburtsort der Tochter und nahm die Tabellen zur Hand, um jedes der Häuser einzeln durchzugehen. Als sie zum sechsten Haus, dem Krankheitshaus, kam, hielt sie inne und musterte das Mädchen, das gerade ihr Tuch gegen die Stirn drückte, erneut. Ein Hauch von Pfefferminze wehte zu Matti herüber.

»Eure Tochter ist sehr, sehr krank. Ist sehe es deutlich in den Sternen.«

»Ja.« In der Stimme der Frau schwang Besorgnis, als sie antwortete. »Der Medikus hat bereits Abführmittel verabreicht, um die Säfte ins Gleichgewicht zu bringen. Zunächst schien es zu helfen, doch dann wurde sie noch schwächer. Seht, sie kann sich kaum auf dem Stuhl halten.« Sie strich dem Mädchen beruhigend über den dünnen Arm. »Nun hat er einen Aderlass angeordnet. Eine Freundin erzählte mir von Euch und Euren Sterndeutungen. Wir beschlossen, den rechten Zeitpunkt für den Eingriff zu erfragen.«

Matti nickte, ließ sich nicht anmerken, wie sie das Gehörte ärgerte. Kurz dachte sie an den Disput mit dem Medikus in der Bibliothek, dann fuhr sie fort: »Der Saturn steht im sechsten Haus, das heißt, Eure Tochter ist pflichtbewusst und hat eine starke Selbstkontrolle. Sie scheut das Risiko, und unter gewissen Bedingungen ist ihre Gesundheit gefährdet. Das Frühjahr ist gut, um das Blut zu reinigen, doch noch stehen die Sterne nicht günstig, Ihr solltet abwarten. Wie lange ist sie schon krank?« Ein Aderlass war ganz sicher nicht das richtige Mittel, um Heilung zu bringen, was hatte dieser Medikus nur gelernt in seinem Studium? Viel Sinnvolles offenbar nicht.

»Seit ein paar Tagen«, antwortete die Mutter. Offenbar war sie froh, ihre Sorgen loswerden zu können, denn sie erzählte weiter: »Sie war seit längerer Zeit schon so blass und hat kaum etwas gegessen, aber sie fühlte sich nicht krank. Dann kam ein leichtes Fieber sowie Unwohlsein. Sie hat sich einen Tag lang in ihre Bettstatt gelegt, um sich zu schonen, doch es wurde schlimmer, sodass wir den Medikus holten. Plötzlich hatte sie an der Schulter rote Bläschen, und auch das Fieber stieg noch einmal an.«

Matti überlegte. Um Zeit zu gewinnen, tat sie so, als ginge sie ihre Tabellen durch und stelle Berechnungen an. Dunkel erinnerte sie sich an eine junge Frau aus dem Dorf mit Bläschen und

Pusteln am Oberkörper, die Albert behandelt hatte. Konnte die Krankheit des Mädchens ähnlich sein? Der Alchemist hatte behauptet, sie entstünde, wenn die Seele des Menschen in Aufruhr sei. Seine Patientin hatte kurz zuvor ihren kleinen Sohn durch eine schwere Krankheit verloren. Es war ihr erstes Kind gewesen. Matti erinnerte sich, dass Albert ihr Vorwürfe gemacht hatte, ihn mit dem Kind nicht aufgesucht zu haben. Kurze Zeit danach war sie mit hohem Fieber zusammengebrochen, und er hatte sich schuldig gefühlt deswegen.

»Darf ich die gerötete Stelle sehen?«, fragte sie, doch die Frau schüttelte energisch den Kopf.

»Das wäre ungehörig. Ihr seid ein Mann! Außerdem hat sich der Medikus schon um sie gekümmert. Ich sehe nicht, warum Ihr den Ausschlag betrachten müsst, wenn Ihr uns die Sterne deuten sollt.«

»Ich bin nicht nur Sterndeuter, sondern auch Alchemist«, versuchte Matti zu beruhigen. »Wie Ihr sicher wisst, kennen auch wir uns in der Heilkunde aus. Ich möchte Euch nur helfen.« Sie lächelte. »Mein Lehrer hat nach dem Allheilmittel geforscht und einen Theriak gemischt, der diesem sehr nahe kam. Er hat sich um viele Krankheiten der Dorfbewohner gekümmert. Wenn Ihr mich nachschauen lasst, kann ich prüfen, ob mir die Krankheit Eurer Tochter bekannt ist. Und, mit Verlaub, der Medikus ist auch ein Mann.«

Das Mädchen erhob sich, schwankte ein wenig, doch als die Mutter es stützen wollte, winkte es ab und sagte mit schwacher Stimme: »Mutter, ich will, dass er es sich ansieht. Es kann nicht schaden, und der Schmerz ...«, sie sank zurück auf ihren Stuhl, hielt sich das Tuch vor das Gesicht und atmete tief ein und aus. Dann sah sie wieder hoch, zeigte auf den Bereich zwischen linker Schulter und Hals, während sie die Verschnürung des Kleids ein wenig öffnete. »Es ist hier. Und es juckt erbärmlich.«

Sie zog ihr Gewand an der Stelle herunter. Die Mutter beobachtete das Geschehen, ohne noch einmal einzugreifen, doch ihr Gesichtsausdruck zeigte ihren Unmut. Matti beugte sich vor, konnte jedoch im Dämmerlicht nicht genug erkennen.

»Einen Augenblick«, sagte sie, ging zum Fenster und entfernte das Tuch, sodass ein wenig Helligkeit von draußen hereinkam. Der breitkrempige Hut, den Gottbert ihr aufgeschwatzt hatte, störte sie, deshalb nahm sie ihn ab, drehte sich um und legte ihn auf den Tisch. Die Mutter sog hörbar die Luft ein, doch Matti beachtete sie nicht. Mit der Kerze in der Hand, darauf bedacht, nicht mit dem Wachs zu tropfen, beugte sie sich über das Mädchen und sah die Bläschen auf der weißen Haut rot hervorstechen.

»Ja, das kenne ich«, murmelte sie. »Ihr könnt Euch wieder bedecken.«

Als sie hochblickte, bemerkte sie, dass die Mutter sich mit einer Hand am Tisch festhielt, sodass die Knöchel weiß hervortraten. Mit weit aufgerissenen Augen starrte sie Matti an, den Mund leicht geöffnet, so als wäre das Wort, das sie sagen wollte, auf halbem Weg in ihrem Mund stecken geblieben. »Das kann nicht sein!«, brachte sie schließlich hervor, ohne den Blick von Matti zu nehmen.

»Doch, glaubt mir, ich kenne diese Krankheit«, antwortete Matti, verwirrt durch den entsetzten Gesichtsausdruck ihres Gegenübers. Die Frau sah aus, als sei ihr der Teufel höchstpersönlich begegnet. »Ich werde Euch einen Tee anmischen. Wenn Ihr mir Euren Namen sagt, dann kann ich ihn morgen zu Eurem Haus bringen.«

Die Frau erhob sich. »Ich schicke einen Boten in der Früh.«

»Lasst Euch in der Apotheke Calendula-Tinktur mitgeben, das sollte vorerst Linderung verschaffen. Ich werde Euch eine Salbe herstellen, für die ich etwas Zeit benötige, aber seid unbesorgt, sie wird Eurer Tochter helfen.« In Wirklichkeit brauchte sie nicht nur Zeit, sondern auch eine Zutat, eine mineralische Erde, von der sie nicht wusste, wie und wo sie die in Heidelberg finden konnte. Doch darum würde sie sich später sorgen.

Sie würde in ihrem Rezeptbüchlein nachsehen und schauen, was für weitere Möglichkeiten der Behandlung es gab. Solange sie dem Medikus und seinem Starrsinn eins auswischen konnte, war ihr alles andere gleich. Zudem dauerte sie das Mädchen. Sie wollte ihr unbedingt helfen. Gerne hätte sie der Kranken Mohnsaft zur Linderung der Schmerzen mitgegeben, doch sie war sich sicher, dass Gottbert ihn nicht in der Apotheke führte.

»Ihr könnt mir wirklich helfen?« Das Mädchen sah sie an. Eine Träne fand ihren Weg aus dem Augenwinkel über ihre Wange. »Es juckt so sehr, und mir tut alles weh.«

»Haltet noch einen Tag aus, dann werde ich Euch eine Arznei geben können, die Euch gesund macht.«

Die Frau hatte mittlerweile zwei Kreuzer aus ihrem Säckel gezogen und sie Matti hingelegt. Ihre Hand zitterte. Sie murmelte ein »Danke, der Bote kommt dann«, packte ihre Tochter am Arm und zog sie aus dem Raum.

Matti setzte sich und starrte den beiden hinterher. Was war das für ein merkwürdiges Verhalten gewesen? Die Frau war ihr ganz normal erschienen bis zu dem Zeitpunkt, an dem Matti sich über ihr Tochter gebeugt hatte. Dann allerdings hatte sie sich aufgeführt, als sei sie nicht ganz bei Sinnen.

Vielleicht war sie das ja nicht. Matti beschloss, sich so bald wie möglich um die Salbe zu kümmern. Den Tee würde sie noch heute anmischen, und sie hoffte, dass die Tinktur wenigstens die ersten Schmerzen lindern würde. Richtig wirksam aber würde nur die Zutat sein, die sie von woher auch immer besorgen musste. Vielleicht wusste Gottbert Rat. Sie schüttelte den Kopf, nahm ihren Hut, setzte ihn auf und verhängte erneut das Fenster mit dem Tuch.

♃ ♄ ☿

Philipp hatte beschlossen, Matti in ihrer Unterkunft, von der sie erzählt hatte, aufzusuchen. Es half nicht, dass sie sich jedes Mal, wenn sie sich trafen, stritten, so kamen sie nicht weiter. Es tat ihm weh, wie sie mit diesem gelockten Studenten umging, ja. Aber sich schmollend in seine Kammer zu verziehen brachte nichts. Das hatte er sich eingestehen müssen.

Sie war ihm fremd geworden. Was auch immer sie auf der Flucht erlebt hatte, es hatte sie verändert. Er wollte mit ihr darüber reden, wollte, dass sie ihn teilhaben ließ. Was hatte ihr dieser André denn schon zu bieten außer der Möglichkeit, die Universität zu betreten? Philipp war sicher, dass Matti das – wenn sie es denn unbedingt wollte – auch ohne solche Freunde erreichen konnte.

Er schritt die Gasse in der zunehmenden Dämmerung entlang. Aus einem der Fenster drang eine Männerstimme. Sie wurde übertönt von einer Frau, die Stimmen schraubten sich in die Höhe. Der Mann rief: »Du eigensinniges Weibsbild!«

Die beiden erinnerten Philipp an Matti und sich selbst. Er schüttelte den Kopf. *So komme ich nicht weiter*, dachte er erneut.

Die Apotheke fand er auf Anhieb, ein Schild baumelte über dem Eingang. Im oberen Stockwerk schimmerte Licht durch die geschlossenen Läden, unten hingegen war alles dunkel. Er spähte durch die grünen Scheiben, konnte jedoch nichts erkennen. Als er schließlich die Faust heben und klopfen wollte, wurde die Tür aufgerissen und Matti lief ihm in die Arme. Er hielt sie fest.

»Wird offenbar zur Gewohnheit, mich so stürmisch zu begrüßen«, murmelte er. Sie sah hoch. Ihr Lächeln wischte alle seine Grübeleien fort. Mit den Fingern strich er über die kurzen Strähnen an ihrem Ohr. Der Rest ihres Haares wurde von einer ledernen Kappe verdeckt. »Ganz schön kurz.«

»Musste sein.« Sie zuckte mit den Schultern und machte sich los. In der Hand hielt sie eine Laterne, die einen warmen Schein auf ihre Gestalt warf. Sie trug einen Umhang und hatte einen Beutel bei sich. Ihre Wangen waren gerötet, so als beschäftige sie etwas.

»Wo willst du hin?«, fragte er.

»Komm, lass uns nicht hier herumstehen«, antwortete sie und zog die Tür zu. »Ich brauche Steinklee für einen Tee und Cadmia-Erde für eine Salbe, die ich anrühren muss«, begann sie ihre Erklärung, als sie ein Stück gelaufen waren.

»Und das besorgst du im Anbruch der Nacht ... Wo, wenn ich fragen darf? Warum kümmert sich der Apotheker nicht darum?«

»Weil es für meine Patientin ist und weil ich es sofort brauche. Gottbert weiß nicht einmal, was Cadmia-Erde ist.«

»Du kurierst Kranke?«, entfuhr es ihm. Er wollte den Kopf schütteln vor so viel Übermut und rief sich zur Ordnung. Er durfte ihr nicht schon wieder Vorwürfe machen. »Das wusste ich nicht«, fügte er an.

»Der Apotheker hat mich dazu überredet, Sterndeutungen zu machen. Ich bekomme genug dafür, um für die Studiengebühren zu sparen, deshalb muss ich's tun.« Sie schien sein Entsetzen über diese Neuigkeiten nicht mitbekommen zu haben, denn sie erzählte unbekümmert weiter: »Ich versuche, den Leuten zu helfen, wenn eine Krankheit die Ursache für ihre Frage nach einem Horoskop ist. Heute kam eine Frau mit ihrer Tochter. Der Medikus hat dem Mädchen Aderlass verordnet, er ist ein Quacksalber! Ich kenne das Krankheitsbild. Ich entsinne mich, dass Albert einen solchen Fall behandelt hat. Ich habe in meinem Rezeptbuch nachgelesen, und nun muss ich zum Medikus.«

»Matti«, Philipp holte tief Luft. »Das ist viel Neues auf einmal.« Eine Ahnung beschlich ihn, dass dies hier wieder kein gutes Gespräch werden würde, wenn er seiner Sorge freien Lauf ließ. Er befahl sich, zurückhaltend zu sein, sie nicht zu bremsen in ihrem Tun, auch wenn er genau spürte, dass sie wieder einmal viel zu stürmisch vorging.

Sie blieb stehen und blickte ihn an. Ein Lächeln huschte über ihr Gesicht, dann antwortete sie: »Wir hätten nicht so viel streiten und uns stattdessen das eigentlich Wichtige erzählen sollen.«

Spielte sie auf ihre Frage an, warum er sich in Heidelberg aufhielt? Er hatte sie ihr immer noch nicht beantwortet, wie auch? »Nun willst du den Medikus um Hilfe bitten, obwohl er ein Quacksalber ist?«, versuchte er abzulenken.

»Ich muss unbemerkt in seinen Garten kommen. Sicher hat er dort Kräuter angepflanzt. Ich wüsste nicht, wo ich sonst so rasch an Steinklee kommen soll. Ich brauche ihn noch heute. Um die Cadmia-Erde kümmere ich mich morgen.«

»Du glaubst, du kannst bei dem Mann einfach so in den Hinterhof gehen und seine Pflanzen plündern?«

»Wo soll ich sonst hin? Zur Kräuterfrau auf der anderen Neckarseite komme ich nicht, die Tore sind schon zu.«

»Ich helfe dir«, sagte er. Sie ließ sich ja sowieso nicht von ihrem Vorhaben abhalten, und ehe sie ihre Dummheiten alleine beging, war er lieber an ihrer Seite. Außerdem, wenn er jetzt handelte, konnte er sie vielleicht wieder für sich gewinnen. Dann würde sie endlich sehen ...

»Was hast du vor?« Matti zwinkerte und schien sich innerlich zu freuen.

»Ich laufe dem edlem Fräulein voraus und leuchte ihr den Weg.« Er hörte ihr Kichern. Als er ihr die Lampe aus der Hand nahm, strich er wie zufällig über ihre Finger. Dann gingen sie gemeinsam die Gasse entlang. Matti wusste wo es langging und schickte ihn mal in die eine, mal in die andere Richtung. Am Ziel angekommen, zog sie ihn in eine dunkle Ecke und deutete auf ein Fachwerkhaus mit blau gestrichenen Holzläden, die alle ausnahmslos geschlossen waren.

»Sieht doch gut aus«, wisperte sie. »Kein Mensch mehr unterwegs.«

Er zuckte nur mit den Schultern und nickte in die Richtung eines schmalen Durchgangs, der das Haus vom Nachbargebäude trennte. Wenn es dahinter irgendwo einen Garten gab, dann war er vielleicht so zu erreichen.

Matti huschte in die Richtung und verschwand im Dunkel. Philipp stellte die Laterne mit der brennenden Kerze in einer Nische ab und folgte ihr. Mit angehaltenem Atem schob er sich zwischen den Häusern hindurch und fand Matti vor einer Mauer wieder. Sie blickte zu den Hausfassaden.

»Auch hier ist nichts los. Entweder geschlossene Läden oder dunkle Fensteröffnungen.«

Ihr Flüstern war kaum zu verstehen. Philipp schluckte an seinem Unbehagen und musste ihr doch Recht geben. Es war alles dunkel und ruhig.

»Ich warte hier«, gab er ihr mit einem Nicken zu verstehen, während sie mit Mühe die Mauer überwand, die ihr bis zur Schulter ging. In dem Moment, in dem er sie sicher auf der anderen Seite glaubte, ertönte ein Scheppern, das in der Stille der Nacht ohrenbetäubend in seinen Ohren dröhnte.

»Verdammt!«, fluchte Matti. »Ein paar leere Eimer.«

Augenblicke vergingen, dann schlug ein Fensterladen gegen die Hauswand und eine schrille Stimme schrie: »Wer ist da?«

Philipp konnte nicht ausmachen, von wo sie kam. »Warte hier, ich lenke sie ab«, flüsterte er, ohne zu wissen, ob Matti ihn gehört hatte. Dann zwängte er sich durch den Durchgang zurück auf die Straße. Hier war noch alles ruhig.

Das musste sich ändern, die Leute sollte ihm seine Aufmerksamkeit schenken, nicht Matti da hinten im Garten. Er hob die Laterne auf, damit man ihn sehen konnte. Dann räusperte er sich und begann lauthals sein liebstes Lied zu deklamieren, eins, das er für Matti gedichtet hatte. Er sang mit kräftiger Stimme in die dunkle Gasse hinein, starrte auf einen Fleck an einer Hauswand, um nicht darüber nachzudenken, was er hier gerade tat. Er hätte mit sich selbst wetten können, wie viele Lieder er brauchen würde, bis der Nachtwächter ihn am Kragen packte, doch er ließ es bleiben. Unverdrossen sang er, wünschte sich seine Laute herbei und versuchte das Fehlen des Instruments mit umso lauterer Stimme zu überspielen.

Schneller als erwartet war das Lied zu Ende, der letzte Ton verklang – es fühlte sich an, als erwache er aus einem Traum. Er blickte sich um. Die Läden an mehreren Fenstern waren geöffnet worden. Aus einem schauten drei Mädchen heraus, die ihm kichernd zuwinkten, an einem anderen trug eine Frau ihr Kind auf dem Arm und lächelte zu ihm hinunter.

Mein erster richtiger Auftritt, ging ihm durch den Kopf, *und sie scheinen es zu mögen*. Ein warmes Gefühl breitete sich in ihm aus. Er stimmte das nächste Lied an, sang noch ein wenig lauter und machte ein paar fröhliche Schritte und Hüpfer dazu. Es war ein gutes Gefühl. Fast vergaß er, warum er hier sang, warf einen hastigen Blick zum Haus des Medikus und bemerkte, dass auch dort die Menschen an den Fenstern standen und zu ihm hinüberblickten. Einer klatschte im Takt in die Hände, andere machten es ihm nach. Ein weiteres Lied, und Philipp wurde ausgelassener. *Sie mögen es*, dachte er immer wieder.

Als der Nachtwächter ihn grob zur Seite riss, sodass er strauchelte, die Lampe mit einem Scheppern auf dem Boden aufschlug und erlosch, empfand er das nicht einmal als beunruhigend. Zumindest nicht im ersten Moment.

Kapitel 24

Matti stand in dem im Dunklen liegenden Innenhof und drückte sich mit dem Rücken an die Mauer. Am liebsten wäre sie mit ihr verschmolzen. Sie regte sich nicht, starrte nur auf das Fenster im unteren Stock, in dem sich ein Schatten bewegte, so als suche er angestrengt die Umgebung ab. *Man kann mich nicht sehen*, dachte Matti wiederholt. *Hier im Dunkeln bin ich nicht zu entdecken.*

Auf einmal hörte sie Gesang, der von der Gasse vor dem Haus herkommen musste. Es dauerte einen Moment, bis sie erkannte, dass es Philipps Stimme war. Sie schloss die Augen. Gütiger Gott, was tat er da? Er wollte die Bewohner ablenken, doch glaubte er wirklich, er würde damit heil davonkommen? Wenn der Nachtwächter sich weit, weit weg aufhielt vielleicht.

Der Laden im unteren Stock schloss sich mit einem dumpfen Knall. Matti atmete auf. Nun musste sie es wagen. Wenn Philipp sich da vorne für sie aufopferte, dann durfte sie nicht zurückstecken. Sie versuchte, sich zu orientieren. Trotz der Anspannung musste sie lächeln darüber, wie er ihr zur Seite stand. Es war ein gutes Gefühl, eins, das sie, seit sie in Heidelberg war, vermisst hatte. Das Gefühl, nicht mehr allein zu sein.

Mit angehaltenem Atem schlich sie gebückt über das Grundstück in den hinteren Teil. Erleichterung ließ sie aufatmen, als sie hinter einem Schuppen ein üppiges Kräuterbeet entdeckte. Der Medikus bediente sich also auch noch anderer Mittel als dem Aderlass, sieh an.

Die Suche nach dem Steinklee gestaltete sich schwierig in der Dunkelheit. Oft musste sie die Blätter erfühlen, zwischen den Händen zerreiben und daran riechen, um sicher zu sein, welches Kraut sie vor sich hatte. Es dauerte eine Ewigkeit und ließ sich doch nicht beschleunigen. Sie lauschte auf verdächtige Geräusche, während sie auf dem Boden kniete, die Beete absuchte und endlich das Richtige fand. Sie rupfte die Stängel, verstaute sie in ihrem Beutel und schlich zurück zum Zaun.

Philipps Ablenkung schien wirkungsvoll zu sein, bislang hatte sich niemand mehr für den Hof hinter dem Haus interessiert. Die Läden blieben geschlossen, ebenso die Hintertür, und auch bei den Nachbarn regte sich nichts. Jetzt nur schnell nach vorne und mit Philipp verschwinden, und dann war die Sache überstanden. Matti kletterte über die Mauer. Sie zwängte sich zur Gasse und hörte erst ein Rufen, dann ein Schimpfen. Der Gesang brach ab.

Matti sah, wie der Nachtwächter mit Philipp rang. Der konnte sich mit einem gezielten Schlag in den Magen seines Gegners befreien, tat ein paar Schritte rückwärts und wurde von einer zweiten Gestalt, die aus dem Dunkel wuchs, festgehalten. Er wehrte sich, doch vergebens, der Mann drehte ihm den Arm auf den Rücken, sodass er aufstöhnte.

»Ein Büttel«, flüsterte Matti entsetzt, unfähig, sich zu regen.

Über ihr schlossen sich Fensterläden mit lautem Knall. Den Impuls, zu ihm zu laufen und für Philipp zu kämpfen, unterdrückte sie. Sie musste ihnen folgen, beobachten, wo sie ihn hinbrachten, das würde mehr helfen als wieder eine ihrer unbedachten Taten.

Matti huschte hinter den Männern her, die Philipp in die Mitte genommen hatten. Ein paar Schritte weiter hielt sie inne, lief dann wieder ein Stück. So gut es ging, verbarg sie sich in der Dunkelheit, bemüht, das Licht des Nachtwächters nicht aus den Augen zu verlieren. In den Nischen der Eingänge oder Hofeinfahrten wartete sie immer wieder ab, bis die Gruppe vor ihr genügend Abstand bekommen hatte. Kein Mensch war auf der Straße außer ihnen.

Das ist alles meine Schuld!, dachte sie, ballte die Hände zu Fäusten und lief wieder ein Stück, bis sie in der nächsten Ecke Zuflucht fand. Sie sah an der gegenüberliegenden Hausfassade hoch auf geschlossene Läden, kein Lichtschein dahinter, alles war ruhig. Als sie erkannte, dass Philipp in einen der Türme in der Stadtmauer gebracht wurde, gab Matti die Verfolgung auf. In einer Einfahrt kauerte sie sich an die Hauswand und zog den Mantel enger um ihren Körper. Sie wollte ein paar Augenblicke warten, nachdenken und sich beruhigen, bevor sie den nächsten Schritt in Angriff nahm. Die Kälte kroch in ihren Körper und in ihre Gedanken. Müdigkeit ließ sie einnicken und mit eiskalten Wangen wieder hochschrecken.

Sie erhob sich, streckte ihre starren Glieder und ging auf die Gasse, wo sich hier und da bereits Leben regte und den nahenden Morgen ankündigte. Eine Magd verließ ein Haus mit zwei Eimern, um beim Brunnen Wasser zu holen. Ein Botenjunge rannte sie beinahe um und überschüttete sie mit Flüchen. Eine Katze maunzte und strich Matti um die Beine, um sich dann einer geöffneten Tür zuzuwenden, die mehr versprach.

Matti erreichte den Turm und grüßte die Wache. »Lasst den Jüngling frei, der heute Nacht gebracht wurde. Er hat nichts verbrochen«, sagte sie mit fester Stimme.

Der Mann lachte lauthals, so als habe er einen guten Scherz gehört. Dann antwortete er: »Bursche, du bist lustig. Wie soll ich armer Wicht einen freilassen? Denkst du, ich bin ohne Verstand und hab' meine Pflichten vergessen?«

»Er hat nichts getan, nur ein wenig zuviel getrunken und ein Lied gesungen!«

»Scher dich zum Rat und erzähl's dem, nicht mir.«

So komme ich nicht weiter, dachte Matti und hielt dem Mann, der sich die müden Augen rieb, einen Kreuzer entgegen.

»Dann lasst mich wenigstens mit dem Studenten reden.«

Er grinste »Dafür lass ich Euch rein, aber nicht wieder raus Bürschelchen.«

Matti kramte einen zweiten Kreuzer hervor. Der Wächter nahm auch den und öffnete die schwere Holztür.

»Ein Student? Da musst du dich irren, die kommen in den Karzer, nicht hierher. Die sind was Besseres. Aber sieh ruhig nach. Bist wohl auch einer von denen, hm? Klopf, wenn du wieder raus willst.«

Die Tür schloss sich hinter ihr, und Matti stand in einem düsteren Raum mit vergitterten Fenstern, vor ihr eine Steintreppe, die nach oben führte. Es roch muffig. Sie nahm die Stufen so schnell es ging, um nichts von der kostbaren Zeit, die sie mit Philipp verbringen konnte, zu vertrödeln. Oben angekommen, betrat sie knarrende Holzplanken. Gestank nach Fäkalien und Feuchtigkeit schlug ihr entgegen. Der kleine Flur endete an einem Gitter. Matti biss sich auf die Lippe und spähte in den dämmrigen Raum, der mit altem Stroh ausgelegt sein musste, so wie es hier roch. Sie hielt sich den Ärmel vor die Nase, um nicht würgen zu müssen. *Meine Schuld, dass er da drinnen steckt.*

»Philipp? Bist du da?«, flüsterte sie.

Einer der Schatten bewegte sich, richtete sich auf und kam auf das Gitter zu.

»Was machst du hier?«, hörte sie die vertraute Stimme mit einem besorgten Unterton. »Am Ende behält man dich auch an diesem gastlichen Ort.«

»Dazu gibt es keinen Grund.«

»Glaubst du, das stört hier irgendwen?«, konterte er.

»Ich helfe dir. Es ist alles meine Schuld«, versuchte Matti, ihn zu beschwichtigen.

»Unsinn. Ich komme alleine heraus.«

»Wie?«

Philipp streckte eine Hand zwischen den Gitterstäben hindurch und strich ihr mit dem Finger über die Wange. Seinen Gesichtsausdruck konnte sie kaum erkennen, so dunkel war es hier oben, doch sie spürte eine Wärme, die ihr die Knie weich werden ließ.

»Immer bringe ich andere in Schwierigkeiten, weil ich zu wenig über die Folgen nachdenke, bevor ich handle.«

Er fasste ihre Hände, mit denen sie die Gitterstäbe umklammerte. »Du bist ein wenig ungestüm«, flüsterte er zurück. »Mach dir keine Sorgen. Sie haben keinen Grund, mich lange festzuhalten. Nur weil ich ein wenig gesungen habe.«

»Du hast mir sehr geholfen, danke dafür.«

»Siehst du endlich ein, dass man als Musikus nicht unbedingt ein Schwächling zu sein braucht?«

Matti spürte den Druck seiner Hände. Was wollte er mit seinen Worten sagen? Hatte sie je behauptet, sie würde sein Lautenspiel nicht mögen? »Du weißt, wie lieb mir deine Lieder sind«, antwortete sie. »Das weißt du doch, warum redest du so? Ich bin so froh, dass du bei mir bist.«

Matti musste kichern, diese Nacht hatte zu sehr an ihren Nerven gezerrt. Es war verrückt. Die ganze Zeit waren sie umeinander geschlichen wie zwei Kater in demselben Revier, und nun, wo die Nähe zwischen ihnen wieder da war, trennten sie die Gitterstäbe.

»Ruhe da! Hört auf mit dem Gesülze und Gezischel«, kam es aus dem Raum. Ein Mitgefangener, der die Geduld verlor.

»Ich komme morgen wieder«, sagte sie rasch. »Wenn du bis dahin nicht draußen bist, dann unternehme ich was.«

»Du findest mich in der Herberge zum grünen Krug«, antwortete er. »Aber komm erst, wenn ich in einem Waschzuber gesessen habe. Nein ...«, er hauchte ihr einen Kuss auf den Handrücken. »Komm einfach früher und teile das Bad mit mir.«

Sie konnte sein schelmisches Lächeln erahnen, sehen konnte sie es nicht. Es war zu dunkel.

»Du Schuft!«, flüsterte sie in gespielter Empörung und entzog sich ihm.

»Aber gnädiges Fräulein, Ihr werdet doch nichts Schlechtes von mir denken«, antwortete er, um dann in normalem Ton hinzuzufügen: »Nun geh. Wir sehen uns.«

Hastig wandte sie sich ab und rannte die Treppe hinunter. Unten hämmerte sie schier endlos gegen die Tür, bis der Wächter sie endlich mit einem Grinsen öffnete und Matti auf die Straße entließ.

♃ ♄ ☿

Auf dem Rückweg blieb sie beim Stand des Bäckers an der Kirche stehen und kaufte ein frisches Brot. Es war noch warm vom Ofen. Matti hielt es sich an die Wange, umfasste es dann mit beiden Händen. Schließlich biss sie ein großes Stück ab und kaute. Sie hatte unsäglichen Hunger, auch wenn sie mit schlechtem Gewissen an Philipp denken musste, dem in diesem stinkenden Loch nur ein harter Kanten Brot blieb, wenn überhaupt. Es half ihm nichts, wenn sie mit ihm darbte. Sie hätte den ganzen Laib verschlingen können, so sehr gierte sie danach.

Am Brunnen trank sie Wasser, das sie mit beiden Händen aus dem Becken schöpfte, und endlich fühlte sie sich besser. Es gab so vieles, was sie heute erledigen musste, sie durfte sich nicht durch die Geschehnisse der Nacht aus der Bahn werfen lassen. Wenn Philipp sagte, er könne alleine für sich sorgen, dann musste sie das so hinnehmen. Dennoch hatte sie das, was der Wächter über die Studenten und den Karzer geredet hatte, nicht vergessen. Sie würde André danach fragen.

Matti verstaute den Rest des Brotes in ihrem Beutel und machte sich wieder auf den Weg. Als Erstes musste sie nun den Tee mischen, auch wenn sie sich müde und zerschlagen fühlte von der durchwachten Nacht. Zu irgendetwas musste dieses Abenteuer gut gewesen sein, und sei es dazu, dass die Patientin rechtzeitig Hilfe erhielt.

Als zweites brauchte sie Mohnsaft zur Schmerzlinderung und Cadmia-Erde für die Salbe gegen die Pusteln. Mohnsaft besaß der Medikus, das war gewiss. Und an den kam sie vielleicht über André heran, schließlich schien er ihn gut zu kennen. Also würde ihr nächster Schritt sein, den Studenten zu suchen und um Hilfe zu bitten.

Matti betrat die Apotheke und sah, wie Gottbert aufgeregt hinter der Theke herumlief. Er blickte hoch, als die Glöckchen bimmelten. »Matthias, Gott sei Dank, du bist da, ich habe Neuigkeiten.«

»War der Bote der Frau schon hier, um den Tee zu holen?«

»Wie? Wer? Der Bote, nein, der war nicht da. Ich habe etwas Dringendes.«

Matti lief an ihm vorbei zur Treppe. Seine Aufgeregtheit konnte sie jetzt nur schwer ertragen, und seine Neuigkeiten sollte er für sich behalten, sie war nicht daran interessiert, ihn zu ermuntern, wollte seine Gesellschaft nicht. Er folgte ihr ins Labor.

»Wenn er kommt, um den Tee zu holen, dann sag ihm bitte, er möge seiner Herrin ausrichten, sie und ihre Tochter sollen morgen früh beide bei mir wegen der weiteren Behandlung erscheinen.« Sie hoffte, dass sie bis dahin die Arzneien beisammen hatte. Die Krankheit des Mädchens duldete nicht viel Aufschub. »Es ist wichtig.«

»Natürlich, aber ja doch«, antwortete Gottbert.

Sie begann, den Steinklee für die Teemischung vorzubereiten, dessen andere Zutaten sie bereits abgewogen und in einen Beutel getan hatte.

»Nun hör mir zu. Der Kurfürst schickt nach dir! Du sollst ihn besuchen.«

Der Schreck durchfuhr Matti mit der Verzögerung, die sie brauchte, um zu begreifen, was Gottberts Worte bedeuteten. Sie starrte den Apotheker an und fragte: »Warum?«

Er seufzte und wirkte dabei gar nicht unglücklich, sondern eher wie ein Kater, der gerade eine Maus verspeiste, vor deren Versteck er tagelang gewartet hatte. »Er will eine Sterndeutung von dir. Ist das nicht wundervoll?«

Matti schloss die Augen. Ihr waren die schlimmsten Dinge in den Sinn gekommen, von der Bestrafung ihres nächtlichen Ausflugs über die Aufdeckung ihrer Verkleidung bis hin zu ihren anderen Verfehlungen der letzten Zeit, die allesamt aus welchen Gründen auch immer ans Licht gekommen sein mochten.

Ich sollte Buße tun, dachte sie unvermittelt. *Mein Herz beschweren zu viele Lügen.* Sogar an Hoimar hatte sie gedacht und befürchtet, er habe seine Kontakte ausgespielt, um seine Braut zu finden.

Nachdem sie sich beruhigt und die Worte Gottberts noch einmal stumm wiederholt hatte, erschien ihr die Vorstellung, dem Kurfürsten persönlich das Horoskop zu deuten, als unglaublich gewagt.

»Warum denn ich?«, versuchte sie sich zu wehren, obwohl sie wusste, dass es vergebens war. Einem so hohen Herrn musste man gehorchen.

»Siehst du in Heidelberg einen Zweiten, der das kann? Dein Ruf ist gut, Matthias, du hilfst den Menschen, das sag ich doch. Und nun ist all das bis zum Kurfürsten vorgedrungen.«

»Aber das, was ich erzähle, hat weder Hand noch Fuß. Ich fabuliere drauflos, das ist keine fundierte Sterndeutung, so etwas kann ich nicht. Der Kurfürst erwartet zuviel von mir!«

»Du schaffst das, Junge. Du bist doch gewitzt. Erzähl ihm, was er hören will, und du wirst fürstlich entlohnt werden.«

»Wann?«

»Er ist auf eine kurze Reise gegangen und wird nach dir schicken, sobald er zurück in seiner Residenz ist.«

»Gottbert, ich habe keine Ahnung von der Sterndeuterei.«

»Auch wenn du es noch etliche Male wiederholst, wird es nichts ändern.« Der Zwerg vor ihr kicherte. Sie hätte ihm am liebsten mit dem restlichen Brot das Maul gestopft. Doch dass das nichts genutzt hätte, das sah sie auch.

»Was will er von mir wissen? Ist er bei schlechter Gesundheit? Plagen ihn Sorgen?«

Gottbert zuckte mit den Schultern. »Irgendetwas wird es sein, und sei es die Neugier auf deine Kunst. Glaub mir, Matthias, du kannst das. Wenn du einen solch mächtigen Herrn beeindruckst, dann hast du ausgesorgt, und ich mit dir.«

Was ich mir hätte denken können, dachte Matti erzürnt und fragte sich, was dieser Tag noch an weiteren Überraschungen würde zu bieten haben. Wenn man sie fragte, so waren es bereits jetzt mehr als genug.

Kapitel 25

Matti bekam von einem der Studenten, den sie in der Judengasse antraf, einen Hinweis auf Andrés Unterkunft. Sein Zimmer befand sich in einem vornehmen Haus, das wohl einem Kaufmann gehörte, vermutlich ein Bekannter oder Geschäftspartner von Andrés Vater. Dort erfuhr sie von einer Magd, dass der Herr Student manchmal mittags im »Goldenen Hirsch« aß, wenn ihn die Laune dazu packte. Sie solle dort nachschauen.

Nun stand sie in der Tür des Wirtsraumes und blickte sich um. An den langen Tischen saßen Handwerker in ihrer Zunftkleidung und Kaufleute, die lautstark ihre Geschäfte aushandelten. Die Wände waren bemalt mit ausgelassenen Wirtshausszenen, in denen sich die Zechenden zuprosteten. Drei Schankmägde liefen zwischen den Tischen herum. Es roch nach frischem Braten, nach gedünsteten Zwiebeln und dem Bier, das der Wirt ausschenkte. An einem der Tische entdeckte sie André. Sie lief über den mit Binsen bedeckten Boden, schob sich zwischen den Bänken hindurch und setzte sich zu ihm.

»Matthias, was führt dich her?« André schaute von einer Pastete hoch, in die er gerade gebissen hatte. Er winkte einer Magd und bestellte ein weiteres Bier und etwas zu essen. »Geht auf meinen Geldbeutel. Es freut mich, dass du mir Gesellschaft leistest und dass du genau zum richtigen Zeitpunkt auftauchst.«

Matti bedankte sich, als sie das Bestellte vor sich geschoben bekam. Ihr lief das Wasser im Mund zusammen, und sie langte herzhaft zu.

»Ich kann selbst bezahlen«, sagte sie mit vollem Mund. Es war ihr unangenehm, so ausgehalten zu werden. Zudem regte sich ein wenig Misstrauen in ihr. Welchen Narren hatte André an ihr gefressen? Sie wollte nichts Schlechtes über ihn denken, dafür war er zu freundlich. Sie nahm sich dennoch vor, vorsichtig zu sein.

André lachte. »Lass mal, schau du lieber, dass du deine Kreuzer für die Universität zusammenhältst.«

Matti spülte das Essen mit einem Schluck Bier herunter. »Was ist das eigentlich, ein Studentenkarzer?«, fragte sie, um mit ihm ins Gespräch zu kommen. Sie wollte André nicht gleich mit ihrem eigentlichen Anliegen überfallen, und die Frage nach dem Karzer musste sie ebenso klären, also konnte sie genauso gut jetzt damit anfangen.

»Warum? Hast du was ausgefressen?« Er lachte.

»Sag's mir einfach.«

»Die Studenten unterstehen nicht der Gerichtsbarkeit der Stadt, sondern der der Universität. Deshalb gibt es ein eigenes kleines Gefängnis für uns.« Er grinste. »Ich war auch schon drin, ist ganz nett da.«

»Du?«

»Hab in der Öffentlichkeit Pfeife geraucht. Das ist uns Studenten verboten. Aber ich hatte nach ein paar Bieren zuviel diesen Passus nicht mehr präsent. Nun sag, was führt dich zu mir, die Sehnsucht?«

Matti schüttelte den Kopf, irritiert durch seine Neckerei und die Röte, die sie ihr ins Gesicht trieb. *Reagiere nicht wie ein dummes Mädchen!*, schimpfte sie mit sich selbst. *Du darfst nicht unsicher werden, wenn dich ein Mann neckt, du bist selbst einer!* Laut sagte sie: »Ich brauche Mohnsaft. Gibt es eventuell eine Möglichkeit, den Medikus zu überreden, mir ein wenig davon zu überlassen?«

»Hast du Schmerzen?« André runzelte die Stirn und setzte seinen Becher, den er soeben zum Mund führen wollte, wieder ab.

»Eine Patientin. Ich kenne die Symptome ihrer Krankheit und weiß auch, wie ich sie behandeln muss. Ich brauche Cadmia-Erde für die Salbe und Mohnsaft zur Beruhigung der Schmerzen.«

André trank den Becher in einem Zug leer, dann schüttelte er den Kopf. »Du erstaunst mich immer wieder. Wieso kommt die Kranke ausgerechnet zu dir, du hast keinerlei Reputation. Wieso geht sie nicht gleich zum Medikus? Kann sie nicht zahlen? Dann ist es kein Wunder, dass du nicht zu mehr Geld kommst.«

Matti winkte ab. »Sie kam zur Sterndeutung. Beim Medikus war sie schon. Sicher nutzt er Mohnsaft zur Betäubung. Vielleicht hat er noch nicht erkannt, dass er auch als normales Schmerzmittel taugt. Eine solche Qual, wie das Mädchen sie erleidet, muss man lindern, damit der Körper bei Kräften bleibt und gegen das eigentliche Übel ankämpfen kann.«

»Du also weißt es besser?«

Matti beugte sich vor. »Ich weiß es nicht nur besser, ich kann ihr helfen. Aber ich brauche die Zutaten, heute noch, und ich habe keine Ahnung, woher ich sie bekommen soll.«

»Und nun soll ich zum Medikus gehen, um sie ihm abzuschwatzen? Ich weiß was Besseres.« Er winkte der Schankmagd und bestellte ein weiteres Bier. »Ist nett mit dir. Du solltest öfter mit mir zum Essen gehen.« Er aß den letzten Bissen seines Bratens und ließ das Brot liegen.

»Willst du mir helfen, oder nicht?«, fragte Matti. So langsam wurde sie ungeduldig.

»Du gehst mit mir jetzt erst einmal an die Universität. Ich habe etwas ganz Besonderes für dich, eine Anatomie-Sitzung.«

Matti starrte ihn an. Trotz der Verlockung, die seine Worte in sich trugen, antwortete sie: »Ich muss Cadmiasalbe mischen. Hast du mir nicht zugehört?«

»Das wirst du. Aber zuerst begleitest du mich. Vertrau mir.«

Was blieb ihr bei diesen Worten anderes übrig? Ohne weiteren Widerstand zu leisten, folgte sie ihm. Auf dem Weg zu dem Gebäude, in dem die Sektion stattfinden sollte, erklärte André: »Ein bekannter Chirurg aus Parma, mit einem guten Stand beim hiesigen Bischof, ist in der Stadt. Unser Rektor hüllt sich in Schweigen, er ist der Meinung, angehende Ärzte sollten sich nicht mit den Handwerkschirurgen einlassen.« Er hob den Finger, so als wolle er dozieren. »Ich aber bin überzeugt, dass einem angehenden Medikus nichts Besseres widerfahren kann, als eine Lektio bei einem solchen Experten zu besuchen. Deshalb lade ich dich dazu ein, mich zu begleiten. Es ist eine einmalige Gelegenheit für dich, und ich biete sie dir.«

Matti antwortete nicht. Sie wusste nicht, was sie sagen sollte. Er hatte ja Recht, aber ihm das zu bestätigen, hätte bedeutet, ihm noch mehr Wind in die Segel zu treiben. Das wollte sie nicht.

Der Raum lag im Kellergeschoss und roch feucht. Ein Kohlebecken mit Kräuterbeigaben übertünchte den süßlichen Geruch nach verwesendem Fleisch. Etwa zwanzig Studenten standen oder saßen um einen Tisch, auf dem unter einem Tuch verborgen der zu sezierende Leichnam lag. Matti schauderte und zeigte mit dem Kinn in die Richtung.

»Wer ist das? Wo haben sie den her?«, flüsterte sie.

»Ein verurteilter Verbrecher. Nur deshalb darf er hier seziert werden, die Kirche hat da ihre eigenen Vorstellungen. Ihm fehlt der Kopf.«

Matti hielt den Atem an, als der Chirurg aus Italien den Raum betrat, gefolgt von einem jüngeren Mann, der wohl sein Gehilfe war. Er hob an, auf Lateinisch zu erklären. Matti lauschte angestrengt. Es war da erste Mal, dass sie einer Lektio beiwohnte, und dann gleich einer derart Besonderen. Die Aufregung ließ sie die Übelkeit vergessen, die ihren Magen ergriff, als das Tuch weggezogen wurde. Aufmerksam verfolgte sie jeden Schnitt, den der Gelehrte tat, jede Erklärung, die er anfügte.

Das rohe Fleisch unter der Haut, das er freilegte, die Knochen, die er zeigte, all das stieß sie ab und faszinierte sie zugleich. Er erklärte die Funktionen der einzelnen Organe, entnahm dem Körper das Herz und zeigte es den Studenten.

Sie wusste nicht, wie viel Zeit vergangen war, als der Chirurg seine Sitzung beendete. Die Luft in dem Kellergewölbe war mittlerweile so schwer, die Kräuter verbrannt, sodass sie den Gestank, der von dem Toten ausging, nicht mehr übertünchen konnten. Die Studenten drückten dem Gehilfen ihre Münzen in die Hand, bevor sie den Raum verließen. André zahlte für sie beide und erklärte, das Gesehene sei als besondere Lektio extra zu entlohnen gewesen.

Vor dem Gebäude debattierten einige der jungen Männer. André beteiligte sich daran. Matti stand nur daneben, holte mehrmals tief Luft und zog André dann am Ärmel.

»Ich möchte nicht, dass du alles für mich zahlst, ich habe selbst genug. Es reicht, dass du mir Zutritt verschafft hast, ohne dich hätte ich nie dabei sein können.«

André hielt ihre Hand fest, als sie sich an ihrem Lederbeutel zu schaffen machte.

»Behalt es.« Er lächelte. »Ich habe genug davon. Und was dein kleines Problem angeht, von dem du heute Mittag gesprochen hast, so warte auf mich nach Beginn der Dämmerung an der Heiliggeistkirche.«

Damit ließ er sie stehen, um sich erneut den anderen zuzuwenden. Matti spürte das flaue Gefühl im Magen, das sich nicht lösen wollte, ganz gleich wie oft sie einatmete. Vor ihrem inneren Auge erschienen die Bilder der Organe, die sie eben gesehen hatte. Sie strich über ihren Bauch, gefangen in der Vorstellung, dass es dort drinnen genauso aussah. Dann schüttelte sie den Kopf, wandte sich ab und ging eine Gasse zum Marktplatz hoch.

Albert kam ihr in den Sinn, und sie musste lächeln. Wenn er wüsste, was sie hier erlebt hatte, wie weit sie gekommen war! Er wäre stolz auf sie, und dieser Gedanke erfüllte sie mit einer Wärme, die ihr gut tat und alle Sorgen leichter werden ließ.

Nun würde sie diesem Mädchen helfen und dem Medikus mit seinen überholten Vorstellungen die Stirn bieten. Um die Zeit bis zu dem Treffen mit André zu nutzen, wollte sie die Grundlage der Salbe herstellen, damit sie diese vervollständigen konnte, sobald sie die Cadmia-Erde besaß. Wie André es bewerkstelligen wollte, dass sie die bekam, war allerdings eine Frage, über die es ihr müßig schien zu spekulieren. Sie hatte schlicht keine Ahnung.

Das Gefühl, dass hinter seiner Hilfsbereitschaft mehr steckte, meldete sich wieder, doch Matti schalt sich dumm und viel zu misstrauisch. Er hatte ihr den Zutritt zu einer außergewöhnlichen Veranstaltung ermöglicht. Er tat es aus Freundschaft, aus keinem anderen Grund, und schließlich mochte sie ihn ebenso.

♃ ♄ ☿

Matti trug eine Lampe mit sich, die sie noch nicht entzündet hatte. Die Dämmerung ließ noch genügend Licht in die Gassen, sodass sie sehen konnte, wohin sie trat. Sie war nicht allein, immer wieder begegneten ihr Handwerker der Kirchenbaustelle auf dem Weg zu ihren Unterkünften, Mägde, die Wasser für den Abend am Brunnen schöpften und in die Häuser trugen, Gassenjungen, die Botschaften überbrachten, hier und da eine Gestalt, von der nicht zu erkennen war, was sie darstellte.

Alle bemühten sich, noch vor der Dunkelheit ihre Angelegenheiten zu erledigen, um dann am Herd im Hause die Hände zu wärmen und sich an ihrer Brotzeit zu stärken. Obwohl das Frühjahr weiter voranschritt, blieb es nachts noch empfindlich kalt. Matti hatte sich in ihren wollenen Umhang gehüllt, der ihr fast bis zu den Knöcheln reichte und sie wärmte.

Auf dem Marktplatz angekommen, hielt sie Ausschau nach der Gestalt Andrés. Sie fand ihn nicht und beschloss, den Kirchenbau zu umrunden. Schließlich hatte er ihr nicht die Seite genannt, an der er auf sie warten wollte, obwohl ihr der zum Marktplatz gewandte Bereich am wahrscheinlichsten schien. Ihr Rundgang endete ergebnislos. So blieb sie an einem Platz stehen, von dem aus sie den besten Überblick hatte, und richtete sich darauf ein zu warten.

Um sich warm zu halten, wechselte sie das Gewicht immer wieder von einem Fuß auf den anderen. Sie musste lächerlich aussehen, wie ein schwankender Fahnenmast, doch sie störte sich nicht daran. Ihre Gedanken hingen an André, der Frage, warum er nicht erschien, und der Tatsache, dass er ihr bereits viel zuviel geholfen hatte. War dies jetzt der Punkt, an dem die Wendung stattfand? Unruhig trat sie weiter von einem Fuß auf den anderen, versteckte die Hände im Umhang, um sie zu wärmen.

»Da bist du ja.«

Matti schrak zusammen, als Andrés Stimme aus einer dunklen Ecke zu ihr herüberwehte. Er kam zu ihr und lächelte sie an. Mit einem Druck auf ihre Schulter begrüßte er sie, dann hielt er ihr einen kleinen Flakon aus grünem Glas vor die Nase.

»Der Mohnsaft. Wohl bekomm's«, sagte er.

»Woher hast du ihn? Wie viel bekommst du dafür?« Matti nahm das Fläschchen, das noch die Wärme von Andrés Hand trug.

»Abgerechnet wird später«, antwortete er. »Ich hab's vom Dozenten der Lektio von heute. Er als Chirurg braucht so etwas, dachte ich mir, und tatsächlich, er hatte es.«

»Ich will es dir bezahlen, es geht nicht an, dass du so viel für mich ausgibst.« Matti zog aus ihrem Beutel zwei Kreuzer und hielt sie ihm hin, doch er machte eine wegwerfende Bewegung.

»Abgerechnet wird später, das sagte ich doch.«

»Ich ...«

»Mach mich nicht wütend.«

André drehte sich ohne ein weiteres Wort um und ging über den Platz. Matti folge ihm, nestelte an ihrem Beutel, um die Kreuzer wieder sicher zu verstauen, und ärgerte sich über Andrés befehlenden Ton. *Wenn's mir nicht so wichtig wär*e, dachte sie, *dann wäre ich jetzt umgekehrt und hätte ihn stehen gelassen.*

»Wo gehen wir hin?«, fragte sie stattdessen.

André lächelte. Seine Zähne stachen im Dämmerlicht weiß gegen das im Schatten liegende Gesicht hervor.

»Wieder neugierig, was? Hier.« Er holte zwei Schlüssel aus einer Tasche in seinem Umhang. »Diese öffnen das Tor zum Glück.«

»Kannst du einmal ernsthaft sein?«

»Der Kaufherr, bei dem ich logiere, hat dicht an der Stadtmauer ein Lager. Er handelt auch mit Gewürzen und Rohstoffen. Beliefert den Kurfürsten mit allem, was man sich denken kann. Wenn du irgendwo deine Cadmia-Erde findest, dann in diesem Haus. Cadmia wird doch zur Messingherstellung benutzt, oder? Ist mir eh ein Rätsel, wie du daraus ein Heilmittel anrühren willst.«

Matti blieb stehen. »Warum hast du mir das nicht gesagt? Ich hätte es ihm abgekauft.«

»Matthias, du spielst immer denselben Ton auf deiner Leier, merkst du das? Gönne mir doch das kleine Abenteuer. Der Kaufherr wird den Schlüssel über Nacht nicht vermissen, was soll uns passieren?«

Matti sog die Unterlippe ein und biss darauf. Ja, was sollte ihnen geschehen? Das hatte sie am Abend zuvor im Garten des Medikus auch gedacht, und nun saß Philipp als Folge ihres Ausflugs im Turm. Das würde André sicher nicht geschehen, dazu besaß er zu viele nützliche Kontakte, insoweit hatte er Recht. Nur was war mit ihr? Sie setzte sich wieder in Bewegung und folgte ihm. Die Stimmung zwischen ihnen hatte sich geändert, und zwar auf eine Art, die sie nicht mochte. André spielte ein Spiel mit ihr, nur welches?

Es wurde dunkler, sie zündeten ihre mitgebrachten Lampen an und liefen weiter durch immer engere Gassen. Schließlich endete ihr Weg vor einem Haus, vor dessen Fenster man Eisenstangen angebracht hatte und dessen Tür ebenfalls vergittert war.

Deswegen also der zweite Schlüssel, dachte Matti, als André mit leisem Klirren das Schloss öffnete. Er zog das Gitter hinter sich zu, nachdem das Türblatt nach innen aufgeschwungen war.

Matti folgte ihm in einen Raum, in dem sich in Öltuch gewickelte Ballen stapelten. Ihre Laternen warfen unruhiges Licht auf die Wände, als sie eine Holztreppe in den nächsten Stock emporstiegen. Holz knarrte unter ihren Füßen, auch oben auf den Dielen kamen sie nicht geräuschlos voran. André zeigte auf ein Regal, in dem sich Behälter von unterschiedlicher Form und Größe befanden. Sie trat näher heran, hob das Licht, um die Beschriftung zu entziffern.

»Na? Nichts dabei?«, fragte André, mit einer Schulter an die Wand gelehnt. *Er könnte mir helfen, statt da herumzulungern und mich zu beobachten*, dachte Matti.

»Safran, Pfeffer«, flüsterte sie, während sie das Regal weiter durchsuchte. Sie zog einen Hocker heran, um auch oben schauen zu können, und dort fand sie zu ihrer Erleichterung die Ecke mit den Mineralien.

»Da ist es.« Sie zog einen kleinen Lederbeutel aus ihrer Tasche und füllte die Menge Cadmia aus dem Behältnis ab, die sie glaubte zu benötigen. Die Lampe behinderte sie dabei, doch auch jetzt kam ihr André nicht zu Hilfe. Er stand immer noch in derselben Haltung an der Wand. Sie verstaute den Beutel in ihrer Umhangtasche, schob das Behältnis wieder an seinen Platz und stieg von dem Hocker, wobei sich ein Fuß im Umhang verfing. Sie stolperte, fiel auf die Knie, biss die Zähne zusammen vor Schmerz. Die Lampe schepperte am Boden, die Kerze erlosch.

»Musst du so einen Lärm machen?«, zischte André. »Ich habe was gehört, von draußen. Komm her!«

Verwundert sah sie, dass André das Licht seiner Lampe ebenfalls gelöscht hatte. Sie zog sich am Hocker auf die Beine, lief hastig zu ihm hinüber.

»Nicht so laut, hab ich doch gesagt«, flüsterte er, dann nahm er sie so unvermittelt in seine Arme und presste seine Lippen hart auf ihre, dass ihr die Luft wegblieb. Der Umhang glitt von ihren Schultern, als sie sich gegen ihn stemmte. *Nicht!*, dachte sie.

»Warum wehrst du dich?«, keuchte er. »Du willst es doch auch. Glaub mir, uns wird niemand entdecken.« Matti drehte sich von ihm weg, doch seine Umklammerung hielt sie. Seine Hände landeten durch ihre Bewegung auf ihrem Bauch, wanderten nach oben. Plötzlich stutzte er. Einen Augenblick lang geschah nichts, seine Fingerspitzen lagen auf Mattis Brust, dann griff er kräftiger zu, wie um zu prüfen, ob sein Eindruck nicht trog. Er stieß sie so heftig von sich, dass sie seitlich auf den Boden fiel.

»Du bist eine Frau!« Seine Stimme hatte einen schrillen Unterton bekommen. »Das darf doch nicht wahr sein, eine Frau! Steh auf.«

Matti gehorchte, erschrocken über seine Heftigkeit und über das, was mit ihr geschah. »Verdammt!«, presste sie hervor, unfähig, irgendetwas Sinnvolles zu tun oder zu denken.

»Raus hier!« André zeigte auf die Treppe. Wie in Trance nahm sie ihren Mantel, hastete hinunter und zog die Eingangstür auf. Erst dort drehte sie sich um, doch André war ihr nicht gefolgt. Sie schloss die Tür hinter sich, schob das Gitter wieder davor. Dann rannte sie so schnell es in der Dunkelheit ging.

Ein paar Mal stolperte sie, fing sich wieder, lief weiter und wusste nach etlichen Schritten nicht mehr, wo sie sich befand. Irgendwann hielt sie keuchend vor Angst inne, lehnte sich an eine Hauswand, strich mit den Händen über ihr Gesicht, spürte Feuchtigkeit und bemerkte erst jetzt, dass sie weinte. Nun war alles verloren. Wenn André sie verriet, würde sie nie mehr an die Universität gehen können. Schlimmer noch: Was auch immer sie in der Stadt als Strafe für ihre Täuschung bereithielten, sie wollte es nicht wissen. Sie biss sich auf die Lippe.

»Die Liebe unter Männern ist mindestens ebenso frevelhaft wie mein Vergehen. Es ist eine Sünde.« Sie sah Alberts Gesicht vor sich, dachte an die Erwartung, die er in sie setzte und die sie niemals enttäuschen wollte. »Gott vergib mir, aber ich darf nicht aufgeben.«

Kapitel 26

Mit einer Kerze in der Hand schlich Matti die Treppe hinunter und in den Verkaufsraum der Apotheke. Den Tiegel mit der Cadmiasalbe, die sie eben hergestellt hatte, schob sie auf die Theke, die Kerze stellte sie in einen Halter, dann rieb sie sich die Müdigkeit aus den Augen. Ein Blick durch die grünen Scheiben, und sie sah Dunkelheit auf der Gasse. Wie lange mochte es noch dauern, bis die Morgendämmerung sich am Himmel zeigte?

»Ich gehe jetzt nicht in meine Kammer und lege mich hin«, sagte Matti zu sich selbst. »Ich bleibe hier.« Die Gefahr, das Kommen des kranken Mädchens zu verschlafen, war sonst zu groß, und sie musste ihr die Arzneien selbst überreichen, ihr die Dosis einschärfen und ihr Ruhe verordnen.

Matti überprüfte, ob die Kerze fest im Halter saß, dann ging sie zu ihrem Lieblingsplatz und ließ sich auf die Bank sinken. Stille hüllte sie ein. Mit Rücken und Kopf gegen die Wand gelehnt, sog sie die Ruhe in sich auf, um in ihrem Inneren ein Gegengewicht zu der Aufgewühltheit zu erzeugen. Wie bei einer Waagschale.

»Das, was André da mit mir tun wollte, ist eine Sünde. Wie kann er es vor Gott verantworten? Wie verantworte ich meine Verfehlungen vor Gott?«, flüsterte sie. Diese Frage ging ihr einfach nicht aus dem Kopf. Noch auf dem Heimweg hatte sie mit sich gehadert, hatte aufgeben und ihre Verkleidung ablegen wollen. Zu gefährlich schien ihr all das, was sie da tat, und verwerflich obendrein. Doch was hatte sie für eine Wahl? Keine. Eben.

Ob André glaubte, genügend Münzen zu besitzen, um sich von solchen Sünden freizukaufen? Eine Gänsehaut kribbelte Matti im Nacken, als sie daran dachte, wie er sie Schritt für Schritt von sich abhängig gemacht hatte. Dabei war sie sicher gewesen, die freundschaftliche Zuneigung, die sie ihm entgegen brachte, auch bei ihm zu spüren. Wie kompliziert das alles doch auf einmal geworden war.

Sie schrak hoch von Gottberts Stimme und seinem Griff an ihre Schulter, mit dem er sie schüttelte. »Warum bist du nicht in deiner Kammer?«

Matti rieb sich die Augen und drehte sich vom Apotheker weg. Es sollte nicht noch einer mit einer falschen Bewegung das Richtige finden.

»Waren sie schon da?«

»Wer?« Gottbert zog sich hinter den Tresen zurück und beäugte den Tiegel. Die heruntergebrannte Kerze hatte Wachs auf das Holz getropft. Er kratzte es mit dem Daumennagel ab.

»Die Frau mit der kranken Tochter.« Matti erhob sich und nahm das Gefäß, bevor Gottbert sich zu sehr dafür interessieren konnte. Sie schob es in ihre Manteltasche zu dem Flakon mit Mohnsaft.

»Zieh wenigstens den Mantel aus. Es ist nicht kalt hier drinnen.«

Matti sah an sich herab und bemerkte erst jetzt, dass sie nicht einmal den Umhang abgelegt hatte, als sie zurückgekommen war von ihrem Ausflug. Sie holte die Medikamente wieder aus der Tasche hervor und hängte den Mantel neben die Eingangstür an einen Haken. Dann setzte sie sich wieder auf die Bank, um zu warten.

»Was sind das für Arzneien?« Gottbert starrte zu ihr herüber, doch sie zuckte nur mit den Schultern.

»Das habe ich dir doch erklärt.«

Sie fühlte sich trotz des unbequemen Schlafes ausgeruht und hellwach. Um ihn von weiteren Fragen abzuhalten, erwiderte sie den Blick des Apothekers solange, bis er sich abwandte und in seinen Regalen zu räumen begann. Sein Missfallen konnte sie deutlich spüren, doch er sollte sich nicht einbilden, dass sie sein Eigentum war und nur das tat, was er wollte.

Die beiden Frauen ließen nicht lange auf sich warten. Als sie den Raum betraten, entdeckte das Mädchen Matti sofort. Ein Lächeln huschte über ihren Mund. Matti begrüßte Mutter und Tochter, gab ihnen die Medikamente und nahm die Bezahlung entgegen.

»Ich habe eine Beschreibung an beiden Gefäßen befestigt. Haltet Euch genau an die Dosierung, das ist sehr wichtig. Die Salbe muss dreimal am Tag dick aufgetragen werden. Der Saft wird die Schmerzen lindern, doch Ihr dürft auf keinen Fall mehr als angegeben nehmen, und zudem nur dann, wenn Ihr es gar nicht mehr aushaltet, hört Ihr? Ruht Euch in den nächsten Tagen aus, belastet Euch nicht mit Sorgen, sondern konzentriert Euch auf Euch selbst und denkt an die Sterne. Sie sagen Günstiges für Eure Heilung voraus, vertraut ihnen, sie werden Eure inneren Prozesse wieder ins Gleichgewicht bringen. Geht es Euch heute etwas besser, hat der Tee Wirkung gezeigt?«

Das Mädchen nickte. »Ein wenig.«

»Gut.« Matti schaute hoch und bemerkte, dass die Mutter sie mit einem Ausdruck von Abwehr anstarrte. Matti biss sich auf die Unterlippe. »Achtet auf die Dosis«, bekräftigte sie erneut. »Das Mittel ist gefährlich, aber hochwirksam. Die Dosis macht das Gift.«

»Seid Ihr ein Medikus?«, fragte das Mädchen.

»Bald«, antwortete Matti und hätte viel dafür gegeben, wenn es sich tatsächlich so verhalten hätte. »Kommt morgen früh wieder her, damit ich die Wirkung überprüfen kann. Wenn Ihr es wünscht, dann besuche ich Euch zuhause. Ihr müsstet mir nur sagen ...«

»Wir kommen her«, unterbrach die Mutter sie und legte eine Hand auf die Schulter ihrer Tochter, so als wolle sie zum Aufbruch drängen.

»Sagt, hat es in letzter Zeit für das Mädchen Schwierigkeiten gegeben oder Aufregung?«, fragte Matti.

»Meine Tochter lebt behütet, sie hat keine Sorgen«, antwortete die Frau.

In die Stille hinein, die nach ihren Worten entstand, hustete Gottbert. *Ja spitze du nur die Ohren,* dachte Matti.

»Ich soll heiraten«, sagte das Mädchen plötzlich.

»Aber das ist doch etwas Schönes«, antwortete Matti, um sie zum Weiterreden zu ermuntern, doch die Mutter zog sie in Richtung Tür.

»Kommt morgen wieder her!«, rief Matti ihnen nach und atmete tief durch, als sie verschwunden waren.

»Was war das für eine Salbe?«, fragte Gottbert.

»Ringelblume«, antwortete Matti und steckte ein paar Münzen in den Schlitz auf der Theke. Es klimperte in der Schublade darunter. Dann schob sie sich an Gottbert vorbei, um in ihrer Kammer noch ein wenig Schlaf zu finden, bevor sie ihre nächste Aufgabe anging. *Eins nach dem anderen,* dachte sie und zog sich die Stiege hoch.

♃ ♄ ☿

Matti hatte Glück, als sie einige Zeit später wieder an dem Turm erschien, in dem Philipp eingesperrt worden war. Der Wächter, den sie bereits kannte, nickte ihr zu und erklärte auf ihre Frage, ob der Student noch da sei: »Der junge Fatzke ist draußen, den findet Ihr hier nicht mehr. Der ist frei.«

Matti dankte ihm, ohne weiter nachzufragen. Sie wollte die näheren Umstände seiner Freilassung lieber von Philipp selbst erfahren. Es gab viel zu bereden, und dass er so rasch frei gekommen war, nahm sie als ein gutes Zeichen. Außer Sichtweite machte sie einen Sprung in die Luft und ballte die Hände zu Fäusten. Philipp war frei! Diese Nachricht versöhnte sie mit all den Schwierigkeiten, die sie sich aufgeladen hatte. Sie wischte diese Gedanken weg, jetzt und hier wollte sie sich freuen, sonst nichts.

Der Gasthof, den Philipp ihr genannt hatte, befand sich ein gutes Stück entfernt in der Grabengasse. Matti schritt fröhlich aus, wich den Fuhrwerken aus, schaute hoch zur Baustelle der Heiliggeistkirche und den Steinmetzen, die auf dem Gerüst arbeiteten. Sie nahm sich vor, Philipp alles zu erzählen und keine Geheimnisse mehr zu behalten. Sie brauchte Rat und Hilfe. Die Sache mit André, der Kurfürst, der eine Sterndeutung von ihr wollte, um all diese Sorgen wollte sie sich erleichtern, indem sie sie mit Philipp teilte.

Die Gaststube war gut gefüllt, als Matti den Raum betrat. Da sie nicht annahm, dass Philipp sich hier unten aufhielt, wanderte ihr Blick über die Köpfe der Sitzenden auf der Suche nach der Treppe ins obere Stockwerk. Sie fand sie ganz hinten und erstarrte. Zwei Personen schickten sich gerade an, die Stufen hinaufzusteigen. Philipp erkannte sie sofort, auch von hinten. Doch wer war die zierliche Frau in dem dunklen Mantel, der er folgte? Matti versteckte sich hinter einem Pfeiler. Sie blieb dort nicht lange, wollte durch ihr Herumstehen nicht auffallen und bewegte sich in Richtung der Stiege.

Die Treppen knarzten unter ihrem Gewicht. Langsam ging sie nach oben und hielt sich am Geländer fest. Den Kopf auf Höhe des Flurbodens, verharrte sie. Die zwei Personen waren vor einer der Türen stehen geblieben, Philipp öffnete sie. Matti konnte von ihrem Standort aus nur die Beine sehen. Die beiden sprachen kein Wort miteinander. Ihr schlug das Herz bis zum Hals. Die Zähne aufeinander gebissen, wartete sie, bis Philipp mit seiner Begleitung in dem Zimmer verschwand. Dann schlich sie weiter, bemerkte, dass die Tür nur angelehnt war, und drückte sich daneben an die Wand. Zuerst hörte sie nichts. Dann sagte Philipp: »Das ist gelinde gesagt eine Überraschung, findet Ihr nicht?«

»Sei froh, dass du aus diesem Loch draußen bist«, antwortete eine Frauenstimme, die Matti ein Kribbeln im Nacken verursachte. Sollte es ihr bislang noch nicht klar gewesen sein, spätestens jetzt wüsste sie mit aller Gewissheit, dass sie Josefa nicht vermisst hatte. Was machte ihre Ziehmutter in Heidelberg? Und was tat sie bei Philipp?

Matti massierte mit den Fingern die Stirn und atmete tief durch, um sich zu beruhigen. Sicher gab es dafür eine Erklärung, sie musste nur abwarten. *Himmel! Wenn Josefa mich hier sieht und mich erkennt, ist alles verloren*, dachte sie plötzlich. Würde Philipp sie derart in Gefahr bringen? Sie hierherbestellen, um sie in Josefas Arme laufen zu lassen? Sicher nicht. Da stimmte etwas nicht. Sie zog ihren Umhang hoch bis an den Hals und die Kappe tief ins Gesicht.

»... es musste sein!« Josefas Stimme fuhr Matti durch den ganzen Körper.

»Vater lässt mich von Euch bespitzeln.«

»Zu Recht, findest du nicht? Was hast du erreicht, seit du in Heidelberg bist?«

»Ich habe alles getan, um Vater zu Willen zu sein.«

»Du hattest den Auftrag, Mathilda zu Hoimar zurückzubringen. Wie weit bist du damit gekommen? Statt das Mädchen beizuschaffen, lässt du dich aus lauter Dummheit einsperren. Du hast mir immer noch nicht gesagt, wie es dazu kam.«

»Vater wird also bald herkommen ...«

Matti floh zur Treppe, hielt kurz inne, dann hastete sie hinunter. Sie wollte nicht noch mehr hören, jedes einzelne Wort tat ihr weh. Sie wollte nur weg von hier.

Draußen auf der Gasse hatte es begonnen zu nieseln. Matti hob ihr Gesicht, die Tropfen von oben vermischten sich mit den Tränen, die ihr über die Wangen liefen und die sich nicht aufhalten ließen. Mit den Fäusten wischte sie über ihr Gesicht, einmal, zweimal. *Philipp hat mich verraten, das kann doch nicht sein,* dachte sie immer wieder, während sie den Weg zur Apotheke einschlug. Das konnte nicht sein!

Doch Tatsache war, dass Josefa sich hier in der Stadt aufhielt, und ihre Worte waren eindeutig gewesen. Der Grund, warum Philipp nach Heidelberg gekommen war, war also der Auftrag seines Vaters, ihm Matti zurückzubringen. Kein Wunder, das er sich über seine Motive ausgeschwiegen hatte. Und Hoimar, der schlaue Fuchs, wusste genau, dass sein Sohn der Einzige war, dem sie vertrauen würde. Warum hatte Philipp ihr das angetan?

»Du Feigling!«, fluchte sie laut. »Geh doch zu deinem Vater und sei ihm zu Diensten. Mach dich unglücklich damit, statt dich auch nur ein einziges Mal gegen ihn zu wehren.«

Nun wurde sie von zwei Seiten bedroht, weil zwei Menschen, denen sie vertraut hatte, entschieden zuviel über sie wussten. Wie lange würde es dauern, bis einer sie verriet?

»Ich muss zu André«, murmelte sie und lenkte ihre Schritte in Richtung Studentenkneipe. Sie musste wissen, wie der Student zu ihr stand und ob er sie verraten würde. Erst danach war es sinnvoll, sich mit Philipp und Josefa zu beschäftigen. Ihre Aussicht auf ein Studium an der Universität begann mehr und mehr zu wanken, aber aufgeben wollte sie nicht. Jetzt erst Recht nicht! Wie würde sie vor Albert dastehen, wenn sie nun klein beigab? Nein, sie musste es schaffen und koste es was es wolle.

»Schleift mich doch zurück zur Burg, wenn ihr das unbedingt wollt. Aber leicht werde ich es euch damit nicht machen.«

Kapitel 27

»Ich finde das ungeheuerlich!« Philipp verschränkte die Arme vor der Brust und starrte auf Josefa, die in der Mitte des Zimmers stand und so gar keine Unsicherheit zeigte, im Gegenteil. Sie starrte zurück, siegessicher in der Annahme, er würde den Blick als Erster abwenden. Er tat es, aber er sah nicht auf den Boden, blickte stattdessen aus dem Fenster und schüttelte den Kopf.

Während seines Aufenthalts im Kerker war ihm klar geworden, dass sein Vater ihn belogen hatte. Matti hatte ihn nie für einen Schwächling gehalten, und erst Recht nicht als solchen bezeichnet. Das, was sie zu ihm durch das Gitter hindurch gesagt hatte, reichte aus, um sich zu verfluchen wegen seiner eigenen Leichtgläubigkeit. Nach ihrem Besuch hatte er einen ganzen Tag Zeit gehabt, über all das, was er gehört und geglaubt hatte, nachzudenken. Irgendwann stand dann Josefa mit dem Büttel vor ihm, der das Gitter öffnete, um ihn hinauszulassen. Er hatte sich nicht erklären können, woher sie auf einmal gekommen war, und auf seine Nachfrage hatte sie keine Antwort gegeben. Den gesamten Weg zum Gasthaus hin hatte sie eisern geschwiegen.

Auch nun sagte Josefa kein Wort. Offenbar wollte sie abwarten, bis er sich beruhigte. Er ging zum Fenster, sah durch das davorgespannte Pergament nur verschwommen eine Gestalt unten auf der Straße an der gegenüberliegenden Häuserreihe entlangeilen.

Das Wetter hatte sich endgültig dem Frühling zugewandt, es regnete. Tröpfchen blieben an den offenen Läden hängen und zogen glänzende Spuren nach unten.

»Woher wusstest du, dass ich im Kerker saß? Du musst mich die ganze Zeit über beobachtet haben. Traut mir mein Vater wirklich so wenig?«, versuchte er es erneut. Seit sie so unvermittelt vor ihm aufgetaucht war, plagte ihn die Sorge, wie viel sie wusste, ob sie ihn mit Matti gesehen und ihre Schlüsse über deren Verwandlung gezogen hatte. Josefas Verhalten deutete nicht darauf hin, doch er musste sicher gehen, um Matti warnen zu können.

»Natürlich nicht«, antwortete Josefa. »Ich sollte ein Auge auf dich haben war alles, was Hoimar verlangte. Ich bin auch in eigenen Geschäften hier, glaube mir. Als ich dich plötzlich nicht mehr finden konnte, lag es nahe, bei den Bütteln zu fragen. Das ist alles.«

Philipp nickte. So kam er nicht weiter, Josefa konnte ihn belügen oder die Wahrheit sprechen, er würde den Unterschied nicht merken. Er beschloss, die Taktik zu ändern.

»Ich habe Mathilda nicht finden können, wo auch immer ich gesucht habe«, begann er. »Es liegt nahe zu denken, dass sie Heidelberg nie erreicht hat.«

»Das ist unmöglich!«, herrschte Josefa ihn an. »Sie kann nirgendwo sonst sein, nur hier.«

»Vielleicht war ihr klar, dass wir zuerst in der Stadt nach ihr schauen würden, und sie ist woanders hingegangen.«

»Nein. Sie muss in Heidelberg sein. Ihr Pferd wurde auf der Straße hierher gefunden. Du hast nicht vernünftig gesucht, von jetzt an werden wir gemeinsam handeln.«

Sie weiß es tatsächlich nicht, dachte Philipp erleichtert. Die Erkenntnis, dass es Josefa derart wichtig war, Matti zu finden, dass sie alle anderen Möglichkeiten mit energischen Worten beiseitewischte, gab ihm Sicherheit. Er beschloss, seine wahre

Gesinnung offenzulegen: »Du und mein Vater, ihr habt mich das letzte Mal benutzt, Josefa. Wir werden nichts gemeinsam unternehmen, jetzt nicht und nie mehr, das kannst du mir glauben.«

Josefa stutzte. Sie stand noch immer so da wie zu Beginn, doch nun versteifte sich ihre Haltung. »Niemand benutzt dich.« Ihre Stimme war ruhig, ihr Blick hatte das Stechende verloren. »Wir brauchen dich so wie du uns, das ist alles.«

»Ihr braucht mich, um Matti aufzuspüren? Wozu? Du hast eben selbst gesagt, ich sei zu dumm, um sie zu finden.«

»Ich war verärgert über deine Festnahme, sieh es mir nach. Du solltest es nicht so ernst nehmen.«

»So, verärgert also. Ihr wisst genau, dass Matti mir vertraut und ich der Einzige bin, dem sie sich offenbaren wird, sollte sie sich irgendwo verstecken. Auf dich wird sie bestimmt nicht freiwillig zugehen.«

»Beruhige dich doch.« Josefa rang die Hände. »Mathilda gehört zu Hoimar auf die Burg. Er kann ihr ein Leben ermöglichen, von dem sie ohne ihn nie zu träumen wagen darf. Du bist unsere beste Möglichkeit, sie zu finden, das ist richtig.« Sie holte tief Luft. »Denk doch auch ein wenig an das Mädchen, das sich durch ihre Sturheit um ein sorgenfreies Leben bringt. Du magst sie doch, und auch wenn du es mir absprichst, ich liebe sie wie eine Tochter. Ich will nur ihr Wohl.«

Wie schnell sie sich wandeln kann in ihrem Habitus, ging es Philipp durch den Kopf. *Warum habe ich früher nie gesehen, was für eine Schlange sie ist? Es ist, als wurde mir ein Tuch von den Augen genommen.*

»Sie könnte mich heiraten, den Erbe meines Vaters. So stünde ihr dasselbe sorglose Leben offen, findest du nicht?«

Josefa schnaubte. »Dir ist nicht zu helfen, Junge.« Sie öffnete die Tür, drehte sich noch einmal um und sagte: »Ich werde deinen Vater von den Geschehnissen hier unterrichten und rate dir, nutze die Zeit bis zu seiner Ankunft, um dich zu besinnen. Es ist nie gut, sich mit denen zu überwerfen, auf die man angewiesen ist.«

Mit diesen Worten verschwand sie im Flur. Philipp hörte das Knarren der Treppenstufen unter ihren wütenden Schritten. Stimmen aus der Gaststube übertönten schließlich die Geräusche, und Philipp war es, als fiele alle Anspannung von ihm ab. Langsam schob er die Tür zu und lehnte sich dagegen. Er wollte nicht vor seiner eigenen Entschlossenheit zurückweichen, soviel war klar. Aber den Moment, in dem er seinem Vater gegenübertreten musste, sehnte er wahrlich nicht herbei.

»Nicht nachgeben«, ermunterte er sich selbst. »Denk an Matti, sie ist die, die wichtig ist, niemand sonst.«

♃ ♄ ☿

Es war noch zu früh. In der Gaststube tummelten sich nur eine Handvoll Studenten, von denen Matti keinen kannte. Dennoch wollte sie nicht umkehren. Der Drang, wenigstens mit André ins Reine zu kommen, war auf dem Weg immer größer geworden. Ihn bei seinen Gasteltern aufzusuchen, das wagte sie nach den Geschehnissen in deren Warenlager nicht. In der Hoffnung, dass er sich im Laufe des Abends einfinden würde, holte sie sich beim Wirt ein Bier und setzte sich mit einem Nicken zu den Männern.

Die begrüßten sie freundlich, so als gehöre sie dazu. Eine zeitlang lauschte sie den Disputen um eine Lektio, die sie alle gemeinsam besucht hatten. Es ging um theologische Fragen, was Matti zu der Vermutung trieb, dass diese Studenten – wie die meisten anderen auch – aus den klerikalen Reihen kamen. Nur André und die Gruppe, die er um sich geschart hatte, stammten aus bürgerlichen Kreisen und strebten keine kirchliche Laufbahn an, wie er ihr unlängst erklärt hatte.

Nach geraumer Zeit sprach sie einer der Männer an: »Neu hier? Ich kenne dein Gesicht nicht, habe dich noch nie an der Universität bemerkt.«

»Ich bin noch nicht lange in Heidelberg«, antwortete Matti. *Und ob ich je studieren werde, steht in den Sternen,* ergänzte sie stumm.

»Dort hinten der«, er zeigte auf einen unscheinbaren Jüngling am anderen Ende des Tisches, der sich nervös die Hände rieb und sich sichtlich unwohl fühlte. Er hatte bislang, wie sie, kein Wort gesprochen, nur mit weit aufgerissenen Augen zugehört, so als wolle er alles, was gesagt wurde, in sich aufsaugen. »Der beginnt auch gerade. Allerdings«, er beugte sich verschwörerisch zu Matti hinüber, »ist er ein armer Tropf, der auf das Stipendium des Rektors hofft, um die Gebühren zu bezahlen.« Er zwinkerte, so als wolle er Matti zu seinem Verbündeten machen.

Sie wurde das Gefühl nicht los, gerade geprüft zu werden, doch das, was ihr Gesprächspartner da sagte, ließ sie alle Vorsicht vergessen. Ein Stipendium, um die Gebühren zu bezahlen? Ohne auf den missbilligenden Blick zu achten, fragte sie: »Was hat es damit auf sich?« Sie konnte die Anspannung kaum verbergen. Ihr Gegenüber zog eine Braue hoch, dann nickte er in Richtung des Jünglings. »Frag ihn«. Damit war sein Interesse erloschen.

Eitler Fatzke, dachte Matti, nahm ihr Bier und umrundete den Tisch. Dem überraschten Jungen, der so viel Aufmerksamkeit nicht erwartet hatte, prostete sie zu.

»Erzähl mir von dem Stipendium«, bat sie, »das interessiert mich. Ich heiße übrigens Matthias.«

»Herbert«, antwortete der andere. »Ich ... weißt du, mein Herr Vater ...«

Matti wischte das Gestammel mit einer Handbewegung beiseite. »Erzähl es einfach. Vor mir brauchst du dich nicht zu schämen.«

»Morgen wird beim Rektor eine Anhörung stattfinden. Wer ihn von seinem Können überzeugt, dem werden die Studiengebühren erlassen. Ich weiß, das wird hier nicht so gut angesehen, aber ...«

Matti trank ihren Becher in einem Zug leer, bestellte den nächsten und gleich einen für den Studenten mit. Inmitten des ganzen Schlamassels, der sie umgab, war diese Nachricht wie ein heller Schein am Horizont. Sie wusste nicht, ob sie dieses Licht je erreichen würde oder ob die zahlreichen Stolpersteine sie endgültig zu Fall brachten, doch wer war sie, eine solche Gelegenheit nicht zu nutzen?

»Sag, kann ich dabei sein beim Rektor?«

Das Gesicht Herberts hellte sich auf. Seine ganze Körperhaltung verlor ein wenig von ihrer Anspannung. Offenbar freute er sich, in Matti einen Gleichgesinnten getroffen zu haben.

»Komm morgen kurz nach Sonnenaufgang in die Kettengasse. Dort findest du das Haus schräg gegenüber von der Werkstatt des Uhrmachers. Klopfe und sage, was dein Begehr ist, dann wird man dich einlassen.«

Matti nickte, prostete ihm zu und begann ein Gespräch mit ihm über seine Herkunft und sein Streben. Er erwies sich als so interessanter Gesprächspartner, dass sie die Zeit vergaß. Als plötzlich jemand vor ihr auf den Tisch schlug und rief: »Sieh an, unser Matthias«, schreckte sie hoch. André betonte den männlichen Namen derart, das Matti glaubte, alle würden auf sie starren. In Wirklichkeit aber sah niemand zu ihr her, was sie durch einen schnellen Blick in die Runde erkannte. »Das finde ich aber mutig, dass du dich so hier zeigst.« Auch das »so« betonte er.

Sie blickte André in die Augen, suchte nach einer Regung, die ihr verriet, wie er zu ihr stand. Im ersten Moment glaubte sie, er würde sie bloßstellen. Doch er tat nichts, erwiderte nur ihren Blick.

»Wir müssen reden«, brachte sie hervor, erhob sich und verabschiedete sich von Herbert. André aber reagierte nicht, drehte sich weg von ihr und gesellte sich zu seinen Bekannten, die sich in der mittlerweile gut gefüllten Gaststube eingefunden hatten. Er beachtete Matti nicht mehr, und der blieb nichts anderes übrig, als es André gleichzutun und sich zu der Runde zu setzen.

Sie spürte, wie ihr das Bier mehr und mehr zu Kopf stieg, während sie dasaß, trank und auf eine Gelegenheit wartete. Doch André schien es Spaß zu machen, sie im Unklaren zu lassen. Sie konnte ihn nicht aus diesem Raum ziehen. Zu warten, bis er von alleine ging, war ihr zuwider, zumal es alles andere als sicher war, dass er nicht auch dann in Begleitung seiner Kumpanen sein würde. Sie musste ihn schließlich zweimal ansprechen, ehe er mit leicht verzogenem Mund reagierte.

»Wusstest du, dass der Rektor ein Stipendium ausgibt an die, die er für würdig hält?«, fragte sie.

»Natürlich«, antwortete André.

Natürlich, wiederholte Matti in Gedanken. *Und warum hast du mir nichts davon gesagt? Hätte deine Pläne durcheinander gebracht, hm?*

»Meinst du, ich habe eine Möglichkeit, es zu bekommen?« Sie wartete gespannt auf seine Antwort. Endlich sagte er: »Weißt du, begabt bist du zweifelsohne. Falls dein Wissen nicht ausreicht, weißt du ja, wie das ist mit den Täuschungen. Kennst dich ja bestens damit aus, nur zu, meinen Segen hast du.« Damit wandte er sich ab.

Matti schaute auf den Tisch, bemüht, ihre Erleichterung zu verbergen. Sie erhob sich und murmelte. »Zu lügen ist eine

Sünde. Gott bewahre mich davor.« Ein rascher Blick zu André zeigte ihr, dass er sie gehört und verstanden hatte. Sie hatten einen Waffenstillstand vereinbart, und auch wenn sie ihm keine Handbreit mehr traute, so war dies zumindest ein weiterer Schritt in Richtung des hellen Lichts am Horizont.

Kapitel 28

Philipp traute weder Josefas hastigem Aufbruch noch ihrem Ärger. Ihr Unmut schien ihm nicht gespielt zu sein. Dennoch mochte es sie nicht davon abhalten, sich vor dem Gasthaus zu besinnen, den Ärger zu verdrängen und ihn, Philipp, weiter zu bespitzeln. Wer wusste das schon? Schließlich hatte sie wie er von Hoimar die Aufgabe bekommen, Matti herbeizuschaffen, und er traute ihr zu, dass sie mit nüchternen Überlegungen ihr Gemüt abkühlen konnte. Zudem bestand die Gefahr, dass sie seinen Beteuerungen, nicht zu wissen, wo Matti sich aufhielt, weniger Glauben schenkte, als er hoffte.

Statt also gleich zu Matti zu eilen, ihr die Neuigkeiten zu berichten und sie zu warnen, wie er es am liebsten getan hätte, wartete er, lief in seiner Kammer auf und ab, sodass die Dielen unter seinen Schritten knarrten. Hin und wieder spähte er nach unten auf die Gasse, doch er sah nichts Verdächtiges. War er übervorsichtig? Brachte er Matti wirklich in Gefahr, wenn er sich jetzt bei ihr blicken ließ? Wer eine Frau zu sehen erwartete, achtete nicht auf einen Studenten, der seine Kappe so tief ins Gesicht zog, sodass sie fast seine Nasenspitze berührte, oder nicht?

Doch Josefa war nicht irgendwer, und sie hatte ihn schon einmal getäuscht. Zudem kannte sie Matti von kleinauf. Also würde er Ruhe bewahren und abwarten.

Gegen Mittag wurde es unten in der Wirtsstube lauter durch die Gäste, die sich über ihrem Eintopf, einem Gemüsekuchen, Pasteten oder einem Stück Fleisch austauschten, Geschäfte machten oder sich einfach nur, je nach Naturell, vergnügten oder beklagten. Philipp starrte wieder aus dem Fenster und beobachtete eine Gruppe Männer, die das Gasthaus betrat. Spontan beschloss er, das Kommen und Gehen als Deckung zu nutzen, nahm seinen Umhang und verließ das Zimmer.

Die Treppe knackte und ächzte, als er rasch die Stufen nahm. Unten angekommen, durchquerte er den Schankraum, in dem der Geruch von feuchter Kleidung hing, durchzogen von dem nach Braten, gedünsteten Zwiebeln und dem Rauch des Feuers, das in einer Ecke im Kamin loderte. Philipp beobachtete drei Männer, die zum Ausgang strebten, und schloss sich ihnen an.

Vor der Tür empfing sie ein feiner Regen, der ihm das Gesicht benetzte. Philipp schob die Kapuze über den Kopf und folgte den Männern mit hochgezogenen Schultern, so als müsse er in dieselbe Richtung wie sie. Er hielt etwas Abstand, damit sie nicht auf ihn aufmerksam wurden, den Blick gesenkt auf seine Stiefel, die im aufgeweichten Unrat versanken und sich dunkel färbten vor Schmutz und Feuchtigkeit. Als sie eine abzweigende Gasse passierten, verschwand er mit zwei seitlichen Schritten darin, drückte sich an die Wand des nächsten Gebäudes und bewegte sich nicht.

Er spürte seinen Herzschlag und hörte das Rauschen in seinen Ohren, welches das Geräusch des Regens übertönte. Augenblicke vergingen, die ihm endlos schienen. Schließlich wagte er sich vor, um zu sehen, wer sich auf der Straße zum Gasthaus befand. Er konnte nichts Auffälliges entdecken, also zog er sich wieder zurück und lief die Quergasse weiter in eine Richtung, die ihn vom Marktplatz und der Apotheke wegführte. Falls Josefa sich verborgen hatte, um auf ihn zu warten, würde er ihr so entkommen.

Er bog nach ein paar Schritten ab in Richtung Stadtmauer, rannte ein Stück weit, um sich in eine Abzweigung zu flüchten und den Weg, den er gekommen war, zu beobachten. Die Hausfassade, auf die er blickte, war fleckig vor Feuchtigkeit. Auf einer hölzernen Fensterbank hatte sich das Wasser gesammelt und tropfte nun stetig nach unten, einen dunklen Streifen am Putz zwischen den Fachwerkbalken hinterlassend.

Philipp lief weiter, bog nach links, dann nach rechts und versteckte sich zwischen zwei Gebäuden. Er konzentrierte sich auf den kleinen Flecken Erde, den er von der Straße noch sehen konnte, wartete etliche Augenblicke, doch nur ein Hund streunte vorbei und sah ihn fragend an. Philipp wischte sich mit vom Regen klammen Händen über das Gesicht und verteilte damit nur die Nässe, statt sie zu trocknen. Mit dem Ärmel seines Umhangs erreichte er ebenso wenig. Er roch nach feuchtem Wollstoff.

Da er die Orientierung verloren hatte, dauerte es eine Weile, bis er zum Marktplatz fand. Einen Mann, den er versehentlich anrempelte, fragte er nach der Richtung, ohne zu bemerken, dass er nur noch wenige Schritte von seinem Ziel entfernt war. Die meisten Passanten hatten die Kapuzen hochgezogen und eilten durch den Regen, um nicht völlig durchnässt zu werden. Der Stoff seines Mantels lag mittlerweile, vom Wasser voll gesogen, schwer auf seinen Schultern. Er lief zu der Seitengasse, in der sich die Apotheke befand, öffnete die Tür und hastete in den Verkaufsraum. Ein Blick zeigte ihm, dass keine Kunden anwesend waren. Hinter der Theke stand Matti, damit beschäftigt, auf einer kleinen Messingwaage Kügelchen abzuwiegen. Sie sah hoch. Ihr Lächeln erlosch, als sie ihn erkannte. Sie biss sich auf die Unterlippe und zog die Brauen zusammen.

»Ich dachte, du wolltest mir bei meinem Bad im Zuber Gesellschaft leisten?«, sagte er fröhlich, ungeachtet ihrer abweisenden Reaktion. »Hast du nicht damit gerechnet, dass ich so früh freigelassen werde? Oder bin ich dir auf einmal gleichgültig, weil ein noch edlerer Herr als ich um deine Hand angehalten hat?«

Er drohte ihr mit dem Zeigefinger, um ihr zu bedeuten, dass er scherzte. Seine Worte waren nicht sonderlich witzig, das merkte er selber, doch er konnte es nicht ändern.

»Du brauchst nicht so zu tun, als sei nichts geschehen. Ich weiß alles«, war das Einzige, was sie antwortete.

»Freust du dich nicht?«, versuchte er es noch einmal in lockerem Ton, um die Stimmung doch noch zu wenden. »Ich bin frei. Sie haben mich einfach gehen lassen.«

»Einfach so?« Matti zog eine Augenbraue hoch. »Oder hat vielmehr Josefa mit ein paar Münzen nachgeholfen?«

»Woher ...?«

»Ich weiß alles«, unterbrach sie ihn, »sagte ich doch.«

Ein unangenehmes Kribbeln lief über seinen Rücken. »Ich wollte dich gerade vor deiner Ziehmutter warnen, sie ist in Heidelberg, und du solltest nicht so offen in der Apotheke stehen, um Kunden zu bedienen. Wenn sie hier zur Tür hereinkommt, erkennt sie dich sofort.«

Matti antwortete nicht, sondern starrte ihn feindselig an. Es war etwas geschehen, was sich seiner Kenntnis entzog, doch wie sollte er sie wieder beruhigen, wenn er nicht wusste, was sie dachte und weswegen sie sich ärgerte? »Was ist los, hat sie dich bereits entdeckt? Rede mit mir!«

»Ihr beide ward nicht zu übersehen, als ihr in deine Kammer gegangen seid, und zu überhören auch nicht.«

»Du warst im Gasthof?«

Sie nickte, doch er verstand immer noch nicht. Wenn sie sein Gespräch mit Josefa belauscht hatte, warum war sie dann nun so abweisend? Er hatte sich doch von Hoimars Auftrag losgesagt, sich gegen seine und Josefas Anmaßungen gewehrt.

»Das hätte ich nicht von dir gedacht. Dass du deinem Vater alles recht machen willst, ja, das wusste ich. Aber dass du mich belügst, hätte ich nie geglaubt. Ich habe dir vertraut.«

»Du irrst dich.« Philipp ging ein paar Schritte nach vorne, bis er gegen die Theke stieß. Sie war zu breit, sonst hätte er Mattis Hände genommen. Sie irrte sich, merkte sie das denn nicht? »Was denkst du von mir?«

»Die Wahrheit.« Ihre Augen glänzten. Energisch wischte sie sich mit dem Handrücken über die Wange.

»Ja, mein Vater hat mich hergeschickt. Aber dass Josefa mir folgte, habe ich erst heute erfahren, als sie vor der Kerkertür stand. Ich habe ihr nichts verraten.«

»Sie weiß nicht, wo ich bin?«

»Nein!« Philipp schlug mit der flachen Hand auf das Holz. Er spürte den Schmerz bis in den Unterarm. »Sie weiß nichts von deiner Verkleidung, sie weiß nicht, dass ich dich gefunden habe, sie weiß nichts. Wenn du eben gesehen hättest, was für Haken ich geschlagen habe, um eine Verfolgung unmöglich zu machen, würdest du mir glauben.« Er blickte an sich herunter auf seine völlig durchnässten Schuhe und den feuchten Fleck, den sein tropfender Umhang am Boden gebildet hatte.

»Geh jetzt.« Matti wandte sich von ihm ab, doch er wollte sie nicht verlassen, nicht so. Mit ein paar Schritten war er um den Tresen gelaufen und hielt sie an den Schultern fest. Sie wand sich unter seinem Griff, aber er ließ nicht locker.

»Warum glaubst du mir nicht? Wenn du gelauscht hast, hättest du hören müssen, wie ich Josefa die Stirn geboten habe.«

»Nichts hast du, du Lügner!«, presste sie zwischen den Zähnen hervor.

Er ließ sie los, erkannte, dass es keinen Sinn hatte, sie in dieser Stimmung weiter zu bedrängen. Ihre Zurückweisung tat ebenso weh wie ihr Misstrauen.

»Ich werde meinen Fehler wiedergutmachen, dann wirst du sehen, wie ich zu dir stehe, wenn du meinen Beteuerungen nicht glauben magst.«

Mit diesen Worten wandte er sich um. Er trat durch die Tür in den Regen, hoffte noch zehn Schritte später, Mattis Stimme in seinem Rücken zu hören, die ihn zurückhielt. Doch es tat sich nichts. *Nun gut,* dachte er. *Wollen wir doch mal sehen, ob deine Sturheit dich nicht noch irgendwann reut.*

♃ ♄ ☿

Matti hatte beschlossen, jeden Gedanken an Philipp beiseitezuschieben. Immer wenn er sich in ihren Kopf schlich, biss sie die Zähne zusammen und starrte auf den Boden, bis sie jeglichen Widerspruch in sich abgetötet hatte. Es gab Wichtigeres zu tun, als mit sich selbst zu debattieren, ob sie vielleicht etwas an ihrem Handeln überdenken sollte. Dank des Studenten, der sie auf das Stipendium hingewiesen hatte, wusste sie nun, auf welchem Weg sie an die Universität kommen konnte. Sie hatte nicht mehr Andrés Unterstützung, aber so wie es aussah, brauchte sie die auch nicht. Sie würde Josefa aus dem Weg gehen. Und Philipp? Von dem hoffte sie, dass er wenigstens *einen* Funken Anstand besaß und nicht vor Ärger über ihr Verhalten ...

Sie starrte auf den Boden und ballte die Hände zu Fäusten. Ein, zwei Atemzüge verharrte sie so, dann nahm sie ihren Umhang und legte ihn um ihre Schultern. Sie hatte ihn für die Anhörung an diesem Morgen extra abgebürstet, und auch den Rest ihrer Kleidung so ordentlich wie möglich behandelt. Um einen Bartflaum vorzutäuschen, hatte sie eine dunkel gefärbte Salbe auf Kinn und Wangen getupft. Sie sah zu jung aus und wollte älter wirken, um vom Rektor ernst genommen zu werden.

Am vorigen Abend hatte sie in jedem Buch geschmökert, das ihr bei Gottbert unter die Finger gekommen war und das halbwegs etwas mit der Medizin zu tun gehabt hatte. Es war ein Lernen in alle Richtungen gewesen, denn sie hatte keine Ahnung, was sie bei der Prüfung um das Stipendium erwarten würde. *Du weißt genug*, beruhigte sie sich immer wieder selbst und schluckte die Nervosität hinunter, die bei dem Gedanken entstand, dass dies eine so einmalige Gelegenheit war.

Der Regen von gestern hatte im Laufe der Nacht nachgelassen. Doch die Luft trug immer noch Feuchtigkeit, als Matti das Apothekerhaus verließ. Seit sie wusste, dass Josefa in der Stadt war, fühlte sie sich unwohl auf der Straße. Tief zog sie die Kappe ins Gesicht, darüber die Kapuze des Umhangs, sah sich immer wieder um, sicherte sich mit Blicken ab. Mehr als einmal glaubte sie, die eiskalten Finger ihrer Ziehmutter im Nacken zu spüren, wie sie nach ihr griffen, ihr die Kappe wegrissen und sie ohrfeigten.

Wenn sie doch nur alle verschwinden würden, Josefa, Hoimar und Philipp. Konnten sie nicht einfach ihrer Wege gehen und sie in Ruhe studieren lassen? Warum wollten sie alle etwas von ihr, warum war sie so wichtig für diese Menschen, dass sie ihr keine Ruhe gönnten auf ihrem ohnehin steinigen Weg zum Wissen? Sie war ein einfaches Findelkind und schuldete niemandem etwas, höchstens Albert. Und ausgerechnet der forderte nichts von ihr ein. Zumindest nichts, was sie nicht leisten wollte. Matti schüttelte den Kopf und konzentrierte sich auf ihren Weg.

Das Haus des Rektors sei gegenüber der Werkstatt des Uhrmachers zu finden. Von Gottbert hatte sie eine Beschreibung des Weges bekommen, gemeinsam mit ein paar guten Wünschen und einem Schulterklopfen. In der Tat fand sie es mühelos. Vor der Tür hielt sie inne, blickte an der Fassade hoch, sah geöffnete Läden und teure Glasfenster im unteren Stock. Ihre Faust hob sich wie von selbst, wie um ihr zu sagen »Zögere nicht«. Sie klopfte. Die Magd, die ihr öffnete, setze ein höfliches Lächeln auf und winkte sie ins Haus, noch bevor sie erklären konnte, wer sie war und was sie herführte.

»Die nächste Tür dort führt in die Stube. Bitte setzt Euch und gesellt Euch zu den anderen Herren Studenten. Der Herr Rektor wird bald erscheinen und sich um Euch kümmern.«

Matti ließ sich den Mantel abnehmen und ging an dem Mädchen vorbei. Als sie in den Raum trat, blickten ihr fünf junge Männer entgegen. Einer davon war Herbert, er lächelte, offenbar genauso froh, ein bekanntes Gesicht zu sehen, wie sie. Sie ließ sich neben ihm auf einer Sitztruhe nieder und grüßte ihn mit gedämpfter Stimme. Dann schwieg sie wie die anderen und sah sich nervös um. Die Fenster zum Hof waren wie die zur Straße hin mit Glas versehen. Offenbar gönnte man sich diesen Luxus im gesamten unteren Stockwerk. In einer Ecke stand ein Kachelofen, der angenehme Wärme verströmte und über den Kamin auch die oberen Geschosse beheizte. In der Mitte des Raumes befand sich ein Tisch, dessen Oberfläche ein bunt besticktes Tuch verdeckte und an dem sich drei der Studenten niedergelassen hatten. Die Sitztruhe, auf der Matti saß, und zwei weitere Sessel mit eingeschnitzter Verzierung an den Lehnen vervollständigten die Ausstattung. Es sah alles so angenehm hergerichtet aus, als ginge es um eine freundliche Einlandung zum Wissensaustausch und nicht um eine Prüfung der Anwesenden.

Als die Tür aufging, starrte Matti wie gebannt den Eintretenden an. Ein Mann mit buschigen Brauen und einem stattlichen, dunklen Bart verdeckte die hinter ihm stehende Person fast vollständig. Er blickte auf die Studenten, die sich höflich erhoben. Aus seinen Augen sprach aufrichtiges Interesse, und Matti mochte ihn auf Anhieb. Er begrüßte jeden Einzelnen und bedeutete ihnen schließlich, sich wieder zu setzen.

Erst jetzt wandte sie ihre Aufmerksamkeit der Frau zu, die hinter dem Rektor das Zimmer betreten hatte. Im ersten Moment war sie irritiert. Dann aber wurde ihr klar, dass das kranke Mädchen, das sie behandelt hatte, die Tochter des Rektors sein musste, denn vor ihr stand die Mutter. Warum nur hatte sie um ihre Herkunft so ein Geheimnis gemacht? Matti lächelte ihr zu, die Frau schaute nur kurz zu ihr hin, schien einen Atemzug lang wie versteinert, nickte schließlich und beachtete sie dann nicht weiter.

Das Paar ließ sich am Tisch nieder, und der Rektor begann ein Gespräch mit dem Studenten, der ihm am nächsten saß. Er fragte nach Herkunft, Streben und Fachrichtung. Seine Frau widmete ihre Aufmerksamkeit ganz ihrem Gatten und dem jungen Mann. Matti fühlte sich unwohl, weil sie ihr abweisendes Verhalten nicht einordnen konnte. War der Tochter die Arznei nicht bekommen?

Unvermittelt öffnete sich die Tür erneut, und die Magd trat ein, hinter ihr eine Besucherin in einem dunklen Umhang, welche die Bedienstete mit ihrer dürren Hand beiseiteschob. Ihre Aufmerksamkeit richtete sich auf den Tisch, an dem das Rektorenehepaar saß. Sie grüßte höflich.

»Gnädige Frau, ich muss mit Euch reden, verzeiht mein plötzliches Eindringen, aber es ist sehr wichtig, wie ihr Euch sicher denken könnt. Ich werde mich nicht von Eurer Magd vertrösten zu lassen. Ich hoffe, Ihr versteht.«

Matti war, als ziehe sich ihre Haut im Nacken zusammen bei dem Klang der Stimme. Sie rutschte tiefer, zog die Schultern hoch und die Kappe so weit es ging ins Gesicht. Was um Himmels Willen machte Josefa hier?

»Sie hat sich nicht abweisen lassen«, sagte die Magd vorsichtig im Hintergrund. Ihre Worte wurden nicht beachtet. Im Gesicht der Hausherrin zeichnete sich blankes Entsetzen ab, für Augenblicke schien sie wie ein Fisch auf dem Trockenen nach Luft zu schnappen. Matti hatte das Gefühl, aufspringen und weglaufen zu müssen. Die Wärme des Ofens wurde zur Hitze, die ihr den Schweiß aus den Poren trieb. Sie wollte raus hier, fort von hier.

Sie zweifelte keinen Augenblick daran, dass ihre Ziehmutter sie erkennen würde, sollte sie zu ihr hinüberblicken. Doch die interessierte sich nicht für die Studenten im Raum.

Die Frau des Rektors beruhigte sich, nur ihre geröteten Wangen im bleichen Gesicht zeugten von ihrer Aufregung. Sie erhob sich mit einer Entschuldigung, dabei fiel ihr Blick auf Matti. Fast unmerklich schüttelte sie den Kopf und verließ hinter Josefa den Raum.

Der Rektor sah den beiden irritiert nach. Für einige Augenblicke herrschte Schweigen, dann nahm er das Gespräch wieder auf, so als sei nichts geschehen. Matti konnte dem, was er sagte, nicht mehr folgen. Ihre Gedanken kreisten um Josefa und ihr merkwürdiges Auftreten. Hier geschah etwas, das nicht fassbar für sie war, und das machte ihr Angst. Mit dem Ärmel wischte sie sich die Schweißperlen von der Stirn und zwang sich zur Aufmerksamkeit. Als sie an die Reihe kam, antwortete sie, ein Alchemist habe sie auf Burg Weisenstein unterwiesen, nun strebe sie ein Studium der Medizin an. Sie ergänzte ein paar allgemeine Dinge.

Erst als der Rektor sich dem Nächsten zuwandte, wurde Matti wieder ruhiger. Sie atmete tief durch. Wenn das alles war, was sie hier von ihr wissen wollten, dann gestaltete sich die Aufgabe einfacher, als sie gedacht hatte. Und Josefa sollte sich zum Teufel scheren, was auch immer sie vorhatte.

Ich gebe nicht auf, ich denke nicht daran!

Kapitel 29

Mattis Erleichterung über die Einfachheit der Aufgabe hielt nicht lange an. Als der Rektor die allgemeine Fragerunde beendet hatte und Matti zunickte, erkannte sie, dass sie sich im Prozedere getäuscht hatte. Er winkte sie zu sich und bedeutete ihr, sich ihm gegenüber an den Tisch zu setzen. Die Hände flach auf die Schenkel gelegt, straffte sie die Schultern, um aufrecht zu sitzen. Sie kümmerte sich nicht um die Stille um sich herum, die vor Spannung zum Greifen war. Die anderen schienen wie erstarrt, froh darüber, dass die Wahl nicht gleich auf sie gefallen war und sie somit einen Aufschub bekamen und das Geschehen erst einmal beobachten konnten, um vielleicht selbst klüger zu reagieren als der Befragte vor ihnen.

Matti erwiderte den Blick ihres Gegenübers und wunderte sich darüber, wie sie diesen Menschen vorhin als freundlich und interessiert hatte empfinden können. Nun hatte er die Brauen zusammengezogen, nicht einmal der Ansatz eines Lächelns zeigte sich in seinen Mundwinkeln.

»Sagt«, begann er, »seid Ihr mit meiner Gattin verwandt?«

Matti räusperte sich. Verwundert über diese Frage schüttelte sie den Kopf. Für ein paar Atemzüge sagte niemand etwas, dann ging der Rektor, ohne sich weiter zu erklären, zur Wissensprüfung über mit den Worten: »Wie Ihr wisst, geht es mir darum, etwas mehr über Euch zu erfahren. Erzählt mir, was Ihr bereits gelernt habt, damit ich mir ein Bild von Eurem Streben machen kann.«

Matti fluchte innerlich und bat Gott zeitgleich um Vergebung dafür. Nicht nur, dass es sie als Erstes traf, nun bekam sie auch noch eine so ungenaue Vorgabe, auf die sie alles und nichts erklären konnte, was immer ihr in den Sinn kam.

»Ich habe mit meinem Lehrer die Destillatio durchgeführt«, begann sie. »Wir haben Aqua vitae gereinigt und an ihm die Destillatio mehrfach durchgeführt, sodass das Endprodukt eine große Reinheit bekam.«

Matti hielt inne, um zu sehen, ob der Rektor das, was sie ausführte, zu hören wünschte. Als er nicht reagierte, ergänzte sie: »Vielleicht habe ich mich zu unklar ausgedrückt, aber wir haben das Produkt der Destillatio erneut diesem Prozess unterzogen.«

Ein ungeduldiger Wink mit der Hand zeigte ihr, dass er verstanden hatte und mehr hören wollte. Matti biss sich auf ihre Unterlippe. Sein Verhalten verunsicherte sie. Sie fuhr fort: »Ich habe gelernt, Heilmittel durch verschiedene alchemistische Verfahren zu extrahieren. Da wären zum einen das Pressen, dann das Zermahlen und, wie erwähnt, die Destillatio.«

»Ein Vorgang, der Euch am Herzen zu liegen scheint.« Verhaltenes Gelächter der Studenten folgte den Worten des Rektors. *Macht euch nur über mich lustig*, dachte Matti. *Leider kann ich's euch nicht heimzahlen, vermutlich werde ich weggeschickt, wenn ich hier fertig bin.* Sie beschloss, ihre Erfolge in der Heilung zu erwähnen, im Gefühl, mehr bieten zu müssen als bislang.

»Mein Lehrer mischte seinen Theriak nach einem gut durchdachten Rezept. Er ist auf der Suche nach dem Allheilmittel Panacea. Ich habe viel bei ihm abgeschaut und meine eigenen Arzneien herzustellen gelernt. So konnte ich einen Jungen vom starken Fieber befreien, indem ich ihm einen Kräutersud zu trinken gab und als Wickel um die Waden legte. Ich habe der Köchin ein Schmerzmittel verabreicht für ihre Behandlung beim Wundarzt und bei einem Mädchen eine schmerzhafte Erkrankung mit

Pusteln im Schulterbereich mithilfe einer Salbe aus Cadmia-Erde behandelt und ihr Mohnsaft gegen die Schmerzen gegeben. All diese Menschen könnt Ihr fragen, ob sie zufrieden mit meinen Maßnahmen waren.« Sie hoffte, mit dem letzten Hinweis einen Fingerzeig hinsichtlich ihrer Hilfe zu geben, die sie seiner Tochter hatte zukommen lassen. Er musste davon wissen, schließlich waren die Medikamente teuer genug gewesen. Wenn seine Frau die Münzen nicht unterschlug, musste sie ihn eingeweiht haben.

Ihr Gegenüber verschränkte die Arme vor der Brust und sagte: »Ihr praktiziert als Medikus, ohne je eine Universität von innen gesehen zu haben und ohne die entsprechenden Qualifikationen erworben zu haben?«

Matti zögerte. Was sollte sie darauf antworten? Wusste er nicht, wer seine Tochter behandelt hatte? Das ungute Gefühl, dass mit dem Mädchen etwas nicht stimmte, meldete sich wieder. »Meine Qualifikationen erwarb ich bei meinem Lehrer, dem Alchemisten, und über Traktate, die ich aus Italien erhielt.« Matti war klar, dass sie sich gerade um Kopf und Kragen redete, doch sie konnte nicht aufhören, ihr fehlte die Ruhe, ihre Worte abzuwägen. Dieses Gespräch war so wichtig, sie durfte nicht versagen! Sie musste ihr Können beweisen.

»Wie Ihr sicher wisst, gibt es dort fortschrittliche Kräfte, welche die alte Säftelehre widerlegen, und ich stimme ihnen zu. Wir müssen den Körper als Einheit betrachten, das Funktionieren der Organe als ein gemeinsames Zusammenspiel. Ist eines in seiner Funktion beeinträchtigt, so hat das Auswirkungen auf den ganzen Rest. Hier sind auch die Gestirne und ihr Einfluss miteinzubeziehen und ...«

»Lasst es gut sein.« Abwehrend hob der Rektor die Hände. »Ich habe durchaus verstanden, was Ihr mir sagen wollt. Wenn Euch Italien als, wie Ihr betont, fortschrittlicher Studienort lieber ist, so möchte ich Euch nicht aufhalten.«

»Ich ... Nein, natürlich ...«, stammelte Matti. Sie spürte, wie ihre Wangen heiß wurden, wusste nichts mehr zu sagen, schwieg und starrte auf das Rautenmuster des Tischtuches. *Das war's,* ging es ihr durch den Kopf. *Ich habe es verspielt.* Im Raum war es so ruhig, als hielten alle anderen den Atem an.

Endlich brach der Rektor das Schweigen mit den Worten: »Nun gut, offenbar habt Ihr nichts weiter zu erzählen. Ihr solltet etwas Demut lernen, mein Guter. Ich möchte Euch nicht gänzlich die Möglichkeit versperren, Euch zu läutern, also betrachtet dieses Gespräch als Lehre und geht in Euch. Ich möchte Euch durchaus an der Universität sehen, wir können helle Köpfe gebrauchen, aber sie sollten fähig sein, ihren Platz zu erkennen. Geht also und besinnt Euch eine Weile. Ihr dürft dann gerne ein weiteres Mal bei mir vorsprechen, wenn die Zeit gekommen ist. Fürs Erste gebe ich Euch keinen Erlass der Studiengebühren. Solltet Ihr anderweitig zu Geld kommen, seid Ihr natürlich wie alle anderen willkommen. Ihr könnt gehen.« Damit nickte er dem nächsten Kandidaten zu.

Matti erhob sich. Sie schaute keinen der Mitbewerber mehr an, ging zur Tür, verließ das Zimmer und wurde von der Magd aus dem Haus verabschiedet. Erst draußen erkannte sie in aller Konsequenz, was ihr eben gesagt worden war. Demut solle sie lernen, ihren Platz finden und respektieren. Die Hände zu Fäusten geballt, trat sie gegen die Hauswand und spürte den Schmerz, der nichts änderte, außer, dass sie ein paar Schritte lang humpelte.

Sie hielt inne und sah zurück. Das konnte doch nicht sein, dass sie hier so einfach wieder weggeschickt wurde. Sie hatte der Tochter des Hausherrn geholfen! Ihre Mittel mussten wirksam gewesen sein, sie konnte sich nichts anderes vorstellen. Und das Mädchen hatte die Salbe und den Mohnsaft sicherlich nach ihren Anweisungen genommen, zu vertrauensvoll hatte es sich ihr gegenüber verhalten. Wenn sie den Ausschlag aber nach Rezept behandelt hatte, was sollte falsch gelaufen sein? Hatte sie sich so in ihrer Einschätzung geirrt? Oder hatte die Frau sie nicht erkannt? Das konnte, das durfte doch alles nicht sein!

Und Josefa, was war mit der? Was hatte ihre Ziehmutter mit den Bewohnern dieses Hauses zu schaffen?

Matti ging ein Stück weiter, hielt erneut inne. Sie musste wenigstens nach dem Mädchen fragen. Gerade als sie sich umwandte, öffnete sich die Tür. Die Hausherrin trat heraus und lief, ohne sich umzusehen, in Mattis Richtung.

Jetzt oder nie, dachte Matti und vertrat ihr den Weg.

»Erkennt Ihr mich nicht?«, fragte sie die erschrockene Frau, die einen Schritt zurücktrat, dann innehielt und hastig zur Seite schaute, so als suche sie einen Weg, Matti zu entgehen.

»Ich bin der Sterndeuter, der die Krankheit Eurer Tochter behandelt hat. Nun würde ich gerne wissen, wie es ihr geht und ob die Mittel wirken.«

»Natürlich«, antwortete die Frau. Mit einer Hand hielt sie den Stoff ihres Umhangs zusammen. Ihr Griff wirkte verkrampft. Eng an die Wangen schmiegte sich das Kopftuch, das sie trug.

»Hat die Salbe geholfen?«, fragte Matti, irritiert vom Verhalten der anderen. Wenn es der Tochter gut ging, warum war die Mutter dann nicht gesprächiger?

»Der Ausschlag ist zurückgegangen. Den Saft braucht sie bereits nicht mehr. Wir danken Euch für Eure Hilfe. Und nun lasst mich bitte in Ruhe, es reicht, wenn mir einer von Euch beiden auflauert.« Sie wirkte müde als sie fortfuhr: »Ihr werdet Eure schmutzigen Geschäfte doch wohl miteinander abstimmen, oder glaubt ihr, ich würde eher nachgeben, wenn ihr abwechselnd auf mich einredet?« Mit diesen Worten schob sie Matti beiseite und ging mit energischem Schritt die Gasse entlang.

»So wartet doch, was meint Ihr damit?«, rief Matti, doch die Frau reagierte nicht mehr. Was hatte das nun wieder zu bedeuten? Von welchen beiden redete sie und was für schmutzige Geschäfte meinte sie? Matti erinnerte sich an das merkwürdige Verhalten ihrer Kundin bei der Sterndeutung und war einmal mehr überzeugt, dass mit dieser Person etwas nicht stimmte. Eins schien allerdings sicher: Hilfe würde sie von ihr nicht bekommen. Sie ballte eine Hand zur Faust und schlug in die Handfläche der anderen.

»Ich muss es anders angehen«, sagte sie zu sich selbst. »Ich bin nicht angewiesen auf eure Dankbarkeit, und auf euer Wohlwollen schon gar nicht.«

Schließlich hatte Ruprecht nach ihr verlangt. Sie würde ihr Bestes geben. Wenn sie erst den Kurfürsten für sich gewonnen hatte, würde sich ihr niemand mehr in den Weg stellen, soviel war sicher.

»Ich zeig's euch!«, rief sie laut in die Gasse und machte sich zurück auf den Weg zur Apotheke.

♃ ♄ ☿

Josefa schob mit der Schuhspitze das feuchte Gras am Neckarufer beiseite, sodass ein Muster entstand. Sie fühlte sich angespannt. Das trübe Wasser floss gleichmäßig dahin, so als wolle es all ihre Hoffnungen mitnehmen, sie auf Nimmerwiedersehen in den Fluten versenken. Am gegenüberliegenden Ufer zog ein Gaul einen Lastkahn stromaufwärts. Gegen Kräfte arbeiten, die sie in die andere Richtung zerrten, ja, das war es, was auch sie schon immer getan hatte. Und immer war es vorwärts gegangen, wenn auch manchmal nur in kleinen Schritten.

Die göttliche Fügung hatte ihr das Mädchen in die Arme gelegt, sie hatte es gehegt und aufgepäppelt, vor der Burgherrin verteidigt und ihre Pläne geschmiedet. Hatte sie zu lange gewartet?

»Unsinn!« Wer hätte wissen können, dass der älteste Sohn Hoimars so unvermittelt versterben würde. Mit ihm hatte sie Mathilda verbinden wollen, für alle sichtbar als Gattin des künftigen Burgherrn. So als Pfand gesichert, hätte sie Gold wert sein können.

Auch mit Hoimar als Ehemann wäre Josefas Rechnung noch aufgegangen. Nun aber hatte sie weder eine standesgemäße Heirat noch das Mädchen vorzuweisen, ihre Drohung hatte einen allzu wackligen Stand bekommen. Doch was blieb ihr übrig? Mathilda war nicht aufzufinden, und dieser Tölpel von Philipp begann aufzubegehren. Sie hatte den Boten zu Hoimar geschickt, und nun musste sie handeln, bevor der Neckar alles davontrug, was sie so sorgfältig vorbereitet hatte. Sie hatte sich mehr von dieser Stadt erwartet.

»Wenn ich doch nur das Mädchen gefunden hätte«, flüsterte sie, strich weiter mit dem Fuß Muster in den Grasteppich und beobachtete eine Ente, die sich mit dem Strom treiben ließ. So einfach wollte sie es dem Schicksal nicht machen, nein. Wer sich treibenließ, wusste nie, wo er ankommen würde.

»Ihr wolltet mich sprechen? Warum?«, ertönte eine Stimme. Josefa sah hoch. Die Frau des Rektors stand neben ihr und blickte sie an. In einen einfachen Umhang gehüllt, der von ihrer Magd stammen mochte, glaubte sie wohl, unerkannt zu bleiben. Sie hatte diesen Treffpunkt vorgeschlagen, kurz bevor sie Josefa aus ihrem Haus geschoben hatte.

»Das könnt Ihr Euch sicher denken.«

»Nein.« Die Stimme der Frau bekam einen harten Unterton, der Josefa nicht entging. »Wir haben unsere Abrechnung schon vor langer Zeit gemacht und nichts mehr miteinander zu schaffen. Woher Ihr meinen Namen habt, will ich gar nicht wissen, und erst recht nicht, was Euch nach Heidelberg führt.«

»Habt Ihr kein Bedürfnis zu erfahren, was aus Eurer Tochter geworden ist?«, entgegnete Josefa scheinheilig.

»Ihr seid ausreichend entlohnt worden für Euren damaligen Dienst. Last mich nun in Ruhe, von mir bekommt Ihr nichts mehr.« Die Frau wandte sich um, doch Josefas Worte hielten sie zurück.

»Ein Kind aufzuziehen über all die Jahre, ihm einen würdigen Heiratskandidaten zu verschaffen, meint Ihr nicht, das sei ein wenig mehr wert als ein einfacher Ring? Der reicht nicht einmal für ihre Mitgift, sie soll doch nicht unter ihrem Stand heiraten, nehme ich an?«

Die Frau drehte sich wieder zu Josefa. »Mir ist es gleich, ob sie überhaupt heiratet oder zu den Nonnen ins Kloster geht.«

»Das glaube ich Euch nicht. Ihr hättet damals nicht so für eure Tochter gesorgt, wenn sie Euch gleichgültig wäre.« Josefa lächelte im Wissen, zumindest hier auf sicherem Boden zu wandeln.

»Was wollt Ihr?«

»Ein klein bisschen Dankbarkeit der Frau gegenüber, die sich so lange Zeit um das Mädchen gekümmert hat.« Josefa versuchte, eine Regung in dem Gesicht zu lesen. Das Alter hatte seine Spuren hinterlassen, die Haut war nicht mehr so frisch, ein paar Fältchen in den Augenwinkeln und um den Mund herum sprachen von der vergangenen Zeit.

Josefa glaubte, Angst in den Augen zu erkennen und Bedrängnis in der Haltung. Das gab ihr Sicherheit. Dieses Gespräch war so wichtig, sie würde nichts ungenutzt und nichts unversucht lassen. »Seht, ich bin älter geworden. Das Leben auf einer Burg wird zunehmend beschwerlich für mich. Die Kälte im Winter ist das Schlimmste, sie geht einem durch und durch.«

»Was wollt Ihr?«, wiederholte die Frau.

»Ein warmes Plätzchen in einem Heidelberger Haus und einen regelmäßigen Obolus, von dem ich gut leben kann. Ich vermisse die Stadt. Gewiss könnt Ihr mir helfen bei meinem Begehr.«

»Ich sehe keinen Grund dafür«, antwortete die Frau und presste die Lippen aufeinander.

»Ich schon. Es gibt gewisse Dinge, die den Herrn Gatten sicher interessieren würden und von denen er bestimmt noch nichts weiß. Das könnte sich ändern.«

»Das ist es also, was ihr beide wollt, mich erpressen. Dafür lauert ihr mir an allen Ecken auf, sogar in meinem Haus. Ich hätte wissen müssen, dass dabei nichts Gutes herauskommen kann, wenn ich mein Kind in die Obhut einer Frau wie Euch gebe. Glaubt mir, an dieser Schuld trage ich mehr als an allem anderen.«

»Wir beide?« Josefa stutzte. »Was meint Ihr damit?«

»Nun tut doch nicht so. Erst schickt Ihr das Mädchen vor, dann folgt Ihr nach.«

»Ihr habt sie gesehen?« Josefa spürte, wie ihr die Aufregung über diese Neuigkeit die Wangen färbte. *Du bist also doch hier, Mathilda,* dachte sie.

Als sie den irritierten Blick ihres Gegenübers bemerkte, beschloss sie, Mathildas Mutter in ihrem Glauben zu lassen, und hakte nicht weiter nach. Sie würde das Mädchen schon finden, spätestens wenn Hoimar seinen Sohn bearbeitet hatte. Der, da war sie sich nun sicher, wusste ebenfalls mehr, als er zugab.

»Da ich wohl kaum entkommen kann, erbitte ich mir ein paar Tage Zeit, um alles in die Wege zu leiten. Es wird Euch hoffentlich möglich sein, mir das zu gewähren.«

»Natürlich«, antwortete Josefa.

»Ich setze mich erneut mit Euch in Verbindung.« Die Frau nickte, dann drehte sie sich um und erklomm die Uferböschung, das Kleid an einer Seite mit der Hand zusammengerafft. Josefa sah ihr nach. Dann lächelte sie und ließ den Blick über die Landschaft wandern. Das Wasser des Neckars sah lange nicht mehr so trübe aus wie zuvor, so als habe jemand den groben Schmutz mit einem Tuch herausgefiltert. Eine Ente schwamm gegen den Strom und kam nur langsam voran. »So ist's recht«, sagte Josefa. Sie lachte und machte sich, erheblich besser gestimmt, auf den Heimweg.

Kapitel 30

Matti befand sich in Gottberts Labor, das sie so weit es ging ihren Wünschen angepasst hatte. Die Ausstattung blieb immer noch einfach, doch sie hatte die Mörser und Schalen nach Größe geordnet, die Waage griffbereit neben den Arbeitstisch gestellt, darunter das Kästchen mit den Gewichten, die Gefäße im Regal beschriftet und die Kräuter an der Decke nach einem System aufgehängt, das sie sich bereits in Alberts Labor zu eigen gemacht hatte. So wusste sie immer sofort, wo sie die Dinge finden konnte. Zudem führte sie eine Liste, in der sie verzeichnete, wie viel von den Grundstoffen noch vorhanden war und was nachgekauft werden musste. Separat hatte sie etwas teurere Mineralien und pflanzliche Wirkstoffe aufgeschrieben, von denen sie hoffte, nach und nach Gottbert überzeugen zu können, dass deren Kauf sich lohnte.

Obwohl sie diese Aufstellung nun schon dreimal durchgegangen war, las sie doch noch ein viertes Mal drüber. Es gab nichts zu tun im Labor, die Salben waren gemischt, die Tinkturen angerührt. Sterndeutungen führte sie nur gegen Abend durch, Gottbert hatte das, warum auch immer, so eingeführt, und ihr war es gleich.

Vielleicht glaubte er, sie wäre tagsüber in Kürze an der Universität beschäftigt und wollte gleich von Beginn an eine Einheitlichkeit in die Sache bringen. Sie ließ ihn machen und kümmerte sich nicht darum. Sie wusste, dass er ihr in diesem Bereich einiges an Geschick voraushatte.

Matti fiel nichts mehr ein, was sie hätte ergänzen können, und ein fünftes Mal wollte sie die Auflistung nicht lesen, also nahm sie ihr Rezeptbüchlein und blätterte darin herum. Auch das brachte ihr weder Ablenkung noch Befriedigung. Immer wieder sah sie das Gesicht des Rektors vor sich. Seine Ungerechtigkeit quälte wie feine Nadelstiche, immer wieder und stetig. Was hatte sie falsch gemacht? Womit hatte sie ihn gegen sich aufgebracht? Je angestrengter sie darüber nachdachte, desto weniger fiel ihr dazu ein.

Es klopfte, die Tür ging auf und Gottbert schob seinen Kopf ins Zimmer. Er zog besorgt die Augenbrauen hoch. »Da ist eine Kundin, die dringend mit dir reden möchte. Was hast du ausgefressen, Junge?«

Matti antwortete nicht, zuckte nur mit den Schultern.

»Ich schick sie dir hoch ins Zimmer, geh vor und verdunkle es. Und vergiss deinen Hut nicht, hörst du?« Mit diesen Worten verschwand er.

Matti verließ das Labor, um in den Raum zu eilen, in dem sie die Deutungen vornahm. Dort dachte sie vor lauter unguter Vorahnung nicht daran, Gottberts Anweisungen zu folgen, sondern setzte sich stattdessen aufrecht in ihren Sessel, legte die Hände nebeneinander auf den Tisch und wartete, den Blick zur Tür gerichtet. In dem Moment, in dem sie sich öffnete, fiel Matti ihr Versäumnis auf, und sie griff nach dem Hut. Doch sie hielt inne, als sie erkannte, wer ihre Besucherin war. Die Frau des Rektors? Was wollte sie hier?

Matti legte den Hut zurück und bedeutete ihrem Gast, sich zu setzen.

»Ist etwas mit Eurer Tochter?«, fragte sie.

»Es geht ihr gut«, antwortete die Frau.

Bis auf den unbestimmbaren Eindruck der Vertrautheit fand Matti nichts an ihrem Gegenüber, was ihr bei der Einschätzung der Lage geholfen hätte, kein Anzeichen von Zorn oder Ungeduld. Und dennoch musste Gottbert etwas aufgefallen sein, das ihm Sorgen bereitet hatte. Was das war, konnte sie nicht erkennen, also wartete sie ab.

Endlich sagte die Besucherin: »So, du bewirbst dich also als Mann verkleidet an der Universität? Eine recht eigenwillige Idee, wie mir scheint. Ich habe das Gefühl, dass die gute Josefa davon nichts weiß.«

Matti war so verblüfft über diesen Vorstoß, dass sie den Mund öffnete, ihn gleich wieder schloss, unfähig die Fragen zu formulieren, die ihr durch den Kopf schossen. Woher kannte diese Fremde ihre wahre Identität? Sie schwieg, weil sie nicht wusste, was sie sagen sollte.

»Gut, wenn du dazu nichts zu erklären hast, dann werde ich dir meinen Vorschlag unterbreiten. Höre zu und bedenke, was ich sage, bevor du antwortest.« Die Stimme der Frau war kühl und ruhig, so als habe sie genau ihre Schritte bedacht. »Deine Ziehmutter Josefa erpresst mich. Sicher erzähle ich dir nichts Neues, wenn ich sage, dass sie droht, meinem Gatten zu offenbaren, dass ich deine leibliche Mutter bin. Gewiss hat sie dich aufgestachelt, und deshalb biete ich dir Folgendes an: Mein Stillschweigen über deine Verkleidung als Mann und ein gutes Wort für dich bei meinem Gatten bezüglich deines Studiums, wenn du Josefa dazu bringst, über deine Herkunft zu schweigen.«

Sie lehnte sich zurück und betrachtete Matti. Die schüttelte den Kopf, schloss kurz die Augen, um sich zu besinnen, konnte nicht glauben, was sie gerade hörte.

»Meine Mutter?«, fragte sie verwirrt.

»Wenn du glaubst, Josefa nicht zwingen zu können, so lasse dir etwas einfallen. Sie ist ein unverschämtes Weib, glaube mir. Ich habe nicht vor, auch nur eine ihrer Forderungen zu erfüllen!«

In der Stille, die entstand, hörte Matti das Rascheln des Stoffes, als ihre Mutter sich bewegte. Sie bemerkte eine hellblonde Locke, die sich unter dem Kopftuch hervorstahl und sich entlang der Wange ringelte, wo sie sich kaum von der hellen Haut abhob. Endlich verstand sie.

»Ihr habt dieselbe Haarfarbe wie ich«, sagte sie hilflos. Sie spürte den Druck im Hals. »Das kranke Mädchen ist meine Schwester, nicht wahr? Warum habt Ihr mich weggegeben und sie behalten?«

Mattis Mutter schien zu zögern, so als sei sie aus ihrem Konzept gebracht. Sie schob den Stuhl zurück, erhob sich langsam und ging zum Fenster, so als versuche sie dadurch, Zeit zu gewinnen, um darüber nachzudenken, was sie antworten sollte. Matti beobachtete sie, wie sie die Hände ineinander verschränkte und ansonsten so ruhig dastand, als posiere sie für einen Maler. Schließlich sagte sie: »Ich dachte, Josefa habe dir alles erzählt, offenbar habe ich mich geirrt.« Sie drehte sich zu Matti um. »Ich konnte dich damals nicht behalten. Mein zukünftiger Gatte hätte das nie geduldet. Es gab keine andere Möglichkeit als die, die ich gewählt habe.« So als sei alles gesagt worden und keine Fragen mehr offen, bewegte sie sich in Richtung Ausgang.

»Dann macht Euren Fehler wieder gut und nehmt mich bei Euch auf.« Ihre Mutter stand mit ihr in demselben Zimmer, sie war zum Greifen nahe. Ein Leben lang hatte Matti sich nach ihr gesehnt, sie gesucht, sich ausgemalt, wie sie wohl aussehen möge und wer sie sei. Der Drang, diese fremde Frau festzuhalten, bevor sie aus diesem Zimmer verschwinden konnte, wurde übermächtig.

Matti sprang auf, rannte um den Tisch, dann die drei Schritte zur Tür, gegen die sie sich mit dem Rücken warf. »Nehmt mich mit und lasst mich bei Euch bleiben, ich möchte meine Schwester kennen lernen, und Euch, jetzt, wo ich Euch gefunden habe!«

Sie spürte das harte Holz im Rücken und den strengen Blick der Mutter vor sich. Die war stehen geblieben und musterte ihre Tochter, so als wolle sie einen Tadel aussprechen. Als sie aber den Mund öffnete, sagte sie nur: »Das geht nicht.«

»Es muss gehen! Ihr seid meine Mutter!«

»Beruhige dich! Ich dachte, Josefa habe dir alles erzählt, jetzt weiß ich, dass dem nicht so war. Dennoch kennst du nun meine Forderung und tätest gut daran, mich zu unterstützen und dich auf meine Seite zu stellen, um dem Weib seine Grenzen aufzuzeigen. Wenn du hier in der Stadt keine Bleibe hast, bist du auf der Burg gut aufgehoben. Sicher kannst du dorthin zurückkehren, ob mit oder ohne deine Ziehmutter ist mir gleich, Hauptsache ihr lasst mich in Frieden. Beide!«

»Nein!«

»Mädchen! Ich kann dich nicht bei mir aufnehmen. Überlege doch, warum wohl habe ich dich heimlich geboren? Du bist nicht die Tochter meines Gatten. Er würde dich nie akzeptieren, er ist nicht dein Vater. Und nun lass mich gehen.«

»Warum hat sich mein leiblicher Vater nicht um mich gekümmert, wenn Ihr zu feige dafür ward?« Matti hatte das Gefühl, der Boden unter ihren Füßen würde sich bewegen, so wie der Boden der Neckarfähre bei bewegtem Wasser. Er schwankte, und sie glaubte, den Halt zu verlieren. Da stand ihre leibliche Mutter. Und sie war ihr so furchtbar fremd, dass es wehtat.

»Ich habe genug geredet. Ich werde mich nicht noch tiefer ins Unglück stürzen. Sei froh, das ich dich überhaupt zur Welt gebracht und dir ein Zuhause ermöglicht habe, das aus dir eine starke junge Frau gemacht hat.«

»Wie könnt Ihr so eiskalt zu mir sein?« Mit dem Ärmel wischte Matti die Tränen von ihren Wangen und fühlte sich wie als kleines Mädchen, wenn ihr Josefa das Herumlungern in der Küche verboten hatte. »Ihr habt mich einfach ausgesetzt und wollt mir nun weismachen, das sei mein Segen gewesen? So wie Ihr mir vorkommt, mag das sogar stimmen. Zur Burg soll ich zurück? Dann ist Euch sicher auch gleichgültig, dass ich den Burgherrn heiraten soll. Er ist ein alter Mann, er ist grob, und er wäscht sich nie. Ich will das nicht! Aber das ist Euch egal, nicht wahr? Ich will wissen, wer mein Vater ist. Ich will bei ihm leben, er wird mich aufnehmen, wenn Ihr es nicht tut.«

»Du bist außer dir.«

»Ich will es wissen!« Mattis Stimme überschlug sich. Sie ballte die Hände zu Fäusten, registrierte kaum, wie die Mutter zwei Schritte zurückwich. »Ich bin beim Kurfürsten als Sterndeuter geladen. Ich werde ihn beeindrucken und mir seinen Einfluss zunutze machen!«

»Ich dachte, du willst studieren. Ist dir das so wenig wert? Wenn ich dich als Tochter aufnähme, wäre das nicht mehr möglich, bedenke das. Mit einem solchen Versteckspiel, wie du es momentan aufführst, kann ich nicht leben.«

»Versteckspiel?« Matti lachte hysterisch, »das ist doch Euer Metier.«

»Wie du meinst. Lass mich nun gehen. Beruhige dich und denke über mein Angebot nach.«

Matti starrte die Frau an, suchte nach einer Regung, nach einem kleinen Funken, der ihr zeigte, dass sie nachgeben würde, doch vergebens. Ihre Mutter trat auf sie zu und schob sie zur Seite. Mattis Widerstand brach, ihre Knie gaben nach, sie stolperte von der Tür weg und sah durch einen Tränenschleier, wie die Mutter sie öffnete.

»Sagt mir wenigstens Euren Namen! Ich weiß nicht einmal, wie Ihr heißt.« Ihre Stimme versagte, als die Frau, ohne sie weiter zu beachten, den Raum verließ und die Tür hinter sich zuzog.

Sie wischte sich mehrmals über das Gesicht und wollte nicht mehr weinen. Sie empfand es als Schwäche gegenüber einer eiskalten Person, einer Fremden, einer, mit der sie nie mehr etwas zu tun haben wollte! Zumindest nicht mehr im Guten.

»Schlimmer als Josefa«, schimpfte sie laut, doch auch das verschaffte ihr keine Erleichterung. Sie lief zum Fenster, starrte nach unten. Wieder liefen Tränen über ihre Wangen und sie hasste sich dafür. Zurück bei der Tür, drückte sie fest dagegen, niemand sollte mehr hier hereinkommen, keinen Menschen wollte sie jetzt sehen! Sie waren ja so verlogen, so selbstsüchtig, alle!

Mit dem Rücken an die Tür gelehnt, rutschte sie auf den Boden und vergrub ihr Gesicht in den Händen. Sie sah das kranke Mädchen vor sich. »Meine Schwester«, flüsterte sie. »Ich hasse dich.« Sie hatte all das bekommen, was ihr, Matti, vorenthalten worden war. Ein angenehmes Leben in der Stadt, einen jungen, gut aussehenden Bräutigam, von der Mitgift des Vaters angelockt.

»Ich bereue, dass ich dir geholfen habe«, rief Matti. Dann blieb sie still, lauschte den Geräuschen des Zimmers, dem Knarren der Balken, dem Schlagen eines losen Ladens, dem Rufen Gottberts aus dem unteren Stock. Sie hätte endlos so sitzen mögen. Wem war sie denn etwas wert, wer würde sie ehrlich vermissen?

Plötzlich fuhr ihr die Tür in den Rücken, stoppte, wurde dann energisch weiter aufgeschoben. Matti wich zur Seite aus, kauerte sich ein Stück weiter auf den Boden, die Knie umschlungen. Gottbert schaute herein, blickte sich um und entdeckte sie. Sein Gesichtsausdruck spiegelte Verwirrung wider, er setzte zu sprechen an, doch Matti unterbrach ihn.

»Was ist?«, fragte sie schroff, um jegliches Nachfragen zu ersticken. Gottbert zog die Brauen zusammen und musterte sie nachdenklich. Matti kämpfte sich auf die Beine und klopfte an ihrer Kleidung.

»Was ...«, setzte Gottbert erneut an, doch Matti unterbrach ihn, bemüht, die wacklige Stimme zu bändigen: »Was willst du hier? Wenn es nichts Wichtiges ist, dann lass mich in Frieden.«

Ihr war klar, dass ihn die verweinten Augen und das rote Gesicht stutzig machen mussten. Ein Jüngling, der auf dem Boden saß und heulte. Wo gab es so was? Er durfte ihren Zustand nicht in Verbindung bringen mit der Kundin, die er zu ihr geführt hatte, sonst würde sein Misstrauen geschürt.

»Liebeskummer«, presste sie deshalb zwischen den Zähnen hervor. »Schon davon gehört?«

Ein Lächeln erschien auf Gottberts Gesicht, und er zuckte mit den Schultern. »Ist ein bisschen zu alt, die Dame, hm? Da kommst du drüber weg. Insbesondere, wenn du erfährst, was ich soeben gehört habe. Der Kurfürst ist zurück und verlangt nach dir.«

»Also ist es soweit.«

»Das will ich meinen.« Gottberts Lächeln wurde noch breiter. »Zum Anlass seiner Rückkehr und des beginnenden Frühlings feiert er ein großes Fest im Hofe des Schlosses. Sämtliche Adlige, Beamte und Würdenträger sind geladen, und er will von dir, dass du deine Künste als Sterndeuter zu diesem Anlass zelebrierst.«

Matti fuhr sich über die glühenden Wangen, spürte eine Schwäche im Magen und setzte sich auf den Stuhl, den sie sonst für ihre Besucher bereithielt. Sie fühlte sich fiebrig.

»Junge«, Gottbert zögerte. Matti sah hoch und entdeckte das Zögern auch in seiner Haltung. So als wisse er nicht, woran er mit ihr sei, machte er eine abwehrende Handbewegung und fuhr fort: »Matthias, du kannst das, ich vertraue dir.«

»Wie soll ich mich darauf vorbereiten? Was erwartet mich da, hat der Bote irgendetwas darüber gesagt?«

Gottbert schüttelte den Kopf. »Es wird sich finden, du hast mittlerweile ein gutes Maß an Erfahrung, da habe ich keine Sorge.«

»Du nicht, aber ich!«, schrie Matti und schlug mit der Faust gegen die Wand. Es gab ein dumpfes Geräusch und einen stechenden Schmerz, der so gut tat, dass sie gleich noch mit der Fußsohle nachtrat und den Stuhl, auf dem sie saß, mit einem Knirschen um mehrere Fußlängen verschob. Eine unheimliche Stille folgte, die sogar das Rascheln der Mäuse zu verschlucken schien.

»Es muss dich ja ganz schön erwischt haben«, murmelte Gottbert.

Matti hob hilflos die Hände, spürte schon wieder den Druck der Tränen in ihren Augen, wischte sie mit dem Ärmel fort, starrte auf den dunklen Fleck, den sie im Stoff hinterließen.

»Ich werd's irgendwie hinbekommen«, schluchzte sie.

»Das meine ich auch. Und nun reiß dich zusammen. Ein Mann heult nicht so hemmungslos, auch nicht wegen einer Frau.« Damit verschwand er und zog die Tür hinter sich zu.

»Ich zeig's euch allen«, flüsterte Matti. »Allen wie ihr dasteht zeig ich, was ich wert bin. Ihr glaubt, dass ihr mit mir machen könnt, was ihr wollt, doch ihr freut euch zu früh. Ich zeig's euch.«

Sie hatte nicht vor, ihre Mutter die Zurückweisung durchgehen zu lassen.

»Du hast mich das letzte Mal so behandelt«, schwor sie und dachte daran, dass sie das Tuch mit den Initialen nicht vergessen durfte. Von heute an würde sie es immer bei sich tragen. Als Zeichen ihrer Zugehörigkeit und als Mahnung für den Verrat ihrer Mutter.

Kapitel 31

Den ganzen Tag hatte Philipp damit verbracht, sich Strategien für sein weiteres Vorgehen auszudenken und die Dinge in die richtigen Wege zu leiten. Er hatte am Morgen eifrig auf seiner Laute geübt und sich ein, zwei Lieder ausgesucht, die er am gelungensten fand. Um den Kopf frei zu bekommen, ging er zum Neckarufer, wo er sich eine ganze Weile aufhielt und ein paar Wäscherinnen dabei beobachtete, wie sie im Fluss Kleidung wuschen und zum Trocknen ausbreiteten. Auf dem Rückweg hatte er beim Lautenhändler nach dem Musikus des Kurfürsten gefragt, der ihm dort vor Tagen begegnet war.

»Schaut doch im Goldenen Ochsen nach, da wird er jetzt sitzen und sein Mittagsmahl zu sich nehmen«, hatte der Mann gesagt. »Das, so hat er mir vorhin erzählt, wollte er jedenfalls tun.«

Philipp holte seine Laute aus der Kammer und eilte zu dem Gasthof. Der Musikus erkannte ihn wieder, als er ihn höflich ansprach, und bat ihn an seinen Tisch. Philipp erfuhr von dem großen Fest, das der Kurfürst am folgenden Tag ausrichten wolle.

»Meint Ihr, ich könnte dabei sein?«, hatte Philipp seinen Gönner gefragt. Er erhielt die Aufforderung, Wilfried – so durfte er ihn nennen – doch noch einmal etwas vorzuspielen, was er tat. Es gefiel, und so hatte Philipp, ehe er sich versah, eine Einladung mit der Vorgabe, seine Laute mitzubringen und die Musikantengruppe zu unterstützen.

Es war ein erfolgreicher Tag für ihn gewesen. Wenn Matti erst davon erfuhr, wie er sich unabhängig machte, wie er gegen des Vaters Willen seinen eigenen Weg einschlug, dann würde sie ihm auch glauben, dass er sich losgesagt hatte von Hoimar und zu ihr stand. Zu niemandem sonst.

Es klopfte an seiner Zimmertür, während er sich Gesicht und Hände mit dem eiskalten Wasser aus dem Eimer reinigte, den er sich zuvor aus dem Brunnen gezogen hatte. Es war noch zu früh für ein Abendmahl, doch das war ihm gleich. Er wollte etwas essen und dann ruhen, um für seinen großen Tag morgen gerüstet zu sein.

»Was ist?«, fragte er und wischte die Tropfen weg.

»Unten im Schankraum warten Herrschaften auf Euch«, drang die Stimme des Wirtes durch die Tür. »Sie baten mich, Euch Bescheid zu geben, dass sie Euch zu sehen wünschen.«

Mein Vater, ging es Philipp durch den Kopf. Er atmete tief durch, zog sich das Hemd über und öffnete die Tür. Der Wirt war verschwunden, kein Mensch im Flur zu sehen. Philipp ging die Treppen zur Gaststube hinunter und hörte schon auf halber Höhe Josefas schrille Stimme: »Ich habe dir alles gesagt! Ohne mich säßest du immer noch auf deiner Burg und wüsstest nichts, und nun behandelst du mich so! Du solltest mir dankbar sein, stattdessen zürnst du mir, das verstehe, wer will.«

Philipp erreichte den Fuß der Treppe und sah, wie Josefa die Hände rang, während sein Vater unruhig zwischen den noch leeren Bänken herumlief, den Blick auf das Stroh am Boden gerichtet, so als sei er auf der Suche nach etwas, was er verloren hatte. Er trug seine beste Kleidung, das Wappen der Weisensteiner auf dem Umhang, und Ringe zum Zeichen seines Wohlstandes und seiner Stellung. Josefa hielt abrupt in ihrer Bewegung inne. Sie ließ die Arme sinken und schwieg, so als wolle sie Philipp die Bühne überlassen. Der straffte die Schultern. Nun würde sich zeigen, was er seinem Vater entgegensetzen konnte. Er hatte nicht vor, sich klein reden zu lassen, und doch spürte er, wie die Anspannung Besitz von seinem Körper ergriff.

»Vater? Hier bin ich«, sagte er und trat auf Hoimar zu. Der hielt inne und sah hoch. Sein Blick war hart, sein Mund zusammengepresst, langsam führte er die Hände auf den Rücken und richtete sich auf.

»Mein Herr Sohn. So sehen wir uns wieder. In einem Gasthaus, das ich dir bezahle.«

Philipp nickte nur und dachte: *Nicht mehr lange, das ist mir klar.* Er antwortete nicht, und Hoimar fuhr fort: »Wie ich von Josefa hörte, hast du dich nicht sehr dankbar dafür gezeigt. Du solltest mir Mathilda zurückbringen. Mir scheint, diesen Auftrag hast du vergessen.«

Da Josefa ihm offenbar ohnehin alles erzählt hatte, beschloss Philipp weiter zu schweigen und abzuwarten.

»Du bist unfähig!«, donnerte Hoimar und schlug mit der flachen Hand auf den Tisch, dass es krachte. Philipp konnte ein erschrockenes Zusammenzucken nicht verhindern, hatte sich aber gleich wieder im Griff.

»Jetzt antworte endlich, du verstockter Dummkopf!«

»Das Herumgeschreie wird Euch nichts nutzen, Vater. So kommt Mathilda auch nicht schneller aus ihrem Versteck heraus, und das war es doch, was Ihr wolltet, nicht wahr? Mich als Lockvogel benutzen und Josefa als Vollstreckerin.«

Hoimar ballte die Hand zur Faust, Philipp rechnete in jedem Moment damit, dass er zuschlagen würde, und dieses Mal würde nicht der Tisch sein Opfer sein. Stattdessen entspannte sein Vater sich.

»Offenbar bist du doch nicht so dumm, wie ich dachte«, sagte er ruhig.

Philipp ließ sich davon nicht täuschen. Er sagte: »Mathilda ist nichts für Euch, viel zu wild, zu wenig häuslich. Denkt an Mutter, wie sie unermüdlich für die Bewohner der Burg gesorgt hat. Mathilda hat nichts mit ihr gemein.«

»Du willst mir einen Rat erteilen?« Hoimar behielt seine ruhige Haltung bei, doch Philipp war klar, dass sein Vater jeden Moment einen weiteren Wutausbruch haben konnte, es fehlte gewiss nicht viel.

Zum ersten Mal in seinem Leben hatte er keine Angst mehr davor. Was konnte ihm Hoimar denn anhaben? Er, Philipp, würde beim Kurfürsten persönlich aufspielen, mit Musikern, die in dessen Diensten standen. Das war letztlich der Beweis dafür, dass Hoimar ihn schon immer verkannt hatte, ihn für einen Schwächling hielt, wo er keiner war. Und überhaupt, wer sich von so einer wie Josefa herumkommandieren ließ ...

Philipp schüttelte den Kopf und lächelte. »Vater, sucht Euch eine andere Braut, eine, die besser zu Euch passt und die Euch einen würdigeren Erben schenkt, als ich es bin. Ich liebe Mathilda, und ich werde um sie kämpfen.«

Hoimar antwortete zunächst nicht, vermutlich empfand er die Worte seines Sohnes als Dreistigkeit und überlegte, wie er darauf reagieren sollte. Endlich sagte er: »Du bist doch noch grün hinter den Ohren, was weißt du schon von den Frauen. So ein Versager wie du kann keinem Weib etwas bieten.«

»Matti hält mich nicht für einen Versager«, antwortete Philipp. *Er will mich nur verletzen, aber dazu hat er kein Recht,* beschwor er sich selbst.

»Was dieses unnütze Gör denkt«, antwortete Hoimar, »das interessiert mich nicht im Geringsten. Ich will sie hier haben, und zwar sofort! Ich habe genug in sie investiert, nun ist es an der Zeit, dass sie und ihre ach so einflussreiche Mutter mir von Nutzen sind, und weder mein Sohn noch das undankbare

Mädchen werden mich daran hindern, mir zu nehmen, was mir zusteht.«

»Wie Ihr meint.« Philipp wich dem Blick seiner Vaters nicht aus. Er konnte sich nicht daran erinnern, ihm je so unerschrocken in die Augen gesehen zu haben, und mit einem Mal spürte er einen Anflug von Mitleid. *Er kann nicht anders*, dachte er und sagte: »Ihr denkt immer nur an Geld, Einfluss und Macht. Das ist Euch das Wichtigste, schon immer gewesen. Woher solltet Ihr also wissen, was Liebe ist?«

Philipp sah ein Flackern im Blick seines Vaters und spürte für einen Augenblick eine Nähe, die ihn an früher erinnerte, als er mit ihm gemeinsam das erste Mal zur Jagd geritten war oder von ihm gezeigt bekam, wie er das hölzerne Kinderschwert zu halten hatte. Wie um diese Schwäche zu überspielen, ließ Hoimar seinem Jähzorn freien Lauf.

»Du wagst es!«, schrie er. »Unverschämter Bengel! Eberhard!«

Der Ritter löste sich von seinem Platz neben der Tür. Das Kettenhemd, das er trug, verursachte ein knisterndes Geräusch, als er sich bewegte. Philipp hatte seine Anwesenheit nicht bemerkt, und auch Josefa schien mit dem Mobiliar verschmolzen, so still verhielt sie sich.

»Ihr wünscht?«

»Setz dich zu meinem Herrn Sohn in die Kammer. Er steht unter Arrest. Du bist verantwortlich dafür, dass er dieses Haus nicht verlässt.«

»Aber ...«, Eberhard fühlte sich sichtlich unwohl. Er vermied es, Philipp anzusehen, fingerte nervös am Knauf seines Schwertes, das in seiner Scheide am Gürtel befestigt war.

»Du weißt, was dir bevorsteht, wenn du ein zweites Mal versagst.« Ohne Philipp einen weiteren Blick zu gönnen, drehte sich Hoimar um und verließ das Haus. Josefa lächelte, so als wolle sie sagen: »Siehst du, hättest auf mich hören sollen«, bevor sie dem Burgherrn folgte. Eberhard zuckte hilflos mit den Schultern. »Nun denn. Ihr habt's gehört.«

»Hab ich.« Philipp machte einen hastigen Schritt zur Seite, rammte Eberhard mit der Schulter in die Brust, als der sich ihm in den Weg stellte. Er versuchte, das Überraschungsmoment zu nutzen und in die andere Richtung auszuweichen, wurde aber sofort von dem Ritter abgefangen, der ihm den Arm schmerzhaft auf den Rücken bog mit den Worten: »Tut mir leid, wirklich.«

Sein Griff war hart, und er ließ auch nicht locker, als er seinen Gefangenen vor sich herschob. Auf der Treppe gab Philipp seinen Widerstand auf und stieg die Stufen freiwillig hoch. Seine Hand fühlte sich taub an, als Eberhard ihn endlich losließ und mit ihm die Kammer betrat. Er setzte sich auf einen Hocker, den er vor die geschlossene Tür geschoben hatte, verschränkte die Arme vor der Brust und starrte vor sich hin.

Wunderbar, dachte Philipp, der sich zum Fenster wandte und hinaus sah. *Und nun?*

♃ ♄ ☿

Im Laufe des frühen Morgens solle sie sich im Schlosshof einfinden, hatte der Bote des Kurfürsten Matti ausrichten lassen. Es war nicht mehr genug Zeit gewesen, beim Schneider neue Kleidung in Auftrag zu geben, und so hatte Matti Umhang, Hemd und Beinkleider von Gottberts Frau waschen und herrichten lassen. Das Ergebnis stellte sie zufrieden. Sie hatte beschlossen, dass ein einfacher Sterndeuter auch in einfacher Kleidung erscheinen durfte, ganz gleich um welchen Anlass es sich handelte. Letztlich hatte sie sowieso keine andere Wahl, als sich das Gegebene schön zu reden.

Sie hatte in der Nacht kaum geschlafen. Zum einen hatte sie die Angst geplagt, nicht rechtzeitig am Morgen wach zu werden. Zum anderen hatte sie sich neben ihrer Schwester stehen sehen, sobald sie die Augen geschlossen hatte. In denselben schmucken Kleidern herausgeputzt, die Jüngere an der Hand haltend oder gemeinsam mit ihr und einer Magd durch Heidelberg flanierend. Dieses Bild war zu verstörend gewesen, als dass sie es lange hatte ertragen mögen, weswegen sie immer wieder in die Dunkelheit gesehen und die Konturen von Möbeln oder Deckenbalken auszumachen versucht hatte, so lange, bis ihr die Augen zugefallen waren und die Bilder erneut in ihrem Kopf erschienen.

Als der Morgen sein Licht durch die Ritzen der geschlossenen Läden schickte, wusch sich Matti Gesicht und Oberkörper mit einem nassen Tuch. Dann kleidete sie sich an, strich sich sorgsam die Haare aus dem Gesicht und zog die Kappe auf. Mit der dunkel gefärbten Salbe täuschte sie wieder Bartflaum vor, zog dann den Umhang um die Schultern und verstaute die Tabellen, die sie für ihre Sterndeutungen verwandte, und das Tuch mit den Initialen in ihrem Beutel. Mehr konnte sie zur Vorbereitung nicht tun.

Das Haus lag still, als sie die Stiege hinunterkletterte. Es war noch zu früh für das morgendliche Mahl. Unten in der Küche fand sie nur glimmendes Holz im Herd vor, sonst nichts. Sie wärmte sich ein wenig die Hände, dann nahm sie sich das Brot, das in ein feuchtes Tuch gewickelt war, schnitt sich eine Scheibe ab und goss etwas Milch aus einer Kanne in ihren Becher. Vor Aufregung verspürte sie keinen Hunger und zwang sich dennoch, die Bissen hinunterzuschlucken, die sie vorher in die Milch getunkt hatte, um sie aufzuweichen. Wer wusste schon, wann sie heute wieder etwas zu essen bekommen würde? Ihre Aufgabe war schwer genug, sie wollte ihr gestärkt entgegentreten.

Auf der Gasse sah sie hoch. Der Morgen enthüllte einen wolkenlosen Himmel, wie es ihn seit Tagen nicht gegeben hatte.

Warme Sonnenstrahlen krochen in die Ecken und erwärmten den Boden. Matti ließ sich Zeit auf ihrem Weg. Sie wusste, dass sie viel zu früh losgegangen war. Mägde schleppten Eimer vom Brunnen zu den Häusern, Gassenjungen erledigten Botengänge, auf dem Marktplatz bauten die Händler und Bauern ihre Verkaufsstände für den Markttag auf. Hämmern und zugerufene Anweisungen begleiteten ihr Tun. Matti überquerte den Platz und bog in die gepflasterte Auffahrt ein, die hoch zur kurfürstlichen Residenz führte. Mit jedem Schritt wuchs die Befestigung mit ihren Türmen vor ihr höher, zweimal musste sie zur Seite gehen, weil ein Gefährt mit quietschenden Rädern und schnaubenden Zugtieren an ihr vorbeirumpelte, beladen mit Obst, Gemüse, Fleisch, Broten. Die Vorbereitungen des Festes waren in vollem Gange.

Als Matti schließlich vor dem Torgebäude stand, fühlte sie sich klein und unbedeutend. Mehrere Stockwerke hoch streckten die Türme sich über ihr in den Himmel. Schmale Fenster durchbrachen das Mauerwerk zur Außenseite hin. Am Torbogen standen zwei Wachen, die einen der voll beladenen Karren untersuchten. Welch ein Aufwand hier betrieben wurde für dieses Fest. Sie konnte kaum fassen, dass sie Teil dieses Spektakels sein sollte, fühlte sich fehl am Platz und wünschte sich so unvermittelt zu Albert in sein Labor, dass es fast körperlich wehtat.

»Reiß dich zusammen«, befahl sie sich selbst. »Was würde Albert von dir denken, wenn du jetzt umkehren würdest und wie ein heulendes kleines Mädchen bei ihm angerannt kämst?« *Er würde mich mit einem Klaps auf den Rücken zurückschicken und mir bedeuten, es doch wenigstens erst einmal zu versuchen.* »Und damit hat er Recht!«

Zudem hatte sie nichts zu verlieren, außer der Gunst des Kurfürsten. Und die brauchte sie.

Entschlossen trat sie auf die Torwache zu, die gerade den Karren durchwinkte. Als die Aufmerksamkeit des Mannes auf Matti fiel, fragte er: »Was willst du? Gehörst du zu der Studentengruppe?«

Sie hätte nicken können, doch da sie nicht wusste, wovon er redete, antwortete sie: »Ich bin der Sterndeuter.«

Der Mann runzelte die Stirn, so als wisse er nichts mit dieser Angabe anzufangen.

»Ich wurde vom Kurfürsten herbefohlen«, ergänzte sie. Der Wagen hatte die Durchfahrt passiert und verschwand nun im Hof der Anlage. Matti sah, dass dort rege gearbeitet wurde. Gleich vier Burschen begannen unverzüglich, die Waren abzuladen. Plötzlich spürte sie den Druck einer Hand auf ihrer Schulter und schrak zusammen.

»Lasst nur, der Herr gehört zu mir.«

Andrés Stimme drang an ihr Ohr und jagte ihr einen Schauer über den Rücken.

»Was machst du hier?«, fragte sie fassungslos, doch er nickte nur der Wache zu und zog sie mit unbewegter Miene durch den Torbogen auf den Hof.

»Willst du hier herein oder nicht?«, fragte er mit ungeduldigem Unterton und musterte sie. »Sogar einen Bartflaum hast du dir zugelegt, Kompliment.« Er wischte so schnell mit den Fingern über ihr Kinn, dass sie es nicht verhindern konnte.

»Was willst du von mir?«, fragte sie erneut, bemüht, ihre Angst nicht zu zeigen. André war entschieden einer zuviel bei diesem Fest.

»Der Frauenzimmerbau«, sagte er und deutete auf ein mehrstöckiges Gebäude, dessen vorspringende Gebäudeteile oben in kleine Türmchen ausliefen. Die länglichen Fenster mit buntem Glas ausgekleidet, das oberste Stockwerk mit Fachwerk verziert, bildete es das Schmuckstück der am Hof angrenzenden Bauten. »Ich nehme an, du siehst das alles hier zum ersten Mal.«

Wie zu Beginn unserer Bekanntschaft, dachte Matti, *als er mir alles erklärt und mir geholfen hat*. Diese Erinnerung konnte sie nicht beruhigen, zuviel war seither geschehen. André nickte ihr zu und schlenderte dann zu einer Gruppe junger Männer, in denen Matti ein paar seiner Kommilitonen wiedererkannte. Da sie nicht wusste, was sie tun sollte, folgte sie ihm.

»Na?« Einer der Studenten schlug ihr kumpelhaft auf den Rücken. »Schließt du dich uns an? Für unsere Vorführung können wir jeden Mann gebrauchen.«

»Ich bezweifle, dass Matthias die Schwertkunst beherrscht. Ich bezweifle es sogar sehr gründlich«, ließ sich André vernehmen. Matti wagte es nicht, ihm zu widersprechen. Er verhielt sich zu provozierend, so als mache es ihm Freude, sie wie einen Ochsen vor sich herzutreiben.

»Ihr führt einen Schwertkampf vor?«, fragte sie stattdessen.

Der Student antwortete: »Auf der Holztribüne da, zur Unterhaltung unseres edlen Fürsten und seiner Gäste. Uns fehlt nur eine Holde, um deren Gunst wir uns prügeln.« Er lachte.

André kam einen Schritt auf Matti zu, verbeugte sich mit gezücktem Hut und sagte: »Wie wär's mit Euch, wollt Ihr den Part übernehmen, Gnädigste?«

Matti spürte, wie der Ärger sich in ihr sammelte, bereit, sich Bahn zu brechen in einer unbedachten Reaktion. Was bezweckte dieser verdammte Kerl damit? Wenn er ihr schaden wollte, dann sollte er das tun, hier und jetzt. Wenn nicht, sollte er aufhören mit seinen Anspielungen.

»Wenn ich etwas spiele, verehrter Kaufmannssohn, dann ist es ein Kämpfer. Ihr würdet Euch wundern, wie gut ich mit dem Schwert umzugehen weiß, und Euch freiwillig in die Rolle der edlen Frau flüchten, ich versprech's Euch.«

André sah ihr in die Augen. Sie hielt seinem Blick stand. Endlich nickte er in Richtung eines Bediensteten, der am Eingang eines Gebäudes stand und das Geschehen auf dem Hof im Auge behielt.

»Wenn du dich anmelden willst, tu's bei dem dort, das ist der Hofmarschall.« Mit diesen Worten wandte er sich ab und ließ Matti stehen.

Kapitel 32

Es dauerte nicht lange, da hatte Philipp es aufgegeben und sich zur Ruhe gelegt. Die Hoffnung, an Eberhard in der Nacht vorbeizukommen, wenn der von Müdigkeit übermannt einnickte, hatte sich bald als vergebens herausgestellt. Als die Schatten ins Zimmer krochen und zwischen ihm und seinem Bewacher seit geraumer Zeit kein Wort mehr gefallen war, rückte der Ritter seinen Schemel von innen gegen die Tür, lehnte den Rücken gegen das Holz und machte es sich so bequem wie in dieser Position möglich. Den Unterkiefer nach unten geklappt, die Augen geschlossen, schlief er, während das Licht im Zimmer weniger wurde und die Nacht endgültig hereinbrach. Sie hatten sich über Belangloses unterhalten. Mittlerweile zweifelte Philipp, ob er die Zeit nicht sinnvoller hätte nützen können.

Er lag auf dem Rücken, sah in die Dunkelheit. Ein durchdringendes Schnarchen zeugte davon, dass Eberhard nicht mehr handlungsfähig war, doch wie hätte Philipp den wuchtigen Körper von der Tür wegschieben sollen, ohne ihn aus dem Schlaf zu reißen? Das erwies sich als schlicht unmöglich, und handgreiflich wollte er nicht werden. Auch das Fenster ließ keine Flucht zu. Es lag zu hoch über dem Boden, die Hauswand war zu glatt, um daran herunterzuklettern, selbst wenn er darin geübt gewesen wäre.

Er konnte sich keine Knochenbrüche leisten. Nein, es musste einen anderen Weg hier heraus geben, und das bis zum nächsten Mittag. Sonst würde er nicht rechtzeitig zum Vorspiel auf dem Fest des Kurfürsten gelangen.

Er hatte kaum ein Auge zugetan in dieser Nacht. Sobald es hell geworden war, hatte er sich erhoben und begonnen, im Kreis zu laufen. Der Ritter erwachte irgendwann, rieb sich die Augen, streckte sich und grinste ihn an, ließ sich aber nicht von der Unruhe seines Schützlings beeindrucken.

Der Wirt schob ihnen kalten Braten, Brot und dünnes Bier ins Zimmer. Philipp brachte keinen Brocken hinunter, doch Eberhard griff beherzt zu. Als alles leer gegessen war, pulte er sich mit dem Finger die Reste aus den Zähnen. Er zuckte über das Verhalten Philipps nur die Schultern, ließ sich auf seinem Schemel nieder, lehnte sich gegen die Tür und starrte auf den Boden. Er wartete mit einer Geduld, die an Philipps Nerven zerrte.

Wie komme ich rechtzeitig hier heraus?, fragte er sich zum unzähligsten Mal. Es war unglaublich! Erst lief alles ohne größere Schwierigkeiten, und dann kam sein Vater dazwischen, um alles zunichte zu machen. Wie so oft schon. Wenn er das als gegeben hinnahm, war und blieb er das unfähige Söhnchen, das Hoimar so hartnäckig in ihm sehen wollte. Dies hier war eine Prüfung, und wenn er nicht durch Taten aus seiner misslichen Lage kam, dann musste er eben reden.

»Wie lange seid ihr schon in der Stadt?«, fragte er und zwang sich dazu, sich auf der Bettstatt niederzulassen, nicht weiter herumzulaufen.

»Gestern gekommen«, antwortete Eberhard mit hochgezogenen Brauen, so als wolle er seine Wachsamkeit signalisieren.

»War's ein guter Ritt?«, hakte Philipp nach.

»Ging so.« Eberhard verschränkte die Arme vor der Brust.

»Was wollt ihr von Matti?« Hoffentlich bekam der Kerl bald die Zähne auseinander.

»Habt Ihr sie gesehen? Geht's ihr gut?«, fragte Eberhard, ohne auf Philipps Worte einzugehen.

Der zögerte, dann antwortete er: »Auf welcher Seite stehst du? Du magst Matti doch ebenso wie ich, oder nicht?«

»Vorsicht.« Eberhard hob einen Finger zur Warnung. »Ich bin Gefolgsmann Eures Vaters, und ich gehorche ihm. Versucht gar nicht erst, mich zu überreden.«

»Will ich überhaupt nicht. Nie im Traum würde mir einfallen, dich in Schwierigkeiten zu bringen.«

Eberhard schnaubte. »Verkauft mich nicht für dumm. Ich weiß sehr wohl, dass Ihr mit Mathildas Verschwinden von der Burg etwas zu tun habt. Ihr wart bei mir, als ich da oben vor ihrer Kammer saß.«

»Aber du hast mich nicht verraten.«

»Was hätte ich sagen sollen? Konnt' mich ja an nichts erinnern. Also fühlt Euch nicht zu sicher.« Dann schwieg er ein paar Augenblicke, bevor er feststellte: »Ich mag das Mädchen. Ich will nicht, dass sie Dummheiten macht.«

»Sei ehrlich, bei wem, glaubst du, wäre sie glücklicher, bei meinem Vater oder bei mir?«

»Verdammt!« Der Ritter stützte sich mit beiden Händen auf die Oberschenkel und lehnte sich vor. »Ihr seid ein armseliger Hanswurst in Hoimars Augen. Er wird Euch nie etwas vererben, wenn er nicht muss. Womit wollt Ihr das Mädchen ernähren? Euer Vater kann's. Er bietet ihr viel mehr als nur Luft und Liebe.«

»Er muss sie einsperren, um sie an sich zu binden«, antwortete Philipp verärgert. »Ich würde sie an deiner Stelle erst einmal fragen, was sie will, bevor ich ihr Dummheiten andichte.«

»Schon gut. Ihr müsst es wissen.«

»Ich bin nicht so armselig, wie auch du zu glauben scheinst. Für heute zum Beispiel habe ich eine Einladung vom kurfürstlichen Musikus bekommen. Ich soll mit meiner Laute beim Fest auf dem Schloss aufspielen, nur kann ich nicht. Ich sitze hier fest. Zugegeben, in netter Gesellschaft.«

Eberhard gab sich unbeeindruckt von Philipps Versuch zu scherzen, ebenso wie von seinen Worten über seinen Erfolg. »Das kann jeder erzählen. Ob's stimmt, erfährt man nicht.«

»Du würdest es erfahren, wenn du mich gehen ließest«, fuhr Philipp ihn an, doch der Ritter zuckte nur mit der Schulter.

»Was geht's mich an.«

Philipp erhob sich, um erneut im Kreis zu laufen. Er musste sich beruhigen. In dem Ton, den er eben angeschlagen hatte, würde er überhaupt nichts bei Eberhard erreichen. Er musste besonnener vorgehen. Gerade als er erneut das Gespräch in Gang bringen wollte, kam der Ritter ihm zuvor.

»Ich war auch zu dem Fest geladen, sollte Hoimar und Josefa begleiten. Hab mich schon auf das Essen gefreut, Kurfürst Ruprecht ist da großzügig und lässt kräftig auffahren. Sogar einen Sterndeuter hat er bestellt, ist seit einiger Zeit in der Stadt und berät die edlen Frauen, heißt es. Hätt' ich gerne gesehen, den Kerl, gibt's ja sonst nicht alle Tage.«

»Ein Sterndeuter?«, wiederholte Philipp in der Hoffnung, sich verhört zu haben.

»Spannend, nicht wahr?« Der Ritter schien seine Irritation nicht zu bemerken.

Philipp zweifelte keinen Augenblick daran, dass es sich bei dem Sterndeuter um Matti handelte. Wenn sie aber bei dem Fest ihre Kunst zeigen sollte, würde sie dort oben auf dem Schloss mit Hoimar und Josefa zusammentreffen. Er musste das verhindern, ganz gleich wie.

»Eberhard, gib deinem Herzen einen Stoß und lass uns zum Schloss gehen. Ich schwöre bei meiner Mutter, dass ich mich nach dem Fest wieder freiwillig in deine Gewalt begebe, aber gib mir diese Möglichkeit, mich Matti würdig zu erweisen, auch vor meinem Vater.«

Eberhard antwortete nicht. Er blickte auf die gegenüberliegende Wand, so als wolle er nichts von dem, was Philipp sagte, hören. Dann wanderte sein Blick zur Decke, blieb an den Balken hängen. Schließlich seufzte er. »Ihr verlangt zuviel von mir.«

»Sehr viel, aber nicht zu viel«, antwortete Philipp. »Tu's für Matti.«

♃ ♄ ☿

»Hoimar von Weisenstein schickt mich, Euch zu holen.«

Die Frau des Rektors zog die Brauen zusammen, als sie diese Worte hörte. Sie hielt die Tür des Hauses nur halb geöffnet, jederzeit bereit, sie vor ihrem Gast zuzuschlagen.

Josefa musterte sie. Sie war irritiert darüber gewesen, nichts mehr von ihr gehört zu haben seit ihrem Gespräch unten am Neckar. Andererseits hatte das wenig zu sagen. Jetzt, wo sie gemeinsam mit Hoimar Druck ausüben konnte, mochte ihr Opfer schnell einlenken, und letztlich war es das, was zählte.

»Schert Euch wohin auch immer, ich hab nichts mit Euch zu schaffen«, antwortete die Frau und blieb trotz der abweisenden Worte stehen, so als warte sie auf den Widerspruch, der sicher kommen würde.

Sie sträubt sich nicht mehr lange, dachte Josefa.

»Seid nicht unvernünftig, er will nur mit Euch reden, das werdet Ihr ihm gewähren können. Ihr solltet es tun.« Josefa konnte weder ihren Unmut über die Situation noch ihre Ungeduld verbergen. Diese Frau war der Schlüssel zu allem, warum fügte sie sich nicht endlich und tat, was sie von ihr verlangten? Sah sie nicht die Gefahr, die sich über ihr wie ein Gewitter zusammenbraute?

»Gut, ich rede mit ihm. Wartet hier.«

»Ihr solltet seine Macht und seinen Einfluss nicht unterschätzen.«

Die Frau drehte sich um und winkte Josefa in den Flur. Wenigstens besaß sie den Anstand, ihre Besucherin nicht vor dem Haus stehen zu lassen. In Josefa regte sich eine Ahnung, woher Mathilda ihre Starrsinnigkeit hatte. *Ganz die Mutter*, dachte sie und seufzte.

Als die Frau wieder vor ihr erschien, trug sie einen Umhang und ein eng gebundenes Kopftuch, das die hellen Haare verdeckte, so als wolle sie jede Ähnlichkeit mit Matti verstecken. Josefa führte sie durch die Gassen. Sie schwiegen, alles zwischen ihnen schien gesagt zu sein, und es war besser, Mathildas Mutter mit ihren Gedanken alleine zu lassen, die sicher nicht angenehm verliefen, dazu befand sie sich in zu unsicherer Lage.

Sie erreichten den Marktplatz, wo die aufgebauten Stände gut besucht wurden. Ein Gemisch an Geräuschen von Verkaufsgesprächen, Feilschen und dem Anpreisen von Waren schwebte über den Stoffdächern, die vor möglichem Regen oder zu starker Sonne schützen sollten, formte sich zu einem Brei, aus dem hier und da besonders laute Worte hervorstachen.

»Gutes Brot«, rief einer. »Günstig!«, ein anderer. »Wirrrsing, frrrischer Wirrrsing«, tönte herüber, ebenso wie das Kläffen eines Hundes, der verjagt wurde.

Hoimar wartete am Rande des Spektakels nahe der Kirche unter einem kleinen Vordach. Hier fanden sich mehrere Grüppchen von Männern, die Geschäfte abseits der Stände tätigten, meist von größerem Wert und Umfang. Ein unauffälliger Ort für ein Treffen. Der Burgherr nickte ihnen zu und grüßte. Mathildas Mutter erwiderte den Gruß unterkühlt. Josefa verschränkte die Arme vor der Brust, gewillt, sich in alles, was nun kommen sollte, nur im notwendigsten Fall einzumischen.

»Ihr seid also die Mutter von Mathilda«, begann Hoimar. »Ihr seht ihr ähnlich.«

»Wenn das eine Drohung sein soll, so versichere ich Euch, dass sie ins Leere läuft«, antwortete die Frau, die immer noch keine Angst zeigte, weder in ihrer Stimme noch in ihrer Haltung, wie Josefa beunruhigt feststellte. Sie drängte es, ihr lag eine Antwort auf der Zunge, sie wollte die Frau in die Enge treiben. Doch sie hielt sich zurück.

»Mitnichten will ich Euch drohen.« Der Burgherr lächelte gewinnend, und Josefa musste zugeben, dass er seine Ausstrahlung einzusetzen wusste.

»Was wollt Ihr dann?« Ein kurzer Blick der Frau traf Josefa, so als sei sie irritiert, von dieser Seite nichts mehr zu hören. Josefa musste lächeln, die Ruhe ihres Opfers bröckelte also doch, wie schön.

»Seht, ich lebe auf einer herrschaftlichen Burg, Ihr selbst habt sie ja damals gesehen, und seither habe ich etliche Gebäude erneuern lassen. Wir wohnen nicht schlecht, da ich gutes Ansehen beim Kurfürsten genieße und zudem einige Quellen aufzutun wusste, um unser Auskommen zu sichern. In meinen Kellern forscht sogar ein Alchemist nach dem Stein der Weisen und dem Allheilmittel gegen Krankheiten. Leider ist meine Gemahlin viel zu früh von uns gegangen. Es ist mir sehr einsam geworden seither.«

Und in den Zimmern zieht die Kälte durch die Ladenritzen, ergänzte Josefa in Gedanken seine Auflistung. *Die Feuchtigkeit sammelt sich in den dicken Mauern, den Winter verbringt man vor dem Kamin mit immer denselben Handarbeiten und immer denselben Gesichtern um sich herum. Ganz zu schweigen von dem eintönigen Speisezettel, der nicht von einem vom Fernhandel begünstigten Markt wie in der Stadt ergänzt und bereichert wird, durch Gewürze und allerlei Spezereien.*

»Kommt zur Sache, ich habe nicht den ganzen Tag Zeit für Euch.«

»Das, was ich von Euch möchte, ist nur die Hand Eurer Tochter«, antwortete Hoimar. »Eure Zustimmung und Unterstützung ihrer Heirat mit mir, und hier und da eine kleine Gefälligkeit, die Ihr mir mit Euren guten Beziehungen zur Heidelberger Bürgerschaft sicher leicht erfüllen könnt. Als Gegenleistung versichere ich Euch unser beider Stillschweigen. Die Verheimlichung des Mädchens ist Euch ja ganz offensichtlich wichtig.«

»Holt sie Euch doch, wenn Ihr meint, sie haben zu müssen.«

Irritiert starrte Josefa auf die Frau, die so gar kein Einlenken zeigen wollte, im Gegenteil. War sie von Sinnen? Es schien so.

»Mathilda sträubt sich ein wenig. Ihr könnt sie gewiss überreden und zu ihrem Besten raten. Ihr wisst sicher sogar, wo sie zu finden ist.«

»Ich weiß gar nichts! Und wenn ich etwas wüsste, würde ich sie nicht verraten. Deshalb kann ich sie auch nicht zu einer Heirat nötigen, und nun lasst mich in Frieden.«

»Ihr solltet das gut bedenken«, glitten Josefa die Worte über die Lippen, bevor sie sich zurückhalten konnte. Hoimar blinzelte, so als wisse er nicht so recht weiter.

»Glaubt mir, meine Gute, ich habe es bedacht«, antwortete die Frau. »Droht mir, so viel ihr wollt, ich werde mein Schicksal annehmen. Es ist Zeit dafür, und ich habe genug Unrecht an meiner Tochter getan.« Ihre Worte klangen klar und sicher. Josefa verfluchte sie.

Keiner machte Anstalten zu gehen. Sie standen da, musterten sich gegenseitig, so als gelte es durch die Haltung die Unnachgiebigkeit zu beweisen, die behauptet worden war.

»Ich sage noch einmal, überlegt Euch gut, ob Ihr Euch wirklich gegen uns stellen wollt. Wir verlangen nicht viel von Euch. Sträubt Ihr Euch hingegen, so sind wir gewillt, den Vater des

Mädchens zu suchen. Bedenkt, was auf Euch zukommt, sollten wir herausfinden, wer es ist.«

»Wir haben schon so einen Verdacht ...«, bekräftigte Josefa Hoimars Worte mit einer Unwahrheit, die sie für notwendig hielt, um die Dinge voranzutreiben.

Die Stille zwischen ihnen wurde gefüllt vom Geschrei des Marktes. Deshalb erkannte Josefa zunächst nicht, dass die Frau des Rektors begonnen hatte zu lachen. Zu erstaunlich schien ihr diese Reaktion, dass sie ein zweites Mal hinsehen musste, und in der Tat: Ein lautes, hohes Lachen kam aus ihrem geöffneten Mund, dann sagte sie: »Ihr wollt es nicht wahrhaben, aber Ihr macht mir keine Angst mehr. Ich habe mit meiner Tochter gesprochen, und ihre Tränen haben mir die Augen geöffnet. Ich habe Buße getan. Nun bin ich im Reinen mit mir und Gott.«

Mit diesen Worten ging sie. Nach wenigen Augenblicken verschwand sie im Getümmel. Josefa gab ihre steife Haltung auf, starrte auf die unbekannten Menschen um sich, schüttelte den Kopf.

»Das kann nicht sein«, brachte sie hervor.

»Offenbar doch«, ließ sich Hoimar mit verärgertem Unterton vernehmen.

»Das lass ich mir nicht bieten!« Nein. So weit kam es noch. »Die Frau ist ja von Sinnen, die weiß nicht, was sie tut.«

»Mir scheint eher, wir haben alles ausgespielt und verloren, meine Gute. Weißt du, ich habe mir Gedanken gemacht. Vielleicht ist unser Plan ...«

»Wer zu früh aufgibt, wird nie etwas erreichen.« Ihre Stimme klang giftig, das wusste sie. Sie störte sich nicht daran. Wenn sie damit Hoimar aufrütteln konnte, sollte es ihr recht sein. Wenn nicht, war sowieso alles vergebens mit ihm. »Du gibst dich zu früh zufrieden. Ich nicht.«

Sie hatte noch keine Vorstellung davon, was sie als Nächstes unternehmen würde, zu frisch war die erlittene Niederlage. Doch bis zum Fest beim Kurfürsten würde sie eine Idee haben, da war sie sicher. Mathilda und ihre unvorsichtige Mutter, die beiden würden noch sehen, was es bedeutete, sich mit ihr anzulegen.

Kapitel 33

Der Hofmarschall ließ Matti warten. Als er endlich wieder erschien, nickte er ihr zu und sagte: »Ich habe alles geklärt. Der Kurfürst ist erfreut und erwartet von Euch, dass Ihr Euch bereit haltet. Vergnügt Euch auf dem Schlosshof, bis er nach Euch verlangt. Achtet darauf, dass Ihr jederzeit zu Verfügung steht.«

Mit einem Winken schickte er Matti weg und wandte sich zu einem Mann um, der ihn angesprochen hatte. Matti biss sich auf die Unterlippe und gehorchte, weil sie keine Möglichkeit für weitere Nachfragen sah, ohne das Gespräch unhöflich zu unterbrechen. Sie zog sich zurück an die Hauswand eines mehrere Stockwerke hohen Gebäudes, das den Hof an dieser Seite begrenzte. Sie lehnte sich mit dem Rücken dagegen und fühlte sich sicherer.

Vor ihr auf dem freien Platz standen mittlerweile lange Tische mit Bänken auf beiden Seiten. Die Karren waren verschwunden, die abgeladenen Waren in den Küchentrakt geräumt, nur in einem Eck stapelten sich Fässer, vermutlich mit Wein. Matti beobachtete André und die Studenten, die auf der hölzernen Tribüne mit ihren Schwertern übten. Rufe, das Klirren der Waffen, wenn sie aneinander schlugen, und das Knacken des Holzbodens, auf dem die Männer übten, drangen zu ihr herüber.

André tat sich als besonders vorwitzig hervor. Er hatte einen merkwürdigen Ausfallschritt im Repertoire, der seinen Gegner immer wieder irritierte und André somit einen Vorteil verschaffte. *Nicht ungeschickt*, dachte Matti und studierte seine Bewegungen weiter.

Eine ganze Weile später fanden sich ein paar Gaukler ein, die ihre Utensilien ausluden, und nach und nach füllte sich der Schlosshof mit den geladenen Gästen. Matti streckte sich, lockerte ihre Haltung und merkte erst jetzt, wie verkrampft sie die ganze Zeit gestanden hatte. Ihre Beine fühlten sich taub an. Sie ging ein paar Schritte, um das Gefühl für sie wiederzubekommen. Dabei wurde sie von einem der Gaukler aufgehalten.

»Na, hübscher Jüngling, ein paar Zauberstückchen gefällig?«

Matti musste lachen, als er aus seinem Ärmel ein Tuch zog, das von rot zu blau und dann zu weiß wechselte, um sich letztlich in eine kunstvolle Blume zu verwandeln. Dann jonglierte er mit drei Bällen, die er abwechselnd unter dem einen und unter dem anderen Bein hindurchwarf, ohne je einen zu verlieren.

»Ihr versteht Eure Kunst«, sagte sie anerkennend.

»Das will ich meinen.« Der Mann zwinkerte und verabschiedete sich mit einer Verbeugung, um sich den Gästen am nächsten Tisch zuzuwenden.

Die Mägde und Burschen aus der Küche servierten Schüsseln und Platten mit allen nur erdenklichen Leckereien: Fleischklößchen in einer dunklen Soße, gebratene Forelle mit Dill garniert, Kräutertorten, Krapfen, Pasteten. Ehe Matti es sich versah, hatte ihr einer ein Brot mit vor Soße triefendem Fleisch in die Hände gedrückt. Trotz ihrer Anspannung fühlte sich ihr Magen flau an, und sie biss herzhaft hinein.

Musik begann zu spielen. Zunächst konnte sie nur den hellen Ton einer Flöte hören, dann mischten sich immer mehr Klänge hinzu. Matti sah die Musiker nicht, sie saßen neben dem Podest und wurden verdeckt von den sitzenden Gästen, doch am Klang ließ sich erkennen, dass die Spieler ihre Instrumente beherrschten. Der Kurfürst hatte wahrlich nur die Besten zu sich bestellt, und ihr wurde immer mulmiger, wenn sie überlegte, was er dann wohl von ihr erwartete.

Sie kaute einen weiteren Bissen, behielt die Menschen an den Tischen im Blick, die sich angeregt unterhielten, mit den Händen fuchtelten oder sich einfach den Köstlichkeiten widmeten, welche die Mägde unermüdlich herbeischleppten. Nusspudding, Morcheln in Mandelmilch, Lauchgemüse, Matti konnte sich kaum sattsehen und traute sich doch nicht, einen der Vorbeieilenden anzuhalten, um sich noch mehr von dem Essen zu nehmen, das er servierte. Sie hatte Angst, unvermittelt mit vollem Mund und fettigen Fingern zur Sterndeutung gerufen zu werden.

Die Gauklertruppe begann ihre Vorstellung, doch die Aufmerksamkeit der Leute wandte sich rasch von ihnen ab, als endlich der Kurfürst erschien. Matti reckte sich, stellte sich auf die Zehenspitzen, um einen Blick auf ihn zu erhaschen, doch vergebens. Viele waren aufgesprungen und begrüßten ihn mit Jubelrufen, zudem umgab ihn seine Gefolgschaft, sodass sie nur einen Blick auf seine Kopfbedeckung erhaschen konnte.

Matti gab das Recken und Hüpfen auf und zog sich zurück an die Hauswand. Mit den flachen Händen berührte sie den Stein hinter sich, schloss die Augen und atmete tief durch. Nun konnte es nicht mehr lange dauern, bis Ruprecht sie zu sich rief. Dann würde sie etwas sagen müssen, eine Vorstellung vorführen müssen, von der sie nicht wusste, wie sie aussehen sollte. Sie öffnete die Augen erneut. Die Menschen setzten sich wieder, das Gelage ging weiter. Der Kurfürst hatte mit seinem Gefolge an einem Ende der Tafel Platz genommen, wo ein Tisch quer zu den anderen stand, sodass er das Geschehen auf dem Hof überblicken konnte.

Der Gaukler war auf die Bühne geklettert und jonglierte nun mit Bällen, ein anderer erzählte dabei anzügliche Witze, doch

Matti war nicht zum Lachen zumute. Hatten sie ihre vorherigen Beobachtungen noch ablenken können, so wütete nun die Aufregung in ihr und trocknete ihr den Mund aus, so als habe sie feinen Sand gegessen.

Endlich wurde der Ruf nach dem Sterndeuter laut, und Matti spürte das Ende der Untätigkeit wie eine Erlösung. Sie richtete sich auf, Brust raus, Kopf erhoben. So um Würde bemüht, schritt sie an den Tischen entlang, nickte den Leuten zu, bis sie vor Kurfürst Ruprecht zum Stehen kam. Tief verneigte sie sich und wagte nicht, ihn anzublicken. Aus dem Augenwinkel bemerkte sie vor sich eine Hand, die mit einer hastigen Bewegung einen Weinkelch zum Schwanken brachte, sodass die rote Flüssigkeit überschwappte.

»Geht auf die Bühne«, hörte sie kurz darauf eine warme Stimme, während sie auf den Tisch starrte. *Er hat den Wein verschüttet*, ging es ihr durch den Kopf, als sie einen roten Flecken auf dem Tuch bemerkte. Ohne aufzublicken, tat sie drei Schritte rückwärts und ging dann zu der Holzkonstruktion, die sie rasch erklomm. Oben angekommen, besann sie sich auf ihre Vorstellungen bei den Gauklern, als sie mit dem Schwert kämpfen musste. Sie versuchte, sich damit zu beruhigen, dass dieses Publikum hier auch nicht anders war, nur etwas zahlreicher.

»Wer möchte als Erster die Ehre einer Sitzung beim bekannten Heidelberger Sterndeuter haben?«, schallte es über die Köpfe, ohne dass Matti genau ausmachen konnte, woher die Worte kamen.

»Ich!«, antwortete eine füllige Matrone, die sogleich auf sie zukam. Matti half ihr auf das Podest und verbeugte sich vor ihr. *Sei ein Schauspieler*, dachte sie und fragte die Frau nach ihren Geburtsdaten. Sie konzentrierte sich ganz auf das feiste Gesicht und blendete die Zuschauer aus. Sie zog ihre Tabellen aus dem Beutel und begann, die einzelnen Häuser durchzugehen.

»Ihr seid eine sehr kontaktfreudige Person«, sagte sie.

»Das will ich meinen«, antwortete die Frau, was ihr hier und da Gelächter einbrachte.

»Ihr solltet Euch auch weiterhin darum bemühen und aus Euren Gemächern herausgehen.«

»Das sagt mal meinem Gatten«, antwortete die Kundin und verdrehte theatralisch die Augen, sodass die Leute unten es sehen konnten. Matti warf einen raschen Blick auf die Menge. Viele hatten mit dem Essen innegehalten und blickten zu ihnen hoch. Es erklang wieder Gelächter.

»Im Gesundheitshaus habe ich schlechte Nachrichten für Euch«, fuhr Matti fort, gewillt, die Fröhlichkeit der Zuhörer zu nutzen. »Ihr solltet weniger essen, meine Gute. Sonst passen Euch die neu geschneiderten Kleider nicht mehr lange.«

»Bursche«, die Frau drohte mit dem Zeigefinger, doch sie hatte ein schelmisches Blitzen in den Augen, das Matti versicherte, dass sie sie richtig eingeschätzt hatte. Ihr Gegenüber vertrug einen Spaß, auch wenn er auf ihre Kosten gemacht wurde.

»Es wäre auch für Euren Gatten sehr gesund.«

Die Leute lachten, und die Frau wog die Hüften hin und her »Na, wenn Ihr meint«, sagte sie und zwinkerte.

Als sie ging, fühlte Matti sich sicherer, sodass sie die folgenden beiden Deutungen ohne Probleme hinter sich brachte. Sie wollte schon übermütig werden und sich den nächsten Kandidaten selbst aussuchen, als ihr eine Stimme zuraunte: »Na, willst du mir nicht auch die Zukunft deuten? Ich wäre sehr gespannt, was dabei herauskäme.«

Matti sah nach unten. Dort stand Josefa und blickte zu ihr hoch, den Mund zu einem Strich zusammengepresst, die Hände um die Holzstreben des Geländers gekrampft, das die Bühne nach unten absicherte.

»Josefa, bitte ...«, brachte Matti hervor.

»Glaub nur ja nicht, dass du davonkommst, du hast mir alles zerstört.«

»Aber ...« Schweiß brach ihr aus allen Poren, als ihre Ziehmutter die Bühne über die Holzstiege erklomm. Matti lief drei Schritte auf sie zu, packte sie an den Oberarmen, versuchte, sie zurückzudrängen, und spürte ihren Widerstand. Die Berührung war ihr zuwider, deshalb ließ sie los. Josefas überhebliches Lächeln verzog ihren Mund. Sie standen sich gegenüber, und Matti konnte nur noch denken: *Nun ist alles verloren.*

♃ ♄ ☿

Philipp war nicht alleine zum Schloss gekommen. Eberhart bestand darauf, ihn unter Beobachtung zu halten, und so hatten sie sich zu zweit vom Gasthaus aus aufgemacht, Philipp mit seiner Laute unter dem Arm und Eberhard mit undurchdringlichem Blick. Was auch immer er dachte, es war ihm sicher klar, dass er gerade seinen Kopf für andere hinhielt, und Philipp wusste, was er ihm schuldete.

Auf dem Schlosshof empfing sie ein unruhiges Treiben, Mägde und Diener, welche die Tische herrichteten, Studenten, die auf einer Bühne Fechtübungen vollführten. Einer fiel ihm durch seine eleganten Bewegungen auf. Als er näher hinsah, erkannte er ihn. *Dieser Student*, dachte er, *der mit Matti angebandelt hat, André. Heute werden sich wirklich alle hier versammeln, die Matti schaden könnten.*

Es waren noch nicht viele Gäste angekommen, und Philipp konnte weder seinen Vater noch Josefa entdecken. Auch Matti fand er nirgendwo an den Tischen. Philipps Aufmerksamkeit fiel auf die Musikanten, die sich neben der Tribüne niedergelassen hatten und miteinander debattierten oder ihre Instrumente stimmten. Vier Flötenspieler – zwei Pan- und zwei Weidenflöten – drei Lautenspieler, ein paar Glocken und Schellen, eine Streichlyra, ein Tamburin und eine Trommel schienen ihm üppig bestückt, sodass er kaum glauben konnte, dass ein weiterer Musikus vonnöten war. Doch Wilfried Rohrstock winkte ihn freudig heran, als er ihn erkannte.

»Da seid Ihr ja endlich, wie gut, dann lasst uns beginnen. Wir müssen uns ein wenig aufeinander abstimmen, und ich wünsche zudem, dass die Gruppe dieses eine Lied gemeinsam spielt, das Ihr mir letztens vorgetragen habt.«

»Es ist eines meiner eigenen.«

»Schön, schön, dann werdet Ihr es uns umso besser erklären können. Am Besten Ihr spielt es als Solist an, sobald ich Euch dazu auffordere, und wir anderen stimmen ein. Für mehr Übung haben wir leider keine Zeit mehr.«

»Ich konnte nicht eher kommen ... Mein Vater ...«

Wilfried winkte ab, so als wolle er keine Entschuldigung hören, sondern so schnell wie möglich zur Einstimmungsphase übergehen. Philipp setzte sich auf einen Schemel und zupfte an seinem Instrument. Er sah sich nach Eberhard um, konnte ihn jedoch nicht mehr entdecken. Offenbar hatte sich der Ritter einen passenderen Ort gesucht, von dem aus er den Überblick behalten konnte. Dass er seinen Schützling aus den Augen lassen würde, bezweifelte Philipp. Vielleicht würde er, wenn sich die Dinge für Matti zum Schlechten wendeten, die Seiten wechseln und sie unterstützen. Philipp konnte das nur hoffen und sich selbst darauf vorbereiten, zu helfen wo immer es ging.

Sie spielten sich ein. Zunächst ein paar bekannte Weisen, in die Philipp sich schnell einfand. Es war eine ganz neue Erfahrung, mit anderen gemeinsam zu musizieren. Er schwebte in einer Wolke von Tönen, die sich um ihn herum zu einem einzigen Klang vereinigten. Wilfried zwinkerte ihm zufrieden zu, und voller Stolz griff Philipp in die Saiten. Nachher würde der Vater seinem Lautenspiel lauschen, womöglich, ohne zu merken, dass sein Sohn Teil dieser Musik war. Der Kurfürst würde eines von Philipps eigenen Liedern zu hören bekommen, so sehr hatte er Wilfried damit beeindruckt. Er wollte platzen vor Freude. Wenn nicht die Katastrophe über allem drohen würde, wäre dieses Fest für ihn ein einziger Erfolg.

Der Hof füllte sich mit Gästen, es wurden Speisen aufgetragen. Sie musizierten zwischen den Späßen der Gaukler, und Philipp wurde immer nervöser, blickte immer häufiger suchend über die Köpfe. Er konnte in der Menge weder seinen Vater noch Matti ausmachen, auch Eberhard blieb verschwunden.

Plötzlich erklang der Ruf: »Wo ist der Sterndeuter?«

Die Köpfe reckten sich, einige klatschten erfreut in die Hände, und Matti erschien aus dem Hintergrund. Sie ging vor zum Kurfürsten, begrüßte ihn und erklomm dann die Bühne. Philipp konnte den Blick nicht von ihr wenden. Sie spielten einen Tusch, dann bedeutete Wilfried ihnen, eine Pause zu machen, und Philipp ließ seine Laute sinken.

Matti wirkte in den Beinlingen, mit der Kappe und dem kurzen Haar in der Tat wie ein Jüngling. Sie schlug sich gut bei den ersten Deutungen, brachte die Gäste zum Lachen und dazu, dass sie ihr ein paar Münzen vor die Füße warfen. Sie hob sie nicht auf, was er als Fehler empfand. Möglich, dass sie die Gunstbekundungen gar nicht bemerkte. Er kannte sie gut genug und sah ihre Anspannung. Immer wieder biss sie sich auf die Unterlippe, zog ihre Kappe zurecht und ließ den Blick über die Menge wandern, so als suche sie etwas.

Plötzlich kletterte eine Gestalt auf die Tribüne. Trotz der ausladenden Kopfbedeckung und dem schmucken Kleid erkannte Philipp Josefa sofort an ihren dürren Armen und dem schlanken Hals. Mattis bleiches Gesicht sagte ihm zudem genug. Sie sah so erschrocken aus. *Reiß dich zusammen, Matti,* dachte Philipp. Sein ganzer Körper stand unter Anspannung.

Er sprang auf, legte sein Instrument auf den Boden. Den irritierten Blick von Wilfried ignorierte er. Er musste verhindern, dass Josefa zu sprechen begann. Was auch immer sie tun oder sagen wollte, es konnte nichts Gutes sein. Er beobachtete, wie Mattis Ziehmutter sich der Menge zuwandte und den Mund öffnete.

»Halt!«, schrie er, lief ein paar Schritte zum Kurfürsten hin, verbeugte sich und sagte so laut, dass es alle hören konnten: »Edler Herr, diese Frau dort auf der Bühne, ich kenne sie. Sie will den berühmten Sterndeuter der Lüge bezichtigen. Sie will ihn in Misskredit bringen, um Euch zweifeln zu lassen und Euch somit zu schaden, weil Ihr dann nicht mehr unbeschwert der Sterndeutung Euer Gehör schenken werdet, wenn sie erst ihr Gift verspritzt hat. Sie will Euch schaden!« Er holte tief Luft. Nun musste er auch erklären, worin genau die Lüge bestand, sonst würde man ihm kaum Glauben schenken. Um ihn herum war es so still, dass man das Maunzen einer Katze hören konnte, die am Tisch um Essen bettelte. »Glaubt ihr nicht! Glaubt ihr nicht, wenn sie behauptet, der Sterndeuter sei eine Frau, sie lügt!«

Er wagte nicht, sich umzudrehen, blickte stattdessen auf den Kurfürsten, der ihn interessiert musterte. Durch die Menge ging ein Raunen. Josefa, die offenbar ihren ersten Schreck über Philipps Eingreifen überwunden hatte, begann zu zetern: »Dieser Bengel! Nicht ich lüge, sondern er!«

Nun drehte Philipp sich doch und sah, wie Matti Josefa von sich stieß, die an ihrem Hemd zu reißen versuchte. Unvermittelt stand André neben den beiden. Wo er so plötzlich hergekommen war, konnte Philipp nicht ausmachen, er bemerkte nur, dass der Student zwei Schwerter trug, je eines in einer Hand.

André schirmte Matti von Josefa ab und rief: »Liebe Leute, ich schlage Euch etwas vor, als guter Freund unseres Matthias' hier. Lasst ihn mich doch einfach prüfen. Ich habe gehört, der berühmte Sterndeuter sei auch ein großer Kämpfer. Soll er es beweisen in einem Schwertkampf von Mann zu Mann.«

Philipp schloss die Augen.

Kapitel 34

Josefa prügelte mit den Fäusten auf André ein, der sie nicht an Matti heranließ, ihr stattdessen immer wieder mit dem seitlich hochgehobenen Schwert den Weg verstellte.

»Lüge! Lüge!«, schrie Josefa außer sich. Matti wich den beiden aus und blickte über die Gäste an den Tischen, die alle gebannt zu ihnen hochschauten. Auch der Kurfürst sah zu ihnen hin, musterte sie mit Aufmerksamkeit. Schließlich gab er mit einem Wink ein paar Befehle, und zwei Wachen rannten aus dem Hintergrund herbei, liefen auf das Podium und zerrten Josefa mit sich. Ihr Zetern und das Poltern der Stiefel waren überlaut zu hören, Matti dröhnte es in den Ohren, sie sah wieder zu Kurfürst Ruprecht und nahm an, dass André es ebenso hielt, um herauszufinden, ob sie mit dem Kampf beginnen konnten. Sie hörte seinen Atem dicht neben sich, als ihre Ziehmutter außer Sichtweite irgendwo in einem Eck des Hofes verstummte.

Der Kurfürst nickte ihnen zu und winkte ein ›los geht's‹. Er lächelte. Matti spannte ihren Körper an, dann drehte sie sich um.

So, mein guter André, dachte sie. *Was auch immer dich antreibt, jetzt zeig' ich's dir.*

André grinste sie an. Das zweite Schwert hielt er ihr mit dem Knauf entgegen. Sie nahm es und spürte, wie Ruhe in sie einkehrte. Dies hier war etwas, das sie konnte und von dem sie wusste, worauf es ankam. Wie gut, dass sie André bei den Schwertübungen vor dem Fest beobachtet hatte. Sie fasste die Waffe mit beiden Händen, stellte sich breitbeinig auf und nickte ihrem Gegner zu. Der wurde ernst. Matti hörte ihr Blut in den Ohren rauschen, eine Euphorie ergriff sie, die sie lange schon nicht mehr gespürt hatte.

Ich habe das Kämpfen vermisst, dachte sie und hob das Schwert. Den ersten Angriff ließ sie ihren Gegner führen, sie parierte, die Metallklingen schlugen mit einem scharfen Klirren aufeinander. Matti keuchte, als sie sich wieder voneinander lösten. Abgewehrt. Das Schwert war größer und gewichtiger als ihres, es lag schwer in ihrer Hand. Sie entschloss sich, nicht zu lange mit der Antwort zu warten, noch fühlte sie sich frisch und kräftig.

Sie schlug einen energischen Angriff, der André in Bedrängnis brachte. Er tat einen Ausfallschritt, den Matti rechtzeitig als eine seiner Finten erkannte, mit denen er zuvor seine anderen Gegner irritiert hatte. Sie folgte der Bewegung, schlug gegen sein Schwert, drängte ihn ein paar Schritte rückwärts, bevor er gegenhalten konnte. Wieder ließen sie voneinander ab.

Matti wischte sich den Schweiß aus dem Gesicht, verbat sich jede Pause und ging erneut mit erhobenem Schwert auf André los. Dieses Mal parierte er besser. Sie blieben Augenblicke mit ineinander verkeilten Waffen stehen, die Gesichter keine zwei Handbreit voneinander entfernt. Sie spürte seinen Atem wie einen kühlen Hauch auf der vom Schweiß feuchten Haut ihres Halses.

»Bist du wirklich eine Frau oder nicht doch eher ein Kerl?«, zischte er zwischen vor Anstrengung zusammengebissenen Zähnen hindurch. »Du kämpfst hervorragend, weißt du das?«

»Natürlich«, keuchte sie. »Wenn meine Ziehmutter hier ist, ist auch mein Lehrer Eberhard im Publikum, glaubst du, ich will ihn blamieren?«

Sie lösten sich voneinander. Matti kontrollierte bewusst ihren Atem, sammelte sich und ihre Kräfte und konzentrierte sich nur auf ihren Gegner. Er würde versuchen, sie mit einer neuen Finte in Bedrängnis zu bringen. Die rechtzeitig zu erkennen erforderte völlige Aufmerksamkeit. In der Tat kam der nächste Angriff von ihm. Er schlug zu, die Klingen kreuzten sich mit einem Klirren von Metall auf Metall, prallten voneinander ab mit einer Wucht, die Matti ein paar Schritte zurückstolpern ließ. Sie würde nicht mehr lange durchhalten, suchte ihr Heil in einem Angriff und drang gegen André vor. Der parierte, drehte sich so unvermittelt, dass sie ins Leere lief. *Das kostet Kraft*, dachte sie, *verdammt!*

Ihr Rücken war nass vom Schweiß, doch sie spürte keine Kühlung vor lauter Anspannung. Die Anstrengung raubte ihr mehr und mehr ihre Reaktionsfähigkeit, und als André erneut auf sie einhieb, konnte sie sich nur noch wehren. Er schien es zu spüren, denn er verlangsamte sein Tempo, für Beobachter sicher unmerklich, doch Matti fühlte weniger Druck gegen ihre Waffe. Sie hätte das ausnutzen können, aber ihr Verstand sagte ihr, dass das ein Angebot von ihm war, das sie annehmen sollte.

Ein weniger heftiger Angriff ihres Gegners folgte. Plötzlich flog Andrés Waffe aus seinen Händen, ohne dass Matti ihn allzu sehr bedrängt hätte. Er hob kapitulierend die Hände. Matti ließ ihre Waffe sinken, und André legte seine Hand auf Mattis Schulter. Er drehte sie in Richtung des Tisches, an dem Kurfürst Ruprecht saß und immer noch aufmerksam zu ihnen schaute.

»Mein Fürst«, rief er in dessen Richtung »Dieser Kerl hier ist genauso stark im Kampf wie ich. Ihr mögt dem Musikus dort unten Glauben schenken«.

Applaus kam aus den Zuschauerreihen. Matti spürte ihre Arme kaum und wusste, in ein paar Augenblicken würden die Schmerzen beginnen. Mir der großen Waffe hatte sie sich übernommen, auch wenn das dank André niemand merkte.

»Für mich ist der Beweis erbracht, dies hier ist ein Mann.« André legte den Arm um Mattis Schultern und drückte sie kurz an sich. Den Blick immer noch auf Kurfürst Ruprecht gerichtet, flüsterte er: »Nichts für ungut, Matthias, oder wie auch immer du heißt. Ich wünsche dir Glück. Wer so kämpfen kann, hat es nicht verdient, dass man ihm grollt.«

Damit verschwand André. Matti stand so unvermittelt alleine auf dem Podium, dass sie kaum wusste, wie ihr geschah.

»Das ist unfassbar!« An den Tischen war ein Mann aufgesprungen. Matti blinzelte, dann erkannte sie Hoimar. Er richtete sich an den Kurfürsten, während er zu Matti deutete. »Auf meiner Burg hat sie das Kämpfen gelernt, bei mir, Hoimar von Weisenstein. Das dort oben ist Mathilda, sie ist eine Frau und meine Braut!«

Ein Tuscheln ging durch die Menge. Hoimar stieg über die Bank und lief auf den Kurfürsten zu, vor dem er sich eilfertig verneigte. Dann deutete er auf Philipp, der immer noch wie versteinert neben den Musikern stand, redete mit gesenkter Stimme auf Ruprecht ein. Plötzlich tauchte Eberhard auf. Er wechselte ein paar Worte mit Ruprecht, nickte Philipp zu und zog dann seinen aufgebrachten Herrn beiseite. Matti konnte nicht verstehen, was gesprochen wurde. Philipp schaute zu Matti, ihre Blicke trafen sich. Seine Lippen formten lautlos Worte, die sie nicht verstand, auch nicht, als er den Vorgang wiederholte.

Plötzlich wurde ihr bewusst, dass sie sich immer noch auf dem Podium befand. Sie musste ihren exponierten Standort verlassen und tat gut daran, endlich aus aller Leute Blickfeld zu verschwinden, ehe noch wer aus ihrer Vergangenheit sie zu enttarnen versuchte. Sie ließ das Schwert aus der Hand gleiten, sprang von der Bühne und ging in die Knie, als sie unten aufkam. Als sie sich aufrichtete war es ihr, als gehorchten ihre Beine nur zeitweise und taten ansonsten was sie wollten.

»Der Sterndeuter zu mir, und der Rest amüsiere sich weiter«, rief der Kurfürst unvermittelt, und Matti hörte die männliche Anrede mit Erleichterung.

Sie ging an den Reihen der Sitzenden vorbei, bemerkte flüchtig, dass einige ihr zulächelten. Sie senkte den Blick und verneigte sich vor Ruprecht. »Zu Diensten, Herr«, sagte sie mit belegter Stimme, in der die Aufregung, die sie spürte, mitschwang.

»Es wird Zeit, dass du mir dein Wissen zuteil werden lässt, also folge mir nun.«

♃ ♄ ☿

Was auch immer jetzt geschehen wird, ich lasse es auf mich zukommen, dachte Matti, als sie Ruprecht und einem Bewaffneten in ein Gebäude des Schlosses folgte. Sie kamen zu einer Treppe mit Marmorgeländer. Das in den Stein eingegrabene Muster schimmerte im matten Licht des Treppenhauses. Oben traten sie in einen weitläufigen Saal, dessen Fensteröffnungen mit bunten Glasscheiben verschlossen waren, die, in kleinen Vierecken angeordnet, durch das einfallende Licht ein Muster auf den Steinboden zeichneten.

Der Kurfürst schritt zu einem der Fenster und schaute flüchtig auf die Landschaft dahinter. Wenn Mattis Orientierung nicht trog, so musste er von seinem Standort aus einen herrlichen Blick über die Stadt und den Neckar haben. Sie blieb stehen, faltete die Hände vor dem Bauch und wartete ab. Die Wände des Raumes wurden verdeckt von prachtvollen Wandbehängen. Um einen Kamin gruppierten sich wuchtige Holzsessel, deren Lehnen in verschnörkelten Verzierungen ausliefen. Die Wache hatte sich neben dem Eingang postiert und rührte sich nicht.

Matti senkte den Blick und harrte der Dinge, die nun auf sie zukommen würden. Endlich ergriff Ruprecht das Wort.

»Setzt Euch.« Er deutete auf die Sitzgelegenheiten um den Kamin, in dem säuberlich Holzscheite gestapelt lagen, doch kein Feuer brannte. Matti ging zu einem der Sessel und setzte sich auf die Kante, den Rücken durchgedrückt, die Hände immer noch verschränkt. Der Kurfürst ließ sich ihr gegenüber nieder. Zum ersten Mal traute sie sich, ihn genauer zu betrachten. Seine etwas asymmetrischen Augen und der verschmitzte Zug um seinen Mund ließen ihn weniger hart wirken. Sein Gesicht war eher weich als kantig, seine Haare fielen in Wellen vor die Stirn, das linke Ohr stand ein wenig ab. Matti fühlte sich dennoch unwohl in seiner Gesellschaft. Er strahlte eine Überlegenheit und Kühle aus, die sie abstieß. Sie räusperte sich.

»Was wünscht Ihr von mir?«, fragte sie vorsichtig.

»Eine Sterndeutung.« Er hatte die Hände auf die Armlehnen gelegt und trommelte mit den Fingern lautlos auf das Holz. »Ihr habt mich mit Eurer Darbietung überzeugt. Nun will ich mir von Euch mein Schicksal deuten lassen und erwarte von Euch absolute Verschwiegenheit. Ihr sollt entsprechend entlohnt werden. Kann ich mich auf Euch verlassen?«

»Natürlich«, beeilte sich Matti zu beteuern, nicht wenig verwundert über seine Worte. Sie hatte andere erwartet. Nach all dem, was auf dem Hof geschehen war, hegte er keinerlei Misstrauen ihr gegenüber? Stellte keinerlei Fragen? Sie konnte es kaum glauben, entschied aber, keine Unsicherheit zu zeigen und auf das, was er von ihr verlangte, einzugehen. Sie zog ihre Tabellen aus dem Beutel, sortierte sie und fragte seine Geburtsdaten ab, die er ihr bereitwillig nannte. Dann wollte sie die einzelnen Häuser durchgehen, doch er winkte ab.

»Meine Gesundheit schert mich nicht«, sagte er. »Ich weiß, dass es mir gut geht, das reicht. Vielmehr begehre ich von Euch eine Hilfe bei einer schweren Entscheidung, die ich zu treffen habe. Ich erwarte, dass Ihr mir sagt, was die Sterne mir raten.«

Matti nickte. »Was bedrückt Euch?«

Der Kurfürst musterte sie mit einem eigentümlichen Blick, den sie nicht einordnen konnte. Er strich sich über sein glatt rasiertes Kinn, wiegte nachdenklich den Kopf und murmelte: »Sagt, stimmt es, was der Burgherr mir erzählte, Ihr seid nicht in der Stadt sondern auf Burg Weisenstein aufgewachsen?«

»Ich bin nicht seine Braut«, antwortete Matti alarmiert. »Gott allein weiß, was in ihn gefahren ist und was ihn verwirrt hat, ich ...«, sie schreckte zurück vor der offensichtlichen Lüge gegenüber einem so machtvollen Herrn.

Der Kurfürst winkte ab und sagte: »Beantwortet einfach meine Frage. Wo seid Ihr aufgewachsen?«

»Auf Burg Weisenstein.« Sie brachte es nicht fertig, das Offensichtliche zu dementieren. Um abzulenken, fügte sie hinzu: »Ich lebe seit einiger Zeit in Heidelberg und verdiene mit Sterndeutungen mein Geld. Ich bin Student der Medizin und stelle beim Herrn Apotheker Mittelchen und Salben her. Er kann für mich bürgen. Ich versuchte, beim Herrn Rektor ein Stipendium zu erbitten, doch ich bekam keins, und so muss ich mich mit anderen Mitteln um das Aufbringen der Gebühren bemühen. Das Studium ist mir sehr wichtig. Mein Vater ...«, hier geriet sie erneut auf unsicheren Boden und beschloss, dass ihre Beteuerungen mehr schadeten als nutzten. Sie schwieg.

Ruprecht blickte nachdenklich auf den Kamin und begann erneut mit dem Trommeln auf der Lehne. Unvermittelt fuhr er fort: »Ich stehe vor einer schwierigen Entscheidung. Die anderen Kurfürsten drängen mich, mit ihnen gemeinsam König Wenzel abzusetzen und mich zum neuen König wählen zu lassen. Die Reichsfinanzen sind am Boden und müssen dringend saniert werden, doch Wenzel ist überfordert, er vernachlässigt das Reich sträflich. Wir müssen nun handeln.« Er machte eine Pause, dann fragte er: »Wird mir Erfolg beschieden sein, wenn ich diesen Weg gehe? Schaut in die Sterne und sagt mir, ob die Entscheidung richtig ist und ob ich vielleicht sogar zum Kaiser gekrönt werde?«

Matti sah in ihre Tabellen. Sie spürte die Kraft und die Willensstärke des Mannes, der ihr gegenüber saß. Sein Ehrgeiz war deutlich fühlbar, und sie war versucht, ihm zu sagen, was er hören wollte. Doch die Sterne schienen ihr nicht ganz so eindeutig. Sie vertiefte sich in ihre Tabellen. Um Kaiser zu werden, musste er nach Rom ziehen. Sein Horoskop aber warnte vor Reisen.

Nachdenklich stand sie auf und ging an eines der Fenster. Wie erwartet, sah sie den Neckar tief unten, die überdachte Brücke und die Hausdächer, die von der Stadtmauer umschlossen wurden. Ein wundervoller Ausblick. Sie drehte sie sich um und bemerkte, dass Ruprecht sie beobachtete.

»Verzeihung.« Ihr wurde mit Macht ihre Ungehörigkeit klar, die sie begangen hatte, indem sie sich ohne seine Erlaubnis erhob. Zu sehr war sie in Gedanken gewesen. Eilig ging sie zurück zu ihrem Sessel und setzte sich.

»Die Sterne sagen nicht nur Gutes für Euer Vorhaben voraus«, erklärte sie. »Es wird nicht einfach für Euch sein, Euch durchzusetzen. Zum König lasst Euch krönen, denn Ihr werdet viel damit erreichen. Ihr seid zielstrebig und klug. Das Amt des Kaisers hingegen überdenkt, die Sterne sagen Euch wenig Glück auf Reisen voraus.«

Ruprecht winkte sie zu sich und bedeutete ihr, sich vor ihn zu knien. Er strich ihr mit der Hand über die Wange, eine vertraute Geste, die ihr unangenehm war.

»Ihr seid Eurer Mutter wie aus dem Gesicht geschnitten.«, sagte er unvermittelt. »Eine Mätresse, die man nicht so schnell vergisst.« Er gab Matti das Zeichen, sich wieder zu setzen.

In diesem Moment fiel ihr Blick auf eine niedrige Truhe hinter Ruprecht, die mit einem Tuch aus dickem Brokatstoff bedeckt war. Rot eingestickte Initialen schlangen sich zu einem Wappen umeinander, das sie kannte. Sie ließ sich in den Sessel fallen, umklammerte die Lehnen, blickte auf das fremde Gesicht ihres Gegenübers und konnte nur mit Mühe die Tränen zurückhalten.

Er ist mein Vater, dachte sie nur. Anders waren seine Worte nicht zu deuten.

Sie schwiegen etliche Augenblicke. Endlich brachte Matti hervor: »Sagt, Hoher Herr, habt Ihr viele uneheliche Kinder?«

Der Kurfürst lachte. »Woher soll ich das wissen? Nicht jede ist so unverschämt und stellt mir nach, wenn sie ein Balg austrägt. Behaupten können sie viel, doch nachweisen, dass es von mir ist, das fällt ihnen schwer.« Er lächelte anzüglich. »Aber lasst es Euch gewiss sein, mir sind alle meine Kinder lieb, die mir bekannten so wie die unbekannten, und nun beschränkt Euch auf Eure Aufgabe und seid so freundlich, mir noch die weiteren Sterne zu deuten.«

Mit den Worten des Kurfürsten verschwand Mattis Ärger, alle Rachegefühle lösten sich in Luft auf wie Dampf von Alberts Destillationsapparatur. Zurück blieb eine Leere, die sie von innen heraus schmerzte. Sie wollte nicht weinen, nicht vor diesem Fremden, der sich seiner Macht über andere Menschen nur allzu deutlich bewusst war und sie auszunutzen wusste.

Sie schloss die Augen und zwang die Tränen zurück. Das Gesicht von Albert schob sich hartnäckig in ihren Sinn, sein stolzer Blick, wenn sie ein Experiment meisterte, seine leuchtenden Augen, wenn sie ihm in einer Disputatio das Wasser reichen konnte. *Du bist mir mehr Vater als irgendwer sonst.*

Sie wandte sich dem Kurfürsten zu, der sie immer noch musterte und sagte: »Ich habe Euch alles gesagt, was ich weiß. Wenn Ihr die Herausforderung annehmt und Euch zum König wählen lasst, dann werdet Ihr Erfolg haben und ein König sein, der viel für seine Untertanen bewirken wird. So werdet Ihr die Heiliggeistkirche vollenden, es wird Euch gelingen, die Finanzen zu stärken, und Ihr werdet klug und gerecht herrschen. Und dies hier«, sie erhob sich, während sie ihr Tuch mit den Initialen aus dem Beutel zog, »glaube ich, gehört Euch. Kann ich nun gehen?«

Ruprecht zögerte. Matti hielt seinem intensiven Blick stand, während sie das Tuch auf den Boden fallen ließ. Endlich winkte der Kurfürst den Bewaffneten herbei und trug ihm auf, Matti zum Hofmarschall zu bringen, der sie entlohnen sollte. Er nannte eine Summe, doch Matti glaubte, sich verhört zu haben, viel zu hoch schien sie ihr.

»Wie viel Weisheit doch in den Sternen steckt«, sagte er zum Abschied. »Ihr habt mich beeindruckt.«

Kapitel 35

Philipp beobachtete, wie Matti dem Kurfürsten in ein Gebäude folgte. Als sie aus seinem Blickwinkel verschwunden war, merkte er, dass er immer noch stand, die Laute in seiner Linken haltend. Er strich sich die Haare aus der Stirn, dann mit der Hand über das Gesicht. Sein Eingreifen in das Geschehen war spontan gewesen, aber es sah so aus, als hätte er damit die Lage für Matti zumindest verbessert. Diesem André schuldete er Dank für dessen beherztes Handeln. Josefas Vorstoß konnten sie abwehren, nun kam alles auf Matti an und ob sie den Kurfürsten für sich gewinnen konnte.

»Ein Freund von dir?«, fragte Wilfried. Philipp sah ihn an und hatte das Gefühl, als sei er weit weg gewesen.

»Ja«, antwortete er und wollte sich gerade setzen, als er eine Hand auf seiner Schulter spürte.

»Mein Sohn.« Hoimars Stimme trug einen gewissen Unterton, der Philipp irritierte. »Du hast mir gar nicht erzählt, welche Ehre dir zuteil wurde. Du musizierst jetzt mit den Musikern des Kurfürsten, das ist nichts, was man seinem alten Vater verschweigt.«

»Du hast mir bei unserem letzten Zusammentreffen kaum Möglichkeit für Erklärungen gegeben.«

»Ach, diese kleine Unstimmigkeit ...«

»Ihr seid der Vater dieses Burschen?«, mischte sich Wilfried ein. »Mein Kompliment, Ihr habt Euren Sohn zu einem vorzüglichen Musikus ausbilden lassen.«

»Er wird Euch jederzeit weiterhin zur Verfügung stehen, wenn Ihr es wünscht. Es ist uns eine ganz besondere Ehre, dass Ihr ihn auserkoren habt«, antwortete Hoimar.

Philipp seufzte. Dass sein Vater ihn derart vereinnahmte, war ihm zuwider, und er war es leid, sich dem zu beugen. »Wie gut, dass Eberhard mich hat gehen lassen«, sagte er leichthin und spürte, wie der Griff auf seiner Schulter sich verstärkte.

»In der Tat, ich bin ihm dankbar. Sobald du deine Aufgabe hier beendet hast, werden wir deinen Erfolg feiern. Und was Mathilda angeht, so wirst du die Gelegenheit bekommen, deinen kleinen Fehler wiedergutzumachen.« Er nickte dem Musikus des Kurfürsten zu und zog sich zurück.

Du kannst mir nicht mehr drohen, dachte Philipp und blickte hinüber zu dem Gebäude, in dem Matti verschwunden war. *Es gibt Dinge, die wichtiger für mich geworden sind als deine Anerkennung und dein Respekt.*

»Lasst uns dein Lied spielen, junger Mann«, riss ihn Wilfried aus seinen Gedanken. »Wie besprochen, du beginnst, wir fügen uns ein.«

»Es gehört Gesang dazu.«

»Dann lass hören.«

Obwohl er die Tür anstarrte, um Mattis Rückkehr nicht zu verpassen, gelang es Philipp dennoch, in seine Musik einzutauchen. Er griff in die Saiten, sang seinen Text dazu und nahm nur am Rande wahr, wie die anderen Instrumente in sein Lied einstimmten. Er spielte es für Matti, und nur für sie. Philipp schloss die Augen, als er die Melodie zum Schluss in höhere Lagen schraubte. Dann war das Lied zu Ende, und sie ernteten Beifall, der an ihm vorbeirauschte. Er genoss es, und doch konnte er sich nicht fallen lassen, zu groß war seine Sorge.

»Kann ich nun gehen?«, fragte er den Musikus. »Braucht Ihr mich noch? Ich habe etwas Wichtiges zu erledigen.«

Wilfried zögerte, dann entließ er ihn mit einem Nicken, und die Gruppe stimmte die nächste Melodie an.

Philipp wich seinem Vater aus, der sich im Gespräch mit Eberhard befand, und begab sich unauffällig zu der Tür. Er blieb daneben stehen, um Matti als Erster abfangen zu können, sobald sie zurück auf den Hof trat. Seine Laute schob er in den Beutel, dann richtete er sich auf Warten ein, lauschte, ob er aus dem Gebäude etwas hören konnte. Vergebens.

♃ ♄ ☿

Als Matti aus der Tür kam, spürte sie einen heftigen Ruck an ihrem Arm und stolperte ein paar Schritte, dann fing sie sich wieder und konnte folgen.

»Was soll das?«, fragte sie, als sie erkannte, wer sie da von der Menge wegzog. Sie folgte Philipp durch das Tor, keine der Wachen hielt sie auf. Auf der gepflasterten Abfahrt hinunter in die Stadt machte sie sich los und blieb stehen. »Warum zerrst du mich hier durch die Gegend?«

»Ich dachte, ich müsste dich vor dem kurfürstlichen Zorn retten.«

»Unsinn!«

»Ich möchte in Ruhe mit dir reden, oder hast du da oben noch was zu erledigen?«

Matti spürte, wie ganz unvermittelt alle Anspannung von ihr abfiel. Sie antwortete: »Eigentlich nicht.«

Sie nahm Philipp bei der Hand, und nun war sie es, die ihn hinunter in die Stadt zog. »Willst du was sehen?«, fragte sie schließlich außer Atem vom schnellen Laufen. Sie öffnete ihr Bündel, zog ein Säckchen heraus und reichte es Philipp. »Lauter Münzen, Silber und Gold. Er hat mich für die Sterndeutung reichlich entlohnt ...«, sie zögerte, »mein werter Herr Vater.

»Dein Herr was?«

Philipps Verblüffung war so deutlich an seinem Gesicht abzulesen, dass sie kichern musste. Übermütig drehte sie sich einmal um die eigene Achse, die Arme ausgestreckt, das Bündel umklammert. »Mein Vater.«

Sie erklärte ihm in knappen Worten, was geschehen war. Dann sah sie ihn erwartungsvoll an. Sie hatte sich dort oben zusammen mit Ruprecht so unwohl gefühlt, und hier, bei Philipp, spürte sie, dass sie angekommen war.

Philipp hielt immer noch das Geldsäckchen so vorsichtig in der Hand, als seien rohe Eier enthalten. Er gab es ihr zurück, und sie verstaute es in ihrem Beutel.

»Du hast im Kurfürsten deinen Vater gefunden. Das ist wahrlich eine Neuigkeit. Was wirst du tun?«

Matti zuckte mit den Schultern. »Nichts weiter. Er ist überheblich, er ist machtbesessen, er macht sich lustig über aufdringliche Mätressen. Ich frage mich, was meine Mutter an ihm finden konnte. Aber die ist ja auch merkwürdig genug in ihrem Verhalten.«

»Deine Mutter?« Philipp runzelte die Stirn. »Sag bloß, die hast du auch gefunden.«

»Sie ist die Gattin des Universitätsrektors.« In dem Moment, in dem sie die Worte aussprach, wurde Matti klar, dass Philipp auch das noch nicht wissen konnte. Also erzählte sie ihm diese Neuigkeiten ebenfalls und schloss mit den Worten: »Sie ist mir genauso fremd wie der Kurfürst. Ihr Denken, ihre Art, mit ihrer Tochter umzugehen, alles.«

»Mit dir?«

»Mit meiner Halbschwester.«

»Auch das noch«, war Philipps trockener Kommentar. Er sah sie ernst an. »Du hast ihm wirklich nichts gesagt?«

»Philipp, starr mich nicht so an. Der Kurfürst bedeutet mir nichts. Warum sollte ich mich ihm offenbaren?«

»Weil du dadurch eine hohe Stellung am Hof erhalten könntest, selbst, wenn du nicht aus seiner Ehe stammst.«

»Oder er lässt mich klammheimlich beseitigen, weil ich ihm lästig bin mit meinen unverschämten Forderungen«, konterte sie. »Kannst du dir vorstellen, wie ich, in Samt und Seide gewandet, am Hof umherflaniere?« Sie hob einen imaginären Rock und machte ein paar tänzelnde Schritte. Sie wollte Philipp zum Lachen bringen, er sollte nicht so ernst schauen, er sollte mit ihr tanzen, sich freuen, sie umarmen, festhalten und nie mehr loslassen.

»Ich könnte dir als Musikus des Fürsten des Nachmittags ein paar Lieder singen und dich damit erquicken.« Er tat so, als spiele er auf einer Laute. Sein starrer Ausdruck verwandelte sich in ein verschmitztes Grinsen.

»Philipp von Weisenstein! Jetzt frag mich endlich!« Sie stampfte mit dem Fuß auf und war sich bewusst, dass das nicht gerade die vornehme Zurückhaltung war, die man von einem weiblichen Wesen erwartete. »Meint Ihr nicht, es wäre an der Zeit?«

Philipp verbeugte sich tief. Dann deklamierte er: »Edelste. Wollt Ihr meine Frau werden, mich somit zum Gatten nehmen, mich lieben und ehren und auf immer mein Haus auskehren. Mir kochen, meine Laute polieren, mein ...«

»Du kannst auch nie ernst ein.« Matti knuffte ihn erleichtert gegen die Brust. Er hielt ihre Hand fest und zog sie an sich.

»Willst du?«

Matti nickte nur. Sie versteckten sich im Schutz eines verlassenen Hauses. Seine Lippen berührten ihre. Ein warmes Gefühl breitete sich von ihrem Bauch im ganzen Körper aus. Sie ließ ihre Hände in seinen Nacken wandern, immer noch den Beutel umklammernd, der auf seinem Rücken zu liegen kam. Er fasste sie um die Taille und zog sie an sich.

»Sehr kostbar, was da auf meinen Rücken drückt. Lass das bloß nicht fallen.«

Sie musste lächeln beim nächsten Kuss und fing sich ein »Ernsthaft, bitte!« von ihm ein. Mit der freien Hand zerzauste sie sein Haar, hielt sich an ihm fest, bis er stöhnte: »He, ich bekomme keine Luft mehr. Holde hat einen Griff wie ein Schwertkämpfer.«

»Der sie ja ist. Ich glaube, du bist der einzige Mann, der mich lieben kann.«

Er sah ihr in die Augen, strich ihr mit dem Zeigefinger über die Wange. »Du bist etwas ganz Besonderes, vermutlich ist das der Grund.«

Seine Worte machten sie verlegen. Um das zu überspielen, sagte sie: »Lass uns zu Gottbert gehen. Dann sehen wir weiter, ja?«

♃ ♄ ☿

Matti zog Philipp durch die Gassen, tanzte auf dem Marktplatz eine Runde um ihn herum, was er sich lachend gefallen ließ. Ihre Zukunft lag vor ihr wie ein Feld, das darauf wartete, bearbeitet zu werden. Sie wusste nicht, was darauf wachsen würde, aber es lag in ihrer Hand, es ertragreich zu gestalten.

»Sieh mal, ein Instrumentenbauer.« Sie hatte das Schild mit einer Laute über der Ladentür gesehen, nahm Philipps Hand und zog ihn mit sich.

»Kenne ich«, antwortete er und ließ sich doch mitreißen. Matti öffnete die Tür, betrat den Laden und blieb staunend stehen. Lauten in allen Größen hingen an einer Wand, darunter Flöten, und davor standen ein paar Trommeln in mehreren Höhen.

»Schau, die dort«, sie deutete auf ein Instrument, das so reich verziert war, wie sie es nie zuvor gesehen hatte. »Die muss ein Vermögen kosten.«

»Wollt Ihr etwas erwerben?«, kam es aus dem hinteren Teil des Ladens. Matti sah einen Mann, der sich über eine Werkbank beugte und nicht von seiner Arbeit abließ.

»Wir sehen uns nur um«, antwortete Philipp.

»Die dort, die will ich dir schenken«, sagte Matti leise.

»Nie im Leben.« Philipp zog eine Braue hoch und sah sie tadelnd an.

»Doch!«, insistierte sie. Sie wollte es, sie war in der Stimmung dazu, ihm eine Freude zu bereiten. »Ich habe genügend Geld.«

»Hochwohlgeboren werden mir den Gefallen tun und Eure Münzen bei sich behalten, um für Euer Studium zu sorgen. Ich bin ein berühmter Musikus, der an kurfürstlichen Höfen spielt und werde mir mein Arbeitsgerät selber leisten.« Er legte ihr einen Finger auf die Lippen, damit sie nicht widersprechen konnte. »Es ist mein Ernst, ich will, dass du studierst, und jetzt komm, du wolltest doch zu deinem Apotheker.«

Als sie wieder vor dem Gebäude standen, antwortete sie leise: »Ich bin kein Student mehr.« Sie nahm die Kappe ab. »Und auch kein Sterndeuter mehr. Hast du nicht gehört? Ich will deine Frau werden. Von jetzt ab gibt es nur noch Mathilda.«

Philipp strich ihr mit dem Finger über die Wange. »Wenn ich eins verstanden habe, dann, dass meine Zukünftige der Wissenschaft verfallen ist und ich das berücksichtigen sollte. Es wird sich schon was ergeben, du wirst sehen.«

»Und wenn es Venedig ist, hm?« Das Bild des Feldes, das sie nach Belieben bearbeiten konnte, verschwamm. Wohl wahr, sie hatte genügend Geld, sie hatte den Ehrgeiz, es zu etwas zu bringen, und ausreichend Wissen, um darauf aufzubauen, aber wie sollte sie das als Frau nutzen? Bei Albert im Labor hatte niemand danach gefragt, was sie dort tat. Doch dorthin würde sie nicht zurückkehren.

Sie ging neben Philipp her auf dem Weg zu Gottberts Apotheke. Dort angekommen, schob sie sich vor ihn, weil sie das Klingeln der Glöckchen über dem Eingang selbst auslösen wollte, indem sie die Tür öffnete.

»Mathilda!« Hörte sie eine wohl vertraute Stimme, als sie die Apotheke betrat. Einen Augenblick hielt sie inne, sah Albert mit Gottbert am Tresen stehen. Dann rannte sie auf die Gestalt im weiten Umhang zu und landete in ihren ausgebreiteten Armen.

»Albert! Was machst du hier?«

»Kind, ich habe mich um dich gesorgt«, antwortete er. Mathilda spürte, wie er die Umarmung erwiderte, und sah an seinem Ärmel drei neue Löcher im Saum seines Umhangs. *Es hat ihm niemand das gute Stück geflickt,* dachte sie. *Wie lange habe ich ihn nicht mehr gesehen?* Es kam ihr ewig vor. Sie schloss die Augen.

»Dacht' ich's mir doch«, drang Gottberts Stimme an ihr Ohr, doch sie kam nicht dazu, diese merkwürdige Äußerung zu hinterfragen. Albert fasste sie an den Armen und löste ihren Griff, um sie ein wenig von sich wegzuschieben und sie ansehen zu können.

»Du siehst prächtig aus. Als Hoimar die Burg verließ, hielt mich nichts mehr. Ich wusste, hier würde etwas geschehen, ich konnte nicht dort bleiben.«

»Und so ist er bei mir gelandet«, ließ Gottbert sich vernehmen, so als sei es sein Verdienst, dass sie nun alle in seiner Apotheke versammelt waren.

»Helmtrud schickt dir Grüße«, ergänzte Albert.

»Danke«, antwortete Mathilda, sah auch am vorderen Saum ein Loch und murmelte: »Der Umhang muss geflickt werden.«

Sie spürte, wie Philipp seinen Arm um ihre Schultern legte. »Wir werden heiraten«, sagte er.

»So viele Neuigkeiten, so viele erstaunliche Dinge. Kommt mit in die gute Stube, ich will Euch ein Mahl auftischen lassen, auf dass wir uns in Ruhe austauschen können.« Gottbert sah sich so sehr als Teil des Ganzen und stellte erstaunlich wenig Fragen, dass Mathilda misstrauisch wurde. Als sie gemeinsam am Tisch saßen und Essen aufgetragen worden war, rückte er schließlich damit heraus: »Ich hab's gewusst.«

»Was?«, fragte sie.

»Dass du kein Mann sein kannst.«

»Du hast mich trotzdem nicht verraten?«

»Warum hätte ich das tun sollen?«

»Weil es ungehörig ist, sich als Mann auszugeben, um studieren zu können.«

»Nicht nur das. Es ist verboten.« Er schlug sich mit der Faust in die offene Handfläche. Mathilda setze ihren Becher ab, aus dem sie einen Schluck von dem leicht süßlichen Wein hatte nehmen wollen.

»Und?«, fragte sie, weil sie seine Verzögerungstaktik nervös machte.

»Wann hat sich der gute Gottbert schon daran gestört, ob jemand etwas Verbotenes tut oder nicht, wenn dieser Jemand ein solch vorwitziger Bursche ist? Verzeihung, eine vorwitzige Jungfer. Ich mache dir einen Vorschlag.« Er legte die Hand auf den Arm seiner Gattin. »Das junge Paar wird eine Unterkunft brauchen. Wir beide leben in einem Haus, in dem ausreichend Platz für alle ist. Wir könnten ein, zwei Zimmer räumen, das würde uns keine Umstände bereiten.«

»Und?«, fragte Mathilda erneut.

»Ich möchte, dass du weiter für mich arbeitest. Deine Kenntnisse in Arzneikunde sind vorzüglich. Ich habe große Hochachtung vor deinem Wissen und muss zugeben, dass mir selbst die Mittelchen nicht immer gelingen wollen.« Er nickte Albert freundlich zu. »Du hattest einen guten Lehrer.«

»Ich werde keine Sterndeutungen mehr machen. Nie mehr!«, beharrte Mathilda.

»Jaja«, antwortete Gottbert und wischte ihre Bemerkung mit einer Handbewegung fort. »Stell du mir die Arzneien her, die ich benötige, und ich überlasse dir das Labor für deine Forschungen.«

»Die Miete für die Zimmer?«, mischte sich Philipp ein.

»Ist damit abgegolten.« Gottbert lächelte.

Mathilda sah Albert an. Der fuhr sich über den Bart und sagte: »Ein gutes Angebot.« Er räusperte sich. »Ich hatte mit dem Gedanken geliebäugelt, der Universität meine Dienste anzutragen. Auf ewig nach Gold zu forschen für einen gierigen Herrn ist wenig befriedigend. Und was die Astrologie angeht, so kenne ich mich da ein wenig aus ...«

Gottbert und Albert sahen sich an, so als verstünden sie sich ohne Worte. *Vielleicht waren sie längst handelseinig, bevor ich vorhin die Apotheke betreten habe*, dachte Mathilda.

»Ich werde meine eigenen Forschungen im Labor betreiben dürfen?«, fragte sie, immer noch misstrauisch, an Gottbert gewandt.

»Ich höre, du bist zu einigen Münzen gekommen. So wirst du genug übrig haben, um dir die teuren Grundstoffe selbst zu besorgen«, antwortete er und hielt ihr die Hand hin. Sie schlug ein.

Es wurde ein fröhlicher Abend an dem ihnen allen zum Feiern zumute war. Albert quartierten sich schließlich in Mattis ehemaligem Sterndeutungszimmer ein, Philipp nahm mit der Bank im Verkaufsraum Vorlieb, und Matti fiel in ihre Bettstatt oben in ihrer Kammer. Hatte sie sich eben noch müde gefühlt, so konnte sie nun doch kein Auge zutun. Zuviel war geschehen, zuviel hatte letzlich sich zum Guten gewandt, dass sie es kaum glauben mochte.

Es gab nur einen kleinen Stachel, der ihr ein wenig ihr Glück verdarb. Die Universität hatte einen ganz eigenen Reiz auf sie ausgeübt, die Bibliothek war eine Fundgrube an Wissen und die Lektio, an der sie dank André hatte teilhaben dürfen, hatte ihren Geist immens bereichert. Es würde ihre einzige bleiben.

»Du willst zuviel«, sagte sie zu sich selbst und schloss die Augen. »Sei dankbar für das, was du bekommen hast, es ist mehr als du je zu träumen wagtest.«

Sie hatte wieder Menschen um sich, die zu ihr gehörten, zu denen sie gehörte. *Und doch ...*, dachte sie, bevor sie in den Schlaf dämmerte.

Epilog

Die Hochzeit von Mathilda und Philipp fand im kleinen Rahmen statt. Gottbert hatte sich nicht nehmen lassen, ein Fest in seiner Apotheke auszurichten. Die Nachbarn und Kunden wunderten sich über die junge Frau mit den neuen Kleidern, die nun auf einmal in der Apotheke ein und aus ging, doch niemand brachte sie mit dem Studenten in dem verschlissenen und geflickten Hemd in Verbindung, der immer seine Kappe so tief ins Gesicht gezogen hatte, dass sich niemand seine Züge ins Gedächtnis rufen konnte.

Die Rolle des Sterndeuters hatte Albert übernommen und füllte sie wahrlich gekonnt aus. Niemand hatte sich verwundert über die Veränderung in Statur und Auftreten geäußert. *Man sieht nur das, was man sehen will,* dachte Matti ein ums andere Mal, froh darüber, dass ihre Haare so schnell wieder nachwuchsen.

Nun saßen sie an einer langen Tafel, die im Apothekenraum aufgestellt worden war, und feierten. Mathilda sah über die Köpfe der Gäste. Selbst Hoimar und Josefa hatten sich eingefunden. Hoimar war zunächst wenig erfreut darüber gewesen, dass nicht nur sein Sohn und seine Braut die Burg verlassen wollten, sondern auch Albert ihm den Rücken kehrte. Er hatte sich bald damit getröstet, dass die Kontakte seiner Kinder zum kurfürstlichen Schloss auch ihm nutzten, und schien zudem über den Verlust seiner Braut hinweggekommen zu sein, als er die Möglichkeiten der Brautschau am Hofe erkannte. Er plauderte angeregt mit Gottbert. Josefa hingegen starrte auf ihr Essen. Sie war blass geworden, und ihr Gesicht schien Mathilda um Jahre gealtert.

Ihre Mutter war ebenfalls gekommen. Zusammen mit Mattis Halbschwester wollte sie nur Glück wünschen. Das Mädchen war ihr so stürmisch um den Hals gefallen, dass sie keinen Zweifel mehr an ihrer Genesung hegte. Mathilda hatte sie genötigt, zu bleiben und mit ihnen zu feiern. Nun waren ihre Wangen vom Wein gerötet, und sie scherzte mit Albert.

Mathilda beugte sich zu Philipp und gab ihm einen Kuss auf die Wange.

»Ich seh's schon, du kannst es nicht erwarten«, meinte er.

»Du solltest vorsichtig sein mit deinen Bemerkungen. Ich bin nun ein sittsames Eheweib.«

»Im Leben wirst du das nicht, und ich bin froh darum. Auch wenn ich zugeben muss, dass dir das Kleid, das du heute trägst, ausnehmend vorteilhaft steht.«

Es ging auf den späten Abend zu, durch die grünen Scheiben kam schon eine ganze zeitlang kein Tageslicht mehr. Sie hatten Kerzen entzündet, Philipp spielte ein Lied auf seiner Laute. Selbst sein Vater hörte interessiert zu. Plötzlich unterbrach ein lautes Pochen an der Tür die Stimmung. Stille herrschte für einen Moment, bevor Gottbert sich erhob und öffnete. Er redete kurz mit jemandem, dann schloss er die Tür und wandte sich an Matti, eine versiegelte Botschaft in der Hand. Er bedeutete Mathilda, mit ihm zu kommen, und sie verließ hinter ihm das Zimmer.

»Ich soll's dir übergeben«, sagte er zu Mathilda. »Eine Botschaft des Kurfürsten.« Er schien zu zögern und mit seiner Neugier zu kämpfen, aber dann drehte er sich um und ging zurück zu den Feiernden.

Matti brach das Siegel und las. Als sie fertig war, wischte sie sich mit dem Handrücken über die Stirn und las erneut. Philipp gesellte sich zu ihr und sah ihr über die Schulter. Sie ließ das Schreiben sinken.

»Was schreibt er, der Kurfürst?«

»Er schickt uns Glückwünsche zu unserer Vermählung und ein Geschenk. Er erklärt, dass ich mit seiner und des Rektors Erlaubnis an der Universität die eine oder andere Lektio besuchen dürfe und dass zudem die Bibliothek zu meiner Verfügung stünde. Die einzige Vorgabe ist, dass ich mich, während ich mich dort bewege, nicht als Frau zu erkennen gebe darf.«

»Woher weiß er von deinem Wunsch zu studieren?«

Mathilda spürte die Hitze in den Wangen bei der Erinnerung an ihren hilflosen Versuch, den Kurfürsten mit ihrem Geplapper abzulenken. Er hatte sie genau beobachtet. »Ich hab ihm davon erzählt.«

»Vielleicht solltest du deine schlechte Meinung über deinen Vater revidieren«, meinte Philipp.

»Vielleicht«, antwortete Mathilda und musste tief durchatmen. »Ich bin ihm dankbar für seine Anerkennung. Dennoch ist und bleibt er ein Fremder für mich.«

»Er wird dich noch zum Hofmedikus machen, wirst sehen.«

»Und dich zum ersten Sänger des Königreiches, wirst sehen.«

»Ach Matti«, Philipp nahm sie in die Arme. Der feste Druck seiner Hände auf ihrem Rücken wandelte sich in ein Kribbeln, das ihr vom Nacken in den Bauch zog. Sie reckte sich hoch und knabberte an seinem Ohrläppchen.

»Sag mal«, hauchte sie. »Können wir nicht einfach nach oben verschwinden?«

Als Antwort hob Philipp sie hoch und trug sie zur Treppe.

Ende

Historischer Hintergrund

In meinem Roman kommt nur eine Person vor, die historisch belegt ist, und das ist Kurfürst Ruprecht III. Ich habe mir allerdings verschiedene Institutionen, Lehrmeinungen und historische Ereignisse herausgesucht, die ich in die Geschichte eingebaut habe. Dazu zählt unter anderem die Universität Heidelberg.

1399, zu der Zeit, in der mein Roman spielt, existierte die Universität Heidelberg seit dreizehn Jahren und ist somit die älteste Universität innerhalb der heutigen deutschen Grenzen. Sie hatte durchschnittlich 220 Studenten pro Jahr, gehörte damit zu den kleineren, weniger bedeutenden Universitäten der damaligen Zeit, dennoch ist sie für Mathilda ein unerreichbares Ziel.

Es war nicht üblich, dass Frauen damals studierten. Zwar gab es für Mädchen der gehobenen Schicht die Möglichkeit, zusammen mit ihren Brüdern unterrichtet zu werden, wenn der Vater das unterstützte. Aber ein Studium kostete Gebühren, und eine Frau musste auf andere Aufgaben vorbereitet werden. Zudem brauchte ihr Vater für sie eine Aussteuer bei der Heirat, in der Regel eine arrangierte Verbindung, die wichtig war zur Vermehrung seines Ansehens.

Dennoch gab es damals gebildete Frauen, die aus diesen vorgegebenen Bahnen ausbrachen. Mathilda steht also mit ihrem Wissensdurst nicht alleine.

♃ ♄ ☿

Ihr Lehrer Albert sucht nach dem Allheilmittel Panacea, welches gegen alle Krankheiten helfen sollte. Wie auch bei der Vorstellung vom Stein der Weisen, lag hier die Idee zugrunde, mit einem Mittel einen minderwertigen Stoff in einen höherwertigen zu wandeln. Mathilda fühlt sich zur Medizin hingezogen. Sie nimmt die Ideen von Paracelsus (1493-1542) vorweg, der die bislang übliche Säftelehre ablehnte und als Erster Erkrankungen als individuelle Prozesse auffasste, als eine Fehlfunktion einzelner Organe.

Damit stößt sie immer wieder an die Grenzen derjenigen, die das Ungleichgewicht der Säfte als Ursache für Krankheiten vermuten und ihre Patienten zum Aderlass bitten.

♃ ♄ ☿

Der Apotheker animiert sie dazu, Sterndeutungen für reiche Heidelbergerinnen zu machen – was damals durchaus ein übliches Schaffensfeld für Alchemisten war und vornehmlich am Hofe betrieben wurde. So muss Mathilda auch Kurfürst Ruprecht III von der Pfalz, dessen Residenz Heidelberg war, die Sterne deuten für sein Vorhaben, sich von den anderen Kurfürsten zum König wählen zu lassen. Es sollte ihm gelingen, im Sommer 1400 wurde er zum König gekrönt.

♃ ♄ ☿

Philipp ist ein Querdenker, der die überholten Vorstellungen seiner Vaters Hoimar nicht teilt. Im Spätmittelalter war die große Zeit der Ritter vorbei. Sie wurden durch bezahlte Söldner ersetzt, viele verarmten, es entstand das Raubrittertum. Hoimar weiß sich als Burgherr durchaus zu helfen, indem er andere Einnahmequellen auftut. So lässt er Albert Arzneien für die neue Apotheke in Heidelberg herstellen und Josefa ungewollt schwangeren Frauen dabei helfen, ihre Kinder unbemerkt zu gebären.

Dennoch verlangt er von seinem Sohn, dass dieser die alten ritterlichen Tugenden verinnerlicht. Die Zukunft des Adels aber liegt am Hof und ist somit verbunden mit Bildung.

Danke!

Ganz besonders bedanken möchte ich mich bei:
Peter Renz, ohne den es diesen Roman so nie gegeben hätte.
Julia Abrahams und Natalja Schmidt von der Agentur
Schmidt & Abrahams, für ihr Vertrauen in meine Arbeit
und ihr Engagement.
Axel, Flori, Nicole, Ralf, Thomas und Wolfgang, danke für eure
Unterstützung, euren hilfreichen Rat, euer stets offenes Ohr in
Krisen, für eure Freundschaft und überhaupt für alles.
Dem Spreeside-Team einen herzlichen Dank für seinen Einsatz.
Und danke auch an die Kollegen in meinem virtuellen
Großraumbüro, dem Montségur-Autorenforum.

Februar 2009
Susann Rosemann